MOEWIG BEI Ullstein

ZUM BUCH:

Die Monde von Darkover ist mittlerweile der fünfte in Deutsch erschienene Band mit Erzählungen über den Planeten Darkover. Marion Zimmer Bradley und die Friends of Darkover haben sich auch diesmal alle Mühe gegeben, dem Leser die Welt unter der roten Sonne in ihrem ganzen Facettenreichtum nahezubringen.
Dieser neue Sammelband mit Geschichten, die auf der Welt der Blutigen Sonne spielen, nimmt uns mit auf eine Expedition, die von den Trockenstädten zu den Domänen führt; berichtet von der Kindheit Regis Hasturs und den gefährlichen Kräften der Überwelt; erzählt von einer schicksalhaften Reise ins Gildenhaus von Thendara, von einer Verlobung, bei der eine Rache im Mittelpunkt steht, und von einer Frau, deren Geschick sich ändern mag, wenn der Geisterwind weht.

ZUR AUTORIN:

Marion Zimmer Bradley, Jahrgang 1930, entdeckte ihre Liebe zur Science-Fiction-Literatur bereits im Alter von 16 Jahren. Ihre erste eigene Story erschien 1953 in dem Magazin *Vortex SF*, und schon ihr erster Kurzroman *Bird of Prey* (1957) war nicht nur ein Volltreffer – er legte auch den Grundstein für den großangelegten Zyklus um *Darkover*, den Planeten der blutroten Sonne, mit dem die Autorin zu Weltruhm gelangte.
Mit zunehmendem Erfolg und der damit verbundenen Selbständigkeit, dem Zwang zur SF-Massenproduktion entronnen, konnte Marion Zimmer Bradley die Qualität ihrer Romane immer weiter verbessern und auf die Probleme eingehen, die ihr am Herzen liegen – so die Stellung der Frau in der SF und die Beziehungen der Geschlechter unter völlig neuen Bedingungen. Heute ist Marion Zimmer Bradley die mit Abstand bekannteste, erfolgreichste und beliebteste SF-Autorin der Welt. Um ihre *Darkover*-Romane hat sich längst ein regelrechter Kult gebildet, der auch in Deutschland immer mehr Anhänger gewinnt.

MARION ZIMMER BRADLEY (Hrsg.)

Die Monde von Darkover

MOEWIG BEI Ullstein

Moewig bei Ullstein
Amerikanischer Originaltitel:
Four Moons of Darkover
Übersetzt von Rosemarie Hundertmarck

Ungekürzte Ausgabe

Umschlagentwurf:
Theodor Bayer-Eynck
Umschlagillustration:
Silvia Mieres

Printed in Germany 1994
Druck und Verarbeitung:
Ebner Ulm
ISBN 3 8118 3883 0

3. Auflage November 1994
Gedruckt auf alterungs-
beständigem Papier mit
chlorfrei gebleichtem Zellstoff

Von derselben Autorin
in der Reihe
Moewig bei Ullstein:

Hasturs Erbe (63515)
Die Flüchtlinge des Roten Mondes (63540)
Reise ohne Ende (63548)
Der verbotene Turm (63553)
Die Zeit der hundert Königreiche (63584)
Landung auf Darkover (63653)
Zauberschwestern (63884)
Die Monde von Darkover (63883)
Herrin der Falken (63886)
Das Schwert des Chaos (63702)
Die Winde von Darkover (62803)
Das Zauberschwert (62807)
Die blutige Sonne (62822)
Rote Sonne über Darkover (62827)
Die Schwarze Schwesternschaft (62846)
Die zerbrochene Kette (62862)
Sharras Exil (62863)
Kräfte der Comyn (62851)
Gildenhaus Thendara (62834)
Die Weltenzerstörer (62855)

Die Deutsche Bibliothek –
CIP-Einheitsaufnahme

Bradley, Marion Zimmer:
Die Monde von Darkover: Roman /
Marion Zimmer Bradley. [Übers. von
Rosemarie Hundertmarck]. – Ungekürzte
Ausg., 3. Aufl. – Rastatt: Moewig bei
Ullstein, 1994
ISBN 3-8118-3883-0

Inhalt

Einführung

Wieder ist ein Jahr vergangen, und eine neue Ernte von Geschichten ist eingebracht. Vor noch nicht allzu langer Zeit bemerkte ein bekannter Schriftsteller (ich will ihn nur damit charakterisieren, daß er anscheinend glaubt, wir alle müßten erst zweihunderttausend Dollar im Jahr verdienen, bevor es uns gestattet sei, etwas über das Schreiben zu wissen), unverlangt eingesandte Manuskripte, die wir alle so häufig bekommen, seien zu etwa neunzig Prozent Mist, und noch dazu beklagenswerter Mist. Ich wagte es, dagegen einzuwenden, das meiste, was ich bekäme, sei recht gut, und er beschuldigte mich, »unaufrichtig« zu sein. Ich teilte ihm mit, wenn er mich noch einmal in einer Veröffentlichung unehrlich nenne, würde ich mir seinen Kopf auf einer Schüssel servieren lassen, und er schickte mir einen kunstvoll ausgefeilten Brief, in dem er darlegte, er habe das Wort mit Bedacht gewählt, und es bedeute nicht »unehrlich«. Ich weiß zwar nicht, was er in der Schule gelernt hat, aber da, wo ich aufgewachsen bin, war der Unterschied zwischen *unehrlich* und *unaufrichtig* minimal. Schlagen Sie gelegentlich beides im Lexikon nach.

Nun sicher, es machen sich manche Leute ans Schreiben, die, um die menschenfreundlichste Aussage zu treffen, sich besser zum Leser als zum Schriftsteller eignen würden. Sie wissen nicht, wie sie ihre Ansichten in gutem Englisch bekanntgeben sollen, und beweisen auf diesem Gebiet keine große Begabung. Sie schreiben Epen in fünffüßigen Jamben, die, um es höflich auszudrücken, sehr weit davon entfernt sind, einen Nachfolger von Tennyson erhoffen zu lassen. Sie haben ihren Spaß daran, und fern sei es mir, zu sagen, wenn sie ein Hobby möchten, sollten sie mit dem Häkeln oder Briefmarkensammeln anfangen. Ich wünsche wohl manchmal, sie würden mich mit ihren Bemühungen verschonen, aber das ist bei mir Berufsrisiko. Ich hätte Klempner werden können, und nie hätte mir jemand ein schlechtes Manuskript zum Lesen zugeschickt.

Die gleiche Möglichkeit hätte mein Kollege gehabt. Auch hätte er sich aufs Schreiben beschränken können, und ihm wäre die Mühe erspart geblieben, all diese schlechten Arbeiten von Leuten zu lesen, die seinen hohen Standard nicht erreichen. Wir alle haben schon schlechte Sachen geschrieben, bevor wir anfingen, gute zu schreiben. Manchmal haben wir es sogar absichtlich getan, aber meistens tun wir es aus Unwissenheit. Und wenn wir etwas veröffentlichen, das schon Schande über ein von einem Dreizehnjährigen herausgegebenes Fanzine bringen würde, dann ist es für mich und meinen Kollegen schlimm, daß die Autoren nicht belehrt worden sind. Schließlich müssen wir die Geschichten, die wir drucken, von *irgendwoher* bekommen.

Aber Tatsache ist, daß das meiste, was ich bekomme – jedenfalls für diese Darkover-Anthologien –, ziemlich gut ist. Besonders in diesem Jahr hätte ich ungefähr fünfundsiebzig Prozent aller Einsendungen verwenden können.

Dann lehne ich mich also zurück und gratuliere mir selbst, oder was sonst? Habe ich die schlechtesten Autoren durch die unbarmherzige Politik, nur die besten zu ermutigen, mit Stumpf und Stiel ausgerottet? Ich hoffe nicht. Natürlich bin ich stolz auf jeden, der damit beginnt, daß er mich imitiert; ich selbst habe anfangs – manchmal ziemlich schamlos – C.L. Moore und Leigh Brackett imitiert. Einmal stellte ich bei einem Gespräch mit C.L. Moore, an das ich mich noch gut erinnere, fest, daß sie wußte, wie nahe ich mit einem meiner Bücher an ein Plagiat eines der ihren herangekommen war, und ich fragte sie, warum sie nichts dagegen unternommen habe. Sie antwortete – höchst großzügig –, erstens handele es sich nicht um eine große Sache, zweitens sei ich wahrscheinlich zu jung, um es besser zu wissen, und drittens stelle so etwas eine Art von Schmeichelei dar, deren aufrichtigste Form die Imitation sei.

Nun, sie hatte recht, und wenn ich anfange, jemanden zu schelten, weil er meine Arbeit imitiert habe, tue ich selten mehr, als ihn zu ermutigen, im eigenen Stil zu schreiben. Denn ich frage mich, wo ich mich wiedergefunden hätte, wenn Catherine zu Beginn meiner Karriere wie eine Tonne Ziegelsteine über mich gekommen wäre. Wahrscheinlich würde ich irgendwo auf Staten Island Zweitkläßler unterrichten, und von den Darkover-Büchern wäre nie eines geschrieben worden.

Mein Freund – ich hoffe, wir sind trotz allem immer noch Freunde – hat öffentlich erklärt, ich sollte diese Leute nicht ermutigen. Man kann nicht umhin, sich zu fragen, ob er nicht einfach versucht, die Konkurrenz im Keim zu ersticken. Ich tue das nicht. Wenn ich zu alt zum Schreiben sein werde, möchte ich gern die Gewißheit haben, daß eine jüngere Generation nachrückt. Er und ich sind einmal zusammen in einer Buchserie von »jungen Schriftstellern« (Fans, die zu Professionellen geworden waren) erschienen. Wir hatten die Zwanzig damals noch nicht lange hinter uns; ich war Hausfrau in Texas, und er tat in einem Verlag untergeordnete Arbeit, um den Schornstein am Rauchen zu halten. Wie das Leben so spielt, hatten wir beide Erfolg und wurden gleichermaßen bekannt. Er hat sein Leben der Aufgabe gewidmet, über die Schrecken des Lesens von Mist zu sprechen, während ich – die ich glücklicherweise als Herausgeberin und Lehrerin viel besser bekannt bin als er – viel Zeit darauf verwendet habe, dahinterzukommen, was die guten Schriftsteller von den noch nicht veröffentlichten unterscheidet und letztere zu ermutigen, erstere zu werden. Bis heute habe ich mir die Fähigkeit bewahrt, voller Erwartung an den ›Misthaufen‹ zu gehen – man kann nie wissen, wann man ganz unten oder in dem nächsten Umschlag, den man öffnet, sagen wir, eine Jennifer Roberson oder eine Mercedes Lackey entdeckt, um nur zwei zu nennen. Ich stelle mir gern vor, daß es noch eine Menge mehr werden, bevor ich mit dieser Arbeit aufhöre. Was wäre die Welt der Fantasy, wenn H.P. Lovecraft nicht ein halbes Dutzend seiner Freunde, darunter Robert Bloch und Fritz Leiber, zum Schreiben ermutigt hätte? Was wäre, wenn ich – sagen wir – Jennifer, Misty oder Deborah Wheeler, deren Geschichte Sie in diesem Buch finden werden, entschieden abgeraten hätte? Ob mein Freund diese Verantwortung auf sich nehmen möchte?

Und ich frage mich: Wer von uns beiden hat mehr Spaß?

Natürlich bedeutet es, daß ich mir Gründe einfallen lassen muß, warum ich all die Geschichten, die ich nicht zum Druck gebe, ablehne. Bei den Vorarbeiten für diese Anthologie mußte ich den Leuten immer wieder und wieder erklären, wie unelastisch der Drucksatz ist – eine hübsche Redensart, die ich mir in meiner Kinderzeit von Sam Merwin angeeignet habe. Ich bekomme mehr Geschichten, als ich verwenden kann, und eine Menge von ihnen sind, alles in allem betrachtet, recht gut. Was tue ich nun mit den Epen in Blankversen und dem echt fürchterlichen Zeug? (Ja, einiges ist von Leuten geschrieben, die mit dem Häkeln anfangen sollten.)

Manchmal sage ich die Wahrheit, nämlich daß es dem professionellen Maßstab nicht entspricht. Aber jedes Jahr gibt es Geschichten, die ich mit Bedauern ablehne. Ich erinnere mich noch an eine gute Erzählung über eine *Emmasca*, und ich wüßte gern, ob ich sie eines Tages wiederbekomme, wenn ich Platz genug habe, sie zu drucken. Aber dann müßte ich die Arbeit von jemand anders zurückweisen . . .

Es scheint kein Ende zu geben. Also vorwärts – öffnen wir den nächsten Umschlag. Vielleicht enthält er ein weiteres fürchterliches Blankvers-Epos, und ich muß mir etwas einfallen lassen, wie ich dem glücklosen Autor beibringe, daß ich nicht der richtige Markt bin – falls es dafür einen gibt, was ich bezweifle. Aber vielleicht wird die nächste Geschichte von – nun, vielleicht von *Ihnen* sein.

Vielleicht auch nicht. Doch dieses Risiko muß ich eingehen. Niemand hat mir gesagt, ich dürfe kein Klempner werden.

Ich glaube, wenn man mir eine einzige Minute zugestände, um

aller Welt alles mitzuteilen, was ich über die Arbeit als Herausgeber weiß, würde ich sagen: »Niemand hat mir gesagt, ich dürfe kein Klempner werden.«

Alles in allem betrachtet, bin ich glücklich dabei.

Marion Zimmer Bradley

Der Schakal

von Vera Nazarian

Vera Nazarian war die jüngste Autorin, die je etwas an mich verkauft hat. Ich habe von jungen Anfängern in der Science-Fiction-Welt gehört, zum Beispiel von dem vierzehnjährigen Con Pederson, aber er hat als Erwachsener nie mehr etwas geschrieben. Ich selbst allerdings habe in einer Welt, die für ihre jungen Leute bekannt ist (Bob Silverberg verkaufte seinen ersten Roman als Teenager, ebenso Harlan Ellison), zwar jung begonnen, aber nicht besonders früh etwas verkauft. Meinen ersten veröffentlichten Roman schrieb ich mit achtzehn (DAS LICHT VON ATLANTIS), aber gedruckt wurde er erst viele Jahre später.

Ich habe von vielen Wunderkindern gehört. Als ein junges Mädchen EIN GEWISSES LÄCHELN schrieb, spöttelte ein bekannter Literaturkritiker, heutzutage schrieben Mädchen Bücher, die zu lesen man ihnen nicht erlaubt hätte, als er ein Junge war. (Wenn das stimmt, ist es schlimm für ihn; eine Zensur der Lektüre hat noch niemandem gutgetan. Ich bin – wie mir sehr genau bewußt ist – das Produkt einer großen unzensurierten Bibliothek, und das ist jeder Schriftsteller, der des Lesens wert ist.)

Was hat das alles mit Veras Geschichte zu tun? Nichts. Sie geht jetzt aufs College und ist für eine Schriftstellerin nicht mehr besonders jung. Aber es hat mir eine gute Gelegenheit gegeben, mich über ein Thema auszulassen, das jedem Schriftsteller am Herzen liegt, die Zensur und wie wichtig es ist, junge Menschen nicht zu entmutigen. (MZB)

»*Vai dom*, die Sage spricht von einem alten Fluch, einem Bann, der von der Schwarzen Schwesternschaft Avarras über die Harksell-Feste und ihren Herrn ausgesprochen wurde«, warnte der Mann. »Ich empfehle Euch – nein, das ist nicht das richtige Wort – ich dränge Euch, ich bitte Euch flehentlich, dieses wahnsinnige Vorhaben zu überdenken. Die Zahl unserer Männer ist zu gering, wir sind . . .«

»Du redest Unsinn, Dorian«, erklärte der Mann von dunklem, wildem Aussehen, den der andere als »Dom« angesprochen hatte. »Wenn der *Gre'zuin* Ridenow auf diese Weise verflucht ist, wie es einem solchen Lumpen auch nicht anders zukommt, dann ist es nur zu unserem Vorteil, ihn anzugreifen, auch wenn unsere Zahl gering ist, wie ich sehr wohl weiß. Ich werde ihn und die Seinen nicht nur durch einen Überraschungsangriff überwältigen, sondern auch gerade durch diesen Fluch, der über ihren Köpfen hängt.«

»Oh, Dom Jaqual, aber dieser Fluch macht keine Unterschiede. Er wirkt auf jeden, so heißt es, der sich in Sichtweite der Feste befindet. Und außerdem habt Ihr das Ridenow-Blut . . .«

»Ja. Ihr schmutziges *Nedestro*-Blut«, zischte Jaqual und lehnte sich auf dem einzigen Sessel in dem improvisierten Zelt zurück, um das seine schwache Söldnerschar das Lager für die kalte Nacht aufgeschlagen hatte. Jaqual nannte sie ›seine Armee‹ und plante in allem Ernst – ob es mit dem Fluch nun seine Richtigkeit hatte oder nicht –, Harksell zu erstürmen, diese alte Feste aus schwarzem Stein im Serrais-Land.

Hoch am Himmel standen die zunehmenden Monde in einer Reihe hintereinander – ein Ereignis, das fast noch im Reich des Zufalls anzusiedeln war, so selten kam es nach astronomischen Begriffen vor.

»Dann erzähle mir von diesem Fluch«, befahl der Lord, der kein Lord war. Der dünne blonde Mann, Dorian mit Namen, der vor ihm stand, verlagerte das Gewicht vom einen Fuß auf den anderen. Wie immer verursachte es ihm Unbehagen, wenn er

Jaqual mac Naella, *Nedestro*-Sohn des Ridenow-Lords, dessen Feste er zu erobern gedachte, in die hundegelben Augen sah.

»Die Leute sagen, mein Lord, derjenige, der Euer Vater ist und dessen Namen zu verwenden Ihr uns verboten habt, habe gegen Avarra gesündigt. Das war lange vor Eurer Geburt, und ich war damals noch ganz jung.«

»Was hat das Schwein außer dem, was er meiner unglücklichen Mutter angetan hat, sonst noch verbrochen?«

Dorian wich seinem Blick aus.

»Sprich, Zandru schlage dich!«

»Er – *vai dom* – er soll an Avarras Ort gewesen sein, den Männer nicht betreten dürfen – auf der Insel des Schweigens, wo *ihre* Priesterinnen wohnen, sie, die die Schwarze Schwesternschaft sind, wie ich vermute. Euer Vater hat sie in knabenhaftem Unverstand aufgesucht. Es war der Einsatz bei einem Würfelspiel gewesen, das er verlor.«

»Ach nein. Und ich bin Carolin Hastur von Carcosa! Es gibt einen einzigen Mann, der – es geschah erst vor kurzem – die Unverschämtheit hatte, in den Ort der Göttin einzudringen, und das ist der seltsame Zwillingsfriedensmann des Königs von Asturien. Die Welt weiß nur deswegen von diesem Vorkommnis, weil die Priesterinnen gestatteten, daß es bekannt wurde . . .«

»Mein Lord, glaubt mir, ich lüge nicht. Euer Vater hat diese Tat begangen und kehrte zurück, um sich ihrer zu rühmen. Ich erinnere mich gut daran. Allerdings erzählte er uns wenig darüber, was er tatsächlich gesehen hatte. Damals war ich noch sein Gefolgsmann. Halb scherzend berichtete er, danach habe er einen Traum gehabt, in dem die Göttin ihm erschien. Und irgendwie wußte er dann, daß er verflucht war.«

Die gelben Augen in dem hübschen Gesicht, das von Haaren in der Farbe brennender Kohlen umrahmt war, verengten sich zu Schlitzen. »Du sprichst viel, wirfst mit leeren Worten um dich, aber bis jetzt hast du mir nichts über den Fluch selbst gesagt. Worin besteht er?«

»Das – das weiß ich nicht . . .«

»Ja. Ich kann sehen, daß du es wirklich nicht weißt«, flüsterte Jaqual nach einem Augenblick. Dorian erschauerte im Gedanken daran, daß der andere seine Gedanken lesen konnte.

Jaquals Lippen verzogen sich zu einem höhnischen Lächeln, während seine Augen kalt wie das Eis der Hellers blieben. »Macht nichts. Du hast mich darauf aufmerksam gemacht, daß eine Gefahr bestehen könnte, das ist alles. Ich fürchte mich nicht. Mein Haß ist stärker als irgendeine von einer Frau ausgehende Bedrohung.« Und dann wurde sein Lächeln zu einem Grinsen, das die weißen Zähne entblößte. »Vielleicht bin *ich* der personifizierte Fluch, denn durch meine Hand wird *er* fallen, bevor ich sterbe. Morgen, wenn der Herr des Lichts es will.«

Das Feuer brannte hell in der Großen Halle der Harksell-Feste. Ein Junge, dessen Haar um mehrere Schattierungen dunkler war als die Flammen, saß da und beobachtete wie hypnotisiert ihren fließenden Tanz. Ein leichtes Lächeln lag auf seinen Lippen. Er meinte, in den Flammen winzige Lichtwesen zu erkennen, die schwindelerregend umherwirbelten, und er versuchte, ihre wahre Gestalt festzustellen, sie sich einzuprägen . . .

»Garrik! Sitz nicht immerzu müßig herum, sonst wird, wie Dame Lisea sagt, dein ganzes Leben vorbeigeflohen sein, bevor du es auch nur merkst. Habe ich dir nicht gesagt, Meister Veynal wolle mit dir über deine so schlecht ausgefallene Arbeit sprechen?«

Der Junge fuhr erschrocken auf und maß seine Schwester Xiella Ridenow mit einem zornigen Blick. Er hatte sich so völlig in die Betrachtung der Flammen versenkt, daß er von ihrer mentalen Annäherung nichts gemerkt hatte. Stirnrunzelnd beschuldigte er sie: »Du hast es verdorben, Xie. Ich war kurz davor, sie zu *verstehen*, endlich zu verstehen, und du hast es verdorben! Zandrus Eishöllen, nur noch eine Sekunde, und ich hätte gesehen . . .«

»Ich weiß nicht, wovon du redest, Garrik«, schnitt ihm Xiella scharf das Wort ab. »Ich wünschte, du könntest das sein lassen.« Ihre Stimme klang streng, während ihre mentalen Barrieren große Sorge um ihren Bruder verbargen. *Da starrt er stundenlang ins Feuer . . .* In letzter Zeit nahm er diese Geschichte mit den Wesen im Feuer zu ernst. Daran war etwas Ungesundes; es stank zum Himmel nach alter Matrix-Zauberei. Und die Unnatürlichkeit machte die Sache noch schrecklicher.

In ihrer Familie befaßte man sich nicht länger damit. Die Kinder wurden getestet und erhielten eine Matrix, aber mehr aus Gründen der Familienehre als aus dem Wunsch, mit dem Unbekannten herumzupfuschen, um Macht zu gewinnen.

Xiella dachte an ihren eigenen lichtfunkelnden blauen Stein, der ihr am Hals hing. Warum neigten im Gegensatz zu Garrik weder sie noch Keithyl zu einem merkwürdigen Verhalten, in die Flammen zu starren oder Ähnlichem? Unterschied sich ihr Bruder irgendwie von ihnen allen?

Du sorgst dich zu sehr um mich. Ich weiß, was ich tue. Ich werde nie aus Unachtsamkeit jemanden verletzen. Wenn ihr alle das bloß verstehen könntet . . .

Also hatte er schon wieder durch ihre Barrieren geblickt und ihre Gedanken gelesen. »Du! Bei deinen Fähigkeiten wird es langsam Zeit, daß du lernst, wie unhöflich ein solches Schnüffeln ist!« rief sie gereizt aus. »Ich sollte dich bei Vater verklagen.«

»Entschuldigung. Ich konnte nicht anders.« Garrik blickte zu seiner Schwester auf, die vor ihm stand, einen Kopf größer als er, obwohl er bereits elf war. Jeder sagte, sie werde jetzt richtig hübsch. Sie hatte goldenes Haar mit einem Rotbeeren-Schimmer, große blaue Augen und eine schlanke, reifende Gestalt. Irgendwie konnte er sie nicht ganz als Erwachsene und als Verlobte von Piedro Ardais ansehen. Piedro war zusammen mit ihrem älteren Bruder Keithyl hier aufgezogen worden, und er war groß und schön mit lachenden Augen, und er hatte Garrik schon mehrmals in Gesellschaft der Erwachsenen mit auf die Jagd genommen.

»Geh und melde dich bei Meister Veynal, Garrik. *Darüber* will ich jetzt kein Wort mehr hören« – nervös zeigte sie auf das Feuer – »oder ich sage es Vater doch noch.«

Du fängst an, mich herumzukommandieren wie eine alte Dame! Das habe ich gehört!

»Na gut. Dann werde ich gehen und die Monde am Himmel betrachten. Für immer und ewig! Bis ich versteinere und sterbe!«

»Tu das, und ich sage es Vater *und* Mutter, und du wirst beim Essen keinen Nachtisch bekommen, und ich werde es Piedro sagen, und er wird dich nicht mehr . . .«

Der Zorn schnürte ihm die Kehle zu. »Das ist mir ganz egal!« schleuderte er ihr entgegen. Er sprang auf, biß sich auf die Lippe und rannte aus der Halle.

Xiella ließ hilflos die Hände sinken. *Cassilda weiß es, es war mir nur zur Hälfte ernst! Hätte er nicht wenigstens soviel auffangen müssen*? Was war in den Jungen gefahren? In letzter Zeit war es, als sei er besessen. Ihr kam in den Sinn, was die Leute über die Harksell-Ridenows sagten, über den Fluch, der auf ihrer Familie liegen sollte, und sie verzog den Mund zu einem nervösen Lächeln. Das war nichts als alter Aberglaube.

Sie hörte einen Fensterladen klappern und trat ans Fenster, um ihn zu befestigen. Es war kalt für Anfang Herbst, und der starke Wind fegte in den Raum. Die Nacht draußen schimmerte violett und silbern, abgesehen von den Wolken, die wie dunkle Schatten über den Himmel rasten. Alle Monde waren beinahe voll.

Wie merkwürdig, dachte Xiella, *ich habe sie noch nie so synchron gesehen, noch nie in einer solchen geraden Linie aufgereiht. Nur Idriel in der Farbe des Meeresschaums weicht ein wenig zur Seite ab.*

Und jetzt benehme ich mich wie Garrik . . . Fast fuhr sie zurück. Sie wandte die Augen von dem magischen und irgendwie dräuenden Bild ab und machte die Fensterläden fest zu.

Wo waren sie alle zu dieser Stunde? Und hatte sie nichts Besseres zu tun, als aus dem Fenster zu starren?

Nur ihr *Laran* deutete mit einem Prickeln darauf hin, daß etwas nicht in Ordnung war. Es war, als liege ein Hauch von Unheil in der Luft.

Jaqual mac Naella erhielt seinen Namen, als er im Alter von fünfzehn Jahren zwei wilde Schakale zähmte und von da an wie zwei merkwürdig treue Hunde bis zu ihrem natürlichen Tod bei sich behielt. Davor hatte er einen anderen Namen getragen, doch er ließ ihn ebenso wie seine Kindheit jetzt hinter sich. Heute war es fünfundzwanzig Winter her, daß Rafael Ridenow seine Mutter vergewaltigt und beinahe totgeschlagen und seinen Samen in ihr zurückgelassen hatte. Und Jaqual wünschte sich vor allem zu vergessen. Was würde er nicht darum geben, diese Zeit aus seinem Gedächtnis gelöscht zu haben! Keine Erinnerungen mehr, die sich daran knüpften, nicht einmal an den Namen, den seine Mutter ihm gegeben hatte. Er wollte nur eins, und das war Haß, Haß auf seinen Vater Lord Ridenow und den ganzen schmutzigen Clan. Der Haß hatte ihn bisher aufrechterhalten, hatte ihm geholfen, jede einzelne Minute zu durchleben, ein harter Söldner zu werden und für seine Sache Männer um sich zu versammeln.

»Ich werde Lord Ridenow sein!« versicherte er ihnen, und sie glaubten ihm, da sie sahen, wie alles, was er anfaßte, gelang, auch wenn die Wahrscheinlichkeit dagegen sprach. Jaquals Männer waren alle gleichermaßen verzweifelt, von Jahren des Leides und der Entbehrung gezeichnet, aber sie betrachteten dieses besondere Vorhaben als so hoffnungslos, als sei der Plan von jemandem gefaßt worden, der geradenwegs aus dem Geisterwind kam. Trotz dieser Überzeugung blieben sie diesem Mann aus Liebe treu. Jaqual, verbittert und getrieben, war immer gut zu ihnen, er war gerecht, wenn es zu einem Streit kam, und er teilte alles mit ihnen, beinahe wie ein *Bredu*.

In dieser Nacht saß Jaqual schlaflos in seinem Zelt, lauschte auf den Wind draußen, spürte den kalten Luftzug hereinkommen und dachte: *Er sitzt vor seinem Feuer, schläft in einem warmen Bett mit einer Frau neben sich, die meine Mutter hätte sein sollen. Dieser winselnde, milchgesichtige* Gre'zuin *hat Naella gefoltert, sie bewußtlos geschlagen. Und als das unglückliche Weib später mich gebar, starb sie wie ein Tier der Gosse, gleich nachdem sie mir einen Namen gegeben hatte. Ich will keinen Namen ihrer Wahl. Ich trage den ihren nur, damit er mich an die längst überfällige Rache erinnert. Sie haben mich in eine Welt hineingesetzt, die mich nicht wollte. Und ich habe niemals ihre Liebe oder sonst etwas von ihnen gewollt . . .*

Er wand sich unter dem kurzen Schmerz einer alten Wunde, die ganz nahe seinem Herzen saß. Er erinnerte sich nicht einmal mehr deutlich, wie er sie bekommen hatte; da waren so viele andere. Diese zeugten davon, daß ein tödlicher Streich ihn nur knapp verfehlt hatte. Und immer würde sie ihn plagen, wenn das Wetter umschlug.

Jaqual mac Naella trug viele Narben für seine jungen Jahre. Tatsächlich gab es auf ganz Darkover keinen Fluch, der ihm größeren Schaden hätte zufügen können.

Dom Rafael Ridenow warf nur einen einzigen Blick in die leuchtende Nacht hinaus, bevor er die Fensterläden schließen ließ. »Oh, Arielle, etwas liegt schwer auf meinem Herzen«, sagte er zu seiner Frau und legte sich neben sie unter die weiche, warme Decke und die Felle.

»Frieden, Geliebter«, lächelte sie, und ehe die Kerze verlöschte, sah er noch die herzliche Liebe in ihren Augen. »Das ist nur der Wind. Ich spüre ihn wie einen alten Freund. Er muß den ganzen Weg von den Hellers gekommen sein.« Sie lachte leise im Dunkeln. »Wahrscheinlich hält er auf Geheiß meines Vaters nach mir Ausschau.«

Das sagte sie ihm immer zum Trost, diese nicht mehr junge, sanftäugige Frau, die Aldaran-Blut in sich hatte. Das Land jenseits des Kadarin, behauptet das einfache Volk, läßt seine Kinder niemals los. Und auch Arielle vergaß es niemals. Sie war gegen den Willen ihrer Sippe hergekommen, die im Streit mit den übrigen Comyn lag – doch das ist eine andere Geschichte.

Ich weiß nicht, was mich quält. Das ist nicht nur der kalte Wind.

Ihre antwortenden Gedanken waren wie zärtliche Liebkosungen. Noch nach so vielen Ehejahren und drei Kindern hatte sich ihre Liebe erhalten und sogar noch vertieft.

»Du hast keinen Grund, dich aufzuregen, Liebster«, flüsterte sie. »Du bist sicher nur müde. Und du machst dir Sorgen um das Wohlbefinden unserer Kinder und des Gutes.«

Nach einem Augenblick des Schweigens lachte er; er war wirklich müde. »Arielle, sogar die Monde kommen mir seltsam vor. Hast du heute abend einmal nach draußen gesehen? Es ist, als stellten sie sich für einen Kreistanz in einer Reihe auf, und ihre Gesichter sind alle voll!«

»Und du meinst, das sei irgendein Vorzeichen? Rafael, ich habe als kleines Mädchen in den Hellers Seltsameres gesehen, glaube mir. Ich finde, es ist ein schönes Bild.«

Sie hielt inne, sah ihn vor ihrem geistigen Auge so, wie sie ihn immer gesehen hatte – einen dunkelhaarigen, ergrauenden, dünnen Mann mit so freundlichen tiefen Augen, daß sie ihr die Seele aus dem Leib wanden mit ihrem vollkommenen Verständnis für sie. So tief waren sie, dachte Arielle, so voll von einem traurigen Geheimnis der Vergangenheit. Und sie empfand wie immer solche Zärtlichkeit, daß sie die Sorge aus ihm herausreißen wollte, die ewige Traurigkeit auslöschen, dann ihn beruhigen, ihn lieben . . .

Zur Antwort umarmte er sie leicht und meinte, das Thema wechselnd: »Es macht mich zu glücklich, Xiella und Piedro zusammen zu sehen. Ich liebe ihn wie meinen eigenen Sohn.«

»Ja, und wie ist unsere Tochter gewachsen! Es ist kaum zu glauben, daß ich sie vor kurzer Zeit noch in Windeln auf dem Arm trug!«

»Und morgen soll sie verlobt werden. Süße Evanda, wie die Zeit fliegt.«

Sie lagen eine Weile da und lauschten auf den Wind. Dann murmelte Dom Rafael, der nicht einschlafen konnte: »Vielleicht ist es der Gedanke an Garrik, der mich so beunruhigt. Der Junge ist zu empfindsam. Ich glaube, er wird sich seines *Larans* jetzt stärker bewußt, und daraus entstehen diese Wunderlichkeiten. Die Art, wie er Dinge betrachtet, sie anstarrt . . .«

Arielle seufzte. »Mir ist aufgefallen, daß Feuer ihn auf seltsame Weise fasziniert. Erst neulich erzählte er mir, es tanzten kleine Menschen in den Flammen. Was soll man davon halten? Xiella und Sabrynne haben sich beide darüber beklagt. Meister Veynal sagt, Garrik gebe beim Unterricht nicht acht, verliere sich in Tagträumen . . .«

»Das ist wirklich seltsam. Wie ich mich erinnere, berichtete Veynal mir, in Garrik habe er einen ausgezeichneten Schüler gefunden, der eifrig lerne und voller Fragen stecke.«

»Rafael, ich weiß, du liebst es nicht, wenn ich davon spreche, aber ich finde, diesmal solltest du mich anhören.«

Dom Rafael wußte, wohin das führen würde.

»Ich finde, diesmal solltest du das Angebot meines Schwagers Kyril ernsthaft in Erwägung ziehen. Er war der erste, dem Garriks Neigungen auffielen, noch ehe wir uns irgend etwas dabei dachten. Als Techniker im Dalereuth-Turm muß er es ja wissen. Außerdem glaube ich, Garrik wird es in Dalereuth so gefallen, daß er die notwendige Geduld aufbringen wird, um die entsprechenden Kenntnisse zu erwerben. Daß er diese Kenntnisse nicht besitzt, macht seine Seele im Augenblick krank.«

Dom Rafael seufzte schwer. »Garrik hat nie eine Spur der Empathie gezeigt, die in meiner Familie liegt.«

»Trotzdem ist er Telepath! Er fängt Gedanken bereits so gut auf, daß wir unsere Barrieren vor ihm dicht geschlossen halten müssen. Er braucht Unterricht, Rafael, das weißt du selbst!«

»Er ist immer noch ein Junge. Er weiß nichts von . . .«

»Er weiß genug! Bitte, mein Gatte, dein Sohn ist groß genug, um sich genau darüber im klaren zu sein, was er tut. Und jetzt muß er nicht nur lernen, seine Gabe zu beherrschen, sondern auch *Laran*-Höflichkeit. Außerdem vermute ich, er hat etwas von *meinem* Erbgut, nicht von dem der Ridenows.«

»Arielle . . . irgendwann erlaube ich vielleicht, daß er nach Dalereuth geht, aber jetzt noch nicht. Laß ihm noch mindestens zwei Jahre.«

»Siehst du denn nicht, daß er schon *jetzt* eine mit seinem *Laran* zusammenhängende Phase durchmacht? Laß ihn wenigstens von einem, der etwas davon versteht, prüfen.«

»*Nein*. Arielle, noch nicht. Laß uns dieses nutzlose Gespräch beenden, es ist spät. Ich bin müde, und – mich quält immer noch eine unheilvolle Vorahnung.«

»Aber – oh, Rafael, Rafael.« Sie verstummte, schloß die Augen. *Ich wünschte, du würdest es sehen*!

Er rückte unter den warmen Decken näher an sie heran, und sie schmiegte sich an ihn. Sie wußte, diese Geste war die einzige Form einer Bitte um Entschuldigung, die sie von dem stolzen Ridenow erhalten würde. Aber ihm war klar, was sie empfand; seine Empathie für sie war so stark, daß er unwillkürlich mit seiner Berührung ihre Verzeihung erbat, denn er spürte, auch wenn es ihm nicht voll bewußt war, daß er unrecht hatte.

Dieses Gefühl. Als sollten wir jeden Augenblick angegriffen werden.

»Von wem?« fragte Arielle erschrocken. Wieder war sie durch seine Unruhe aus der Wärme ihrer Umarmung gerissen worden. »Es kann doch niemanden geben, der uns angreifen will, das ist lächerlich! Warum? *Warum* sollte irgendwer uns angreifen wollen? Du bist übernervös . . .«

Sie konnte sich das ironische Verziehen seiner Lippen vorstellen, während sein unausgesprochener Gedanke verklang: *Du, die du kein Ridenow-Blut hast, verstehst das nicht. Nicht einmal jetzt gibt es Frieden für mich, und es wird nie welchen geben. Ich fühle es! Dieser Ort, die Harksell-Feste, ist in Wahrheit verflucht.*

Und da wurde Arielle, Lady von Harksell, von Angst gepackt.

Jaqual war ein Mann, der von seinen Erinnerungen verzehrt wurde. Die Empathie, ihm vererbt von seinem verhaßten frevlerischen Vater (dessen eigenes *Laran* unendlich schwächer als das seines Sohnes war), zwang ihn, wieder und wieder die Vergewaltigung seiner Mutter zu durchleben und dann seine qualvolle Geburt, die sie beinahe getötet hatte. Es waren *ihre* Erinnerungen, auf ihn übertragen, so daß er keinen Frieden finden konnte. Ihm widerfuhr die Folter mit jeder genauen Einzelheit, er teilte ihren Haß auf Dom Rafael und baute darauf seinen eigenen Haß auf. Und dann empfand er ihren Haß auf sich, das Kind, auf den ungewünschten Sproß der Vergewaltigung, den sie gern vor der Zeit aus ihrem Leib gerissen hätte. Sie hatte sogar das Frauenkraut anwenden wollen, das Fehlgeburten herbeiführt. Bei der Geburt hatte sie vor Schmerz geschrien und dem sensiblen empathischen Geist ihres Sohnes im Augenblick seines Eintritts in die Welt unbewußt alles aufgezwungen, auch ihre frühere Pein.

Jaqual erinnerte sich – denn in diesem Zusammenhang *war* er Naella – an die lüsternen Annäherungsversuche ihres Herrn. Sie, Naella, war nur ein Dienstmädchen, und der junge Lord der Harksell-Feste hatte ihre blühende Gestalt erblickt und sie auf der Stelle begehrt. Er war bekannt für sein Ungeschick, denn er besaß sehr wenig von der Ridenow-Gabe und noch weniger Takt, und so hatte er Naella von Anfang an verängstigt. Bald war es soweit, daß sie sich, um ihm aus dem Weg zu gehen, in der Frauenunterkunft verstecken mußte, wenn sie nicht bei der Arbeit war. Aber eines Abends hatte er sich nach einem kleinen militärischen Sieg (denn es waren damals unruhige Zeiten) betrunken. Er stöberte sie auf und tat ihr Gewalt an, und als sie sich voller Entsetzen wehrte, schlug er sie mit seiner Peitsche, bis sich die Haut von ihrem Rücken löste und ihre Kehle heiser vom Schreien war. Und als man später feststellte, daß sie empfangen hatte, nannte man Naelle eine Hure und warf sie hinaus. Vor Jaquals Geburt war sie monatelang als zerlumpte Bettlerin im Serrais-Land von Dorf zu Dorf gezogen.

Ihr schönes Haar, dicht und dunkel wie die Augen eines Chervine, war strähnig geworden, ihre Augen, gelb-golden wie die Goldblume, blickten leer und bar jeder Vernunft. Jaqual hatte diese Augen geerbt, und in den seinen lag immer dieser verborgene Schmerz, nur hatte er sich zu einem grimmigen und wilden Stolz gewandelt.

Schmerz, Schmerz . . . Sengender mentaler Schmerz. Naella hatte nicht nur körperlichen Schmerz empfunden, da war auch ein namenloses Entsetzen davor, zu Tode mißhandelt zu werden, und die Zerstörung der Selbstachtung (denn er zwang sie, in sich etwas Untermenschliches zu sehen).

Verrückte Banshee-Schlampe! Dreckstück! Unaufhörlich hatte Rafael Ridenow ihr diese Schimpfwörter zugeschrien und dazu ungezählte andere, alle aus der Gosse. Dabei waren viele, die sie nicht verstand, deren Bedeutung sie jedoch aus den Wellen hämischer Wut erfaßte, die von ihm ausgingen. Das alles hatte eine Stunde gedauert, nicht länger, aber ihr war es wie eine Ewigkeit vorgekommen, wie eine Million blutiger Sonnenuntergänge . . .

Jaqual hörte es alles in seinem Gehirn, fühlte die Schläge auf seinen Körper niederfallen, fühlte das Reißen, die brennende Qual in seinen Lenden . . . Stumme Tränen rollten ihm aus den Augen. Immer kamen die Tränen, wenn er allein war.

Und als die rauhe Stimme in seinem Gehirn weiterbrüllte, wuchs sein Haß, bis er brannte wie alle Höllen Zandrus und Jaqual seinen Vater mit seinen bloßen Händen zerreißen wollte.

Und dann waren da seine eigenen Erinnerungen. Mit den Augen eines kleinen Jungen sah Jaqual seine Mutter, angeschwollen von Krankheit und Hunger, sterben und ihn allein lassen. Das allein bedeutete schon eine namenlose Angst, denn er war ein Kind und hatte niemanden und war am Verhungern. Damals hatte Jaqual vor der Zeit ein Mann werden oder sterben müssen . . .

Unter Mühen schnitt er die Flut der Erinnerungen für mehrere Minuten ab. Hier, in der Kühle der Nacht, fand er in die Realität zurück. Um seiner selbst willen, um seines inneren Friedens willen mußte er diesen Mann vernichten. Er konnte jetzt gar nicht mehr anders. Es war ihm »angeboren«, es war stärker als jedes *Laran*. Der Schutzmechanismus seines Geistes war an der Arbeit.

Und doch ließ etwas Menschliches, etwas tief in seinem Innern Begrabenes Jaqual innehalten in dem Wunsch, Lord Ridenow, seinen Vater, zu verstehen.

Jaqual wußte, sein Vorhaben war hoffnungslos zum Scheitern verurteilt. Die ganze Zeit hatte er sich, wenn er seinen Männern von seinen Plänen berichtete, hart, kühl und selbstbewußt gezeigt. Das war an sich schon unfair. Er hatte seine Augen den Tatsachen verschlossen. Wenn er seine zerlumpte Söldnerschar zwang, die beinahe unbesiegbare Feste zu stürmen, würde das zu nichts führen als zum Tod der Männer. Wahrlich, so handelte ein Besessener. Harksell war gut befestigt, und sogar Jaquals kampfgestählte Männer – auch wenn er dreimal so viele hätte – waren den Verteidigungen nicht gewachsen. Wenn sie nur Haftfeuer hätten . . .

Oh, ich bin wirklich verrückt. Was ich vorhabe, ist Selbstmord, und um meinen Soldaten und meiner Ehre als Mann gerecht zu werden, muß ich es allein tun. Meinen Vater zu töten, ist meine einzige Hoffnung, mein einziger Wunsch. Ich will nichts von seiner Feste. Damit würde ich mir nur diesen Fluch aufladen. Und verflucht bin ich sowieso . . .

Und dann kam ihm ein neuer Gedanke. Die Leute, die er vor kurzem ausgesandt hatte, Lord Ridenow zu beobachten, hatten bei ihrer Rückkehr von dem bevorstehenden Fest erzählt, bei dem eine Verlobung stattfinden sollte. Sicher würde der Dom persönlich anwesend sein und dazu eine Menge anderer Leute. Zu welchem anderen Zeitpunkt bot sich ihm eine bessere Gelegenheit, sich unbemerkt unter die Verwandten zu mischen und ein Messer in das schwarze Herz zu stoßen?

Morgen ist ihr Freudentag. Und morgen habe ich zuschlagen wollen. Also ist es vorherbestimmt, daß ich die Gelegenheit ergreife, die sich mir dadurch bietet. Ich werde allein gehen und für meine Männer den Befehl hinterlassen, daß sie bis Mitternacht warten sollen. Kehre ich nicht zurück, können sie dieses hassenswerte Land verlassen, sich trennen und unter anderen Führern für eine andere Sache kämpfen. Ich will nicht, daß meine hoffnungslose Rache ihnen den sicheren Tod bringt. Meine Brüder, meine treuen Schakalbrüder. Lange haben wir im gleichen Rudel gekämpft . . .

Es heißt, meine Halbschwester sei schön, das ist die, die verlobt werden soll. Und meine Halbbrüder sind stark und schön von Gesicht. Ich weiß so viel über sie . . . Ich hasse sie, und gleichzeitig nehme ich ein seltsames Interesse an ihnen wie an meinem eigenen Fleisch und Blut.

Doch sie haben nicht einmal eine Ahnung von meiner Existenz. Wie sollten sie auch? Welpen, gezeugt von einem selbstzufriedenen Hund. Heute würde er niemandem mehr erzählen, welche dunklen Geheimnisse seine Jugend birgt.

Avarra, dunkle Mutter, hilf mir, ihn zu vernichten! Hilf mir, den Frevler zu besiegen, auszulöschen, was er Übles getan hat, an dir und den deinen und an mir.

Später, als die Morgendämmerung den Himmel in einen dunklen Lavendel färbte, beobachtete Dorian, Jaquals rechte Hand – äußerlich gefaßt, aber mit blutendem Herzen, nachdem er seine Anweisungen erhalten hatte – den stummen Abschied des jungen Schakals. Letzten Endes hatte er die Worte des älteren Mannes doch beherzigt, wie Dorian, der seinen gerechten Charakter kannte, es vorausgesehen hatte. Jaqual ließ sie jetzt in Frieden zurück, während er ging, um seinen eigenen Streit auszutragen. Dorian hatte kein *Laran*, aber irgendwie erkannte er, daß dieser Mann, den er haßte und fürchtete und auf eine eigene Weise liebte, von nun an einen getrennten Weg verfolgen würde.

So viele Verwandte waren nach Harksell inmitten des Serrais-Landes gekommen – Ridenows und Serrais, die Ardais, um Piedros Verlobung mitzuerleben, und mehrere andere Familien aus der Hastur-Sippe. Es war früher Abend, und die aus schwarzen Steinen erbaute Feste erstrahlte in den Lichtern der Festnacht. Die blutige Sonne war wie ein Stein unter dem Horizont versunken, und die vier kalten Gesichter der vollen Monde reihten sich am Himmel auf, um Zeuge zu sein.

Dom Rafael, Lord von Harksell, gekleidet in seine Hausfarben, begrüßte die Gäste mit einem Lächeln auf den Lippen und einer heimlichen Sorge im Herzen. Zu seiner Rechten stand Keithyl, sein Sohn und Erbe, hochgewachsen und starkgliedrig und so gut gebaut wie ein echter Ridenow-Sohn. Sein feuerfarbenes Haar beschämte die Lichter, und es hieß, wenn ein Mädchen ein einziges Mal in seine blauen Augen gesehen habe, könne sie sie nie mehr vergessen.

Piedro Ardais neben ihm, dessen Augen niemals aufhörten, Funken zu sprühen, und der ständig bereit war, in Lachen auszubrechen, trug die Farben seines Hauses. Und es sah aus, als könnten die Farben mit seinem Strahlen nicht wetteifern, ebenso wie sein dunkles Haar und sein schwärzliches Gesicht in einem eigentümlichen Gegensatz zu seinem raschen Lächeln standen. Es hatte selten einen glücklicheren Bräutigam gegeben.

»Hör auf zu feixen, *Bredu*, sonst fallen dir die Zähne heraus.« Keithyl blinzelte seinem Pflegebruder zu. »Man sagt, wer bei der eigenen Verlobung zu glücklich ist, dem bringt die Hochzeit Tränen.«

Piedro schüttelte grinsend den Kopf und antwortete halb flüsternd im gleichen Ton: »Warte, bis du an der Reihe bist, Bruder. Wart's nur ab.« Dabei durchsuchten seine Blicke die Halle nach seiner Verlobten.

Garrik kam gelaufen. Sein blasses Gesicht hatte mehr Farbe als sonst, und seine Augen funkelten. »Piedro, Xie sieht wunderschön aus! Sie trägt – nein, das darf ich noch nicht verraten. Du wirst es selbst sehen. Sie sagte mir, ich solle . . . ich solle . . .« Hier brach er ab und errötete vor Verlegenheit für seine Schwester. Keithyl fiel ein:

»Was sollst du? Vielleicht Piedro einen Kuß von ihr geben? Wenn er von einer so hübschen *Damisela* wie dir überbracht wird, hat er bestimmt nichts dagegen, daß Xie nicht selbst kommt«, zog Keithyl ihn auf.

»Halt den Mund!« Echter Zorn auf seinen älteren Bruder loderte aus Garriks Augen. Als er klein war, hatten sie immer von ihm gesagt, er sei hübsch wie ein Mädchen. »Nenn mich das nie wieder!«

Laß es gut sein, Bredu«, kam Piedros geistige Berührung. *Du gehst zu unsanft mit ihm um. Denke daran, er ist in letzter Zeit nicht er selbst gewesen. Mach keine solchen Witze.*

»In Ordnung, *Chiyu*, gib nichts auf das, was ich sage. Höre, geht es dir gut?« Keithyl wurde für einen Augenblick ernst und betrachtete den Jungen besorgt.

»Und nenne mich auch nicht *Chiyu*«, gab Garrik traurig und verstimmt zurück. »Ich bin kein Kind mehr.« Und dann raffte er seine ganze Würde zusammen und sagte, immer noch böse auf seinen Bruder, steinern zu Piedro: »Xie trug mir auf, ich solle dir all ihre Liebe überbringen. Das war's.«

»Ich danke dir, *Bredu*«, antwortete Piedro so ernsthaft und mit soviel Takt, daß Keithyl, für gewöhnlich der gesetztere von den beiden, ihn anstarrte. Und dann leuchtete es in Piedros Augen auf. »Ich nehme ihre Liebe von ganzem Herzen entgegen, und wenn du sie vor mir wiedersiehst, überbringe ihr dafür die meine.« Er zwinkerte. »Nun lauf, hol dir einen Honigkuchen! Du verdienst ihn für die schwere Arbeit, zwischen mir und Xie Botschaften hin und her zu tragen.«

Von neuem traurig lächelnd, nickte Garrik und entfernte sich. *Hol dir einen Honigkuchen. Sogar Piedro sieht mich immer noch als Baby an.* Der Schein einer in der Nähe brennenden Fackel zog seinen Blick auf sich, und er blieb fasziniert stehen.

Auf der anderen Seite der Halle stand Sabrynne, eine Cousine Piedros, mit ein paar älteren Frauen zusammen und betrachtete entzückt ihre Umgebung, die tanzende Verwandtschaft, die Lichter, die Pracht der Kleidung. Wie Piedro war sie hier zusammen mit den Mädchen des Haushalts aufgezogen worden. Sabrynne, eine dünne, blasse Zwölfjährige mit nachdenklichen Augen, hatte eben noch Xiella, ihrer Pflegeschwester, beim Anziehen geholfen und träumte jetzt von ihrer eigenen glitzernden Hochzeit in der Zukunft. Sie war erst eine Mädchenknospe, naiv, aber solche Träume waren ihrer Phantasie nicht fremd. Sie stellte sich einen schönen Fremden mit freundlichen Augen vor, der kommen und sie auf seine Burg entführen würde, ein mächtiger junger Lord wie die in den alten Geschichten . . .

Plötzlich begegnete sie dem intensiven Blick von zwei goldenen Augen. Ihre Fremdartigkeit kam ihr gar nicht zu Bewußtsein, sie erwiderte den Blick treuherzig mit ihren kindlichen blauen. Die niemals blinzelnden Augen folgten ihr, und in ihnen war etwas Heißes, Brennendes, ein Gefühl, das Sabrynne völlig unbekannt war. Und da die Art dieses Blickes sie faszinierte, bemerkte sie auch den Rest. Ein hochgewachsener dunkler Mann – so dunkel wie ein Stückchen Nacht, draußen losgerissen und in die Mitte der hell erleuchteten Halle gestellt – stand ein Stück von ihr entfernt. Er trug Kleidung, die ihr irgendwie merkwürdig vorkam und die nicht auf ein Fest gehörte. Und er selbst, einem Falken ähnlich, hob sich gleichzeitig von der Menge ab und verschwand in ihr – ein Paradoxon. Er hatte etwas so Wildes an sich . . .

Ein seltsamer Schauer überlief sie. Impulsiv zupfte sie die neben ihr stehende Frau am Ärmel und fragte, auf ihn weisend: »Wer ist dieser Mann, Milda?«

Die Frau sah in die angegebene Richtung, kniff die Augen zusammen und meinte dann: »Unsinn, Kind, was für ein Mann? Ich sehe da nur alte Damen.«

»Nein, da drüben, neben dem grüngekleideten Dom und seiner Lady in Violett . . .«

»Da ist niemand, Chiya!«

»Aber Milda, du bist ja blind! Da drüben, der in der dunklen Kleidung . . .«

»Oh, hör auf, Mädchen. Ich sehe niemanden, wie du ihn beschreibst. Geh lieber und mach dich nützlich, statt fremde Männer anzugaffen.«

Und wirklich, als sie das nächste Mal hinsah, fand Sabrynne ihn nicht mehr dort.

Dom Rafael sprach mit Piedros Verwandten, doch die Last auf seinem Herzen wurde nicht leichter. *Etwas wird geschehen. Heute nacht.*

Keithyl nahm sich ein Glas von einem Tablett, das herumgetragen wurde, und brachte einen Trinkspruch aus: »Auf Ardais und Ridenow!« rief er laut. Lächeln und Gläserklingen füllten die Halle.

Und dann wurde es ganz still, der Tanz hörte auf, denn die Braut kam in die Halle, begleitet von ihren Frauen. Xiella trug ein prächtiges Gewand in dem gleichen Lavendel, wie der Sonnenaufgang an diesem Morgen gewesen war. Doch Piedro bemerkte die Farbe nicht, weil er nur ihr Gesicht sah.

In diesem Augenblick, als er seine Schwester in ihrem Liebreiz betrachtete, überkam Keithyl, der neben ihm stand, ein Prickeln, das fast wie eine Vorahnung war, und er hielt abergläubisch den Atem an. Sie war einfach zu schön . . .

In der entferntesten Ecke der Halle, wo die Musiker saßen, lugte Garrik hinter einer Säule hervor. Er war wie benommen, vor den Augen seines Körpers und seines Geistes wirbelten Flammen, und er bekam den Eintritt seiner Schwester nicht ganz mit.

Dom Rafael sah seiner Tochter entgegen, aber auf einer anderen Ebene erschauerte er, denn zwei goldene Augen hatten ihn entdeckt, und er war sich plötzlich bewußt . . .

Dieses Bewußtsein blieb ihm, während er die Hände seiner Tochter und seines Pflegesohns zusammenlegte und sie im Namen der Götter segnete.

Und dann, als sie zu einem offiziell verlobten Paar gemacht worden waren und die Musik von neuem zu spielen begann, fand Dom Rafael in sich nicht die Kraft zu tanzen, nicht einmal, wie der Brauch es verlangte, mit seiner Tochter. Seine Glieder waren wie Blei, und er fühlte sich schwach, oh, so schwach . . .

»Geh, tanz mit deinem Piedro, *Chiya*. Du mußt mich für jetzt entschuldigen, ich werde auf einmal so müde. Ich verspreche dir einen Tanz, später.«

»Bist du krank, Vater?« flüsterte die Braut, und ihr Lächeln verschwand. Tatsächlich war sie trotz ihres Glücks schon den ganzen Abend unruhig gewesen.

»Nein, meine Liebe, nur müde. Geh jetzt.« Obwohl er ihr ermutigend zulächelte, erfaßte sie, daß es schlimmer um ihn stand, als er zugab. Piedro tanzte jedoch mit ihr davon, bevor sie ein weiteres Wort sagen konnte.

»Ich muß so früh am Abend schon zuviel getrunken haben, mir ist bereits übel«, beklagte sich lautstark ein naher Vetter der Harksell-Ridenows, der ein paar Fuß weiter weg stand. »Was könnte mich sonst so niederdrücken?«

Sabrynne blickte zu dem Mann mit den gelben Augen auf. »Wie ist Euer Name, Sir?« Sie fürchtete sich nicht länger vor ihm, vor seinem merkwürdigen Benehmen und seiner Dunkelheit. Ihre Lippen lächelten ebenso wie ihre Augen, die unschuldig den seinen begegneten.

Lange Zeit sagte er nichts, und flüchtig überkam sie neue Angst. Die goldenen Augen waren so durchdringend, so brennend. Fast hatte sie das Gefühl, ihm aus irgendeinem Grund zu mißfallen. Warum sonst hätte er sie so anstarren sollen? Und es war verborgener Schmerz in ihm, wie sie allmählich erkannte. Wenn sie nur tiefer in diese Augen hineinsehen könnte, würde sie vielleicht entdecken . . .

»Jetzt wechselst du die Partnerin, Piedro! Schäm dich, du hast den ganzen Abend nur mit meiner Schwester getanzt! Was ist mit den anderen jungen Männern, die auch etwas von dem Glück haben wollen, das eine Braut bringt?« Lachend zog Keithyl seine Schwester von ihrem Verlobten weg.

»Das zahle ich dir noch heim! Warum bist du plötzlich so gereizt?« Aber die beiden tanzten außer Hörweite.

Domna Arielle setzte sich zu den Frauen. Sie war atemlos von dem letzten Tanz, den sie einem Verwandten aus Höflichkeit nicht hatte abschlagen können. *Wie erschöpft er wirkt*, dachte sie, ihren Mann von ihrem Platz aus beobachtend. *Mich beunruhigt etwas . . . etwas, das er gesagt hat.* Und dann war es, als rege sich ihre Aldaran-Gabe in ihr, und sie sah, daß *etwas* . . .

Dom Rafael lief ein Schauer über den Rücken, und er wußte, *jemand* näherte sich ihm. Um dem zu entrinnen, durchquerte er unter dem Vorwand, mit einem entfernten Vetter auf der anderen Seite sprechen zu müssen, schnell die Halle.

»Geht es dir gut, Garrik, mein Junge?« fragte Darryl, der alte *Coridom*, als er an der Stelle vorüberkam, wo sich Garrik in einer dunklen Ecke neben einem Balkon versteckte. Grinsend trat der alte Mann näher. »Hast du zufällig ein bißchen viel von den stärkeren Sachen erwischt?«

»Nein, Sir«, antwortete eine schwache, kalte Stimme, und Darryl sah, der Junge log nicht.

Er runzelte die Stirn. »Vielleicht wäre es dann besser, du würdest zu Bett gehen. Es ist schon spät für einen deines Alters, beinahe Mitternacht . . .«

»Nein! Bitte, Darryl, ich schöpfe nur eben ein bißchen frische Luft, die von dem Balkon hier kommt. Es ist so heiß drinnen.«

»Wenn du sicher bist – na, dann ist es ja gut. Aber übertreibe es nicht. Geh jetzt bald schlafen, hörst du?«

»Ja, Sir.«

Und dann fand sich Xiella im Tanz mit einem Mann wieder, dessen Augen golden wie die *Kireseth*-Blume waren. Er war dunkel, und er hatte etwas Wildes und gleichzeitig Ätherisches an sich wie die Nacht. Sie sah ihm verzaubert in die Augen und flüsterte: »Wer seid Ihr?«

Zuerst antwortete er nicht, er sah sie nur an, und in seinem Blick lag eine heftige Sehnsucht nach etwas Unerklärlichem. Xiella schmolz dahin. Sie war sich nur noch dieses Mannes bewußt, und das Gefühl breitete sich durch jede Zelle ihres Körpers in einer Weise aus, wie sie nur eine Frau, die weiß, was Lust ist, hätte empfinden dürfen. Doch sie war Jungfrau.

Alle Gedanken, die Zärtlichkeit, die Zuneigung für Piedro, alles entfloh ihrem Gehirn und war fort wie der Wind. In diesen Augenblicken vergaß sie sogar, daß Piedro existierte. »Seid Ihr – ein Verwandter?« hauchte sie zitternd. Er faßte sie um die Taille und wirbelte sie im Tanz herum. Der Druck seiner Hand machte ihr schwindelig.

»Ich bin – ein Verwandter . . .«, erklang zum ersten Mal seine Stimme wie ein Echo, leise und intim und süß wie Schmerz.

Ja, Schmerz kann süß sein . . ., schoß es ihr in dem Wahnsinn dieses Augenblicks durch den Kopf.

»Oh, mir ist so heiß!« rief sie, unfähig, seinen Blick zu ertragen. »Führt mich auf den Balkon, Verwandter. Ich brauche Luft zum Atmen – es ist hier drinnen plötzlich so stickig.«

Sein Mund verzog sich zu einem angedeuteten Lächeln.

»Ja«, sagte er. »Kommt.«

»Nein!«

Sie drehten sich um und sahen Dom Rafael vor sich stehen. Niemals hatte Xiella erlebt, daß die Augen ihres Vaters so blitzten, niemals, daß sich rings um sie soviel *Laran* regte. Doch sie stand im Bann des goldäugigen Mannes, und es kam ihr nur als etwas Nebensächliches zu Bewußtsein.

»Nein«, wiederholte Dom Rafael, während der dunkle Mann ihn ungerührt betrachtete. »Laßt meine Tochter los, wer Ihr auch sein mögt! Ich spüre schon seit langem, daß Unheil droht, und es hat mich vor Sorge verrückt gemacht. Aber jetzt weiß ich – es bezog sich auf Euch. Was wollt Ihr, daß Ihr kommt und die Verlobung meiner Tochter stört? Wer seid Ihr? Was ist das für ein Übel, das ich spüre?«

Schweigen. Man hörte den Wind draußen heulen, so still wurde es in der Halle. Auf ihnen allen lag ein Bann.

In Dom Rafaels Kopf erklang eine Stimme wie ein Flüstern. *Ich will dich allein. Nur um dich zu vernichten, bin ich gekommen . . . Teufel aus der Hölle, du mußt sterben!*

Warum? Wer bist du?

Ich bin Jaqual.

Und dann bewegte sich der dunkle Fremde, zog das willenlose Mädchen dicht an sich und zischte: »Du, die du von meinem Blut bist, meine Schwester, sieh mir in die Augen. Sieh in mich hinein, bevor ich den töte, der uns beide gezeugt hat!«

Als sie nun mit ihrer Seele sah und in den seltsamen absoluten Rapport fiel, der nur zwei Menschen aus Ridenow-Blut möglich ist, indem sie verschmelzen, da *sah* Xiella, was in ihm war. Sie stieß einen Schrei aus, der das Blut gerinnen machte, und brach ohnmächtig zusammen.

Mit merkwürdiger Sanftheit ließ Jaqual sie zu Boden gleiten. Dann richtete er sich auf und sah Dom Rafael ins Gesicht.

»Und jetzt« – seine Stimme war wie das Schicksal und der Wind – »ist es nur recht und billig, daß auch du siehst, was dein Werk ist.«

Bevor Dom Rafael in seinem Entsetzen auch nur blinzeln konnte, überflutete ihn eine Woge absoluten geistigen und körperlichen Schmerzes, und er sah und fühlte alle Greuel, die er begangen hatte . . .

Mit Mühe riß er seinen Geist los. Sein Körper krümmte sich vor Schmerz. »Was . . .«, begann er, »was bist du? Du bist kein Mensch. Was ist das für ein Alptraum?«

Jaqual antwortete nicht, zog nur langsam ein dunkles, schmales, glitzerndes Messer aus dem Gürtel und näherte sich dem Mann, den er für seinen Vater hielt.

Nun stand auch Dom Rafael unter dem Bann. Er war unfähig, sich zu bewegen. Nur seine Gedanken, die von der erlittenen Pein immer noch wild durcheinanderwirbelten, rasten. *Ist das also*

Avarras Fluch, den mein Urgroßvater über Harksell brachte? Oh, gnädige Avarra . . . er ist . . .

Ein schwacher kindlicher Aufschrei, der einzige Laut außer dem Wind, unterbrach das Niederfallen des Messers.

Jaqual! Nein! riefen die Gedanken Sabrynnes. *Du bist im Irrtum, Jaqual! Das ist nicht der Mann, den zu töten du gekommen bist! Nein*!

Und als er, der noch vor einem Augenblick ohne Erbarmen gewesen war, sich ihr mit einem seltsamen Ausdruck in den schmerzerfüllten goldenen Augen zuwandte, fuhr sie fort, durch ihr *Laran* mit ihm zu sprechen, während sie körperlich krampfhaft schluchzte, aus Mitleid mit ihm und in absoluter Empathie weinte, ohne eine Ridenow zu sein – denn Sabrynne hatte *seinen* Rapport mit Xiella geteilt.

In Sekunden war das kleine Mädchen zur erwachsenen Frau gereift. Das schmale, nicht länger junge Gesicht trug den Stempel der Weisheit und der Qual.

Nein, Jaqual mac Naella, ersteche diesen Mann nicht, fuhr sie fort. *Er ist nicht der Dom Rafael, den du mit Recht so haßt. Der, den du suchst, ist gestorben – vor mehr als hundert Jahren . . .*

Er starb, Jaqual, von deiner Hand. Aber sein Friedensmann tötete auch dich. Sieh die Wunde in deinem Herzen, die Wunde, die dir immer Schmerzen bereitet – das Messer traf dich, es ging nicht fehl. Du bist tot, Jaqual! Du bist seit beinahe zwei Jahrhunderten tot!

Die blauen Augen des Mädchens begegneten plötzlich den bannenden goldenen, und ihre Gedanken liebkosten ihn. *Oh, Jaqual, armer Jaqual. Wie sehr wünschte ich, ich könnte deinen Schmerz auf mich nehmen, deinen einsamen, schrecklichen Schmerz . . . Oh, ich liebe dich, mein armer Jaqual. Frieden! Geh fort von hier, dies ist nicht länger deine Stätte! Halte Frieden, Unglücklicher*!

In diesem Augenblick erinnerte sich die Wesenheit, einst Jaqual mac Naella genannt, an alles. Er erinnerte sich, wie er sich vor dieser langen Zeit während der Festnacht, als seines Vaters Tochter verlobt wurde, in die Harksell-Feste geschlichen und wie er, seine Gefolgsleute schonend, allein nach Rafael Ridenow in der Menschenmenge gesucht hatte . . . Er erinnerte sich an den brennenden, kreischenden Augenblick ihres Rapports . . . an das Messer, das er in den Leib seines verhaßten Vaters gestoßen und in unvermeidlicher Empathie dessen Todesqual empfunden hatte.

Dann ragte in dem Tumult der durch die Tragödie gestörten Festnacht das Gesicht eines Gardisten über ihm auf. Benommen, wie er durch den Rapport mit dem noch zuckenden Körper war, wurde er weggerissen, und ein anderes Messer senkte sich in sein eigenes Herz . . .

Irgendwo schlug eine Glocke Mitternacht. Und dreimal erklang das Krächzen einer Krähe. Als der Geist Jaquals langsam verblaßte, das gequälte Bewußtsein tiefer in den lange gesuchten Frieden der Überwelt hineinfloh, wurde – endlich – allen Menschen in der Halle der Harksell-Feste ein Augenblick des zweiten *Gesichts* zuteil. Viele meinten später, in dem Traum das Antlitz derer gesehen zu haben, die Avarra ist, und es habe in den Augen der Göttin eine neue Traurigkeit gelegen.

»Sie hat doch nicht *ihn* verfluchen wollen!« schluchzte die Kindfrau Sabrynne und brach damit die Stille, denn seine goldenen Augen hatten als letztes von allem auf ihr geruht, weich und sehnsüchtig, bevor er sich ganz in der Gnade Avarras auflöste. »Ich weiß es, sie hat zu mir gesprochen! Es hat nie ein Fluch auf Harksell gelegen! Der Dom Rafael Ridenow der damaligen Zeit hat niemals einen Fuß auf die Insel des Schweigens gesetzt, diese Lüge hatte er sich aus Unsicherheit und falschem Stolz selbst ausgedacht. Aber er wurde später auf andere Weise verflucht, als er der Frau Naella wie ein wildes Tier Gewalt antat. Avarra würde ein solches Verbrechen an den Ihren niemals ungesühnt lassen. Deshalb mußte der erste Rafael Ridenow von der Hand seines Sohnes sterben.

Nur besaß Jaqual eine übermäßige Sensibilität, als sei das ein

Ausgleich für seinen Vater, auf den kaum eine Spur von *Laran* gekommen war, ganz zu schweigen von Mitgefühl. Nachdem er sein ganzes Leben lang den Schmerz seiner Mutter ertragen hatte, geschah es wie von selbst, daß er nicht nur die Todesqual seines Vaters auf sich nahm, sondern auch dessen *Schuld*, die Schuld an allem, was dieser verwirrte, schlechte Mann, sein Vater, begangen hatte. Unter dieser dreifachen Last, der seiner Eltern und seiner eigenen, brach Jaquals Bewußtsein buchstäblich in Stücke, und er wurde zu drei Personen gleichzeitig.«

Dom Rafael war endlich wieder imstande zu sprechen. »Kein Wunder, daß die arme Seele diesen Ort nicht verlassen konnte«, flüsterte er. Andere näherten sich ihm. »Sein Geist war zu verwirrt, um zu erfassen, daß er gestorben war, zu besessen von dem Schmerz. Und es war keine *Leronis* da, die ihm hätte zur Erkenntnis verhelfen und die Möglichkeit geben können, den ihm zustehenden Weg zu gehen.«

Dom Rafael eilte zu Xiella, die bewußtlos auf dem Boden lag. »Schnell«, befahl er den Leuten, die ihm am nächsten waren, »holt die *Leronis* Valdia, meine Cousine, her!« An alle gewandt, setzte er hinzu: »Wir drei sind von dem Schrecken berührt worden, wir müssen untersucht werden.«

Nicht nur berührt, dachte er, *wir hätten sterben können. Ich zumindest wäre unter dem Messer gestorben, das, wenn auch in gewissem Sinne immateriell, aus seiner konzentrierten Psi-Energie des Hasses geschaffen worden und ebenso tödlich wie ein wirkliches Messer war. Sein Wille hatte ihm eine Art von stofflichem Körper gegeben . . .*

Das letzte Adrenalin verließ ihn. Er setzte sich neben seine bewußtlose Tochter auf den Fußboden.

Sabrynne, die selbst halb ohnmächtig war, wurde von Domna Arielle gehalten, und ihr hysterischer Anfall wollte nicht enden. »Jaqual!« rief sie immer wieder so mitleiderregend, daß Arielle mit ihr weinte. »Jaqual, ich liebe dich, und wenn es sonst niemand tut, ich liebe dich! Oh, Jaqual!«

»Holt die *Leronis*, schnell!« sagte da jemand. »Still, liebes Kind.«

Also sind wir doch verflucht, dachte Dom Rafael in seiner Schwäche, *und sei es nur durch das, was eben hier geschehen ist. Auch wenn Jaqual endlich Frieden gefunden hat, ist da immer noch die Schuld, diese allgemeine menschliche Schuld, die uns allen das Herz beschwert.*

Avarra ist freundlich und gnädig. Die Not dieser armen entkörperlichten Seelen war nicht ihr Werk, sondern die Folge böser menschlicher Taten. Das ist das Gesetz von Ursache und Wirkung.

In diesem Augenblick kam Xiella in Piedros Armen wieder zu sich, und sie schrie aus Entsetzen vor ihrem Vater. Immer noch war sie in der Täuschung gefangen, die der Geist ihr gezeigt hatte, und hielt ihren Vater für einen Mörder.

Valdia, die rothaarige ältere *Leronis*, traf endlich ein, zog ihre Matrix hervor und nahm sich ihrer aller an.

Das wird jetzt einige Zeit dauern, dachte Dom Rafael und entspannte sich langsam unter Valdias sondierenden Gedanken. *Wir werden lange Zeit Narben tragen . . .*

Es war lächerlich, aber aus irgendeinem Grund mußte er an die vier Vollmonde draußen denken und wie merkwürdig es war, sie in dieser Anordnung zu sehen, und wie sie letzten Endes überhaupt nichts vorhergesagt hatten.

»Herr des Lichts, wo ist Garrik?« rief Keithyl. »Ich habe den Jungen nicht gesehen. Es könnte etwas passiert sein.«

Domna Arielle keuchte besorgt auf, und in aller Eile wurden Männer ausgeschickt, nach Garrik zu suchen. Sie fanden ihn bald. Er saß in einem der äußeren Räume in einer Art von *Laran*-Trance wie eine Statue in einem Sessel, den Blick unverwandt auf ein hell loderndes Kaminfeuer gerichtet.

»Berührt ihn nicht!« rief Keithyl den Männern zu, die sich um den Jungen scharten. Er holte seinen eigenen Matrix-Stein hervor, konzentrierte sich darauf und rief in seinen Gedanken: *Komm zurück, Bruder. Bitte, Garrik*!

Wie von einem weit entfernten Ort losgerissen, kehrte das Bewußtsein zurück. Der schmächtige Körper zuckte, die Augen verloren ihren leeren Blick.

»Oh, den Göttern sei Dank, *Bredu*, dir fehlt nichts!« rief Keithyl aus. »Komm, das ist weit genug gegangen, wir bringen dich zu der *Leronis*, damit sie überprüfen kann, was . . .«

»Was – was ist geschehen?« flüsterte Garrik, als er so viele Leute um sich sah. »Hat der Geist uns endlich verlassen?«

Keithyl runzelte die Stirn. »Du hast das *gewußt*?«

»Die ganze Zeit. Ich wußte nur nicht, wie ich es Vater sagen sollte. Vor allem deswegen, weil ihr alle mich für ein Kind haltet. Ich habe seit fast vierzehn Tagen gewußt, was kommen würde, und viele andere Dinge.«

»Warum hast du dann nichts davon gesagt . . .«

»Weil«, antwortete Garrik und schnitt seinem Bruder die zornige Rede ab, »es vorherbestimmt war. Es war bestimmt das beste, daß sich die Dinge auf diese Weise abwickelten. Außerdem hätte mir *damals* niemand geglaubt.«

»Und jetzt« – mit neuem Respekt betrachtete Keithyl das traurige, ruhige Gesicht seines jüngeren Bruders und sah darin etwas, das früher nicht dagewesen war – »und jetzt was?« Ihm fiel etwas ein, und er erschrak. »Was ist mit den kleinen Leuten in den Flammen, Garrik? Sind sie ebenfalls wirklich? Ja?«

Ein trauriges, weises Lächeln umspielte die Lippen des Jungen. »Nein, Bruder«, antwortete er nach einer Pause leise, »das war nur meine Schwellenkrankheit, die sich so in mir manifestierte.«

»Schwellenkrankheit! Und wir hatten keine Ahnung!«

Sie wurden unterbrochen. Domna Arielle, gefolgt von der *Leronis*, trat ein.

»Geht es ihnen gut, Mutter?« erkundigte Keithyl sich rasch, an die anderen in der Halle denkend.

»Ja, im Augenblick schon«, nickte sie.

»Mir geht es auch gut.« Garrik erhob sich etwas steif und sah seiner Mutter in die Augen.

»Das wollen wir erst einmal sehen«, meinte Valdia. »Aber wenigstens kannst du laufen, was mehr ist, als ich von den anderen sagen kann. Komm mit, Junge, ich muß dich untersuchen.«

»Ich wußte, bei dir würde sich die Aldaran-Gabe zeigen.« Seine Mutter nahm ihn in die Arme. Ihre Stimme zitterte von der Überladung an Emotionen, die der Abend gebracht hatte.

»Komm, Garrik!« sagte die *Leronis*.

Garrik sah sich ein letztes Mal im Zimmer um, dann erklärte er mit leichtem Lächeln: »Wahrscheinlich wißt ihr es nicht, aber ich weiß es, daß Vater mich jetzt nach Dalereuth gehen lassen wird. Tatsächlich . . .«

»Still jetzt, komm«, forderte Valdia ihn mit ihrer freundlichen Stimme auf. Er brauchte ihre Gedanken nicht zu lesen, er sah es in ihren Augen, daß sie hoffte, er werde nicht mehr sagen.

Als Garrik sich nun umdrehte, um ihr zu folgen, blieb sein Blick am Schein der Flammen im Kamin hängen, und ihm fiel wieder ein, daß er *etwas* in ihnen gesehen hatte.

Er erschauerte vor Entsetzen und dachte: *Ja, es war klug von mir, nichts davon zu sagen. Ich lerne bereits. Meistens ist es am besten, anderen nicht zu erzählen, was ich mit meiner Gabe erkenne, um ihnen die vielen Schrecken, den Schmerz zu ersparen, sie nicht zu belasten . . . Was geschehen soll, wird ja doch geschehen.*

Hoch am Himmel hatten die vier Monde Darkovers den Scheitelpunkt ihres zufälligen Aufmarsches erreicht, und abnehmend schwangen sie sich auf ihre eigenen vorherbestimmten Pfade. Es war beinahe, als folge Avarras Gelächter ihren Spuren – wenn dies in der Art der Göttin gelegen hätte.

Doch da dem nicht so ist, ist alles gut, dachte Garrik, und seine Gedanken schweiften weit in die Zukunft und zu den vielen wundervollen Dingen . . .

Aber nicht *zu* weit. Verborgen unter den *Laran*-Schichten, die dem Selbstschutz dienen, lagen die Dinge, die der Verstand lieber vergessen wollte. Garrik wußte, der grauenhafte Schatten, der wirklich war und den er in den Flammen gesehen hatte, würde hervorbrechen und künftige Generationen heimsuchen . . .

Denn tief hinter dem golden-roten Gesicht der Flammen hatte er den Schrecken gesehen, der Sharra war.

Todeszepter

von Joan Verba

Joan Verba ist in diesen Anthologien keine Fremde; die erste Geschichte, die sie für uns schrieb, erschien in den FREIEN AMAZONEN VON DARKOVER. Diese hier traf zu spät ein, als daß ich sie noch in der letzten Anthologie – ROTE SONNE VON DARKOVER – hätte verwenden können, denn es war kein Platz mehr. Ich teilte Joan jedoch mit, ihre Arbeit sei es wert, daß sie sie für die nächste von neuem einreiche.

Bestimmt ist es auf Darkover viele Male vorgekommen, daß Brüder, besonders Zwillinge, zu Rivalen wurden, und ich bin ganz verrückt nach Geschichten, die sich mit dieser Idee befassen, vielleicht weil mein letzter Versuch in dieser Richtung nicht besonders gut ausgefallen ist. Natürlich habe ich eine gute Entschuldigung: Ich fing damit an, als ich mit etwas anderem beschäftigt war, und wurde zu oft unterbrochen, als daß etwas Vernünftiges dabei hätte herauskommen können. Doch es war (und ist) ein fesselndes Thema, daß Zwillinge in der Kindheit getrennt werden und doch in engem telepathischem Kontakt bleiben. Der Gedanke ist nicht neu, er wurde von Alexandre Dumas für die KORSISCHEN BRÜDER verwendet, aber ich sehe darin trotzdem eine sehr darkovanische Idee, und eines Tages werde ich sie ausarbeiten.

Inzwischen gefällt mir diese Geschichte. (MZB)

Regis Hastur, *Tenerezu* des alten Turms der Comyn-Burg, betrachtete König Stefan, seinen jüngeren Bruder, mit freundlicher Besorgnis. Stefan, der im Besucherraum ihm gegenüber auf einem Polstersessel saß, war nicht imstande, seinem Blick zu begegnen. Da sie beide mit starkem *Laran* begabt waren, konnte Regis nicht umhin, den Gedanken seines Bruders aufzufangen:

Die Götter mögen mir helfen, vielleicht muß ich dich töten, *Bredu.*

Sofort hob Stefan den Kopf, so daß Regis seine grauen Augen sehen konnte. »Das habe ich nicht wirklich so gemeint.«

»Ich weiß.« Regis' Blick wanderte zu dem Griff von Stefans Messer, der das Hastur-Wappen mit der Krone darüber trug. Die meisten hielten es für Stefans eigenes Messer; nur Stefan und Regis wußten, daß sie die Messer getauscht und sich den Eid der *Bredin* geschworen hatten, damals, als Regis designierter Erbe von Hastur gewesen war und das Wappen ihm, dem Kronprinzen, gehört hatte. In einer Welt der Sippen- und Blutfehden war es unüblich, daß sich die Söhne gleicher Eltern aus Zuneigung zu gegenseitigem Schutz verpflichteten.

Stefan seufzte. »Ich dachte am Ende der letzten Ratssitzungen schon, sie sähen in mir allmählich den rechtmäßigen König, nicht einen, der den Thron von seinem älteren Bruder, dem mit der Hastur-Gabe, usurpiert hat.«

»Willst du damit sagen, es habe sie nicht genügend beeindruckt, daß du Belhar Ardais von dieser tödlichen Wunde geheilt hast? Soll ich in den Rat gehen und ihnen noch einmal erzählen, daß ich aus freien Stücken auf die Krone verzichtet habe?«

Stefan schüttelte den Kopf. »Es hat keinen Zweck, *Bredu.* Jeder Beweis von *Laran*-Kräften stellt sie nur so lange zufrieden, wie die Erinnerung frisch ist. Dann verblaßt sie wieder vor den Geschichten über Rafael IV. und das Zauberschwert oder über Ururgroßvater Carolin von Hali und die Einziehung so vieler wilder Matrizes, als er den Vertrag erzwang, und über noch fernere Ahnen, die während der Hastur-Rebellion *Laran*-Waffen benutzten. Ich sage dir, manchmal denke ich, ohne die Hastur-Gabe könnte ich sie wohl nur beeindrucken, wenn ich durch die beiden Schleier von Hali ginge und selbst das Schwert Aldones' ergriffe!«

Regis lächelte. »Ich muß dich daran erinnern, *Bredu*«, sagte er leise, »daß du, um das Schwert Aldones' schwingen zu können, die Hastur-Gabe besitzen müßtest.«

Stefan nickte. »Mir ist auch schon der Gedanke gekommen, nach Burg Hastur zu ziehen und das Schwert Hasturs zu holen, aber falls meine Angelegenheit die Ehre der Hasturs nicht berührt, würde ich von da an als Stefan Einhand bekannt sein.«

»Vielleicht sollte ich nachprüfen, ob die Ehre der Hasturs wegen Fragen der Erbfolge auf dem Spiel steht.«

»Ich wollte, es wäre so!«

Regis dachte kurz nach. »Die Ratssitzungen beginnen soeben . . . um was geht es diesmal? Ziehen die unabhängigen Lehnsmänner wieder zum Kampf aus?«

»Nein, wenigstens zur Zeit nicht. Langsam sieht es aus, als könnten wir zu einem Königreich der Sieben Domänen anstelle vieler kleiner Territorien zusammenwachsen. Lord Serrais ist es im Lauf des Winters gelungen, sich mit ein paar weiteren Grundbesitzern an seinen Grenzen zu einigen. Die größte Bedrohung stellt im Augenblick der Kampf der Leyniers und der Lanarts um die Alton-Domäne dar, aber vorerst verhalten sie sich ruhig.«

»Dann muß es der Vertrag sein.«

Stefan lehnte sich in seinem Sessel zurück. »Manchmal frage ich mich, ob Ururgroßvater Carolin uns einen Gefallen getan hat. Einerseits ist es gut, daß der Vertrag die großen Matrix-Waffen verbietet . . . und jeder wird einverstanden sein, daß Schwerter und Messer erlaubt sind. Aber es gibt eine Menge von Fällen, die dazwischen liegen, zum Beispiel die Zulassung von Langbogen, die wir letztes Jahr diskutierten. Und was brachte Callista von Arilinn am ersten Tag der Ratssitzungen aufs Tapet? Die Frage, ob der Vertrag das Heilen außerhalb eines Turms erlaube.«

»Was kann sie nur auf diesen Gedanken gebracht haben?«

»Sie stellte meine Fähigkeit in Frage, eine solche Sache zu beurteilen. Das mir, der ich bis zu Vaters Tod sechs Jahre in einem Turm gearbeitet habe!«

»Du hättest *Tenerezu* werden können, wenn du nicht gekrönt worden wärest, und das weiß sie genau.«

». . . und dann fing alles wieder von vorn an. Der Rat spaltete sich, nicht nach Gesichtspunkten, die mit dem Thema zu tun hatten, sondern in Mitglieder, die mich für den rechtmäßigen König, und solche, die mich für einen Usurpator halten.«

»Ihr wißt, ich werde Euch in jeder Weise helfen, die mir möglich ist, Euer Majestät.«

»Ich weiß. Ich weiß.« Stefan erhob sich aus dem Sessel. »In Wahrheit bin ich nicht eines Rates wegen gekommen, sondern weil ich einen mitfühlenden Zuhörer brauchte. Ich danke dir, *Bredu*.«

Regis folgte ihm an die Tür. Stefan ging, und wieder empfing Regis den quälenden Gedanken: *Werde ich dich töten müssen, Bredu, um meinen Thron zu behalten*?

Regis stapfte den Gang entlang zu dem Raum, in dem sich der Matrix-Schirm befand. Gabriela Lanart, die Bewahrerin des zweiten Kreises, würde bald kommen. Sie wollten Alastair Aillard herüberholen, der der Bewahrer des ersten Kreises in dem neuen Turm der Comyn-Burg werden sollte. Gabriela besaß die Alton-Gabe; sie gehörte zu der wachsenden Zahl von Frauen, die in den Türmen als Bewahrerinnen dienten. Eines Tages, vermutete Regis, würden die meisten Bewahrer Frauen sein. Erstens hatte man festgestellt, daß Frauen mehr positive Energonenströme besaßen – und sie länger halten konnten, und zweitens war es eine der wenigen Beschäftigungen außerhalb des Hauses, die Frauen offenstanden.

Regis lächelte vor sich hin. Auch dem ältesten Sohn des Hastur-Königs standen nur wenige Beschäftigungen offen.

Er lehnte sich mit dem Rücken an die Wand und glättete seinen roten Schnurrbart. Jetzt, mit zweiunddreißig, war er überzeugt, die moralisch richtige Entscheidung getroffen zu haben. Er war nicht zum Herrschen begabt, konnte im Gegensatz zu seinem Bruder nicht instinktiv entscheiden, wann man den Dingen besser ihren Lauf ließ und wann man seine Autorität geltend machen mußte. Kein anderer König, dachte Regis, hätte bei dem ständigen Streit im Comyn-Rat fünf Jahre lang ohne den außergewöhnlichen politischen Scharfsinn, über den Stefan verfügte, regieren können. Andererseits, wäre Regis gekrönt worden, hätte es nicht so viele Reibereien gegeben wie jetzt. Ihm war es schon durch den Kopf geschossen, daß er vielleicht besser daran getan hätte, sich krönen zu lassen und Stefan zu seinem Ersten Ratgeber zu ernennen. Viele frühere Herrscher hatten auf diese Weise Erfolg gehabt. Aber Regis hielt es für richtig, daß den Ruhm erntete, wer die Arbeit tat. Wenn sein Bruder auf jeden Fall regierte, war es in seinen Augen nur gerecht, daß Stefan auch dem Namen nach der Herrscher war.

Außerdem hatte Regis festgestellt, als er für ein paar Jahre zur Ausbildung in den Turm geschickt wurde, daß er für dieses Leben geboren war. Es machte ihm Freude, und er war gut darin, vor allem, nachdem sein Vater die Hastur-Gabe in ihm erweckt hatte. Stefan hatte es im Turm auch gefallen, selbst dann noch, als es Vater nicht gelungen war, die Gabe in ihm zu erwecken. Aber Stefan gefiel anscheinend jede Aufgabe, in der er sich auszeichnete, ob es die Falkenjagd, die Ausbildung von Kadetten, das Überwachen von Matrizes, das Zeugen von Kindern oder das Sprechen im Rat war.

Gabriela betrat den Raum, und Regis stand auf. Wie viele Comyn-Frauen war sie groß und dünn mit leuchtend rotem Haar. Die gegenseitige Begrüßung erforderte nicht mehr Zeit als der Austausch eines Gedankens zwischen ihnen.

Gabriela wies auf den Schirm. »Sollen wir?«

Innerhalb von Minuten stand Alastair Aillard zwischen ihnen und klopfte seine Robe ab. »Ich kann euch sagen, ganz gleich, wie oft ich durch diese Schirme gehe, es beunruhigt mich jedesmal von neuem«, bemerkte er. »Ich zähle meine Finger und Zehen nach, um zu sehen, ob sie noch alle da sind.« Er hob die Hände. »Gut. An jeder sechs. Meine Zehen werde ich zählen, wenn ich mich im alten Turm eingerichtet habe. Mein Gepäck ist vermutlich vor mir angekommen?«

Gabriela lächelte ihm zu. »Gestern schon, keine Sorge.«

»Da wir gerade von Sorgen sprechen, alter Freund« – Alastair strich Regis mit einer Fingerspitze über den Handrücken, eine intime Begrüßung unter Telepathen –, »ich habe eine Warnung für deinen Bruder. Denita Elhaleyn, die den Winter in der Burg verbracht hat, kam zurück und erzählte mir, Valentin, ihr dreckiger kleiner Bruder, plane etwas. Er machte ein großes Geheimnis daraus, besonders vor seiner im Turm ausgebildeten älteren Schwester, aber sie ist überzeugt, daß es sich nicht um etwas Belangloses handelt. Wie sie sagt, murmelt er vor sich hin, wenn die Hasturs von Hastur nicht den richtigen Mann auf den Thron setzen, würden die Hasturs von Elhaleyn es tun.«

Bei diesen Worten Alastairs holte Gabriela scharf Luft. »Ich habe meinen Cousin Cyril Leynier gestern gesehen«, berichtete sie. »Er macht sich Sorgen, sein Freund Valentin könne zur Ratssitzung zu spät kommen. In dem Augenblick dachte ich mir nicht viel dabei, aber . . .«

Regis nickte. Cyril und Valentin waren jüngere Verwandte ihrer Domänen-Lords und hatten im letzten Jahr versucht, Aufmerksamkeit auf sich zu lenken, indem sie den anderen auf die Nerven gingen. Als Stefan mit ihm über seine Probleme sprach, hatten sie in seinen Berichten eine große Rolle gespielt. »Ich werde es ihm mitteilen.«

»Gut«, nickte Alastair.

»Ich werde jemanden kommen lassen, der dich in deine Räume begleitet«, sagte Regis. »Da wir für heute nacht nichts auf dem Programm haben, hoffe ich, du wirst hierher zurückkehren und mit Gabriela und mir speisen.«

»Mit Vergnügen.«

Als Alastair fort war, ging Regis auf sein Zimmer. Dort setzte er sich, seine persönliche Matrix benutzend, mit Stefan in Verbindung.

»Cyril und Valentin«, meinte Stefan nachdenklich. »Nein, das ist keine Überraschung. Welchen Plan sie auch geschmiedet haben mögen, wenn die anderen glauben, daß er eine Chance auf

Erfolg hat, wird jeder Comyn im Rat, der gegen mich ist, sich ihnen anschließen, um mich abzusetzen, ganz gleich, wie anfechtbar der Anspruch der Elhaleyns auf den Thron ist. Du weißt nicht genau, was sie vorhaben?«

»Nein.«

Eine Pause entstand. »Ich danke dir, *Bredu*. Ich werde schon damit fertig.«

»Wenn ich dir irgendwie helfen kann . . .«

»Ich weiß.«

Der Kontakt brach ab. Regis wickelte seine Matrix wieder in den Isolierstoff und ließ sie an dem Riemen um den Hals fallen. Obwohl er Stefan seine Hilfe häufig anbot, machte Stefan nur selten davon Gebrauch. Das konnte er ihm nicht verübeln: In Dingen der Politik hatte Regis als designierter Erbe peinliche Fehler gemacht, die auszubügeln Stefan ihm geholfen hatte. Nicht zum ersten Mal fragte sich Regis, ob die beste Lösung nicht wäre, wenn er sich das Leben nähme. Bisher hatte ihn der Gedanke davon abgehalten, Stefan könne beschuldigt werden, ihn getötet und einen Selbstmord vorgetäuscht zu haben, was alles nur noch schlimmer machen würde. Andererseits mochte es tatsächlich besser werden, wenn Stefan ihn tötete. Doch vielleicht konnte er einfach verschwinden. Er konnte sich ohne Mühe in ein entlegenes Gebiet teleportieren und zu Fuß zu einer dieser isolierten Siedlungen am Wall um die Welt wandern. Es gab Aufzeichnungen über bekannte oder vermutete Siedlungen aus der Periode, als die Türme nach dem Zeitalter des Chaos nicht überwachte Matrizes gesucht hatten. Aber wäre es ihm möglich, weit genug zu fliehen, daß weder die Türme noch die Domänen ihn jemals finden würden? Er war sich nicht sicher.

Das Dinner gab es in einem kleinen Raum neben dem Zimmer Gabrielas. Nach dem Essen machten sie es sich bequem und tranken heißen gewürzten Apfelwein. Regis sah zu Alastair hinüber, der in dem gedämpften Licht eher einem Waldgeist als einem Menschen glich. Sein rotes Haar wurde an den Schläfen grau; ein Netzwerk von Falten überzog sein zerklüftetes Gesicht. Er war einen Kopf kleiner als Regis und viele Jahre älter.

»Du siehst erschöpfter aus als ich, mein Freund«, sagte Alastair zu Regis, als errate er Regis' Gedanken. »Bist du wieder auf der Pirsch nach wilden Matrizes gewesen?«

Gabriela stöhnte. »Nach dem letzten Jahr möchte ich nie wieder eine sehen!«

»Ich auch nicht«, stimmte Alastair ihr zu. »Aber ich fürchte, wir werden nicht umhin können. Unsere Vorfahren haben anscheinend mehr Matrix-Waffen gehabt, als es Blätter auf den Bäumen im Wald gibt. Varzil der Gute und seine Kollegen haben die großen darunter eingesammelt, und es waren eine Menge. In den Jahren danach haben wir viele weitere gefunden. Aber ich glaube, seit ich als junger Bursche in den Turm kam, wird jeden Sommer eine neue entdeckt, sei es von einem Bauern, der seine Felder bestellt, oder von zwei Freunden, die einen Fluß überqueren. Ein Gardist fand eine, als er unterwegs im Haus eines Waldbewohners übernachtete – die Familie besaß kein *Laran*, und sie hatten sie als hübsches Schmuckstück auf ihren Kaminsims gestellt. Ich sehe voraus, daß wir noch mehr finden werden, bevor wir damit durch sind.«

»Und das unzählige Generationen lang, wenn wir in diesem Tempo weitermachen«, sagte Gabriela.

Alastair lächelte. »Nicht einmal die Blätter im Wald sind unbegrenzt. Nein, ich glaube, die Funde werden immer seltener werden, bis alle nicht ganz tief versteckten Matrizes aufgetaucht sind. Zu meiner Zeit handelte es sich in den meisten Fällen um nicht sehr mächtige. Gut isolierte, starke *könnten* der Entdeckung ein paar weitere Generationen lang entgehen, aber wahrscheinlich wird es nicht mehr lange dauern, bis alle potentiell gefährlichen zum Vorschein gekommen sind.«

»Trotzdem, ich könnte ein oder zwei ruhige Jahre vertragen, bis wieder eine auftaucht«, erklärte Gabriela.

Alastair hielt sein Glas in Regis' Richtung. »Solange wir

Freund Hastur hier haben, brauchen wir uns bestimmt keine Sorgen zu machen. Er stellt in seiner Person eine starke Matrix dar. Und er genießt es, nicht wahr, mein Freund?«

Regis dachte daran, mit welcher Angst, welchem Jubel er als Brennpunkt für den Turmkreis gewirkt hatte. Er hatte nicht zum ersten Mal Gebrauch von der Hastur-Gabe gemacht, aber zum ersten Mal hatte er sich einer so tödlichen Herausforderung gestellt. Noch jetzt wußte er nicht, was größer gewesen war: die Spannung des Vollbringens oder die Furcht, er könne versagen, zu Asche verbrannt oder für immer aus der Welt geschleudert werden.

»Es ist gut für deinen Bruder, daß ihn damals niemand außerhalb des Turms gesehen hat«, sagte Alastair. »Du warst wahrlich von Hastur-Glanz umgeben. Das gewöhnliche Volk ist immer noch abergläubisch – die Leute erwarten, daß ihr König unglaubliche Kräfte zeigt.«

Es wurde ein ruhiger Abend, obwohl die Türme normalerweise zu dieser Zeit an der Arbeit waren. Neskaya und Arilinn waren es wahrscheinlich auch, dachte Regis und sah aus dem Fenster seines Zimmers. Doch heute abend lag in der Nachbarschaft nichts Dringendes vor, und so blieb es in den beiden Türmen der Comyn-Burg mit Rücksicht auf Alastairs Ankunft still. Draußen nieselte es.

Durch den Regen konnte Regis Licht in der Hastur-Suite erkennen. Spielte Stefan vor dem Schlafengehen mit den Kindern, oder dachte er darüber nach, was er wegen Cyril und Valentin unternehmen sollte? Wahrscheinlich beides, vermutete Regis, der seinen Bruder kannte.

Er drehte sich den Unterkünften und den beiden anschließenden Höfen zu. Die Nachtwache patrouillierte auf den Mauern. Jenseits der Mauer schimmerten die Lichter der Stadt. Regis fragte sich, was die Bewohner von Stefan hielten. Waren sie geteilter Meinung wie die Comyn? Er bedauerte, daß er es nicht wußte. Regis verließ den Turm selten, kam kaum einmal ins Freie, außer wenn seine Arbeit es verlangte. Er zog diese Lebensweise vor. Verhielt er sich damit falsch?

Regis erwachte keuchend, die Hand an der Kehle. Niemand hatte die Isolierung von seiner Matrix entfernt, niemand sie berührt, aber so ein Gefühl war es. Er glitt aus dem Bett, faßte nach . . . nicht nach der roten Robe des *Tenerezu* oder der Kleidung eines Matrix-Technikers, sondern nach dem blauen bestickten Hemd, das zu seinen Augen paßte, der schwarzen Hose mit dem silbernen Besatz, den schwarzen Lederstiefeln und dem silbergrauen Mantel mit dem blauen Futter – den Hastur-Farben.

Leise stieg er die Treppe hinunter. Sonst war niemand im Turm wach. War es ein falscher Alarm oder etwas, auf das nur sein *Laran* reagierte? So oder so wies es in eine bestimmte Richtung, und er ging in diese Richtung. Aus der Tür hinaus, durch eine Küche . . . Regis kannte die Burg aus seiner Kinderzeit, aber es war einige Jahre her, daß er sie eingehend erforscht hatte. Und jetzt eine Tür zum Hof. Regis hörte Stimmen und hielt sich dicht an der Wand im Schatten. Der Nieselregen hatte aufgehört. Es mußte kurz vor dem Morgengrauen sein, dachte er. Die Wolkendecke riß auf. Das Licht zweier Monde zeigte die Silhouetten von fünf Gestalten und schimmerte auf einem Gegenstand, der wie ein vergoldeter Stab aussah.

»Ich habe das Ding letzten Herbst gefunden, als ich in den Ruinen einer Burg kampierte«, berichtete eine der Gestalten.

»Wie funktioniert es, Valentin? Hast du es ausprobiert?« erkundigte sich eine zweite.

»Ja. Man nimmt die Isolierung ab, zeigt auf etwas, konzentriert sich, und es tötet das, worauf du gezielt hast. Ich habe auf diese Weise ein wildes Chervine erlegt.«

Regis hatte bereits seine Matrix hervorgeholt und nahm Verbindung erst mit Alastair, dann mit Gabriela auf. Sie konnten die anderen alarmieren.

Ich bin gleich da, sagte Gabriela in seinen Gedanken. *Ich habe gehört, wie du an meinem Schlafzimmer vorbeigegangen bist.*

»Machen wir einen Versuch«, flüsterte eine Stimme im Hof. »Da drüben sitzt ein Vogel auf der Mauer.«

»Nein!« sagte Regis und trat vor.

Er hörte, wie Schwerter gezogen wurden. »Wer ist da?« rief eine Gestalt.

»Regis-Mikhail Hastur von Hastur!«

»*Vai dom*!« Valentin hielt ihm den Stab hin. »Greift zu und nehmt Euren rechtmäßigen Platz unter den Comyn ein.«

Zuerst war Regis verblüfft. War Valentins Motiv denn nicht, den Thron für sich selbst oder für seinen Lord zu verlangen? Dann antwortete Regis, ohne darüber nachzudenken, wie Valentin reagieren mochte: »Ich werde nicht gegen den rechtmäßigen König rebellieren.« Er spürte, daß jemand hinter ihn trat. *Gabriela*, flüsterte sie in seinen Gedanken.

Valentin zog den Stab zurück. »Wenn Ihr nicht wollt – wir wollen!«

»Dummkopf!« sagte Regis. »Du wirst dich umbringen.«

Er stürzte vorwärts, um Valentin den Stab wegzureißen, aber Valentin trat zurück. Seine Gefährten verstellten den Weg. Regis spürte eher, als daß er es sah, wie Valentin die Isolierung von dem Stab nahm. Augenblicklich wurde es so hell, daß man sehen konnte.

»He!« rief Valentin. »Das hat er sonst nicht gemacht!«

»Laß ihn fallen!« befahl Regis. Er und Gabriela verbanden sich gegen die Kraft, die von dem Artefakt ausging. Valentin schrie auf und ließ los, aber es war zu spät – das Ding war aktiviert. Solange Regis Gebrauch von seiner Gabe machte, war seine Wahrnehmungsfähigkeit auf die Telepathie beschränkt. Nur an den schwachen, sich entfernenden Gedanken-Impressionen konnte er erkennen, daß Valentins Gefährten geflohen waren. Die Energie des Dings hatte sich entladen wie eine Flammensäule. Regis schirmte sich und Gabriela ab. Dann griff er hinaus, um die fremde Kraft zu zügeln. Es gelang ihm, zu verhindern, daß sie sich ausbreitete, aber um sie zu ersticken, brauchte er weitere Hilfe. Das Ding entzog ihm, ihnen beiden, Reserven.

Dann . . . ah! Eine solide, stetige Kraft vereinigte sich mit ihnen, eine Kraft, an die sie sich anlehnen konnten, eine Kraft, die feststand: Alastair wahrscheinlich. Im Mittelpunkt des Widerstands koordinierte Regis die Kräfte, benutzte die zusätzliche Energie, um das Feuer zu ersticken, die Matrix zu isolieren, sie unter Kontrolle zu bringen.

Es war geschafft. Regis fand sich schwer atmend auf den Pflastersteinen kniend wieder. Er sah hoch. Der Himmel über den Burgmauern erhellte sich rasch mit dem roten Licht der Morgendämmerung. In dem Hof stand eine große Menschenmenge. Alle Kadetten in den Unterkünften mußten herausgekommen sein, und es waren nicht wenige Comyn-Lords und –Erben dabei. Ein verblassendes blaues Glühen spiegelte sich auf ihren Gesichtern wider.

Jetzt, dachte Regis niedergeschlagen, werden sie schwerer als zuvor dazu zu bringen sein, daß sie Stefan als den rechtmäßigen König anerkennen. Wieder betrachtete er die von Ehrfurcht erfüllten Mienen und suchte nach einem Weg, die Situation zu retten. Aber diesmal fiel ihm auf, daß sie nicht direkt in seine Richtung sahen, sondern rechts an ihm vorbei. Er legte den Kopf in den Nacken. Stefan stand neben ihm, hielt den Stab in den Händen und wickelte die Isolierung um das eine Ende der Matrix. Die Luft um ihn schimmerte von einem blassen blauen Licht. Regis blieb auf den Knien. Er hörte Bewegungen, drehte sich um und sah, wie die Versammelten einer nach dem anderen, dann zwei gleichzeitig, dann als Gruppe auf die Knie sanken.

Bis Stefan damit fertig war, die Matrix abzuschirmen, war der Schimmer verschwunden. Er wandte sich der Menschenmenge zu. »Lord Alton, laßt Eure Kadetten abrücken.«

Der Comyn-Lord erhob sich. »Ja, Euer Majestät.« In seinem Ton war nicht ein Fingerhut voll Unehrerbietigkeit.

Als die Kadetten hinausmarschierten, trat Lord Elhalyn vor und bedeckte einen Toten mit seinem Mantel.

»Ich trauere um Euren Verlust, Lord Elhalyn«, sagte Stefan.

Lord Elhalyn nickte. »Wenn ich gewußt hätte, daß er eine wilde Matrix besaß, hätte ich Denita gesagt, sie solle sofort die Türme alarmieren.«

Elhalyn winkte seinen Männern, die Leiche wegzutragen. Stefan streckte die Hand nach unten. »Bist du in Ordnung, *Bredu*?« fragte er und zog Regis auf die Füße.

»Ja. Warst du das? Danke.«

Stefan lächelte. »Du hast wohl nicht geglaubt, daß ich es in mir hätte, *Bredu*?«

»Ganz im Gegenteil«, erwiderte Regis. »Aber ich wußte nicht, daß du in der Nähe warst.«

Stefan zuckte die Schultern. »Ich wurde irgendwie hergezogen. Ich weiß nicht, wie.«

»Hergezogen vielleicht durch Regis' Verzweiflung«, erklang Gabrielas Stimme. Regis drehte sich um und sah sie hinter sich stehen. Sie war in ein langes rotes Gewand gekleidet und von einem langen roten Schleier verhüllt.

In diesem Augenblick näherte sich Alastair, sah Stefan und verbeugte sich. »Euer Majestät.«

Stefan nickte.

»Ich denke, Euer Majestät«, sagte Alastair, »daß Ihr eine Demonstration der Kräfte eines Hastur-Königs gegeben habt, die nur wenige vergessen werden.«

»Das hoffe ich«, antwortete Stefan. »Wollt Ihr als ältester *Tenerezu* der Comyn-Burg-Türme in der Zwischenzeit diese Waffe in Eure Obhut nehmen?«

»Gern, Euer Majestät«, antwortete Alastair. Regis fing den zusätzlichen Gedanken auf: Der König ist in der Tat so stark wie ein *Tenerezu.*

Stefan lächelte Alastair zu und streifte dann Regis mit einem Blick. Regis nickte; er wußte, wie es wirken würde, wenn Stefan ihm das Artefakt gäbe. Alastair und Gabriela verbeugten sich und gingen, so daß Stefan und Regis allein zurückblieben.

»Der Rat tritt nach dem Frühstück zusammen«, sagte Stefan. Er holte tief Atem. »Ich bin müde, aber ich denke, ich werde den Tag ohne Schlaf überstehen.« Abschiednehmend berührte er Regis' Handrücken mit einer Fingerspitze. »Ich wünsche dir ein langes Leben, *Bredu.*« Damit kehrte er in die Burg zurück.

. . . *und ich dir*, dachte Regis.

Lösegeld für einen König

von Kay Morgan Douglas

Kay Morgan Douglas schreibt zu dieser Geschichte: »Sie geht von der Annahme aus, daß die Kaufleute auf Darkover im Gegenzug zu der Entwicklung der Comyn als allmächtige Kriegerkaste mit Geringschätzung, ja sogar mit Verachtung betrachtet werden.« Nun, ich sehe in den Comyn keine Kriegerkaste, sondern eine herrschende Kaste, und die meisten von ihnen sind statt Kriegern so etwas wie Gentleman-Farmer. Aber Kay fährt mit einer ausgezeichneten Schlußfolgerung fort: »Weiter nehme ich an, wenn in einer gewalttätigen Gesellschaft jedermann gegen sie ist, werden so wenige Händler in ihrer gefährlichen Umwelt überleben, daß der Unterschied in der Rolle der Geschlechter bei ihnen notwendigerweise unbedeutend wird. Sie können es sich einfach nicht leisten, auf einen wachen Verstand zu verzichten . . . gehöre er einem Mann oder einer Frau. Deshalb werden Frauen bei ihnen als Vollmitglieder akzeptiert . . .«

Das setzt voraus, daß die Kaufleute Darkovers rationaler denken als der Rest der Menschheit und vernünftige Entscheidungen treffen, denn natürlich kann es sich keine Gruppe leisten, einen wachen Verstand zu verschwenden. Trotzdem geschieht es . . .

Doch darum geht es ja in der Science Fiction. Man tut, als könnten Leute ihre Entscheidungen statt auf der Basis von Aberglauben und Vorurteil auf einer rationalen Basis fällen, was sie nun einmal nicht können. Der Mensch ist kein rationales Tier, doch, wie in meinem Psychologie-Kurs zitiert wurde, ein rationalisierendes Tier.

Aber es ist eine gute Geschichte. (MZB)

Die Jagd fand ein Ende, als die Sonne niedrig am Himmel über dem Trockenland stand. Mirreis Fuchs, erschöpft von der Geschwindigkeit, die sie ihm abgefordert hatte, stolperte und warf sie auf den sandigen Boden. Durchgeschüttelt und voller blauer Flecken, kämpfte sie sich eilends neben ihrem unverletzten Reittier auf die Füße und bereitete sich darauf vor, sich ihren Verfolgern zu stellen.

»Na, Händlerin, warum reitest du in solcher Hast von uns weg?« fragte der größte der drei Männer und zügelte seinen kräftigen Grauschimmel. Er musterte Mirrei von den staubigen Stiefeln aus handschuhweichem Cralmac-Leder und der von der Reise fleckigen Hose bis zu den aufgegangenen Zöpfen. »Wir wollen doch nur ein kleines Geschäft mit dir abschließen.« Der Hohn, mit dem er sprach, strafte die unschuldigen Worte Lügen.

Mirrei sah ihm gerade ins Gesicht, bemüht, ihre Gereiztheit zu verbergen. Diebe und Gesetzlose waren für jeden Händler eine ständige Bedrohung, und jeder Händler, der der Mitgliedschaft in einer Gilde würdig war, verstand mit ihnen umzugehen. *Aber warum muß ich gerade auf dieser Reise aller Reisen von diesen Gre'zuin geplagt werden*? Es war unbedingt notwendig, daß sie Temora erreichte, bevor die sagenhaften Stadttore aus Kupfer und gegossenem *Argelium* für die Nacht verschlossen und verriegelt wurden.

»Ich bin die Guildstra Mirrei von Carthon«, teilte sie ihm so kühl mit, als stehe sie, umgeben von der gesamten Stadtgarde von Carthon, mitten auf dem Markt. »Nenne mir dein Anliegen, Fremder.« Wenn sie ihn richtig anfaßte, würde sie von dem da wenig zu fürchten haben. Nackte Gier, das sagte ihr ein einziger Blick auf ihn, war seine Herrin.

»In Carthon leben seltsame Männer, Meleng«, bemerkte der zweite der drei Reiter und spuckte Mirrei vor die Füße. »Sie lassen ihre Frauen die Geschäfte führen, im Rat abstimmen und zu allem Überfluß noch ihre Hosen anziehen.« Er war wenig mehr als ein hochgeschossener Junge, der sein schlecht geschmiedetes Großschwert ungeschickt trug, aber der sehr reale Haß in seinen Augen machte ihn potentiell gefährlicher als Meleng.

»Wahre Worte, Vardis. Heute haben sie jedoch einen schweren Fehler gemacht.« Damit zog Meleng einen gut getemperten *Clevamore* und richtete ihn auf Mirreis Kehle. »Und jetzt, Guildstra, wollen wir den Schatz, den du bei dir trägst.«

Oh, Meleng. Das ist nicht sehr originell. Halte du nur Vardis auf Vordermann, und ich werde diese Sache in kürzester Frist zu einem sauberen Abschluß bringen. »D-den Schatz?« Eine etwas übertriebene Unschuld zur Schau stellend, wandte Mirrei die Augen kurz von ihren Feinden ab und ließ ihren Blick über die von Dornbüschen getupfte Ebene schweifen. Die untergehende Sonne streckte die Schatten der Büsche immer länger über den sandigen Boden. *Schlucke den Köder, Meleng. Schnell.*

»Aye, den Schatz.« Überzeugt, daß eine alleinreisende Frau zu ängstlich sein würde, um klug zu sein, bemerkte er nicht einmal ihren Blick. »Alle Domänen wissen, daß die Händler von Carthon eine große Summe sammeln, um ihren hochgeschätzten König Danilo zu befreien – den Comyn-Lord, der in schmutzigem Geld wühlenden Händlern die gleichen Rechte gewährt wie ehrlichen Männern. Ich selbst weiß außerdem, daß eine bestimmte Guildstra von Carthon in geheimem Rat ausgewählt wurde, den Reichtum ganz Carthons nach Temora zu bringen, um das Lösegeld zu bezahlen. Und *du*« – die Schwertspitze stach ihr in die Kehle – »bist diese Guildstra.«

»Daran ist etwas Wahres«, stimmte Mirrei ruhig zu, obwohl ihr Magen sich vor Schreck zu einem festen Klumpen geballt hatte und sie nur mit Mühe Luft bekam. Das waren keine Gesetzlosen, deren Weg zufällig den ihren gekreuzt hatte. Diese Männer wußten, wer sie war und was sie bei sich trug. Die List, eine einzelne Reiterin aus Carthon abzusenden, ohne daß jemand davon wußte, war ihnen narrensicher vorgekommen. Aber der Plan hatte einen Fehler: Einmal entdeckt, hatte eine einzelne Reiterin keinen anderen Schutz als ihren eigenen Verstand.

»Es ist kein Geheimnis, daß die Händlergilde von Carthon sich einverstanden erklärt hat, einen Teil der Summe zu bezahlen, die Doschadis von Temora verlangt. Aber der Preis, den er für die Freiheit unseres Königs fordert, ist, wie du sagst, eine hohe Summe – zehn Wagenladungen Kupfer. Was siehst du hier? Eine einzige Guildstra von Carthon. Keine Wagen mit Kupfer, keinen Schatz.«

»Keinen Schatz? Du lügst!« schnaubte Vardis. Sein Hellers-Akzent machte die Worte schwer verständlich. »Ihr wurmzüngigen Händler tragt alle Schätze bei euch! Sternensteine, Meeresperlen und dergleichen – der Schweiß und die Mühe ehrlicher, schwer arbeitender Männer finden irgendwie immer einen Weg, als kupfernes Futter der Tasche eines betrügerischen Händlers zu enden!« Außer sich von einem Haß auf den Händler, den Mirrei schon allzuoft gesehen hatte, zog er seinen knochigen Braunen zwischen Mirrei und Meleng. »Wir werden eben nehmen, was dein Packen enthält, Händlerschlampe«, wütete er und hob sein Schwert. »Wir werden es nehmen und es gerecht nennen!«

»Töte mich, und du wirst im gleichen Augenblick sterben, Vardis aus den Hellers!«

Erschreckt von der plötzlichen Drohung und der dramatischen Veränderung in ihrem Verhalten, zog sich der Junge zurück. Der Braune wieherte protestierend gegen das ruckartige Anziehen der Zügel.

»Nimm dich in acht, Vardis«, warnte Mirrei ihn. Seine Gewalttätigkeit zwang sie zu einem riskanteren Kurs, als sie ihn andernfalls gewählt hätte. »Wir Händler haben Kräfte, die sich nicht einmal ein im Turm ausgebildeter *Laranzu* vorstellen kann. Hast du nie von dem Pakt gehört, den wir in grauer Vorzeit mit Zandru geschlossen haben? Wie sonst überlebten wir, obwohl alle Welt gegen uns steht, als dank dem uns von Zandru gewährten *Laran*?«

Vardis zog sich noch ein Stück zurück. Die bloße Erwähnung von *Laran* rief Ehrerbietung und abergläubische Furcht hervor.

Meleng war nicht so leicht einzuschüchtern. Er betrachtete sie nachdenklich mit zusammengekniffenen Augen, aber der schwere *Clevamore* lag ruhig in seiner Hand, und ein schwaches Lächeln umspielte seinen Mund. Es würde mehr brauchen als bloß Worte, um ihn zu überzeugen, daß sie die furchterregende Kraft des *Larans* besaß.

Kluger Syrtis, Patron aller Händler, gib mir die richtigen Worte ein. »Dein Informant, Meleng, der dir sagte, ich trüge das Vermögen der Gilde von Carthon nach Temora – das ist eine Frau namens Evandaline, die Schreiberin Liams des Blinden, nicht wahr?« Nach Kleidung und Akzent stammte Meleng ebenso wie Evandaline aus dem Valeron. Vielleicht war er ein Verwandter, vielleicht ihr Liebhaber, vielleicht war die Frau ohne jede Schuld. Aber nach einem schnellen Überschlag meinte Mirrei, Liams Blindheit mache seine Schreiberin zu der wahrscheinlichsten Person, die von ihrer geheimen Reise erfahren haben konnte – und nur seine Schreiberin verknüpften keine verwandtschaftlichen Bande mit der Gilde von Carthon.

Das Schwert schwankte ein bißchen, und Meleng riß die Augen auf – Mirrei hatte richtig geraten.

»Laß den Schatz«, drängte Vardis. Sein Brauner tänzelte nervös von Mirrei weg. »Am besten lassen wir die Finger von einer, die Zandrus Kräfte besitzt . . .«

»Ruhe!«

Der dritte Reiter, bisher unbeachtet geblieben, ritt vorwärts. Die beiden anderen wichen zurück; Vardis zuckte zusammen, als der dritte näher kam. Mirrei sah in Augen von Comyn-Blau, und das Blut gefror ihr in den Adern. Ein *Laranzu*! Einer, der in Wahrheit *Laran*-Kräfte besaß! Die gleiche Furcht, die Vardis beherrschte, griff jetzt nach ihr.

Seit Anbeginn der Zeit verachteten die Comyn-Lords der Sieben Domänen die Händler und setzten ihre *Laran*-Waffen gegen sie ein, wann immer es ihren eigenen Zwecken diente. König Danilo war der einzige Comyn-Lord, der den Händlern seines

Reiches jemals vollen Schutz nach Comyn-Recht zugesagt hatte. Aus diesem Grund hatten die Händler von Carthon bereitwillig ihr Vermögen hergegeben, um sein Leben zu retten. Und aus dem gleichen Grund gab es unter den Comyn viele, die ihn ›Verräter‹ nannten und jeden Preis zahlen würden, um ihn zu vernichten. Der Tod einer Guildstra aus Carthon würde in ihren Augen überhaupt nichts gelten, wenn die Folge Danilos Tod wäre.

Immer noch schweigend beugte sich der Comyn-*Laranzu* nieder und berührte ihr Gesicht mit Fingern, die in diesem heißen Land merkwürdig kalt waren. »Sie spricht die Wahrheit«, murmelte er endlich. Seine blauen Augen wirkten blaß im feurigen Glühen der untergehenden Sonne. »Sie nennt unsere Informantin im Ton der Wahrheit, und doch – und doch lügt sie.«

Mirreis Haut kribbelte, und sie konnte sich kaum beherrschen, unter seiner Berührung nicht zusammenzuzucken. Aber trotz all ihrer Angst war sie nicht fähig, sich von seinem zwingenden Blick loszureißen.

»Aye«, murmelte er, immer noch ihre Wange streichelnd, »hier ist ein Rätsel. Eine Mischung aus Wahrheit und Lügen, eine Mischung, eine Verbindung ohne klare Grenzen dazwischen: Teils stinkender Nebel, teils reine Luft.« Seine naßkalten Finger strichen weiter über ihr Gesicht und ihre Stirn. »Sie ist auf schlaue Händlerart klug gewesen – das höre ich aus ihren Worten –, aber sie kann nicht hoffen, ein Geheimnis vor *meinen* Kräften zu bewahren!«

Mirrei von Darkover entsetzte sich vor diesem Mann und den Kräften, die er besaß. Sein Blick machte sie so hilflos, wie es der Schrei eines Banshees in den Hellers getan hätte. Trotzdem fuhr die Guildstra von Carthon fort, alle Einzelheiten abzuwägen und einzuordnen. Jede Situation, und sei sie noch so ungünstig, zu ihrem Vorteil umzumünzen, war eine typische Eigenschaft der Händler, und jede Information mochte die sein, die es ihr ermöglichte, die Katastrophe in einen Erfolg zu verwandeln.

Und hier gab es Einzelheiten, sah die Guildstra von Carthon, die einfach nicht zueinander paßten. War er wirklich ein im Turm ausgebildeter *Laranzu*, dieser blauäugige, rothaarige Abkömmling Hasturs? Er trug ein Gewand im Stil dieser begabtesten Comyn-Klasse, aber es war ausgefranst und schmutzig und ungeschickt aus grobem Stoff zusammengenäht, aus dem Sackleinen, das nur die Ärmsten der Domänen zur Kleidung benutzten. Und er sprach mit dem Akzent eines Hirten aus dem Valeron, dieser ›*Laranzu*‹. War er das *Nedestro*-Produkt irgendeines verantwortungslosen Schürzenjägers, halb zum Wahnsinn getrieben von seiner Gabe, davon träumend, die Gunst seiner arroganten Verwandten zu gewinnen, wenn er das Werkzeug von König Danilos Tod wurde?

»Frag sie nach dem Lösegeld, Drago«, verlangte Meleng. Als praktisch denkender Mann hatte er überhaupt kein Interesse an irgendwelchen Rätseln, die Drago wittern mochte. »Zeig uns, was das *Laran* wert ist, das du zu besitzen behauptest. Zwinge sie, uns die Wahrheit zu sagen.«

Augen von Comyn-Blau bohrten sich in die Mirreis, schienen jeden Gedanken, jeden Plan, jeden Traum, den sie je gehabt hatte, zu erfassen. Mirrei von Darkover erkannte, daß es keinen Grund gab, seine Fragen nicht zu beantworten.

»Trägst du das Lösegeld bei dir?«

»Ja.«

»Das ist eine eindeutige Antwort!« rief Meleng aus. »Leere deine Satteltaschen, Händlerin. Wir werden Dragos ›Rätsel‹ schnell lösen. Zeig uns alles, was du bei dir hast. Und komm uns mit keiner von deinen Händlerlügen – Drago hier schnüffelt sie heraus wie ein Hund auf der Spur eines Rabbithorns.«

»Ihr sollt alles sehen, was ich bei mir trage. Wenn ihr einen Schatz entdeckt, soll er euch gehören.« Sie wägte ihre Worte sorgsam. Wenn es stimmte, was die Guildstra von Carthon vermutete, hatte sie nur eine gefährlich geringe Chance, das Lösegeld sicher nach Temora zu bringen.

Leise mit ihrem Fuchs sprechend, machte sich Mirrei daran, ihre Satteltaschen so ordentlich zu leeren, als packe sie sie für die Nacht aus. Es dauerte nicht lange. Ihre letzten Lebensmittel, eine fast leere *Boda* mit Wasser, mehrere Dutzend Rollen Wildleder, die die Händler für Verzeichnisse und dergleichen benutzten. Die Jacke aus grobem Stoff und der schwere hölzerne Halsreif, die laut Gesetz alle Händler innerhalb der Stadtmauern von Temora tragen mußten, das alles war bald auf der trockenen, sandigen Erde inmitten der tiefer werdenden Schatten, die die Dornbüsche warfen, ausgebreitet.

»Es ist nichts dabei, das der Mühe wert wäre!« rief Vardis angewidert aus. »Was ist mit dem Vermögen, das du uns versprochen hast?«

Meleng beachtete den Ausruf des Jungen nicht. Er hielt den Blick auf Drago gerichtet. »Frage sie, Drago. Zwinge sie, uns die Wahrheit zu sagen.«

Von neuem bohrten sich die blauen Augen in die Mirreis, und sie hatte keine Wahl, als seine Fragen zu beantworten.

»Ist das alles, was du nach Temora bringen willst?«

»Ja.« *Ich werde antworten, aber kannst du tatsächlich die Wahrheit »sehen«?*

»Du lügst!« Es lag mehr Triumph als Zorn darin. »Du wagst es, *mich* anzulügen? Ich sehe die Wahrheit so deutlich, wie ihr betrügerischen Händler einen Profit im Elend anderer seht. Die Wahrheit hat einen Ton, der süß und rein klingt, obwohl du auf deine hinterhältige Art dein Bestes getan hast, sie zu trüben und zu beflecken.«

»Verhöre sie weiter! Frage sie, was sie sonst noch bei sich hat.«

Drago drehte sich zu Meleng um, der ihn in seiner Tirade unterbrochen hatte, und sah ihn böse an. Aber Meleng war zu stark auf sein eigenes Ziel fixiert, als daß er sich hätte einschüchtern lassen. »Du hast noch etwas anderes gehabt«, wandte er sich an Mirrei. »Wo ist es?«

»Ich habe es vergraben.« Sie stellte Furcht zur Schau, als der

Clevamore von neuem ihre Kehle zu durchbohren drohte. »Unter den Büschen da hinten, bevor ihr kamt.«

»Der Schatz!« rief Vardis aus. »Ich wußte, die Geschichten sind wahr – alle tragen sie eine Kupferkiste mit sich herum, wohin sie auch gehen.«

»Ist das richtig, Händlerin?« wollte Meleng wissen.

»Nein.« *Das ist auf jeden Fall eine wahre Antwort.*

»Aber das, was du vergraben hast, bevor wir dich einholten, hat den Wert des Lösegeldes für einen König?«

»Es hat unermeßlichen Wert.« *Da es das Mittel sein mag, mein Leben zu retten, ist es in der Tat unschätzbar wertvoll für mich.*

Drago zögerte, als spüre er die Doppeldeutigkeit ihrer Antwort, und Mirrei stockte der Atem in der Kehle. Wenn sie recht hatte und er nichts als ein Wahrheitssieber war, dessen *Laran* sich darauf beschränkte, die Wahrheit in ›Ja‹ und ›Nein‹ zu erkennen, ging es vielleicht doch noch gut für sie aus. Aber wenn sie sich irrte, wenn er eine Spur echter telepathischer Begabung besaß, war alles verloren.

»Zwinge sie, es uns zu zeigen, Drago«, befahl Meleng, zu gierig, um das Zögern des anderen Mannes zu bemerken. »Wo ist es?«

Die kleine Truhe war nur ein paar Schritte entfernt, und die Spuren des hastigen Vergrabens zeigten sich deutlich in dem groben Sand. Mit einem begeisterten Aufschrei hob Meleng sein Schwert, stieg ab, fiel auf die Knie und schleuderte Sand in alle Richtungen wie ein schlecht erzogener Hund.

»Paß gut auf sie auf, Vardis«, befahl er über die Schulter weg dem Jungen, der von seinem Braunen kletterte. »Halte ihr das Messer an die Kehle für den Fall, daß dies irgendein Trick ist.«

»Sie hat die Wahrheit gesprochen«, versicherte Drago ihm, offensichtlich beleidigt über diese Verunglimpfung seiner Gabe. Sein früheres Zögern vergaß er in dem Eifer, das Werkzeug zu Danilos Tod zu werden. Den Saum seiner zerlumpten Robe aus den Dornen eines Busches reißend, postierte er sich neben

Melengs Schulter. »Ich sehe die Wahrheit so deutlich, wie geringeres Volk die Sonne auf- und untergehen sieht. Meinem Gesicht kann keine Falschheit entgehen. Und es ist Hasturs Wille, daß ich verantwortlich sein soll für die Vernichtung des Verräters an seinen Nachkommen, und die schmutzige Schlacke des Wuchers soll gereinigt werden . . .«

»Sie werden das Lösegeld unter sich teilen, Vardis«, flüsterte Mirrei. Genau für diesen Augenblick trugen viele Händler die ›Schatztruhe‹ der Geschichten aus Vardis' Kindheit bei sich. »Siehst du, wie sie sich in die Nähe des Schatzes postieren und dich hier allein lassen? Fordere Drago auf, er soll Melengs Versprechen, das Lösegeld mit dir zu teilen, lesen.«

Vardis zögerte. Sein Haß auf Mirrei geriet in Konflikt mit dem Argwohn, der allen Dieben eigen ist.

Melengs Jubelschrei, als er die Kiste aus duftender *Vata*-Fichte, besetzt mit glänzenden falschen Diamanten und fehlerhaften Perlen, hochhob, war mehr, als Vardis ertragen konnte.

»Du hast gleiche Anteile versprochen!« rief er und schleuderte Mirrei zu Boden. »Ich habe die Pferde gestohlen – dafür bekomme ich die Hälfte!« Mit gezogenem Schwert rückte er Meleng zu Leibe, der kniend an dem Schloß aus schlechter Kupferschlacke herumfummelte. »Zwinge ihn, es zu sagen, Drago! Zwinge ihn, die Abmachung zu wiederholen, und sag mir, ob er lügt oder nicht!«

Erschreckt durch Vardis' plötzliche Heftigkeit, wich Drago zurück und wäre beinahe über Mirrei gefallen, die immer noch atemlos auf dem Boden lag. Meleng hatte mit der Leichtigkeit langer Übung das Schwert wieder zur Hand genommen. Die Truhe aus *Vata*-Fichte ließ er in den Sand fallen. Mit einem einzigen Streich trieb er Vardis in die Defensive. Hieb und Stich, es waren Alter und Können gegen Jugend und rohe Kraft, und Mirrei hatte nicht das geringste Interesse daran, wer von beiden siegen würde.

Ein letztes Hindernis gab es: Drago. Sie versuchte, sich auf die

Füße zu kämpfen, und da ragte er vor ihr auf, hielt ihren Blick mit seinen blauen Augen fest und versuchte, sie wieder unter Kontrolle zu bekommen. Mirrei empfand die abergläubische Angst vor den mit *Laran* Begabten, unter der alle Darkovaner ihrer Umgebung litten. Sie spürte ihre Willenskraft erlahmen und klammerte sich verzweifelt an die Realität, an das Gefühl des groben Sandes unter ihren Händen, das Klirren von Schwert gegen Schwert hinter ihr. Bevor sein zwingender Blick sie völlig lähmen konnte, tat sie das einzige, was ihr übrigblieb: Sie warf ihm eine Handvoll Sand mitten ins Gesicht.

Heulend faßte sich Drago nach den Augen, taumelte rückwärts und schrie von neuem auf, als er in die nadelscharfen Stacheln eines Dornbusches stolperte.

Mirrei, die die Herrschaft über sich völlig zurückgewonnen hatte, nutzte die Situation weidlich zu ihrem Vorteil aus. Sie stellte sich auf die Füße, warf sich mit ihrem ganzen Gewicht auf Drago und schleuderte ihn kopfüber in die knorrigen Äste eines hohen Dornbusches. Schnell sammelte sie ihre Besitztümer ein, nahm die drei reiterlosen Pferde am Zügel und ritt davon, dem blutroten Sonnenuntergang entgegen. Die Schreie, die Drago aus Schmerz und hilfloser Wut ausstieß, erstarben bald hinter ihr.

Ein einziges Mal sah sie im Reiten zurück. Die rasch aufsteigende Kyrrdis, die Verkünderin der Nacht, war bereits über den fernen Bergen der Sieben Domänen sichtbar, und bald würden die Stadttore von Temora verriegelt werden. Aber als sie zurücksah, mußte sie trotz der verzweifelten Schnelligkeit ihres Rittes laut lachen. Sie mußte über die Erinnerung an Drago lachen, der mit dem Kopf nach unten in dem Dornbusch hing und dessen zerlumpte Robe, von den Zweigen hochgezogen, das dürrste und krummste Paar Beine auf ganz Darkover enthüllte.

»Ihr zeigt Euch reichlich unbekümmert, Guildstra.« Mit offensichtlichem Widerwillen betrachtete Dom Rael, König Danilos Sprecher in Temora, Mirrei, die zerzaust und verschwitzt in der kleinsten seiner Audienzkammern stand – es war der Raum, der in allen temoranischen Haushalten dazu reserviert war, mit Dienern und Trockenstadt-Sklaven zu sprechen. »Ihr trefft ein, gerade als die Tore geschlossen werden, und dabei wißt Ihr doch genau, daß Doschadis morgen früh mit dem ersten Licht die Zahlung von zehn Wagenladungen Kupfer erwartet. Ich sage Euch, daß wir nur sechs Wagen haben, und Ihr teilt mir daraufhin lächelnd mit, Carthon schicke vier Wagenladungen Kupfer mit *Euch* – einer einzelnen Frau, die mit vier Pferden, aber keinem einzigen Wagen in die Stadt einreitet.«

»Ich lächle, *vai dom*, und zeige mich unbekümmert, weil es kaum Grund gibt, sich Sorgen zu machen. Sicher, ich bringe kein Kupfer aus den Lagerhäusern von Carthon mit, aber trotzdem habe ich Carthons Anteil an dem Lösegeld für unseren König bei mir. Der volle Betrag, zu dem sich die Händlergilde von Carthon für die Freiheit unseres Königs verpflichtet hat, ist hier in meinen Händen.« Sie konnte es sich nicht verkneifen, von neuem zu lächeln, als dieser im Turm ausgebildete *Laranzu*, ein gebildeter Mann unter den Comyn, die Lederrollen in ihrer Hand anstarrte, ebenso blind für das Vermögen, das sie darstellten, wie es die Gesetzlosen aus den Trockenstädten gewesen waren.

»Diese Fetzen? Welchen Wert können sie enthalten?« Seine Bestürzung vertiefte sich zu dem Mißtrauen, das ständig zwischen den Händlern und den Comyn-Lords herrschte. Bei diesem Ton griffen die Friedensmänner neben ihm zu ihren Waffen. »Ich habe erzählen gehört, ihr Händler rühmt euch, sogar den Tod mit einem Scherz zu begrüßen. Aber nehmt Euch in acht, Guildstra, wenn Ihr es wagt, über den Tod Eures Königs zu scherzen . . .«

»Ich scherze nicht, *vai dom*, auch wenn ich lächle. Viele der Händler hier in Temora schulden einem Händler in Carthon Beträge, die in Kupfer zahlbar sind. Diese Lederrollen, jede von einem Händler Carthons unterzeichnet und mit ihrem oder seinem Siegel gestempelt, fordern die Händler von Temora auf, ihre Schulden zu zahlen, in Kupfer, sofort, an mich. Wenn ich jetzt beginne, die Guthaben einzuziehen, werden Doschadis' zehn Wagenladungen Kupfer im Morgengrauen auf ihn warten, wie er es verlangt hat. Ihr seht also, Dom Rael, ich habe guten Grund zu lächeln – ich trage in der Tat das Lösegeld für einen König bei mir.«

Ein impulsiver Mann

von Marion Zimmer Bradley

Als ich HASTURS ERBE schrieb und Dyan Ardais als einen Schurken schuf, hatte ich keine Ahnung, daß er sich als so populär erweisen würde. An Zahl standen die Geschichten über Dyan nur denen über die freien Amazonen nach. Anscheinend hat dieser so ungeheuer vielschichtige Mann etwas sowohl in Männern als auch in Frauen angerührt. Ich erhielt mindestens vier solcher Geschichten für diese Anthologie, war jedoch leider gezwungen, sie alle zurückzuweisen – denn ich hatte mich bereits entschieden, eine meiner eigenen Erzählungen über Dyan aufzunehmen.

Im Anfang von SHARRAS EXIL erzählt Dyan seinem Pflegesohn Danilo, er habe mit Marilla Lindir einen Nedestro-Sohn gezeugt, und er hat für sein Verhalten keine andere Entschuldigung als die, daß er, wie er sagt, »ein impulsiver Mann« ist.

Nicht etwa, daß er eine Entschuldigung braucht. Ich gebe offen zu, daß ich nie sicher weiß, was Dyan tun wird, und daß mich seine Abenteuer ebenso überraschen, wie sie meine Leser überraschen mögen. (MZB)

»Du hast dir ja feine Gesellschaft ausgesucht, *Chiyu*«, schleuderte Marilla Lindir ihrem Bruder entgegen. »In jeder Beziehung bist du genau das, was ihm gefällt, dem Lord Ardais – ein Junge, noch kein Mann, alt genug, um beinahe ein Gefährte sein zu können, jung genug, daß du dich niemals seinem Willen widersetzen wirst, und hübsch wie ein Mädchen. Hat er dich schon zu seinem . . .«

Merryl hörte das Wort in den Gedanken seiner Schwester und errötete, bevor sie es aussprach, aber er erklärte entschieden: »Du kennst Lord Dyan nicht so, wie ich ihn kenne, Marilla.«

»Nein, und dafür danke ich sämtlichen Göttern! Nicht genug, daß alle unsere Aillard-Verwandten dich für einen Sandalenträger halten, weil du dich vor dem Dienst bei den Kadetten gedrückt hast . . .«

»Auch das ist unfair«, erklärte Merryl ruhig. »Was hast du nur, Rilla? Bist du böse, weil es dieses eine Mal etwas gibt, das wir nicht teilen? Du hast Freundinnen, und ich mißgönne sie dir nicht. Du weißt, warum ich nicht Kadett werden konnte. Nach dem Tod unseres Bruders Samael fürchtete Mutter immer, ich könne im Winterregen schmelzen oder mir in der Hitze des Sommers ein Fieber einfangen. Es ist nichts als die Wahrheit, daß ich nicht darum gebeten habe, verwöhnt und zum Schoßtier gemacht, an ihre Schärpe gebunden zu werden, während ich zum Mann heranwuchs. Jetzt gibt es unter unseren Verwandten keinen einzigen, der mich als das akzeptiert, was ich bin: ein Mann, ein Telepath . . . und mich nicht für das verspottet, was ich nicht rückwirkend ändern kann, nämlich daß ich ohne die Gesellschaft von meinesgleichen aufgewachsen bin. *Er* akzeptiert mich«, wiederholte Merryl. Durch all ihren Zorn fühlte Marilla den Schmerz in der Stimme ihres Bruders, auch wenn er ruhig sprach. Sie schluckte heftig. Vielleicht stimmte es, vielleicht war ihr Ärger nichts als Eifersucht . . . Sie und Merryl waren Zwillinge und nicht voneinander getrennt worden, wie es in den meisten Fällen geschieht, wenn der Bruder zum Mann und die Schwester auf den engen Bereich einer Comyn-Dame beschränkt wird. War sie eifersüchtig, weil Merryl jetzt einen Weg ging, auf dem sie ihm nicht folgen konnte, hinein in die größere Welt? Sie streckte die Hand nach ihm aus, und er drückte sie fest an sich. Immer noch war sie beinahe ebenso groß wie er, und wenn auch ihr Haar eingeflochten war und ihr in einem flammenden Zopf den Rücken hinunterhing, während seines in Locken das sommersprossige Gesicht umgab, waren ihre Schultern fast ebenso breit wie seine.

Jahrelang pflegte unser Vater zu sagen, ich sei eigentlich der Mann von uns beiden. Ich kann ebenso schnell und so weit reiten wie Merryl, meine Falken sind besser abgerichtet als seine, ich habe sogar mitgemacht, was er an Ausbildung im Waffenkampf hatte . . . weil Mutter immer meinte, die rauhen Burschen um den Stall und die Unterkünfte würden ihr kostbares Bübchen verderben. Aber Mutter ist jetzt tot, und es ist niemand mehr da, der Merryl daran hindert, ein Mann zu werden. Und ich . . . Marilla grauste es vor den unausweichlichen Schlußfolgerungen . . . *darf ich nichts anderes werden als eine Frau? Bin ich, weil mir erlaubt wurde, das bißchen zu teilen, was Merryl als einem Jungen zugestanden wurde, für das einzige mir offenstehende Leben verdorben?*

Sie holte tief Atem und sagte: »Wahr ist, daß ich Lord Dyan nicht so gut kenne, wie du es tust. Trotzdem habe ich den Eindruck, er nützt deine . . .« Sie suchte nach einem Wort, das ihn nicht beleidigen würde, und fuhr schließlich zögernd fort: »Er nützt deine Bewunderung für ihn aus. Ich bin kein Dummkopf, Merryl, ich weiß, daß – daß junge Männer, Knaben einander auf diese Weise lieben, und ich hätte es dir nie mißgönnt . . .«

»Wirklich nicht?« fiel er gereizt ein, aber sie schüttelte den Kopf und winkte ihm zu schweigen.

»Bestimmt, hättest du einen solchen Freund gehabt . . . Gesellschaft hattest du an mir und alles, was dir an Freundschaft zuteil geworden ist . . .«

»Marilla, Marilla . . .« Wieder zog er sie an sich. »Glaubst du, ich kritisiere dich, weil ich . . .«

»Nein, nein – warte – das meine ich doch gar nicht. Ich meine, ich bin deine Schwester, und es gibt Dinge, die dir ein Freund oder eine Freundin geben könnte, ich als deine Schwester aber nicht. Ich – ich hätte versucht, dir das nicht zu mißgönnen«, erklärte sie ehrlich. »Die Welt wird gehen, wie sie will, nicht, wie du oder ich es haben wollen . . . Ein Mann hat die Freiheit, auf diese Weise Erfahrungen zu sammeln, eine Frau nicht . . .«

»Das stimmt nicht ganz, Rilla . . .«

»Mag sein«, antwortete sie mit einem kleinen Lächeln. »Ich

hätte sagen sollen, ein Junge hat in manchen Dingen mehr Freiheit als eine Frau, da er nicht befürchten muß, in Schande zu geraten.«

»Und ich habe nicht den Wunsch, irgendeine Frau in Schande zu bringen«, stellte Merryl ruhig fest. »Aber ich habe auch keine *Bredini* gehabt.«

»Bisher nicht?«

Zorn flammte auf, und die Barrieren schlossen sich zwischen ihnen. Es schmerzte Marilla, denn Merryl hatte sie noch nie zuvor aus seinen Gedanken ausgeschlossen. Sie bat flehentlich: »Merryl, hör mir zu! Für dich mag das richtig sein, jetzt ist die Zeit dafür – aber im Namen aller Höllen, im Namen Avarras der Gnädigen – ich kann schon verstehen, warum du Dyan liebst, aber was hat er mit dir vor? Er hätte über diese Dinge hinausgewachsen sein müssen, noch bevor wir geboren waren, er ist alt genug, der Vater unseres Vaters zu sein . . .«

»So alt ist er gar nicht«, unterbrach Merryl. »Um Großvater zu werden, hätte er schon sehr früh heiraten müssen – und wie ist das überhaupt, beurteilst du einen Mann nach den Jahren, die er zählt, statt nach dem, was er *ist*?«

»Was ist er denn? Ich weiß nur, er ist ein Mann, der zumindest über die erste Jugend hinaus ist und der sich Liebhaber unter Jungen sucht, die noch keine richtigen Männer sind!« fuhr Marilla auf. »Was ist das für eine Art von Mann? Und falls du nichts davon gehört hast, ich weiß Bescheid über den Skandal vor sechs Jahren, als er einen Kadetten verführte, der noch so jung war, daß er nach Hause zu seiner Familie geschickt werden mußte, weil . . .«

»Ich hätte mir denken können, daß du mir die Sache mit Octavien vorhalten würdest«, fiel Merryl mit einem merkwürdig selbstzufriedenen Lächeln ein. »Dyan hat es mir erzählt, bevor ihn irgendwer damit bei mir schlechtmachen konnte. Er nahm Octavien in seine eigene Unterkunft auf, gerade *weil* er jung und kindlich war und die älteren Burschen ihn drangsalierten – Dyan ist selbst klein und schwach gewesen und wußte, was es heißt, drangsaliert zu werden, und er dachte, vielleicht könne er aus dem Jungen einen Mann machen, indem er ihn als Mann behandelte ... Er unterrichtete ihn, beaufsichtigte ihn, stand ihm als Freund zur Seite. Aber in Wahrheit war Octavien nichts als ein wehleidiges Kind, das niemals hätte zur Garde geschickt werden dürfen. Unter der doppelten Belastung brach er zusammen, und sein Verstand hakte aus ... Er setzte sich in den Kopf, die anderen Jungen redeten immerzu über ihn, weil Dyan ihm Freundschaft und Aufmerksamkeit widmete, sie hätten mit ihrer Zeit nichts Besseres anzufangen, als ihn zu verhöhnen und ihn Schwächling, Sandalenträger, Lustknabe zu nennen – und dann begann er, nachts und tags zu weinen, und konnte nicht mehr damit aufhören. Und wie bei allen diesen Krankheiten der Seele wandte er sich gerade gegen den einen, der freundlich zu ihm gewesen war und ihm geholfen hatte, und er beschuldigte Dyan unaussprechlicher Dinge ... Da schaffte man es schnell weg, das arme, seelisch kranke Kind, bevor es mit ihm schlimmer werden konnte.«

»Das, vermute ich, ist Dyans Version«, sagte Marilla.

Merryl erwiderte: »Ich bin als Telepath gut genug, daß ich erkenne, wenn man mich belügt. Dyan hat die Wahrheit gesprochen – und er würde sich auch nicht dazu erniedrigen, auf Beschönigungen zu sinnen. Hätte er gewußt, wie gefährdet Octaviens Beziehung zur Realität war, dann hätte er ihn schon früher nach Hause geschickt – aber er hatte den Jungen liebgewonnen, und Octavien wollte damals nicht von ihm getrennt werden; er behauptete, Dyan sei der einzige Mensch, der ihn verstehe und Anteil an ihm nehme, und Dyan hatte das Gefühl, wenn er ihn wegschickte, würde er ihn nur noch schlimmer verletzen.« Merryl verstummte, und Marilla las, was er ihr gegenüber nicht laut aussprechen wollte: *Dyan weinte selbst wie ein Kind, als er erfuhr, wohin es mit Octavien gekommen war. Das hat er mir nicht erzählt, aber ich sah es in seinen Gedanken ...*

Marilla dachte: Dyan hätte dem Jungen als Freund zur Seite stehen können, ohne ihn erst ins Bett zu locken, und es geschah ihm recht, daß er ins Gerede kam, weil er die Schicklichkeit nicht beachtet hatte. Eins der strengsten Tabus in den Hellers war jenes, das derartige Affären zwischen verschiedenen Generationen verbat. Es stammte aus der Zeit, als jeder Angehörige der Elterngeneration die wahre Mutter oder der wahre Vater hätte sein können, da die Ehe eine Gruppenangelegenheit und die Elternschaft oft unbekannt war. »Konnte Dyan keine Männer seines eigenen Alters als Favoriten und Freunde finden?«

»Du hast ein Vorurteil gegen ihn, Marilla. Wie alle Frauen meinst du, ein Mann, der Männer liebt, beleidige dein ganzes Geschlecht . . .«

»Das meine ich nicht«, wehrte sie ab, »aber ist er nicht wie ein Mann, der nach dreißig Jahren Ehe seine Frau, die ihm viele Kinder geboren hat, wegen ihrer Runzeln und grauen Haare verläßt und sich ein jüngeres und hübscheres Mädchen nimmt? Glaubt er, wenn alle seine Liebhaber jung sind, wird niemand die Falten in seinem Gesicht sehen?«

Merryl errötete, gab jedoch zurück: »Wie dem auch sei, er ist mein Freund, und solange du mein Haus führst, wirst du freundlich zu ihm sein und ihn mit Höflichkeit empfangen.«

»Ach, so ist das?« explodierte sie. »Wenn ich jederzeit tue, was du willst, sind wir gleichberechtigt, doch sobald wir verschiedener Ansicht sind, brauchst du nur zu sagen: *Ich bin der Herr dieses Hauses, und du bist nichts weiter als eine Frau*!«

Er senkte den Kopf. »Das sage ich nicht, Marilla, Evanda möge es verhüten – aber, Schwester, willst du nicht aus Liebe zu mir freundlich zu meinem Freund sein?«

Sie sagte ärgerlich: »Aus Liebe zu dir möchte ich ihm die Tür weisen«, allein wenn ihr Bruder in diesem Ton zu ihr sprach, konnte sie ihm nichts abschlagen. »Ich mag den Mann nicht, und ich bin nicht mit ihm einverstanden. Tu du, was du für richtig hältst.« Damit wandte sie sich von ihm ab.

Lord Dyan, dachte sie, glich einem Falken: Er trug den Kopf stolz erhoben, war schlank bis zur Magerkeit, hatte eine gebogene Nase, und wenn er hin und wieder lachte, schwang in dem harten Geräusch die Wildnis mit. Sein Benehmen ihr gegenüber war von förmlichster Höflichkeit. Er nannte sie nicht *Damisela*, sondern in Anerkennung ihres Amtes als Schloßherrin von Lindirsholme Domna *Marilla*. Abends, wenn sie in der Halle saßen oder zur Musik der Spielleute tanzten, war er immer der erste, der sie aufforderte, und er war sogar höflich zu ihrer Gesellschafterin und der älteren Anstandsdame, die früher ihre und Merryls Gouvernante gewesen war. Tagsüber ging er mit Merryl auf die Jagd oder die Beize, oder sie machten einfach einen Ritt über das weite Land. Abends lieh er sich manchmal eine Harfe von einer der Sängerinnen und sang ihnen selbst etwas vor, eigenartige traurige Balladen, älter als die Berge. Seine Stimme war gut ausgebildet und melodisch, wenn auch nicht groß. Einmal sagte er mit einem kleinen, verlegenen Achselzucken: »Für einen Jungen ist es immer eine Tragödie – ganz gleich, wie schön seine Stimme vor dem Stimmbruch ist, es läßt sich nicht vorhersagen, ob er als erwachsener Mann vielleicht nur krächzen wird.«

»Aber die Lieder sind schön«, stellte Marilla der Wahrheit entsprechend fest, und er nickte.

»Ich habe sie von meiner Mutter . . . Sie hat Jahre darauf verwendet, bei einem der großen Spielleute der Berge zu studieren. Mein Vater konnte Musik natürlich nicht leiden, deshalb sang sie nur für mich. Und in Nevarsin habe ich weitere Lieder dazugelernt.«

»Dann wart Ihr zum Mönch bestimmt, Lord Dyan?« fragte sie ihn. Er lachte mit diesem harten Vogellaut.

»Ich doch nicht! Ich fühle keine Berufung zum Fasten und Beten und vielleicht noch weniger zu einer asketischen Lebensweise . . . Ich liebe gutes Essen und warme Betten und die Gesellschaft von Menschen, die tanzen und singen können . . . Nur die Musik hielt mich dort; ich hätte solchen Unterrichts wegen Schlimmeres ertragen. Nein, ich war in der Ausbildung zum Heiler, und nun . . .« Er zuckte die Schultern. »Nun reichen meine Fähigkeiten auf diesem Gebiet kaum dazu aus, einem Hund einen gebrochenen Knochen einzurenken.« Er betrachtete die langen, zarten Finger, die sich so geschickt über die Saiten der Harfe bewegten. Sie waren immer noch fein, aber die Gelenke zeigten Knoten und Schwielen vom Schwert und von den Zügeln. »Für einen von unserer Art, sagt man, gibt es keine andere eines Mannes würdige Arbeit als das Schwert. Die Pflicht rief mich, und ich tat, was die Ehre von mir verlangte. Wie glücklich bist du « – seine Augen suchten die Merryls – »daß du diesem Schicksal entgangen bist.«

»Auf Kosten der Männlichkeit«, erklärte Merryl bitter.

»Pfui!« kam es als rauher Ausruf von Dyan. »Wenn das Männlichkeit ist, sollten wir vielleicht alle Röcke anziehen, um die Welt vernünftiger zu machen, Junge!«

Marilla fragte ihn: Glaubt Ihr im Ernst, Frauen seien besser daran als Männer?«

Dyan schüttelte den Kopf. »Nicht unbedingt, Lady Marilla – ich kann es nicht beurteilen. Meine Großmutter Rohana regierte das Ardais-Land besser, als es jeder Mann hätte tun können, und mein Vater . . .« Er zuckte die Schultern. »Ich habe ihn ab meinem dreizehnten Jahr niemals nüchtern oder bei normalem Verstand gesehen. Meine Schwester war Bewahrerin, *Leronis* in Arilinn, und brauchte sich keinem Mann zu fügen. Und doch gab sie alles auf und starb, als sie zum dritten Mal versuchte, ihrem auf Terra aufgewachsenen Liebhaber ein Kind zu gebähren. Meine Mutter ertrug die Verrücktheiten meines Vaters, bis sie daran starb. Meine Großmutter mußte sich ihr ganzes Leben lang einem Mann unterwerfen, der ihr nicht ebenbürtig war, und doch behandelte sie ihn immer als ihren Herrn. Könnt Ihr es mir verübeln, wenn ich sage, daß ich die Frauen nicht verstehe? Übrigens die Männer auch nicht. Du, mein Junge« – sein Lächeln für Merryl war von so unverhohlener Zärtlichkeit, daß Marilla sich wand –

»bist dem Schlimmsten entgangen, weil dein Clan anderes von dir verlangte, und doch grämst du dich, als sei dir etwas Wundervolles verboten worden! Ich hätte viel um eine Untauglichkeit wie die deine gegeben, denn dann hätte ich eine eigene Wahl gehabt . . .« Er seufzte. »Nun ja, die Welt geht, wie sie will . . .« Und er beugte seinen Kopf über die Harfe und begann, ein lustiges und nicht besonders anständiges Trinklied über eine äußerst ungeschickte Räuberbande in den Bergen zu singen.

Endlich zu lernen ist ihnen vonnöten.
Die *Frauen* zu schänden, die *Männer* zu töten.
Sie fassen es nicht mit ihrem Verstand,
Daß man erst plündert und dann steckt in Brand.

Nicht lange darauf erhob sich Marilla mit Anstandsdame und Gesellschafterin und zog sich zurück. Merryl umarmte seine Schwester, und Dyan beugte sich über ihre Hand. Sie erschrak über sich selbst und dachte: *Wünsche ich mir, auch von ihm umarmt zu werden*?

Mitten in der Nacht fuhr sie entsetzt aus einem Traum auf, wie sie nur selten einer heimsuchte: Jemand hielt sie in den Armen und liebkoste sie zärtlich. Geist und Körper wurden in solchen Tiefen berührt, daß ihr war, als schmelze sie vor Entzücken dahin . . . Auch als sie wach geworden war, fühlte sie die Arme immer noch um sich, empfand ihr Körper immer noch die lustvolle Berührung . . . Aber sie war allein, und dann hielt sie bestürzt den Atem an und schloß hastig eine Barriere. In ihrem Traum waren es Dyans Hände, Dyans Arme gewesen . . . oder hatte sie gar nicht geträumt? Langsam und voller Scham erkannte sie, was sie miterlebt hatte . . . Sie hatte natürlich vermutet, daß Dyan das Bett ihres Bruders teilte, und das Band zwischen den Zwillingen war stärker als jedes andere telepathische Band . . .

Aber ich wußte nicht, daß es so ist . . . Merryl hat dies, und ich, oh, gnädige Evanda, ich bin Jungfrau und liege allein . . . bis meine Familie, ohne mich zu fragen, einem Mann das Recht über meinen Körper gibt . . . Und Dyan, Dyan will keine Frau, er würde sich verächtlich von mir abwenden, sich meinem Bruder zuwenden . . .

Die Barriere war wieder an Ort und Stelle. In ihrem kalten und einsamen Bett weinte sich Marilla in den Schlaf. Und am Morgen ließ sie durch ihre Anstandsdame ausrichten, sie liege krank darnieder. Sie konnte Merryl nicht gegenübertreten, und auch Dyan nicht . . . bestimmt hatte er gemerkt, daß sie sich berührt hatten . . .

Ich will ihn nie wiedersehen. Ich will hier in diesem Bett bleiben, bis er wieder fort ist, und verdammt soll er sein, er kann Merryl mitnehmen, ich will beide nie mehr wiedersehen! Dabei war ihr klar, daß sie sich selbst belog. Am nächsten Tag gelang es ihr, gerüstet mit Selbstbeherrschung und kühler Ironie, wieder hinunterzugehen und höflich zu sein, Merryls und Dyans freundliche Erkundigungen nach ihrer Krankheit zu ertragen. Aber sie war angespannt vor Angst, und mit einem Gefühl, das sie als Neid erkannte, sah sie Dyan und Merryl Arm in Arm weggehen. Und einmal, als sie nähend zwischen ihren Frauen saß, hörte sie eine von ihnen kichern und Überlegungen anstellen.

»Was, in Zandrus Namen, können zwei Männer miteinander anfangen? Es kommt einem dumm vor, nicht wahr? Und was für eine Verschwendung! Ich habe gehört, daß die Comhi'Letzii miteinander ins Bett gehen wie Liebende, aber auch das verstehe ich nicht . . . Vielleicht wissen sie nicht, was ihnen entgeht . . .«

»Und vielleicht«, fiel Marilla kalt ein, »haben sie mehr Phantasie als du, Margalys.« Damit verließ sie den Raum und hörte, wie die neugierig schnatternden Stimmen hinter ihr anstiegen.

An diesem Abend geschah es, als sie Musik hörte, daß Merryl die Harfe ergriff und zu singen begann, aber in einem Hustenanfall abbrach. Marilla faßte nach seiner Hand. Sie war heiß wie Feuer.

»Du hast Fieber!« sagte sie anklagend

»Ja, es ist Fieber im Dorf, und ich habe nachgeprüft, wie viele der Landarbeiter bei der Ernte fehlen werden«, antwortete Merryl seufzend. »Das alte Sprichwort sagt die Wahrheit: Lege dich mit Hunden nieder, und du wirst mit Flöhen aufstehen . . . Es ist weiter nichts, Schwester.« Er schob ihre Hand weg. »Du bist nicht unsere Mutter, also verzärtele mich nicht!«

Dyan befühlte kunstgerecht Merryls Stirn. »Na, na, Junge, ab ins Bett mit dir«, sagte er. »Habt ihr Fieberrinde? Und wenn es dir morgen früh nicht wieder gutgeht, werden wir ein anderes Mal ausreiten. Du darfst deine Gesundheit nicht gefährden.«

Merryl errötete, aber er stand auf, winkte seinem Leibdiener und verabschiedete sich von Dyan mit einer Umarmung. Er sah krank aus.

»Dann bis morgen früh – bis dahin ist alles wieder gut«, sagte er ärgerlich. »Marilla ist wie alle Frauen, sie hat Männer gern krank und unter ihrer Kontrolle.«

»Nur weil Männer solche Trottel sind, daß sie nicht zugeben, wenn sie Pflege brauchen«, gab Marilla ebenso ärgerlich zurück und runzelte die Stirn. Aber als sie die Treppe hinaufstieg, um Fieberrinde aus dem Destillierraum zu holen und dem protestierenden Merryl eine Dosis einzuflößen, hatte sie bereits einen fertigen Plan im Kopf.

Sie besaß immer noch die Reithose Merryls, die zu tragen ihre Mutter ihr vor vier Jahren verboten hatte, und Merryls Jacken waren nur ein bißchen zu weit für ihre Schultern. Sie schlüpfte in Merryls Zimmer, wo er sich unruhig im Fieber von einer Seite auf die andere warf, zog sein Schwert vom Haken und schnallte es sich um. Sie hatte genug Übung, daß sie gehen konnte, ohne es irgendwo anzuschlagen. Dann nahm sie seinen Mantel und fuhr mit den Füßen in seine Stiefel. Sie waren ihr zu groß, deshalb zog sie noch ein Paar dicke Socken an, um darin laufen zu können, ohne sich Blasen an den Fersen zu holen. Im Stall sattelte Dyan bereits und wartete.

»Du siehst aber gut erholt aus«, meinte er fröhlich. »Hat deine Schwester nicht die Chance wahrgenommen, dich wie ein Kind im Bett zu halten?«

»Meinst du, ich würde sie lassen?« Marilla segnete ihre tiefe Altstimme; es wäre ihr unmöglich gewesen, dies durchzuführen, wenn ihre Stimme hoch und hell wie die ihrer Gesellschafterin gewesen wäre. Mit Freude stellte sie fest, daß sie in Hose und Stiefeln ebenso leicht in den Sattel springen konnte wie Merryl selbst. Dyan hatte sie ein einziges Mal reiten gesehen, und da war sie von einem Reitrock und einem Damensattel, der nach Marillas Meinung eine Beleidigung für jedes auf sich haltende Pferd war, behindert gewesen.

»Du sagtest, ich könne Himmelsstürmer fliegen lassen«, sagte Dyan. »Hast du dich bereits für einen Falken entschieden?«

Marilla nickte. »Meine Schwester sagte, Winddämon fliege nicht oft genug, und sie hat zuviel zu tun, um zu reiten. Deshalb bat sie mich, heute ihn zu nehmen.« Sie wunderte sich über ihre eigene Ruhe.

So unerschrocken sie war, sie würde es nicht wagen, Merryls Falken Racer zu nehmen, der erst als erwachsener Vogel eingefangen worden war und sich von niemandem als Merryl berühren ließ.

Aber mit Winddämon auf dem Sattel fühlte sie sich sogar Dyan bei der Beize gewachsen. Sie ritt in den roten Sonnenaufgang hinein, fühlte voller Erregung den Morgenwind auf ihrem Gesicht, genoß die Lust der Freiheit. Wie lange war es her, daß sie so geritten war und die Haushaltspflichten hatte vergessen dürfen! Sicher würde man sie vermissen, aber was machte das schon? Es gab so viele, die sich um Merryl und den Haushalt kümmern konnten, und wenn sie sich nicht einen einzigen Tag absoluter Freiheit nehmen durfte, was nützte es ihr dann, Lady von Lindirsholme zu sein?

Die Sonne stieg schon vom Zenit herab, und Mittag war längst vorbei. Dyan begann, den Falken noch einmal vom Sattel zu lösen. Dann zuckte er die Schultern.

»Wir brauchen keine weiteren Vögel mehr«, sagte er, »und auch die Falken sind vollgefressen. Sollen wir die Jagd nicht beenden? Du hast mir versprochen, eines Tages mit mir zum Wasserfall zu reiten. Ist dazu vor Sonnenuntergang noch Zeit?«

»Ich denke doch.« Marilla winkte dem Falkenmeister, der weit genug hinter ihnen ritt, daß er sie nicht störte, aber nahe genug, um die Vögel in seine Obhut zu nehmen, wenn er gebraucht wurde. »Bringe sie zur Burg zurück und das Wild auch, Rannan.«

»Gewiß, *vai dom*«, erwiderte Rannan, »aber Ihr werdet heute doch nicht noch weiterreiten? Lord Ardais, Ihr wollt den Jungen doch nicht mitnehmen, wo er eben erst Fieber gehabt hat und ein Unwetter heraufzieht?«

»Unwetter? Ich sehe kein Zeichen von einem Unwetter«, meinte Dyan, »doch wenn Merryl umkehren möchte . . .«

Marilla schnüffelte. Ihr schien der Wind nicht nach Sturm zu riechen. Rannan hatte Merryl immer verhätschelt. Kühl erklärte sie: »Du bekommst jetzt keinen Lohn von meiner Mutter mehr dafür, daß du mich im Haus festhältst. Nimm die Vögel und geh.«

Der Mann zog den Kopf ein und ritt davon. Dyan lachte vor sich hin.

»Als ich ein Junge war, pflegte man zu einem heranwachsenden Jungen zu sagen: *Du wirst noch vor deiner Mutter ein Mann sein.* Er imitierte mit einem drolligen Verziehen des Mundes den ländlichen Akzent des Mannes. »Man mag dich lange daran gehindert haben, ein Mann zu werden, aber du holst die verlorene Zeit jetzt ein. Doch bist du sicher, daß du nicht müde vom Reiten bist? Es ist wahr, daß wir schon einen weiten Weg hinter uns haben, und der Wasserfall wird zweifellos warten, bis es uns beliebt, ihn zu besuchen.«

Marilla war an so lange Ritte nicht gewöhnt; ihr tat alles weh, und sie war wund. Aber vor diesem Mann wollte sie nicht klein beigeben! Ihr war gar nicht klar, warum sie mitgekommen war. *Vielleicht*, dachte sie, *wollte ich ergründen, was Merryl in ihm sieht . . .*

Sie wußte es jetzt: Einen charmanten Gefährten, immer mit einem Scherz zur Hand, der hin und wieder taktvoll eine bessere Art, mit dem Falken umzugehen, vorschlug . . . Doch vorhin hatte er gesagt: »Du bist jetzt besser als früher. Als wir das letzte Mal auf die Beize gingen, bist du mit Racer nicht so gut zurechtgekommen . . .«

Marilla hatte leichthin geantwortet: »Ich habe aus Eurer Gesellschaft und von Eurem Beispiel gelernt, mein Lord.«

Dyan beugte sich lächelnd zu ihr. »Ich dachte, wir seien übereingekommen, daß du mich einfach Dyan nennst – oder, wenn du willst, *Bredhyu* . . .« Sie spürte die fragende Berührung seiner Gedanken, aber sie hielt die Barriere geschlossen. Sie konnte nicht vorgeben, ihr Bruder zu sein, jetzt nicht . . . Dyans Gedanken vermochte sie trotzdem ein bißchen zu lesen.

Mir gefällt es, daß er immer noch so schüchtern ist und weder anmaßend noch frech wird . . .

»Der Wasserfall liegt hinter dem Kamm dort«, sagte sie, biß die Zähne zusammen und galoppierte voraus. Wie konnte Merryl es wagen, den Wasserfall mit Dyan zu teilen? Er war ihr gemeinsames privates Reich gewesen, ihr Treffpunkt, der Ort, an den sie von früher Kindheit an gingen, um sich Geheimnisse anzuvertrauen. Und jetzt wollte Merryl diesen Mann hinführen? Sie kochte vor Zorn, und doch . . .

Ich weiß jetzt, dachte sie, *warum Merryl ihn so sehr liebt.*

Der Himmel bezog sich mit Wolken, als der Wasserfall in Sicht kam. Schon waren ein paar Regentropfen gefallen. Doch die rauschenden Wassermassen übertönten alle Gedanken, alle Worte, und Dyan, der begeistert die hohen zerklüfteten Klippen mit dem niederstürzenden Katarakt betrachtete, war ebenfalls still. Wortlos blickte er auf den Strom nieder, und nach einer Weile konnte sie von neuem seine Gedanken lesen.

Jetzt weiß ich, warum du mich hergebracht hast. Es gibt nicht viele Menschen, die ihre Liebe zu etwas so Schönem eingestehen würden. Ich tue es auch nicht, wenn andere in der Nähe sind. Es ist das zweite – nein, das dritte wunderschöne Ding, das ich auf Lindirsholme gesehen habe.

So nahe waren sie sich, so tief teilten sie das Schweigen, daß Marilla für einen Augenblick versucht war, ihm ihren Geist zu öffnen. Sie wollte ihn nicht täuschen, sich nicht die Zärtlichkeit erschleichen, die allein Merryl zugedacht war. Nur der Gedanke an seinen Zorn über den Betrug hielt ihre Barrieren fest geschlossen, und wieder las sie seine Gedanken: *Immer noch wehrt er sich gegen mich, aber vielleicht wird er heute nacht, wenn wir zusammen sind, seine Gedanken nicht vor mir verbarrikadieren . . .*

In einer wilden Verwirrung von Gefühlen, Angst und Scham und etwas nicht Identifizierbarem wandte sie sich schnell ab und eilte zu ihrem Pferd. Dyan drehte sich überrascht um und blickte hoch. Marilla bat: »Sieh doch, wir können nicht hierbleiben . . . sieh dir den Himmel an, Rannan hatte recht mit dem Unwetter.«

Sie wußte, es würde innerhalb von Minuten losbrechen, und dann wurden sie bis auf die Haut naß. Dyan schwang sich in den Sattel und raste hinter ihr her . . . Als er neben ihr war, sagte er ärgerlich: »Du bist wirklich noch ein Kind. Du wußtest also, daß es ein Unwetter geben würde. Wenn deine Kleider durchgeweicht werden, wirst du das Fieber schlimmer als zuvor bekommen – willst du dich immer wie ein Kind oder ein törichtes Mädchen benehmen? Das ist ein Streich, wie ihn deine Schwester hätte verüben können! Gibt es hier einen Ort, wo wir eine Weile vor dem Regen Zuflucht finden können?«

»Du bist wie meine Mutter!« schnaubte Marilla mit Merryls Stimme. »Glaubst du, ich würde im Regen schmelzen?«

»Nein, aber ich habe in diesen Bergen schon gejagt, bevor du mehr warst als ein Schimmern in deines Vaters Auge«, erwiderte Dyan, und wieder fing Marilla ein Bild in seinen Gedanken auf: Zwei Jungen zu Pferde, die mit halsbrecherischer Geschwindigkeit über die Berge ritten . . . Wer war der andere, der jünger als Merryl jetzt war? Sie wußte es nicht, und es interessierte sie auch nicht. Dyan fuhr fort: »Ich weiß, wie schnell der Regen sich in diesen Breiten in Graupel oder Schnee verwandelt . . . und das geschieht bereits, du wirst es spüren«, und Marilla fühlte den Stich von Eisnadeln an ihren Wangen. »Wir können Lindirsholme nicht mehr erreichen, ohne zu erfrieren. Muß ich eine Höhle oder einen Graben suchen, wie wir es in Nevarsin als Schutz gegen schlechtes Wetter gelernt haben?«

Marilla erschauerte gegen ihren Willen. »In der Nähe ist eine – eine Schäferhütte.« Sie stand seit Jahren unbenutzt, da ihr Vater seine Schafe verkauft und sich darauf geworfen hatte, die schwarzen Pferde der Leyniers zu züchten. Marilla und Merryl hatten in der Hütte kindliche Schätze aufbewahrt, wenn sie zum Wasserfall ritten, und Essen und Trinken für Mahlzeiten im Freien ohne Gouvernante und Lehrer hingebracht.

Zweifellos hätte Merryl auch dies geteilt. Unsere alten Geheimnisse bedeuten ihm nichts mehr, nur Dyan ist ihm noch wichtig. Da kann man nichts machen.

Sogar Dyan war blau vor Kälte, als sie die Tür der Hütte aufstemmten. Er kniete sich sofort hin, um Feuer zu machen. Bald loderten die Flammen, und nun sattelte er die Pferde ab. Marillas Angebot, ihm zu helfen, wies er zurück.

»Bleib beim Feuer, Junge, du bist durch und durch kalt geworden, und ich bin ja nicht gerade vom Krankenlager aufgestanden!« Er legte die Satteldecken auf den Fußboden, breitete seinen Mantel darüber und drückte Marilla darauf nieder. »Und hungrig zu Bett zu gehen brauchen wir auch nicht, ich habe den letzten Vogel behalten, weil ich dachte, wir könnten im Freien essen.«

Sie richtete sich auf die Knie hoch. »Dann laß mich den Vogel zum Braten herrichten, während du die Pferde versorgst.«

Ihre Hände waren so kalt und steif, daß sie mit dem Rupfen nicht zurechtkam. Schließlich hielt sie den Vogel ans Feuer, um die Federn abzusengen. Dyan kam, als sie halb damit fertig war, und nahm ihn ihr weg.

»Hier könntest du etwas von den häuslichen Kenntnissen deiner Schwester brauchen«, lachte er. »Bedecke den Vogel mit Schlamm und Asche, Junge, und die Federn werden abbrechen, wenn er fertig gebacken ist. Hat sie von dir das Reiten und die Falkenjagd gelernt, ohne dich solche Dinge zu lehren?«

Marilla fuhr auf ihn los: »Hättest du gern, daß ich kochen und nähen lerne? Ich war schließlich schon weibisch genug, oder?« Das waren genau die Worte, die Merryl gesprochen haben würde, das waren der Zorn und der Groll darüber, niemals am Leben der Männer teilnehmen zu können . . . Es war schön und gut, wenn er Marilla in die Männerwelt mitnahm, aber wenn er versucht hätte, die ihre zu betreten, wäre er der Lächerlichkeit oder Schlimmerem anheimgefallen . . .

Dyan erzählte, immer noch lachend: »Bei den Kadetten habe ich gelernt, zu kochen oder hungrig bleiben, auch wenn es nicht mehr als Kornbrei und solche Feldkocherei wie diese war. Auf dem Schlachtfeld gibt es keine Köchinnen, Junge. Und mein Friedensmann stopft meine Socken und flickt meinen Mantel – das ist der Preis, den ich dafür zahle, daß ich keine Frau um mich habe.« Beim Sprechen bestrich er den Vogel mit Schlamm und Asche und schob ihn in die Kohlen. »Laß ihn da backen, Junge, und sieh erst einmal zu, daß du aus deinem nassen Mantel kommst.« Er zog ihn ihr von den Schultern. Seine Hand verweilte auf ihrem Nacken. »So feines Haar – ein Jammer, daß du es nicht wachsen lassen kannst wie das deiner Schwester . . .«

Marilla senkte den Kopf. Da kam ein Problem auf sie zu – mit einem Stich des Bedauerns dachte sie an den langen Haarzopf, den sie in ihrem Zimmer auf dem Fußboden liegengelassen hatte. Sie zwang sich, nicht vor Dyans intimer Berührung zurückzuzucken . . . *Ja, sie haben mehr als das geteilt, er hat ein Recht, es zu erwarten . . .*

»Du wunderst dich wahrscheinlich, warum ich keine Frau um

mich haben will«, sagte Dyan. »Ich hielt es für unfair, eine Ehe einzugehen, wie viele Comyn es tun, obwohl sie mit ihren Frauen nicht mehr gemeinsam haben als mit Pferd oder Hund, eine Frau als Zuchttier und sonst nichts zu benutzen. Einmal lebte ich für ein Jahr mit einer Frau, und sie gebar meinen Sohn. Ich ließ ihn legitimieren, aber er ist schon vor Jahren gestorben. Ich habe einen Erben durch Adoption – du hast ihn vielleicht in Thendara gesehen; es ist Hasturs Friedensmann, der junge Syrtis. Nicht etwa, daß mir Frauen überhaupt nicht gefallen.« Er hob den Blick und sah ihr gerade ins Gesicht.

»Was hast du mit mir vor, Marilla?« fragte er.

Sie ließ den Kopf hängen. Wie lange wußte er es schon?

»Seit wir zusammen an dem Wasserfall standen«, sagte Dyan ruhig. »Ich bin kein *Laranzu*, aber soweit Telepath, daß ich etwas von dem, was du empfandest, mitbekam. Verstehst du, wie sehr ich deinen Bruder liebe, Marilla? Ich weiß, du hast mich gehaßt, aber ich will ihm nicht schaden. Er wird mich verlassen, das tut ein jüngerer Mann immer, und mir bleibt dann nichts anderes übrig, als mir einen anderen zu suchen. Immer ist es so, daß meine – meine Freunde plötzlich erwachsen sind, und ich – nun, vielleicht ist es etwas in mir . . .« Er zuckte die Schultern. »Warum erkläre ich mich dir?«

Sie wandte sich ab. Ihre Stimme klang erstickt. »Ihr schuldet mir nichts, mein Lord.«

Sie wünschte, er würde sie nicht ansehen, und als gebe er ihrem Wunsch nach, stand er auf und machte sich auf der anderen Seite der Hütte zu schaffen, wo die Pferde standen, gab ihnen Körner aus einem Sack, holte etwas von dem Futter, das dort aufgestapelt war, und breitete es für sie aus. Marilla kam herüber und stellte sich dicht neben ihn. Sie riß das in Ballen gepreßte Futter auseinander, damit die Pferde es leichter fressen konnten. Dyan lächelte.

»Was? Jetzt, wo ich weiß, daß du eine Frau bist, willst du mir die Männerarbeit hier nicht überlassen?«

»Wenn ich mit Merryl reite, bin ich ebenso ein Junge wie er. Soll ich bei Euch weniger sein, *vai dom*?«

»Du bist ihm ebenbürtig, ja«, sagte Dyan leise. »Ich wollte, du wärest sein Zwillingsbruder statt seiner Schwester . . .« Und sie senkte die Augen vor dem plötzlichen Feuer in den seinen. Er faßte nach ihr mit seinen harten Händen und hielt sie so, daß sie ihn ansehen mußte. »Du bist mit mir hierhergekommen, Marilla – was willst du in Wirklichkeit?«

Sie drehte das Gesicht zur Seite und schwor sich, daß sie nicht weinen werde. Wie konnte sie sagen: *Ich will das, was du mit Merryl geteilt hast, aber nicht mit mir, was du keiner Frau geben kannst – oh, ich Idiotin, ich habe mich in meiner eigenen Falle gefangen . . .*

Er zog sie an sich, streichelte ihr Haar, ihren Nacken. Nach einer Weile senkte er seine Lippen auf die ihren, und noch ein bißchen später trug er sie zu dem Bett aus Satteldecken.

»Aber du bist ein Kind . . .«, sagte er zögernd, »und Jungfrau, wenn ich mich nicht irre. Vergelte ich Merryls Gastfreundschaft damit, daß ich seiner Schwester Gewalt antue?«

Sie setzte sich halb auf, die Arme immer noch um seinen Hals, und erklärte heftig: »Du hast mich nicht um meine Erlaubnis gebeten, als du meinen Bruder mit in dein Bett genommen hast! Was für einen Schwachkopf siehst du in mir, daß du meinst, du hättest seine Erlaubnis haben müssen, mich zu nehmen, wenn ich sie dir bereits gegeben habe? Ich gehöre mir selbst, ich gehöre nicht meinem Bruder – und auch nicht Euch, Lord Dyan! Ich gebe und versage mich nach meinem eigenen Willen, nicht nach dem irgendeines Mannes!«

Er lachte leise, und für einen Augenblick glaubte sie, er lache sie aus, aber er lachte aus reinem Entzücken.

»Da ist noch etwas, das du aus der Welt deines Bruders gelernt hast, Marilla. Wenn alle Frauen wären wie du, bezweifle ich, daß ich ein Mann wäre, wie ich es heute bin . . .« Wieder suchten seine Lippen die ihren, und er flüsterte an ihrem Mund: *»Bred-*

hya.« Dann zog er sie von neuem auf das Bett aus Satteldecken nieder.

»Ich muß vorsichtig sein, wenn du Jungfrau bist; ich möchte dich doch nicht mit Schmerz belohnen.« Er berührte sie sanfter, als sie es für möglich gehalten hätte. Sie seufzte, öffnete ihre Gedanken vor ihm, wie sich ihre Lippen unter seinen öffneten, und spürte sein Entzücken, seine Überraschung und sein Staunen.

Ich dachte, Frauen interessieren dich nicht, Dyan . . .

Ich bin ein impulsiver Mann . . . das weißt du von mir, auch wenn du mehr nicht weißt . . .

Und dann hörten sogar die Gedanken auf.

Im ersten Tageslicht ritten sie nach Hause, sich bei den Händen haltend. Als sie in Sicht von Lindirsholme kamen, hielt Marilla an und wandte Dyan verzweifelt ihr Gesicht zu.

»Merryl wird sofort Bescheid wissen . . . Wieder habe ich ihm gestohlen, was er wollte. Als wir kleine Kinder waren, sagte mein Vater immer, ich hätte der Mann sein sollen, ich war stärker als er . . . und immer war ich besser als er beim Reiten und bei der Beize . . . und jetzt habe ich ihm sogar das gestohlen, was er sich am meisten wünschte . . .«

Dyan umfaßte ihre Hand und drückte sie fest.

»Du hast Merryl nichts genommen, was ihm gehört«, sagte er freundlich. »Und glaube mir, ich werde ihm sagen, daß es aus Liebe zu ihm geschehen ist . . . Du bist mir teuer, *Bredhya*, aber ohne meine Liebe zu Merryl hättest du mir nicht mehr bedeutet als irgendeine unter Hunderten von Frauen, die einen Comyn-Lord in ihr Bett locken wollen . . . Meinst du, das hätte noch keine versucht? Wärest du älter, wärest du arglistiger gewesen, hätte ich das von dir gedacht und mich von dir abgewendet. Aber die Schwester meines Freundes war etwas anderes . . .« Er senkte den Blick wieder und verstummte. »Jetzt hat er mit mir geteilt, was ihm sein liebster Besitz ist«, sagte er endlich, »die Liebe seiner Schwester. Ist das nicht so, Marilla?«

Sie umklammerte seine Hand. »Es ist so, Dyan.«

Merryl wartete auf sie am Tor und streckte jedem von ihnen, als sie abstiegen, eine Hand entgegen. »Ich hatte Angst, als ich erfuhr, was du getan hattest«, gestand er. »Das Unwetter war so heftig – aber du hast ihn an unseren alten Ort geführt, Marilla . . . Ich bin froh!« Und seinem Blick begegnend, erkannte sie, daß er wußte, was zwischen ihnen vorgefallen war, so wie sie aufgewacht war, um seine Lust in Dyans Armen zu teilen.

Dyan drückte sie beide an sich, wandte seinen Kopf von einer Seite zur anderen und küßte sie, Marillas weiche Wange und Merryls mit Flaum bedeckte. Einen Augenblick lang hatte Marilla eine Vision, die sie nie wieder vergessen sollte, und sie sah Dyan nicht als einen bärtigen, narbigen, alternden Mann, sondern als den lachenden Jungen, der er in seinem Inneren war, in einem Alter mit ihr und Merryl . . .

Sie ergriff seine Hand und die ihres Bruders und durchschritt, in ihrer Mitte gehend, die Tore von Lindirsholme.

Zehn Tage später ritt Dyan fort, und Merryl begleitete ihn. »Ich wollte, ich könnte mit dir nach Thendara gehen«, erklärte sie beim Abschied rebellisch.

»Das wünschte ich mir auch«, antwortete Dyan leise, »aber du weißt, warum es nicht geht.« Marilla hatte mit ihrem *Laran* festgestellt, daß die zusammen verbrachte Nacht Frucht bringen würde; sie trug Dyans Kind, und es ließ sich bereits vermuten, daß es der Sohn war, den er so sehr brauchte und begehrte. Er nahm ihr Gesicht zwischen seine beiden Hände. »Du hast mir das eine gegeben, das Merryl mir nicht geben konnte, Marilla. Darin kann niemand anders jemals deinen Platz einnehmen. Ich werde dich heiraten, wenn du willst . . .«, setzte er zögernd hinzu, doch sie schüttelte den Kopf.

»Hielte ich dich in solchen Banden, würde ich von dir begehren, was du nicht geben kannst . . . was eine Ehe ausmacht«, antwortete sie. »Du würdest anfangen, mich zu hassen . . .« Angesichts seines schmerzlichen Ausdrucks setzte sie schnell hinzu: »Vielleicht nicht zu hassen, aber du würdest es mir übelnehmen, weil ich deiner Freiheit Zügel angelegt hätte . . . Ich habe dieses.« Sie legte die Hände schützend auf ihren Leib, der das Kind barg. »Ich bin damit zufrieden . . .« Sie hob ihm die Lippen zum Abschiedskuß entgegen. Und als er sich abwandte und mit Merryl davonritt, flüsterte sie vor sich hin:

Einmal hast du mich Bredhya *genannt. Aber ich weiß, auch wenn du es nicht wissen solltest, was du wirklich gemeint hast, war . . .* Bredhyu.

Sie kehrte durch das Tor zurück, bevor sie außer Sicht waren. Es würde Leute geben, die dachten, Dyan habe von ihr genommen, was sie zu geben hatte, und ihr nichts gelassen. Doch sie wußte, daß das nicht wahr war.

Sie war die Mutter des Sohnes von Lord Ardais, die Mutter eines Comyn-Erben. Jetzt konnte kein Verwandter sie mehr zwingen, allein der Interessen des Hauses und des Namens wegen einen Mann zu nehmen. Sie besaß genug eigenen Status, ob verheiratet oder nicht. Sicher würde sie eines Tages jemanden finden, um ihr Leben mit ihm zu teilen, der sie in Freiheit akzeptierte. Und wenn ihr dieser Mensch, ob Mann oder Frau, begegnete, würde sie ihn erkennen. Das hatte Dyan ihr gegeben.

Schwarmgesang

von Roxana Pierson

Wenn ich Jahr für Jahr unter den vielen Darkover-Geschichten auswählen muß, suche ich immer nach drei Dingen: nach einer Person, in die ich mich verliebe, nach einem unerwarteten Gebrauch von Laran und nach einer Handlung, die wirklich originell ist. Mag sein, daß es gar keine originellen Handlungen gibt, aber dann suche ich eben nach einer, die zuvor noch nicht allzuoft verwendet wurde. Wie schon erwähnt, tauchen einige immer wieder und wieder auf.

(Wenn ich einen Nickel für jede mir eingesandte Geschichte hätte, in der eine Frau aus den Trockenstädten entflieht und ganz zufällig einer Gruppe Freier Amazonen begegnet oder eine Freie Amazone ihre Freiheit aufgibt, um nur zwei Themen zu nennen, die ich jedes Jahr erhalte, und die meisten davon sind nicht einmal für ein Fanzine gut genug geschrieben – wie gesagt, wenn ich für jede von ihnen einen Nickel hätte, könnte ich meinen eigenen Verlag gründen.)

Vielleicht bin ich zu hart mit den Einsendern, aber ich finde, wenn jemand nicht imstande ist, sich etwas Originelles auszudenken, sollte er ein anderes Hobby wählen. Ich versuche, sie nicht zu sehr zu entmutigen. Aber es ist immer eine große Freude, wenn einmal ein wirklich origineller Gebrauch von Laran beschrieben wird – wie in dieser Geschichte. Ich weiß nicht, woher Roxana ihre Idee hat, aber es ist ein origineller Gebrauch von Laran, und die Handlung ist nicht überstrapaziert. (MZB)

Julana drückte ihr Ohr gegen die rauhe Rinde des zerfallenden Baumstamms. Drinnen summten die Bienen unaufhörlich. Sie summte leise zurück. Es war wunderschön im Stock, dunkel, warm und sicher. Honig füllte die duftenden goldenen Waben, und die süßen weichen Körper »Derer, die noch nicht sind« träumten in ihren sechseckigen Zellen, unberührt von dem pulsierenden Leben, das sie umströmte. Im Stock war es niemals ruhig; immer gab es Arbeit, und nie waren genug Münder da, sie zu tun. Und jetzt, wo die Zeit des Schwärmens nahe bevorstand und zwei von »Denen, die noch nicht sind« mit dem heiligen Gelee Royal gefüttert wurden, ging es noch lebhafter zu. Von den Arbeiterinnen mit ihren starken Kiefern bis zu der fruchtbaren Glorie der Königin – jede Biene ging mit zielstrebiger Entschlossenheit ihren Aufgaben nach. Arbeiterinnen, schwer beladen mit Pollen und Nektar, flogen vom Morgengrauen bis zur Abenddämmerung in einem stetigen Strom, und die Honigtänzerinnen vollführten ihre heiligen Tänze. Drei Drehungen nach rechts und ein Wackeln – guter Nektar im Osten – schmecke mich, rieche mich! Oh, es gab viele Tänze, beinahe so viele, wie es Blumenarten gab.

Die Aufregung steigerte sich zu einem fieberhaften Höhepunkt. Bald, bald schlüpfte die neue Königin, und die alte, kahl von den Liebkosungen ihrer Dienerinnen, nahm ihre Gefolgsleute und suchte einen neuen Stock.

Julana schrie auf. Eine harte Hand hatte sich um ihr Handgelenk geschlossen. Von den Bienen kam ein drohendes Summen, und Shandra, Julanas Tante, schlug zornig nach ihnen. Sie schüttelte das Mädchen heftig.

»Hast du mich nicht rufen gehört? Was ist los mit dir? Und sieh dich an – du solltest dich schämen! Ich weiß nicht, was deine Mutter sich denkt, daß sie ein großes Mädchen wie dich so herumlaufen läßt.«

Julana entwand sich dem Griff der alten Frau. »Laß mich in Ruhe, du hast kein Recht dazu!«

Shandra packte Julanas Arm mit überraschender Kraft. »Ich

habe jedes Recht dazu, freches Ding! Ich bin deines Vaters Schwester. Du kommst jetzt mit, oder es wird dir leid tun – unsere Gäste kommen bald, und ich will nicht, daß du uns vor ihnen Schande machst. Wie oft habe ich dir gesagt, du sollst dich sauberhalten! Du bist schon zu groß, um im Dreck zu spielen. Warte, bis ich es deiner Mutter erzähle . . .«

Immer weiter schimpfend, überquerte Shandra den Hof und zerrte Julana, die mit bloßen Füßen durch den Staub schlurfte, hinter sich her. Julana hatte es gar nicht eilig, ihren Vater zu sehen. Er stritt ständig mit Lady Allira, ihrer Mutter, und in letzter Zeit war es noch schlimmer geworden, viel schlimmer – seit Julana zwölf Jahre alt geworden war und sich die Frage ihrer Verheiratung erhoben hatte. Bisher war es ihrer Mutter gelungen, sie vor den von Lord Jharek ausgewählten Freiern zu retten, aber Julana war klar, daß das nicht ewig so weitergehen konnte. Ihr Vater erwartete, daß man ihm ohne Frage gehorchte, und am Ende würde sie tun müssen, was er wünschte.

Nyal und Jemel, ihre jüngeren Brüder, tobten über den Hof und schrien: »Dreckklumpen! Dreckklumpen, du wirst Haue bekommen!«

»Ihr haltet den Mund, oder ich haue euch!« fauchte Julana zurück. Sie schlug nach einem der Jungen, und Shandra verpaßte ihr eine kräftige Ohrfeige.

Nyal nahm die Gelegenheit wahr, einen Stein nach Julana zu werfen. Dann zog er sich schnell zurück und höhnte: »Zhalara kommt wieder – er will dich . . .!«

»Schluß jetzt! Ab mit euch allen – ins Badehaus. Die Gäste können jeden Augenblick hier sein. Beeilt euch!« Shandra gab den widerstrebenden Jungen einen Schubs in Richtung Tür. Soviel Aufwand und Hetze, und das alles für den alten Zhalara!

Julana zappelte nervös. Stimmte es, was Nyal sagte, oder wollte er sie nur ärgern? Ihr Vater würde doch sicher nicht darauf bestehen, daß sie den fetten alten Zhalara heiratete. Wie konnte er auch nur in Erwägung ziehen, sie einer solchen Kreatur zu überantworten? Interessierte er sich für nichts anderes als für Geld?

»Sitz still!« befahl Shandra. Eilig zog sie einen Kamm durch das lange kastanienbraune Haar, das sich so sehr von den strohblonden Köpfen der Jungen unterschied. Unter den Kindern des Dorfes stach Julana hervor wie roter Mohn in einem Feld voller Ringelblumen. Man sah sofort, daß sie kein echtes Kind der Trockenstädte war.

Shandra schlug sie mit der Bürste. »Au!« protestierte Julana in zornigem Schrecken.

»Sitz still – du wirst niemals rechtzeitig fertig werden! Ich weiß nicht, wie es deine Kinderfrau mit dir ausgehalten hat. Kein Wunder, daß sie gegangen ist.«

»Dann laß mich in Ruhe.«

»Soll ich vielleicht zulassen, daß du wie eine Wilde aussiehst?« Shandra zog so fest an dem Zopf, daß Julana Tränen in die Augen traten. »Jetzt hör auf mit deinen Tagträumen, und zieh dich an. Du mußt heute abend gut aussehen. Wir werden Gesellschaft haben.«

»Nicht dieser gräßliche alte Mann!«

»Du solltest froh sein, daß deinem Vater genug an dir liegt, um eine gute Partie für dich zu arrangieren. Wenn du nun eine arme Waise wärest? Du könntest als Sklavin verkauft werden.«

»Ich würde lieber eine Sklavin sein, als daß ich jemanden wie Zhalara heiratete . . .« Sie schob trotzig die Unterlippe vor.

»Das reicht. Hier, zieh das rote Kleid an. Es ist hübsch, und wir haben alle schwer daran gearbeitet.«

»Dann trag es selbst!«

»Willst du deinen Vater böse machen? Wenn er nicht glücklich ist, weißt du, was passieren wird.« Shandras Augen glühten. Es herrschte wenig Liebe zwischen ihr und Lady Allira – und Jharek war berühmt für seine Wutanfälle. Obwohl Shandra nicht wagte, es offen zu sagen, haßte sie Allira. Für wen hielt die sich eigentlich? In den Domänen mochte sie ja eine Adlige sein, aber hier in

Carthon war sie nichts. Shandra erinnerte sich noch gut an den Tag, als Jharek nach Hause kam und Allira über dem Rücken eines Packtieres hängend mitbrachte – sein Anteil der Beute, sagte er. Nun, das war lange Zeit her, und die meisten Menschen haben ein kurzes Gedächtnis. Die Zeit, in der Jharek ein Räuber gewesen war, und seine Methoden, eine Frau und Land zu erwerben, waren längst vergessen – außer von Shandra. Als sie die feurige rothaarige Schönheit erblickte, hatte sie bei sich gedacht, daß ihres Bleibens in Jhareks Haus nicht lange sein werde. Noch nie hatte eine Frau es gewagt, sich ihm zu widersetzen – aber in Jahresfrist hatte Allira ihm einen lebenden Sohn geschenkt, was keiner anderen gelungen war. Er hatte sie geheiratet. Auch da hatte Shandra noch darauf bestanden, die Kinder müßten Alliras Einfluß entzogen werden, doch Allira bestand darauf, die Kinder seien zart, und im Gedanken an seine toten Kinder gab Jharek ihr nach. *Das war ein Fehler auf der ganzen Linie*, dachte Shandra, *und jetzt sehen wir die Folgen*. Allira erzählte den Kindern ständig lange Geschichten von fernen Orten. Wenn man sie davon berichten hörte, war ihre Heimat verglichen mit Carthon ein Paradies. Die Jungen machten sich nicht viel daraus, sie waren die Ebenbilder Jhareks, als er in ihrem Alter gewesen war, aber das Mädchen glich Allira, es war seltsam und schwer zu leiten. Shandra zuckte die Schultern. Was kam es darauf an? Julana war ja nur ein Mädchen, Jharek würde sie bald verheiraten, und zwar, wie zu hoffen stand, an jemanden, der bereit war, eine hübsche Summe für das Privileg zu bezahlen. Julanas feuerrotes Haar war so ungewöhnlich, daß er keine Schwierigkeiten haben sollte, sie loszuwerden, ungeachtet ihres eigenartigen Benehmens.

Shandra trat zurück, stemmte die Hände in die Hüften und begutachtete ihr Werk. »So. Jetzt siehst du wie eine ordentliche Frau aus. Sogar dein Saum ist zur Abwechslung einmal gerade. Wir können gehen, und es ist auch keine Minute zu früh.«

Sie gingen über den Hof, als Hörner gellten und Jharek hereingaloppierte, gefolgt von Gardisten in roten Jacken und dem üblichen Trupp von *Cralmacs* auf zottigen *Oudhraki*. Neben ihm ritt ein fetter, rotgesichtiger alter Mann in einer purpurnen Jacke, die steif war von goldenen Stickereien. Zhalara.

Er richtete kalte Reptilienaugen auf Julana, und sie sah schnell zur Seite. Da war er wieder! Aber was konnte sie machen? Mit der Hilfe von Dienern stieg Zhalara unbeholfen ab. Verzweifelt sah Julana von ihm zu ihrem Vater. Mit vierzig besaß er immer noch die anmutige Kraft seiner Jugend und einen dichten Schopf hellen Haars. Früher hatte sie ihn gutaussehend und schneidig gefunden; jetzt sah sie nur die harte Linie seines Unterkiefers, den Zorn, der, zusammengerollt wie eine Schlange, jederzeit zuschlagen konnte.

Allira, die die beiden jüngsten Söhne mit sich zog, kam gerade, als Jharek in einer Staubwolke abstieg. Sie verbeugte sich tief, wobei sie nach der Sitte der Trockenstädte mit dem Kopf Jhareks in Sandalen steckende Füße berührte. »Willkommen daheim, mein Lord«, murmelte sie. »Und Lord Zhalara. Gnade sei mit Euch.«

Jharek grunzte zur Antwort. Sich mit der Reitpeitsche gegen den Oberschenkel klopfend, ging er an ihr vorbei und blieb vor Julana stehen. Unter seinem musternden Blick errötete sie und senkte die Augen. Es hatte eine Zeit gegeben, da hatte er sich gefreut, wenn sie ihm auf den Schoß kletterte und um Süßigkeiten bettelte. Das war vorbei. Jetzt war er so streng und unnahbar, daß sie es nicht einmal wagte, unaufgefordert zu sprechen.

Jharek zupfte an dem üppig bestickten Ärmel. »So, meine Tochter«, sagte er barsch, »ich sehe, deine Mutter ist endlich zu Verstand gekommen und kleidet dich, wie es sich für ein Mädchen schickt.« Er faßte Jemel unter das Kinn. »Und du, mein Junge – bist du brav gewesen?«

»Ja, Vater – bis auf . . .« Jemel starrte seine Füße an.

»Nun?«

»Ich habe die Katze am Schwanz gezogen und das Vieh erschreckt.«

Jharek lachte. »Wenn das alles ist . . . Jungen sind Jungen. Was ist mit dir, Nyal? Hast du deine Aufgaben gelernt?«

»Ja, Vater. Auch die aus dem neuen Buch, das du mir geschenkt hast.«

»Gut. Wie ich sehe, ist alles in Ordnung.«

»Vater?« fragte Jemel schüchtern. »Hast du uns Geschenke mitgebracht?«

Jhareks Gesicht bewölkte sich. »Diesmal nicht, Jungen. Ich mußte andere Dinge kaufen.«

»Aber du hast es uns versprochen«, jammerte Nyal.

»He – bettele nicht. Wenn du dich beklagst, bekommst du sie überhaupt nicht mehr.« Er faßte Alliras Arm mit eisernem Griff. »Laß uns jetzt ins Haus gehen. Ich hoffe, du hast für ein Essen gesorgt, das unseres Gastes würdig ist.«

Lady Allira nahm einen kleinen Bissen Fleisch und kaute zierlich. Vorsichtig, die Stimme kühl und höflich, fragte sie: »Wie ich annehme, war es eine gewinnbringende Reise, mein Lord?«

»Recht ordentlich. Eldryn, dieser Schurke, hat wie üblich den Löwenanteil für sich genommen. Aber« – er wechselte einen wissenden Blick mit Zhalara – »die Sache wird sich schon noch regeln.« Jharek betrachtete Julana spekulativ. »Ich hoffe, Ihr seid zufrieden, Lord Zhalara.«

Julana wand sich, als der alte Mann sie mit seinen Blicken abtastete und im Geist auszog. Sie schluckte heftig und schloß die Augen. Die Männer mußten irgendeine Abmachung getroffen haben, sonst hätte Zhalara nie gewagt, sie so kühn anzusehen. Wenn sie sich über den Brautpreis geeinigt hatten, würden diese dicken Hände sie bald in Wirklichkeit ausziehen. Sie erschauerte. Shandra hatte sich einen Spaß daraus gemacht, ihr die Schrecken der Hochzeitsnacht zu schildern. Und mit einer solchen Kreatur! Nie würde sie sich mit dem Gedanken abfinden, diesen scheußlichen alten Mann mit den Säcken unter den Augen und der von Adern überzogenen Nase zu heiraten. Niemals!

Allira starrte Zhalara mit unverhohlenem Haß an. Beinahe konnte Julana ihre Gedanken hören: *Wenn ich ihn mit eigenen Händen töten muß, werde ich es tun . . .*

Zhalara räusperte sich und polkte mit einem langen, schwarzen Fingernagel an einem Backenzahn herum. »Ja«, lispelte er, »ja, natürlich. Ich möchte die letzten Abmachungen so bald wie möglich treffen.«

»Ganz wie es Euch beliebt, mein Lord.« Jharek verbeugte sich leicht. Zhalara war ein mächtiger Nachbar. Wenn er das Bündnis mit ihm festigen konnte, indem er dem alten Mann Julana verkaufte – dann würde ihm das ausgezeichnet passen!

Julana studierte ihren Teller. Es war bestimmt nicht wahr. Die Diener behaupteten, Zhalara habe seine letzten beiden Frauen zu Tode geprügelt. Dienstbotenklatsch, hatte Shandra gesagt. Trotzdem . . . Julana traute Jharek nicht zu, daß er sie diesem Mann ausliefern würde.

»Dann ist ein Preis festgesetzt worden?« Alliras klare Stimme durchschnitt die Stille wie ein Messer.

Noch einmal räusperte Zhalara sich. Ohne den Blick von Julanas Brüsten abzuwenden, sagte er: »Es sind immer noch ein paar Einzelheiten zu klären, aber ich bin überzeugt . . .« Er stieß ein trockenes kleines Lachen aus.

»Wie konntet Ihr das tun?« zischte Allira ihrem Gatten zu.

»Ruhe, Frau!« Jhareks Stimme war leise und gefährlich. »Was erlaubst du dir . . .?« Er erhob sich halb, ragte über Allira auf, die mit kalten Augen zurückstarrte.

Zhalara beschäftigte sich höflich damit, in seinen Zähnen zu stochern. Eine Biene unterbrach ihren Flug, um die Honigkuchen zu inspizieren, und Jharek scheuchte sie weg. »Kannst du nicht einmal diesen Raum sauberhalten?« schimpfte er. Er winkte einem Diener. »Bring das Dessert.«

Der Kuchen kam, gefolgt von einer zornigen Wolke aus Bienen. Die Diener schlugen nach ihnen. Jharek sah Allira in selbstgerechter Empörung wütend an.

Froh um eine Ablenkung, nahm Julana den Kontakt mit den Bienen auf, vorsichtig erst, dann glitt sie in den vertrauten empathischen Zustand, der realer war als ihr eigenes Leben. Hatte das Schwärmen begonnen? *Ja*, summten sie. *»Die, die noch nicht waren« sind geworden, und wir sind eins*, sangen sie. Ohne sich dessen bewußt zu sein, summte Julana mit. Plötzlich merkte sie, daß aller Augen auf sie gerichtet waren, und verstummte. Shandra stieß sie und knurrte: »Hör mit diesem Geräusch auf, was ist los mit dir?«

»Du mußt dem Mädchen Manieren beibringen. Sie ist alt genug, um zu wissen, wie man sich benimmt«, sagte Jharek.

»Sie wird es lernen«, säuselte Zhalara. »Komm, mein Mädchen – setz dich neben mich.« Er klopfte auf den Fußboden.

Julana geriet in Panik. Sie sah ihre Mutter an und sandte ihr einen stummen Hilfeschrei zu. Fast war es ihr, als höre sie die Stimme Alliras die Worte laut aussprechen. *Hilf dir selbst, meine Tochter. Du weißt, was du zu tun hast.* Ein grimmiges Lächeln umspielte Alliras Lippen. Julana nahm an ihrer Vision teil, und plötzlich verstand sie. Ja, genau so mußte sie es machen! Warum war ihr das nicht eher eingefallen?

Sie antwortete Zhalara mit einer Verbeugung. »Gewiß, mein Lord. Es ist mir ein Vergnügen, Euch Gesellschaft zu leisten.« Damit setzte sie sich zu ihm. Zhalara ließ unter dem Tisch eine Hand erkundend unter den Saum ihres Kleides gleiten.

»Da, mein Mädchen«, flüsterte er, »das ist gar nicht übel, wie?« Er blickte sowohl erstaunt als auch entzückt drein, als sie die Geste kühn erwiderte. *Hier*, leitete sie die suchenden Bienen unter Zhalaras Robe. *Hier, Schwestern, ein schöner dunkler Ort . . . er wird euch gefallen.* Julana nahm an ihrer Reise teil, als sie blindlings durch einen Wald feuchter krauser Haare krochen und nach dem versprochenen Nest suchten.

Zhalara grunzte, kratzte sich überrascht, schüttelte das eine Bein, dann das andere.

»Mein Lord?« erkundigte sich Allira höflich.

»Nur eine Ameise oder so etwas.« Er klatschte mit der Hand auf die quälend juckende Stelle und setzte sich aufheulend bolzengerade hin.

»Oh, mein Lord!« Allira sprang auf die Füße, rief nach den Dienern. »Schnell – Lord Zhalara ist krank.« Zhalara wurde rot wie eine Rübe und brabbelte so, daß Julana dachte, er bekomme einen Schlaganfall. Seine Augen rollten, und schließlich würgte er keuchend hervor: »Eine Biene, nur . . . eine . . . Biene . . . glaube ich. Helft mir auf!« befahl er den Dienern.

»Fehlt Euch auch nichts?« fragte Jharek.

»Ich werde Kräuter bringen lassen«, schlug Allira vor.

»Nein. Nein. Verzeiht mir . . . ich . . . muß für einen Augenblick das Außenhaus besuchen . . . Das ist weiter nichts . . . nur eine Biene . . .« Er zog vorsichtig an seinen Gewändern, krümmte sich und schlurfte am Arm eines Dieners hinaus.

Julana unterdrückte ein Kichern und hielt den Blick eisern gesenkt, als Jharek sagte: »Das verstehe ich nicht. Letzte Woche, als Loman hier war, wimmelte es überall von Ameisen. Was ist los mit diesem Haus? Machst du nie sauber?«

Alliras Blicke waren wie blitzende Dolche. »Kann ich etwas dafür, wenn ein Insekt durchs Fenster fliegt? Ich hätte ihn am liebsten selbst gestochen. Wie konntet Ihr das tun? Dieser . . . dieser Unhold!« explodierte sie.

»Ich habe ihm mein Wort gegeben – willst du, daß ich es breche? Er wird Julana heiraten, und damit hat es sich.«

»Nur über meine Leiche!«

»Das kann besorgt werden«, drohte Jharek. »Du da – tu etwas dagegen!« rief Jharek einem Diener zu, und dieser bemühte sich, die Bienen, die plötzlich überall zu sein schienen, wegzuwedeln. Jharek schlug nach einer Biene, die seinen Kopf umkreiste, und fluchte laut, als er gestochen wurde. Julana dirigierte eine zweite Biene auf seine Nasenspitze und konnte sich das Lachen kaum noch verkneifen. Ja, so mußte sie es machen. Und sollte Zhalara zurückkehren – nun, es gab immer noch die roten Ameisen.

Julana tauschte einen Blick geheimer Belustigung mit Allira, während Jharek heulte und die Diener mit nassen Handtüchern nach den Bienen schlugen, die dadurch nur noch wütender wurden. Und dann war Julana mit ihnen im Stock, tanzte und sang das Schwarmlied: *Wir sind eins, wir sind eins, wir kommen, wir kommen*. Das Lied summte in tausend goldenen Brüsten und zitternden Unterleibern, bis die Erregung explodierte und im Nachstrom der alten Königin hinausschoß. Eingebettet in die ekstatische Vereinigung des Schwarms, flogen sie durch die heiße Nachmittagsluft, ein Geist, ein Verlangen: Der neue Stock mußte gefunden, die kostbare Königin in Sicherheit gebracht werden.

Sie kamen in einer dunklen, brausenden Welle, und Julana rief ihnen zu: *Hier – der da. Er ist nicht vom Stock. Er ist Gefahr*! Die Bienen nahmen den Ruf auf. *Er ist nicht, er ist nicht*!

Von draußen kam ein schreckliches Kreischen und das Krachen splitternden Holzes. Zhalara brach aus dem von Bienen wimmelnden Außenhaus hervor und galoppierte davon, wobei er über seine flatternden Gewänder stolperte. Die Bienen folgten ihm.

Julana lächelte selig und summte: *Wir sind eins, wir sind eins, ich bin ihr, und ihr seid ich, und wir sind wir* . . . Und dann lachte sie laut heraus.

Aus der Asche

von Pat Cirone

Hin und wieder erhalte ich eine Geschichte, die zwar irgendwo anders spielen könnte, aber genau nach Darkover paßt. Pat Mathews schrieb letztes Jahr eine, und jetzt wurde diese Geschichte über Brandbekämpfung und Laran – wenn auch unter einem anderen Namen – geschrieben. Ich wollte sie Ihnen vorlegen, obwohl sie sonst kein Element der Fantasy in sich trägt und deshalb nicht in SWORD AND SORCERESS gehörte. Als Pat Cirone nun »Aus der Asche« einsandte, fand ich die Geschichte richtig darkovanisch und hielt es für richtig, sie hier einzureihen, obwohl sie sie für SWORD AND SORCERESS geschrieben hatte. (Ihre erste verkaufte Arbeit »S.A.R.« erschien in Windschwester.) Auch wenn es darin nicht um Entsagende oder Türme geht, paßt die Geschichte in die darkovanische Mythologie.

Ich könnte mich irren – was glauben Sie? (MZB)

Ein verschlafener Bäckerlehrling hatte sich von seinem Strohsack hochgerappelt und den Ofen seines Meisters geschürt. Dann war er gähnend in den Arbeitsraum gegangen, um die üblichen Vorbereitungen zum Kneten des Brotteigs zu treffen. Aus Trägheit hatte er nur einen der Riegel an der schweren eisernen Ofentür geschlossen, und den nicht ganz fest. Das Gewicht der Ofentür, die Neigung des alten Fußbodens in der Backstube und der Zufall hatten den Rest besorgt. Die Stadt Liridium stand in Flammen.

Der Geruch brennenden Holzes stieg Shilla in die Nase und beschwor schmerzlich unzutreffende Bilder von gemütlichen Kaminfeuern herauf. Müde strich sie sich eine Strähne ihres ergrauenden braunen Haars aus den Augen. Sie und die anderen

Pfadmeister hatten sich abgemüht, die Straße offenzuhalten, und jetzt wurde sie zu einem Flammenbogen. In weniger als einer Stunde hatte das Feuer ihre Anstrengungen, es einzudämmen, zunichte gemacht. Weiter unten auf der Straße schrie plötzlich ein in Panik geratenes Pferd und lenkte ihre Aufmerksamkeit auf die Stelle. Eine Frau, zwischen den brüllenden Flammen gefangen, schnitt das Pferd von dem Karren los, der ihre Habseligkeiten trug, und zerrte es verzweifelt auf das sichere Ende der Straße zu. Im Laufen schützte sie ihr Gesicht mit dem Ärmel. Shilla fragte sich, ob noch andere Menschen hinter dem Karren in der Falle saßen. Doch sie griff nicht mit ihren Gedanken hinaus, um es festzustellen. Sie hatte den Tod in letzter Zeit zu oft gespürt, als daß sie ihn willentlich gesucht hätte. Ihre trockenen Augen hatten keine Tränen mehr und schmerzten von der Hitze der Flammen. Und das Innere ihres Kopfes schmerzte von der Benutzung ihrer Pfade; es war, als laufe das Feuer auch diese Pfade entlang.

»Was nun?« fragte Terel heiser.

»Die nächste Hauptstraße ist der Graben. Wir wollen versuchen, sie so lange offenzuhalten, wie wir können«, antwortete Shilla. Sie drehte sich um und eilte flußaufwärts. Ihre Stiefel schmatzten durch die Schlammschicht, die den gepflasterten Weg bedeckte. Die Eimerbrigaden waren bereits weiter nach oben gezogen, aber die Spuren ihrer vergeblichen Anstrengungen sah man noch auf dem Uferweg, der gnädigerweise vom Feuer verschont geblieben war. Steinerne Lagerhäuser, gebaut, um der Feuchtigkeit und der Strömung des Flusses zu widerstehen, widerstanden auch dem Feuer.

Nicht so die Kais an der Mündung des Flusses. Dort sandten Fässer mit Pech und Petroleum Feuersäulen in den Himmel. Man konnte gut sehen, wohin man ging, obwohl es mitten in der Nacht war. Die Stadt gab eine großartige, wenn auch teure Kerze ab. Bei dem Gedanken verzog sich ein Mundwinkel Shillas ein wenig. Sie hatte in diesen Tagen wenig Sinn für Humor, und wenn, dann meistens für schwarzen.

Sie war so müde. Die Nacht zuvor hatte sie wieder durchwacht, hatte um das Leben eines Kindes gekämpft. In der von der Dürre heimgesuchten Stadt griff ein Fieber um sich. Ihr war, als habe sie seit Monaten keine ruhige Nacht mehr gehabt. Gegen Morgen hatte sie das Kind endlich in einen natürlichen Schlaf gebracht und war mit einem einzigen Gedanken im Kopf gegangen: Ins Bett zu kriechen und von einem Leben frei von Fieberkrankheiten und Dürre und Tod zu träumen. Aber als sie aus dem Haus, das sie besucht hatte, auf die enge Gasse trat, begrüßte sie ein Himmel, den mehr als die Morgendämmerung erhellte. Und jetzt, achtzehn Stunden später, tobte das Feuer immer noch.

Die fünf Pfadmeister erreichten das Ende des Grabens und nahmen schnell die lockere Verbindung auf, in der sie während der letzten Stunden gearbeitet hatten. Shilla holte Luft und machte sich auf das gefaßt, was kommen mußte. Als sie ihre Gedanken öffnete, schoß der Schmerz durch ihren Kopf und schlug Klauen in die Pfade, die sie früher mit müheloser Leichtigkeit benutzt hatte. Doch sie atmete tief durch und zwang die widerstrebenden Pfade, sich benutzen zu lassen. Vorsichtig nahmen ihre Gedanken mit den anderen den leichten Kontakt auf, der bei einiger Erfahrung zwischen unverbundenen Pfadmeistern möglich ist. Sie bündelten ihre vereinigten Kräfte und suchten den Graben mit ihren zusätzlichen Sinnen nach Feuer ab. Die Häuser dort waren wie fast überall in der Stadt Liridium Rücken an Rücken gebaut, und jede Seite lehnte sich traulich an die Seite des Nachbarn. Und das Feuer kroch von einem zum anderen, ohne innezuhalten. Es brauchte den Wind nicht, der brennende Holzstücke auf Dächer schleuderte. Das Feuer war zu Hause in einer Stadt, deren enge Straßen oft von den vorspringenden oberen Stockwerken überdacht waren.

Jetzt griff das Feuer auf die Gebäude über, die an den Rückseiten der Geschäfte und Wohnhäuser des Grabens standen. Die Pfadmeister stellten sich eine Mauer aus Kälte vor und projizierten sie auf die Rückseiten der Grabenhäuser. Shillas Kopfschmerzen wurden schlimmer. Mit rein imaginären Konstruktionen zu arbeiten ist viel schwerer, als materielle Gegenstände zu bewegen. Sich konzentrierend, verstärkte sie die widerspenstige Mauer, dehnte sie aus, so weit sie konnte, und zog sie dann auf der anderen Seite der Straße herunter, um den Kreis zu schließen. Shilla entspannte sich ein bißchen. Ein Kreis war leichter aufrechtzuerhalten als eine an den Enden offene Mauer. Jetzt handelte es sich nur noch darum, durchzuhalten. Sie mußten das Holz mit ihrer Willenskraft davon abhalten zu brennen, auch wenn die Flammen an ihm hochzüngelten. Es war eine vorübergehende Maßnahme; ihre Zahl reichte nicht, um das Feuer zu löschen, sie konnten es nur eindämmen. Aber fürs erste gab es einen Weg zum Fluß. Es war ein Weg für die Flüchtlinge, die ihre Kinder und Besitztümer auf dem Rücken trugen oder in kostbaren Karren beförderten. Es war ein Weg für die Menschen, die das tobende Feuer mit armseligen Wassereimern bekämpften. Sie zogen das Wasser aus dem Fluß und schütteten es über die Gildenhäuser, die Kirchen und andere Gebäude, die sie glaubten retten zu können.

Retten. Manchmal fragte sich Shilla, ob noch etwas zu retten übrig sei. Zuerst war die Dürre gekommen, die die Felder verdorren ließ und Liridium zu Zunder buk. Dann hatte sich das Fieber eingeschlichen, erst ein Opfer gefordert, dann weitere. Brigid war eins von ihnen gewesen. Dreißig Jahre lang ihre Pfadgenossin, dahingerafft in einer Woche. Sie waren neun Jahre alt gewesen, als sie zaghafte gedankliche Berührungen spürten und mit wonnigem Staunen feststellten, von wem sie kamen. Pfadgenossen, Geist mit Geist verbunden fürs Leben. Brigids Tod hinterließ eine schmerzende Leere nicht allein deswegen, weil Shilla in ihr eine Freundin verloren hatte; der Verlust der Pfadgenossin hatte sie verkrüppelt. Nur Anfänger arbeiten allein. Ihre Kräfte sind noch schwach, ihre Pfade wenig mehr als das Kribbeln, das Menschen kennzeichnet, die einmal Pfadmeister werden. Aber wenn man die Pfade belastet und benutzt, werden sie stärker, bis es eines

Tages zu einer Verbindung kommt. Ein zweiter Verstand öffnet sich einem, seine Pfade laufen parallel zu den eigenen, ergänzen sie, das Gehirn ist plötzlich gefüllt, und man kann Dinge tun, von denen man vorher nur geträumt hat. Der Tod beendet diese Fähigkeiten. Shilla hatte gespürt, wie Brigid, als sie starb, aus ihrem Verstand gerissen wurde. Die Wunde schmerzte immer noch. Pfadmeister arbeiten nach dem Tod ihrer Pfadgenossen nicht mehr. Sie sind nicht imstande dazu.

Aber dann hatte das gleiche Fieber, an dem Brigid gestorben war, Shillas Tochter Kayeta ergriffen, und Shilla hatte dagesessen und zugesehen, wie sie immer schwächer wurde. Es standen so wenige Pfadmeister zur Verfügung; sie wartete vergeblich darauf, daß einer kam und ihrer Tochter half. Endlich hatte sie es in ihrer Verzweiflung selbst versucht. Der Schmerz war furchtbar gewesen – aber wer da zu sterben drohte, war ihre Tochter. Immer wieder hatte Shilla mit einem Sinn, den sie nicht mehr spürte, in Kayetas Körper nach dem Fieber gesucht und ab und zu ein kurzes Aufschimmern von Erfolg durch den Schleier von Qualen gesehen. Sie hatte das Fieber vertrieben, taumelnd, zitternd vor Schmerz und Erschöpfung. Aber sie hatte es geschafft. Danach kam es ihr selbstsüchtig vor, diese Hoffnung anderen zu verweigern. So hatte sie wieder angefangen zu arbeiten, eine verkrüppelte Pfadmeisterin, die ihren Schmerz gegen die Not anderer abwägte und jedesmal zu dem Schluß kam, sie könne es ertragen.

Eine Berührung riß Shilla aus ihrem Nachsinnen. Benommen versuchte sie, sich auf die Straße vor ihr und den schützenden Kreis zu konzentrieren, den aufrechtzuerhalten ihre Pfade mitgeholfen hatten, bevor ihre Gedanken zu wandern begannen. Einer der Flüchtlinge, die den Graben hinunter in Richtung Fluß liefen, klammerte sich an ihren Arm.

»St. Katrina ist eingestürzt«, schluchzte er. »Die Steine sind geborsten!« Er schluckte und taumelte weiter, um den nächsten Menschen auf seinem Weg zu packen und es ihm zu erzählen. Shilla hörte ihn die gleichen Worte immer wieder und wieder sagen, bis er einen der Kähne bestieg, die Leute flußaufwärts zu den Feldern östlich der Stadt brachten. *St. Katrina. Mein Gott! Das Feuer war heiß genug, um Steine zu sprengen*! Shilla warf einen angstvollen Blick auf die aus Stein gebauten Lagerhäuser, von denen sie immer geglaubt hatte, sie könnten durch einen Brand nicht zerstört werden. Sie fuhr sich mit einer rußigen Hand über die Stirn und dachte wehmütig an die erhabene Schönheit St. Katrinas. Ihre Glocken, erst vor ein paar Jahren aufgehängt, waren so teuer gewesen, daß die Einwohner immer noch eine Extrasteuer für sie zahlten. Aber sie hatten den Stolz der Stadt dargestellt, die Leute waren von weither gekommen, nur um sie läuten zu hören. *Wird irgend etwas an Schönheit übrigbleiben*? schrien Shillas Gedanken.

Sie dachte an all das, was der Stadt in den letzten paar Monaten geraubt worden war, die Menschen, die Nahrung auf den vertrocknenden Feldern, jetzt das Obdach der Häuser. Ihre Gedanken verwirrten sich. Ihr Kopf kribbelte. Sie konnte sich nicht mehr auf die Gruppe konzentrieren. Ihre Pfade waren wie verschlammt, und das Kribbeln wurde schlimmer, breitete sich im Innern ihres Schädels aus. Mit einem Aufschrei grub Shilla die Finger in die Kopfhaut. Augenblicklich wurde sie von der Gruppe getrennt. Sie schwankte, wäre beinahe gefallen. Jemand, der an ihr vorüberging, faßte ihren Arm und hielt sie fest. Das Kribbeln verging, dafür fielen Schmerz und Erschöpfung über sie her, als sei sie gegen eine Mauer geprallt. Stöhnend schlug sie die Hände vor das Gesicht.

Sie kam sich vor wie ein Kind, wieder neun Jahre alt, und das Kribbeln der Pfade bildete sich in ihrem Kopf, was das erste Zeichen dafür ist, daß ein Kind ein Pfadmeister werden wird. Es tritt lange vor der Zeit auf, zu der die Pfade benutzt werden können. Was hatte es bei jemandem zu bedeuten, der seine Pfade dreißig Jahre lang benutzt hatte? Bedeutete es das Ende ihrer Benutzbarkeit? Hatte sie sich verletzt, als sie sich zwang, nach Brigids Tod weiter als Pfadmeisterin zu arbeiten?

Langsam ließ Shilla die Hände sinken, versuchte, Zeit zu gewinnen, sich etwas von der Spannung aus dem Gesicht zu reiben. Die anderen Mitglieder ihrer Gruppe sahen zu ihr hin, und in ihren Augen stand deutlich die Sorge geschrieben.

»Fehlt dir etwas?« fragte Steven.

»Nein.« Zu ihrer Bestürzung stellte Shilla fest, daß ihre Stimme bebte. Sie holte tief Atem und wollte sich von neuem anschließen.

»Nein!« Terel brüllte beinahe. »Du mußt dich ausruhen«, setzte er ruhiger hinzu.

»Ich kann wieder mitmachen«, widersprach Shilla.

»Shilla, du hast beinahe die Konzentration der ganzen Gruppe zerstört. Wir können den Graben vielleicht noch eine Stunde halten. Hoffentlich. Aber nicht, wenn du ein zweites Mal zusammenbrichst und uns alle zwingst, uns neu zu finden und aufeinander einzustimmen. Im Augenblick sind wir ohne dich besser dran«, erklärte Terel schonungslos. »Ruh dich aus. Besorge dir etwas zu essen. Dann komm wieder.«

Shillas Schultern senkten sich. Sie wußte, die anderen hatten recht. Ihrer Stimme nicht trauend, nickte sie, drehte sich um und ging über die Pflastersteine zum Flußufer.

Sie ließ sich von einem der Kähne mitnehmen, einen Fuß auf dem Deck, die Hände um die Reling geklammert. Die kleinen Wellen auf dem Wasser tanzten in Rot und Orange. Je weiter sie das Feuer hinter sich ließen, desto mehr verblaßte das Wasser zu seinem üblichen nächtlichen Schwarz. Als der Schiffer um die Landspitze stakte, die man das Rad nannte, sprang sie ab. Das Kribbeln in ihrem Kopf war zurückgekehrt. Sie schlüpfte enge Straßen hinauf und in eines der Speiselokale. Hier konnte sie ein Brötchen mit Fleisch essen, sich hinsetzen und es kribbeln lassen.

Sie versuchte, nicht zu denken. Es kribbelte immer noch. Sie bewegte die Schultern, streckte sich, rieb sich den Hinterkopf. Es ließ ein bißchen nach, aber vielleicht war das auch nur Einbildung. Was geschah mit ihr? Sie aß ihr Brötchen auf, stürzte ein Glas Ale hinunter und ging wieder.

Der Gruppe, mit der sie zusammen gewesen war, konnte sie sich nicht wieder anschließen. Die Zusammenarbeit mit vier Personen hatte ihre Schwierigkeiten, und sie konnte es nicht riskieren, daß sie alle noch einmal aus dem Gleichgewicht warf. Terel hatte recht gehabt. Ohne sie waren die anderen besser dran. Aber sie konnte sich auch nicht hinsetzen und gar nichts tun. Shilla schlug die nördliche Richtung durch die Stadt ein und wich allmählich westwärts ab, dem Feuer zu. Es mußte dort Aufgaben für einen einzelnen Pfadmeister geben, auch wenn sie nur half, Kranke und Verletzte auf Karren zu laden.

Als sie die Burgstraße erreichte, eine der breitesten in der Stadt, fand sie ihren Weg blockiert. Mit Stangen, Haken und Seilen bewaffnete Mannschaften rissen die Häuser ein. Sie versuchten, eine Lücke zu schaffen, die breit genug war, um das Feuer aufzuhalten. Ein Mädchen half bei einer der Gruppen mit. Eine blaßblaue Tätowierung auf der Wange, ein nicht geschlossener Kreis, kennzeichnete sie als junge Pfadmeisterin, die sich noch nicht mit einem Genossen verbunden hatte. Trotzdem setzte sie das bißchen an Fähigkeiten ein, das sie besaß, und unterstützte die anderen.

Das Mädchen machte Gebrauch von Anfängerübungen, um die Haken, die die Männer auf die Dächer schleuderten, zu lenken. Sich vor Konzentration auf die Lippe beißend, leitete sie sie in Nischen, wo sie sich einbohrten und festhielten. Dann konnten die Männer die Holzbauten mit schnellen Rucken einreißen. Die unteren Teile der Wände schlugen sie mit den Stangen zusammen. Sie arbeiteten schnell. Mannschaften mit Karren bemühten sich, die Überreste von der Straße zu entfernen. Es nützte nichts, die Häuser niederzulegen, wenn die Trümmer dem Feuer einen Weg boten, auf dem es die Straße überqueren konnte. Shilla faßte neuen Mut. Hier war Arbeit, zu der auch sie imstande war.

Sie legte dem Mädchen die Hand auf die Schulter. Das Mädchen sah erschrocken hoch und machte große Augen, als sie sah, wie dicht Shillas kleine Tätowierung mit Leistungszeichen gefüllt war.

»Kann ich helfen, Obermeisterin?« redete Shilla das Mädchen höflich mit dem Titel an, der ihren Status als leitende Pfadmeisterin dieses Unternehmens anerkannte, auch wenn es ihr an Alter und Erfahrung mangelte. Die Schultern des Mädchens strafften sich.

»Natürlich. Es wäre mir eine Ehre, mit dir zu arbeiten.«

Shilla nickte. »Dann übernehme ich die Gruppe dort.« Sie zeigte auf die andere Seite der Straße.

»Das würde helfen.« Das Mädchen ließ die kompetente Maske, die es sich sorgfältig zurechtgemacht hatte, ein bißchen sinken. Die Angst und die Verzweiflung, die in allen von ihnen steckte, schimmerten durch. Shilla lächelte, ein echtes Lächeln, das dem Mädchen ebenso Mut machte wie ihr selbst. Dann wandte sie sich der vorliegenden Aufgabe zu.

Gott, das Kind ist so jung . . . es fängt gerade erst an, schoß es Shilla bei der Arbeit durch den Sinn. Sie dachte an die Zeit, als sie und Brigid ihre Kräfte erkundet und erweitert hatten. Sie waren so begierig gewesen zu lernen, als könne das Wissen verschwinden, wenn man es sich nicht beim ersten Versuch aneignete. Und dieser zitterige Stolz auf ihre neuerrungene Würde! Und dann der Schock, wenn man sich mit jemand anders verbindet und feststellt, wie es ist, wenn man in Wahrheit teilt. *Und dann der zweite Schock*, dachte Shilla mit schiefem Lächeln, *wenn man feststellt, daß Unsicherheit nicht in der Minute, in der man erwachsen wird, verschwindet. Wüßte dieses Kind, daß ich mir nicht zutraue, mich einer Gruppe anderer Pfadmeister anzuschließen, daß ich von einem unerträglichen Kribbeln geplagt werde, daß es mir Schwierigkeiten macht, Haken und Stangen zu lenken, was ja eigentlich ein Kinderspiel ist, und daß die Angst vor diesem Feuer mich ebenso verzehrt wie sie, dann würde sie mich nicht ansehen, als sei ich eine Reinkarnation Selinas.*

So schnell sie auch arbeiteten, das Feuer rückte noch schneller vor. Das ferne Geräusch verwandelte sich in ein stetiges Prasseln. Der Geruch nach brennendem Holz wurde stärker, und gelegentlich senkten sich Rauchwölkchen vom Himmel nieder und wirbelten um ihre Füße. Aufgeregte Menschen und ihre Karren schoben sich an den Männern vorbei, die die Trümmer von der Straße zu räumen versuchten. Die Arbeit wurde schwierig.

Die drei Abbruch-Mannschaften, die ohne Pfadmeister arbeiteten, mußten ihre Leinen immer wieder von neuem werfen, bis sie faßten. Manchmal ging es nicht anders, als daß einer von ihnen hinaufkletterte und die Haken von Hand befestigte, was sie zusätzlich aufhielt. *Wir brauchen mehr Zeit*, murmelte Shilla vor sich hin. *Und mehr Pfadmeister.*

Wie als Antwort auf diesen Gedanken entdeckte Shilla die runde blaue Tätowierung an einer Frau, die mit einem kleinen Karren die Burgstraße hinunter in ihre Richtung kam. Shilla winkte den Männern, denen sie geholfen hatte, weiterzumachen und rannte der Pfadmeisterin entgegen.

»Kannst du die Zeit erübrigen, uns hier zu helfen? Wenn es uns gelingt, das Feuer hier aufzuhalten, haben wir eine gute Chance, den Rest der Stadt zu retten«, stieß Shilla atemlos hervor.

Die Frau starrte sie leer an, dann senkte sie die Griffe des Karrens. »Ich kann nicht helfen«, murmelte sie heiser.

»Hast du eine Verpflichtung?« fragte Shilla.

»Mein Pfadgenosse ist vor einer Stunde im Feuer umgekommen.« Die Frau bückte sich, um die Griffe wieder aufzunehmen. Shilla trat neben sie.

»Ich trauere mit dir um deinen Verlust, aber wir brauchen dich. Bitte, hilf! Denk an all die Leben, die du retten kannst. Es wird deinen Pfadgenossen nicht zurückbringen, aber es könnte andere davor bewahren, ihre Angehörigen zu verlieren.«

Die Frau sah Shilla ungläubig an. »Ich sagte, ich habe meinen Pfadgenossen verloren. Er ist tot. Ich fühlte ihn sterben. Ich kann nicht mehr arbeiten.« Sie stapfte weiter.

Shilla rannte an einer der Mannschaften, die die Trümmer wegräumten, vorbei und bedrängte die Frau von neuem: »Doch, du kannst! Es tut weh, und man vollbringt längst nicht das gleiche wie früher, aber es geht. Ich weiß es. Ich habe meine Pfadgenossin vor zwei Monaten verloren, und ich arbeite immer noch, indem ich die Pfade benutze. Was wir hier tun, ist einfach. Ein Kinderspiel. Deine Hilfe mag ausschlaggebend dafür sein, ob wir das Feuer aufhalten oder ob es sich durch den Rest der Stadt frißt!«

»Ich kann euch nicht helfen. Ich habe meinen Pfadgenossen verloren. Die Pfade sind mir jetzt verschlossen.«

»Verdammt noch mal, Frau!« schrie Shilla. »Ich habe dir eben gesagt, daß es möglich ist, weiterzuarbeiten, selbst wenn der Pfadgenosse tot ist! Du mußt! Ich tue es auch! Wir werden gebraucht!« Sie faßte die Arme der Frau und schüttelte sie.

Die Frau riß sich los, kniff die Lippen zusammen und schob sich von Shilla weg. Sie zog ihren Karren, ignorierte die Menschen um sich. Shilla biß sich auf die Lippe. Tränen der Enttäuschung stiegen ihr in die Augen. Sie ballte die Hände zu Fäusten und öffnete sie wieder. Wie konnte eine Pfadmeisterin sich der verzweifelten Not anderer verschließen?

»Ist das wahr? Du hast deine Pfadgenossin verloren?« fragte eine leise Stimme neben ihr. Es war die Pfadmeister-Novizin.

»Ja«, antwortete Shilla kurz. »Sie ist vor zwei Monaten am Fieber gestorben.«

»Das tut mir leid.«

Shilla, die nicht wußte, was sie sagen sollte, zuckte die Schultern.

»Und du hast danach weitergearbeitet?« wunderte sich das Mädchen. »Ich habe gelernt, das sei nicht möglich.«

»So habe ich es auch gelernt. Aber man kann arbeiten. Ein bißchen. Es ist schmerzhaft, aber möglich.«

»Warum tust du es?«

»Ich werde gebraucht«, erklärte Shilla einfach. Das Mädchen nickte und bestätigte damit das Glaubensbekenntnis jener, denen die Gaben der Pfadmeister zuteil geworden sind.

»Ich heiße Toria«, sagte das Mädchen.

»Shilla«, antwortete Shilla. Sie lächelten sich zu und kehrten an die Arbeit zurück.

Der Zorn auf die Frau, die sich geweigert hatte, es auch nur zu versuchen, gab Shilla neue Kraft. Er vertrieb die Müdigkeit und verringerte sogar das heftige Kribbeln der Pfade. Die klirrenden Geräusche, mit denen die Haken auf den Dächern landeten, waren Argumente, die sie hätte benutzen können, um die Frau zu überzeugen. Mit den Stangen, die gegen die Wände drückten, zwang Shilla die Frau, ihnen zu helfen. Sie strengte sich selbst immer heftiger an, benutzte den Zorn als Waffe. Schon glitt sie in den Zustand der Überreizung hinein, in dem sie die Gedanken der anderen in ihrem Kopf als dünne Stimmen vernahm. Sie erkannte den Zustand als gefährlich, aber über den Stimmen und den Ängsten, die sich in ihrem Kopf tummelten, hörte sie das Knistern und Prasseln des Feuers. Das war eine stärkere Bedrohung als das Risiko, einen bereits verletzten Verstand zu verletzen.

Shilla arbeitete wie ein Dämon, rief den Männern zu, schneller zu machen, hob Haken vom Boden auf und setzte sie selbst ein. Sie waren dem Punkt, wo die Burgstraße auf den zentralen Marktplatz mündete, schon ganz nahe. Shilla betete, es möge ihnen genug Zeit bleiben, die Häuser bis zu jener Stelle einzureißen. Die weite Fläche des Marktplatzes konnte das Feuer nicht anders überwinden, als daß es sie umkreiste. Das bedeutete, wenn sie die Burgstraße räumten, fand das Feuer keinen Weg an die Südseite des Platzes mehr. Und es waren genug Arbeiter da, es im Norden unter Kontrolle zu halten, wenn sie ihre Anstrengungen erst einmal konzentrieren konnten, statt sie über ganz Liridium zu verteilen.

Einer von den Leuten, die die Trümmer wegräumten, sah furchtsam über die Schultern der anderen und fing an, sich auf die Seite zu drücken. Mit Blitzesschnelle war Shilla dort, warf Holz auf den Karren, zwang die Männer mit Blicken, in denen grimmige Entschlossenheit funkelte, weiterzuarbeiten. Sie arbeiteten.

Shillas Wahrnehmungsvermögen war so erweitert, daß sie hören konnte, was sie von ihr dachten. Sie verwandelte ihr Auflachen in ein Husten – was sollte sie sie in ihrer Annahme, sie sei verrückt, auch noch bestärken!

In Torias Gedanken machte sich Furcht breit, und Shilla spürte es. Sie sah hinüber zu der jungen Pfadmeisterin, aber das Mädchen arbeitete mit ruhigem Gesichtsausdruck. *Sie wird eine gute Dienerin des Volkes werden*, dachte Shilla voll Stolz.

Aus dem Augenwinkel erspähte Shilla ein Flackern. Sie fuhr herum. Eine Flammenzunge fraß sich durch die einsackende Rückseite eines der Häuser, die durch das Abreißen auf der Burgstraße freigelegt worden waren. Mit ihren Blicken suchte Shilla die ganze Straße nach weiteren Zeichen von Feuer ab. Rauch stieg gleich hinter der Burgstraße hoch, aber so weit sie sehen konnte, war das Feuer noch nicht dabei, die von ihnen geschaffene Schneise zu überspringen. Gern hätte sie sich vergewissert, indem sie mit ihren Sinnen hinausgriff, aber sie wagte es nicht, weil sie am Rand eines völligen Zusammenbruchs stand. Noch drei Häuser bis zum Markt. Aber sie durften es nicht riskieren. Soviel sie wußten, konnten die Rückseiten bereits in Flammen stehen. Hastig winkte sie die Männer von den Häusern zurück und wandte sich Toria zu.

»Ziehen wir von dem Holz soviel, wie wir können, auf deine Seite«, rief sie ihr über das Brausen des Feuers zu. Toria nickte, und sie begannen, die Trümmer mit der Kraft ihrer Gedanken über die Straße zu schieben. Die Männer sahen, was sie vorhatten, packten die größeren Stücke und warfen sie hinüber. Shilla hielt inne, musterte die letzten drei Häuser, strengte ihre Sinne über ihre Grenzen hinaus an, tastete nach dem Feuer.

»Ich glaube, wir haben noch Zeit«, rief sie Toria zu. »Stell dir Männer vor, die Haken werfen. Trage den Haken durch die Luft, als werde er geworfen, und bohre ihn ein, wie du es vorhin getan hast. Ich werde ziehen.«

Toria blickte beunruhigt drein. Shilla nahm ihre Unsicherheit wahr und ebenso die Verwunderung der Männer über das, was sie da machten. Und die Angst der Menschen, die sich die Straße hinunterschoben. Und das Feuer, das gierig näher rückte.

Toria holte Atem, konzentrierte sich und baute ihre sich noch entwickelnden Kräfte auf. Ein Haken flog in anmutigem Bogen durch die Luft und faßte. Shilla zog, als stehe sie am Ende einer Leine, zog auch an dem zweiten Haken, den Toria anbrachte, sah mit sich trübenden Augen, wie das Gebäude zusammenbrach. »Das nächste!« rief sie Toria zu. Gehorsam fing Toria mit dem Werfen der Haken an. Doch Shilla hörte ihre besorgten Gedanken, sie könnten all ihre Arbeit zunichte machen, wenn sie dem Feuer mit dem vielen auf der Straße herumliegenden Holz einen Weg anboten. Das zweite und das dritte Haus fielen so schnell wie das erste. Shillas Kopf dröhnte vor Schmerz und Lärm, und sie war nicht mehr fähig, den Schmerz von dem Kribbeln zu unterscheiden. Halb schob, halb winkte sie Toria weg. Sie zwang ihre schmerzenden, verwirrten Pfade noch einmal unter ihren Willen, blies die Trümmer aller drei Häuser mit einem aus Gedanken erzeugten Wirbelwind quer über die Straße und noch weiter, packte sie, so fest sie konnte, gegen die Häuser, die sich an die andere Seite des Platzes schmiegten.

Die Welt wurde still. Die Rückseiten der Häuser, die sie soeben freigelegt hatten, verwandelten sich in eine Flammenmauer. Aber Shilla konnte es nicht hören. Auch spürte sie nichts mehr in ihrem Kopf, kein Kribbeln, keine dünnen Gedankenstimmen von anderen Leuten . . . und keine Pfade. Jemand faßte sie am Ärmel. Es war Toria, die sie zurückzog. Gemeinsam rannten sie von der erstickenden Hitze weg und schlossen sich den Arbeitern auf der anderen Seite des Marktes an. Im Norden des Platzes wurde ebenso fieberhaft gearbeitet, wie sie es getan hatten. Aber Shillas ganze Aufmerksamkeit galt der Flammenmauer entlang der Burgstraße. Brennende Holzstücke lösten sich und segelten zu Boden. Der Wind frischte auf, und ein paar flogen weiter. Shilla ballte die Fäuste und merkte, daß sie immer noch Torias

Hand hielt. Sich aneinanderklammernd sahen sie zu, wie die Flammen immer wieder nahe daran waren, auf die Ostseite überzuspringen. Die beiden Pfadmeisterinnen wandten sich der Straße zu, die von Norden her auf den Platz mündete. Es hatte den Anschein, als werde die Burgstraße das Feuer aufhalten. Tränen der Erleichterung liefen Shilla über die Wangen, deren Haut von der Hitze des Feuers aufgesprungen war. *O Gott, laß es nicht weiter vordringen*, murmelte sie immerzu vor sich hin. Nach und nach kehrte ihr Hörvermögen zurück, und sie merkte, daß sie ihr Gebet laut sprach. Aber das machte nichts. Alle sprachen das gleiche Gebet. Sie sah sich um. Die Hochstraße war ebenso geräumt worden wie die Burgstraße. Hoffnung stieg auf, daß der Schrecken ein Ende finden werde.

Zwei Stunden lang beobachteten sie hilflos, wie das Feuer alles westlich der Barriere verzehrte, alle Bauwerke in Schutt und Asche legte, aber die Ostseite unberührt ließ. Wenn brennende Trümmer weit genug geflogen waren, um Holz zu entzünden, dann hatten die Eimerbrigaden die Flammen gelöscht. Das Feuer war besiegt.

Zitternd strich Shilla sich das Haar aus den Augen und prüfte den Zustand ihres Kopfes. Das Kribbeln in ihrem Schädel war ebenso wie ihr Hörvermögen nach und nach zurückgekehrt. Aber es war weniger heftig und ließ sich ertragen. Verschwunden war das übersteigerte Wahrnehmungsvermögen, das Gedanken von Menschen, die nicht mit ihr verbunden waren, aufgefangen hatte. Vielleicht hatte sie sich doch keinen nicht wiedergutzumachenden Schaden zugefügt.

Ein Gedankenfaden, der nicht ihr eigener war, schlängelte sich in ihr Gehirn. Er nahm den Weg über ihre mißbrauchten Pfade und beruhigte sie wie Balsam. Shilla faßte eifrig nach dem Gedanken und dem Gehirn dahinter. Einen freudigen Augenblick lang glaubte sie, Brigid sei wieder am Leben. Sie sah Toria vor Schreck zusammenzucken und die Augen aufreißen. Shilla schickte ihr eine behutsame Frage zu.

Toria drehte sich zu ihr um, und ihre Augen glänzten vor Entdeckerfreude. »Du bist das!« flüsterte sie.

»Ja«, antwortete Shilla, ebenso erstaunt wie das Mädchen. Ohne daß eine von ihnen es gewollt hatte, waren ihre Pfade sich begegnet und flossen nun nebeneinander, sich gegenseitig unterstützend. Das Kribbeln war ein neues Verbindungsmuster gewesen, das sich in ihr Gehirn eingrub!

»Aber du solltest jemanden haben, der dir im Alter näher-steht!« meinte Shilla bestürzt. Toria wies den Gedanken zurück. Sie freute sich über die Verbindung mit einer Frau, deren jahrelange Erfahrung ihr Hilfe und Anregung sein würde. Sie war froh, daß es Shilla war, mit der sie gearbeitet hatte, als andere vorübergingen, Shilla, die sie bewunderte, weil sie trotz Schmerz und Niederlage weitergearbeitet hatte. Die Zuversicht, die von Toria ausströmte, machte Shilla demütig. Es sei, dachte sie. Sie waren Pfadgenossen. Nicht etwa, daß sie die Wahl gehabt hätten. So etwas konnte man nicht willentlich herbeiführen, und man konnte es nicht rückgängig machen. Die Pfade wählten, und man arbeitete mit dem Menschen, der einem gegeben wurde. Shilla ließ Verzweiflung und Sorge fahren. Die beschwingte Freude und der gesegnete Frieden einer neuen Verbindung erfüllten sie und wuschen Schmerz und Müdigkeit weg. Sie hatte keine Hoffnung gehabt, diese Freude noch einmal zu erleben, und es war ebenso wundervoll wie beim ersten Mal. Von neuem war sie als Teil eines Ganzen vollständig geworden.

Toria und Shilla lächelten sich zu, faßten sich bei den Händen und blickten über die geschwärzten, qualmenden Überreste der Stadt hin. Man konnte meilenweit sehen, wo früher die Häuser den Blick versperrt hatten. Immer noch schlugen Flammen aus einigen Kellern. Rauch wälzte sich in trägen Kegeln dahin. Der Wind trieb sie auseinander, und dann vergingen sie. In Mund und Nase hatte Shilla noch den Brandgeschmack, aber sie dachte an die Zukunft. Es würde viel Arbeit zu tun geben, und sie würde daran teilhaben. Mit Toria als Pfadgenossin war sie wieder stark.

Eine, der jetzt schon anzusehen war, daß sie einmal ebenso fähig und verantwortungsbewußt werden würde wie sie, stärkte und stützte ihre eigenen beachtlichen Kräfte. Mit Toria an ihrer Seite war sie imstande, beim Wiederaufbau ihrer geliebten Stadt mitzuhelfen.

Meines Vaters Sohn

von Meg Mac Donald

Es ist eine meiner größten Freuden, wenn jemand, dessen erste Arbeiten nicht akzeptabel waren, dann doch den Anschluß findet. Meg Mac Donald hat mir, ich glaube seit der ersten dieser Anthologien, Geschichten eingesandt, und für mich ist es die schwerste Aufgabe, etwas zurückzuschicken, ohne ein junges Talent zu sehr zu entmutigen. (Natürlich sollte jemand, der entmutigt werden kann, so heißt es allgemein, gar nicht erst schreiben. Aber wenn das wahr wäre, hätte ich es nie zu einer Veröffentlichung geschafft, denn ich kann auf diesem Feld, das ich mir erwählt habe, entmutigt werden, und werde es häufig – jawohl, noch heute.)

Es ist eins der größten Paradoxa des Schreibens, daß Anfänger sensibel sein müssen, sonst würde es ihnen an der zum Schreiben notwendigen Empathie fehlen, aber auf der anderen Seite müssen sie so etwas wie eine Rhinozeros-Haut entwickeln, denn die erste Erfahrung eines Schriftstellers ist immer, abgelehnt zu werden. Wie soll man dieses Problem lösen?

Wenn ich die Antwort wüßte, wäre ich nicht nur eine erfolgreiche Autorin und Herausgeberin, sondern auch eine Heilige. Es ist eine Frage, mit der wir uns alle herumschlagen: Wie weist man eine Arbeit zurück, die den Maßstäben einfach nicht entspricht, ohne daß man dem Talentlosen allen Mut nimmt? Manche Herausgeber fühlen sich von der Flut an Manuskripten so erschlagen, daß sie diese überaus wichtige Sache vergessen und nur von Autoren kaufen, die eine Garantie für einen Bestseller darstellen.

Aber es macht Spaß, junge Talente zu ermutigen – und manchmal, wie in diesem Fall, gewinnt man den Jackpot. Ich glaube, Sie alle werden Ihre Freude an dem Ergebnis haben.

Was ist das Kriterium für Verwandtschaft? Oder für Comyn? Das Blut oder das Laran? Oder etwa die Menschlichkeit? (MZB)

Es war ein Kampf der Herzen.

Vom Anbeginn der Zeit – oder zumindest vom Anbeginn der Zeit, an die Maol sich erinnern konnte, war es ein Kampf der Herzen zwischen ihm und Caelly Muir gewesen. Wenn Caelly heiratete, würde der Kampf enden. Für immer.

Sobald er die Stein- und Mörtelmauern des Herrenhauses hinter sich gelassen hatte, war Maol frei, wenn auch nur für die kurze Zeit, bis er sich seinen Pflichten widmen mußte. Außerhalb des Muir-Gutes war der rotüberhauchte Himmel weit und klar, rosa und purpurne Strahlen reckten sich so früh am Morgen über den wässerigen Horizont. Maol entspannte sich, um den neuen Tag zu betrachten. Er wünschte, es käme ein Morgen, der ihn veränderte oder ihm zumindest erlaubte, zu vergessen, wer er war und wer er nicht war.

Die einsame Wanderung über den Grat half, den Strom bitterer Gefühle zu bezwingen. Doch angeblich war es ihm gar nicht möglich, Gefühle zu haben – denn was fühlt ein Nichtmensch schon! Ach, was wußten sie, wie konnten sie seine Gefühle nachempfinden?

Morgen nach dem Hochzeitsfest würde Maol seinen Herrn um die Erlaubnis bitten, das Gut zu verlassen. Er fürchtete die unbekannten Länder weniger als die Macht der rothaarigen *Laran-zu'in* aus dem Norden. Und wenn Caelly es ihm abschlug . . . Vielleicht würde er schon eher gehen, heute abend, und ihnen beiden den Kummer ersparen, den sein Bleiben mit sich bringen mochte.

Fischerboote befuhren das Meer vor ihm. Maol spähte den steilen Berghang hinunter und sah Männer und Frauen, die schon in den ersten Morgenstunden kamen und gingen. Vielleicht bereiteten auch sie sich darauf vor, die Hügelkette zu verlassen und im Süden die Freiheit zu suchen. Sie waren mit wollenen Hosen und

Mänteln warm verhüllt. Auch die wärmsten Sommertage waren immer kälter geworden, als komme der Eiskönig – war das derselbe wie der Zandru der Nordländer? – von den winterlichen Regionen, die eine Lebenszeit entfernt in den Bergen der Hellers lagen, heruntergekrochen und versuche, das Leben von der Hügelkette zu vertilgen. Kam er mit den Nordländern mit ihrem falschen Lächeln, und wollte er dem einfachen Volk von Finn, so weit südlich von Marcone gelegen, neue Sitten, seltsame Bräuche ins Herz pflanzen?

Marcone . . . der Ort, von dem die Muirs gekommen waren. Seine Sippe . . .

Nein!

Diese Gedanken waren verboten. Aus dem Samen eines Clan-Lords stammte er, aber er war nicht geboren, wie ein Kind von einer Frau, einer liebenden Mutter geboren wird. Maol zog seinen Mantel aus ungefärbter Wolle enger um die Schultern, schmeckte das verfluchte Wort, mit dem er bezeichnet wurde, seit der neue Lord vor vier Jahren eingetroffen war. Seine Lippen verzogen sich höhnisch. Er flüsterte *Ri'chiyu* . . . Wie er schon den Gedanken daran verabscheute! Ein großer *Laranzu* hatte Rabharty Muir, dem damaligen Lord von Finn, einen erstklassigen Diener versprochen, der zusammen mit dem erhofften Sohn aufgezogen werden sollte. Aber er hatte kläglich versagt und Rabharty einen zweiten Sohn gegeben, einen, den der Lord nicht anerkennen konnte.

Lächelnd beugte Maol die Muskeln, die seine Arme nicht hätten haben sollen. Als die Comyn-Lords und -Könige nach Finn kamen, waren sie entsetzt, ihn so offensichtlich menschlich zu sehen. Caellys zukünftige Schwiegereltern hätten die Heirat, als sie von seinem Ursprung erfuhren, beinahe abgesagt, weil sie Maol für Caelly hielten. Die streitsüchtigen Landräuber verdienten den Schreck, dachte er, denn schließlich hatten sie mit der Natur herumgepfuscht. Aber was sollte nun aus ihm werden? Caellys Vater war seit diesen vier Jahren tot, und ein Onkel regierte. Raghall Muir-Aonghus hatte wenig für seinen Erben übrig, ganz zu schweigen von des Erben eigens gezüchtetem »Haustier«.

»Maol? Maol, ich habe das Haus von oben bis unten nach dir abgesucht.«

Maol zuckte zusammen, als er die Stimme seines jungen Herrn hörte, und wäre dabei beinahe über den Klippenrand gefallen. Er drehte sich langsam um und sah in das hübsche, von welligem dunklem Haar umgebene Gesicht Caelly Muirs mit den hohen Wangenknochen und der Stupsnase. Er hatte sich beim Rasieren geschnitten. Als ob auf einem so jugendlichen Gesicht schon ein Bart erscheinen würde! Für Maol war es, als sehe er in einen Spiegel, und warum auch nicht? Stammten sie nicht aus dem gleichen Samen und waren fast auf den Tag gleich alt? Aber Caelly war an der Brust von Lady Alaine genährt worden, er dagegen von dieser und jener Amme, und »geboren« hatte ihn etwas, das der unheimliche Ersatz eines *Laranzu* für ein weibliches Wesen war und wenig mit dem, was Maol vorstellte, zu tun hatte. Und das, was Maol vorstellte, war absolut nicht das, was er hatte vorstellen sollen.

»Verzeihung, Milord.« Maol senkte den Kopf auf die Weise, die sein Onkel erwartete, und hoffte, der da, sein Halbbruder, in kurzer Zeit sein Herr, werde ihn gehen lassen. Früher einmal, als kleine Kinder hatten sie zusammen gelacht und gespielt. Dann war Caellys Onkel Regent geworden. Er hatte den Jungen gelehrt, ein Prinz zu sein, ein junger Lord, und ihm passenderes Spielzeug gegeben, zum Beispiel einen Falken und ein Hirschpony und den prächtigen *Skean dhu*, den er an der rechten Wade trug.

»Warte.«

Der Befehl ließ Maol wie angewurzelt stehenbleiben. Ein kühler Wind stieg vom Meer unten auf, und er erschauerte. Auch Caelly spürte die Brise und zog seinen feinen Mantel aus Pelz und gewobenem Tuch enger um das leinene Hemd.

»Du bist bleich wie ein Gespenst.« Der Junge kreuzte die Arme über einer Brust, die niemals besonders breit werden würde und doch eine Männlichkeit versprach, die Maol angeblich versagt war. Maol duckte sich noch tiefer. Er wußte, wenn er die Arme kreuzen und aufrecht stehen würde, wären sie gleich . . . gleich. Ganz und gar nicht, was dieser nordländische Hexenmeister beabsichtigt hatte, o nein, und nicht, was Caellys Onkel jemals zugeben würde.

»Hast du Ghuls und Geister gesehen, Maol?« Der Junge lächelte breit. Seine Augen, hell wie die Maols, blitzten. »Man könnte *dich* für den nervösen Bräutigam halten. Machst du dir Sorgen wegen Onkel, Maol? Hör zu.« Caelly warf schnell einen Blick über die Schulter zurück, bevor er näher an Maol heranrückte. Ihn am Ärmel zu sich ziehend, fuhr er im Flüsterton fort: »Nach dem Fest und dem Zubettgehen werde ich hier Lord sein, und ich werde dich nicht wegschicken, ganz gleich, was er sagt. Freust du dich nicht, Maol? Wir haben als Jungen zusammen gespielt . . . Ich habe meiner Lady von dir erzählt. Ihre Mama kommt aus dem Norden, aber ihr Papa ist ein echter Clan-Cineididh-Mann. Sie wird dich lieben, Maol, wie eine Frau den Bruder ihres Gatten lieben soll. Wir werden auch dir eine Frau suchen – du kannst eine haben, du bist nicht das, was Onkel denkt.«

»Ich danke Euch, Lord«, antwortete Maol schnell und leise. Sich nicht sicher, wie er das Kompliment auffassen sollte, meinte er, eine höfliche Antwort werde ihm später die geringsten Schwierigkeiten machen. Ängstlich sah er sich um, als könne Caellys Onkel sie hören.

»Das klingt aber nicht sehr dankbar, Maol. Ich brauche dich jetzt, damit du mir hilfst. Mein Onkel läßt dich sogar an dem Hochzeitsschmaus teilnehmen. Du hast gar keinen Grund, so niedergeschlagen zu sein.«

»Lord Raghall ist sehr freundlich . . .«

Sehr freundlich . . . hallte es in Maols Kopf wider, als er hinter Caelly zum Herrenhaus zurücktrabte. Beim Hochzeitsschmaus würde Maol mit glänzendem Gold und roten Hosen und einer weiten, plissierten Jacke in den Farben des Muir-Hauses herausgeputzt werden – aber nicht so fein, daß man ihn irrtümlich für jemanden von Bedeutung halten könnte. Sehr freundlich ... nein, er wußte, es war nicht freundlich, es war grausam. Caellys Vettern – sie waren ebenso seine Verwandten, allmächtiger Gott! – tuschelten immer und zeigten auf ihn. Und die Gäste starrten ihn an und verbargen ihr Lächeln. Ein Bastard hatte wenigstens einen Namen, aber er ... er wurde nur verachtet. Sein Vater hatte ihm Liebe erwiesen, und doch hatte er ihm nur einen halben Namen gegeben.

Mit den Comyn aus dem Norden würde es noch schlimmer werden. Sie sahen in ihm einen Mißerfolg, denn sie wußten, was ein *Ri'chiyu* hätte sein sollen. Geschlechtlos. Ein haarloser Körper wie der eines kleinen Jungen, ungeachtet seines Alters. Zum Diener geschaffen, zu anderen Dingen geschaffen. Steril. Eine scheußliche Anomalie. So wurden *Ri'chiyus* hergestellt ... und Maol, Maol war besser, als Caellys Vater geplant hatte. Er hatte einen Spielgefährten für seinen Sohn haben wollen, weil seine Frau keine Kinder mehr gebären würde. Früher hatte Maol sich gefreut, daß er besser war. Jetzt machte es ihm Kummer.

Sie gingen an dem Feuer in der Haupthalle vorbei, aber es wärmte Maol nicht. Innerlich war ihm kalt wie Eis. *Wäre ich menschlich*, dachte er, *würde ich weinen ... ich würde weinen und diesen Ort verlassen, bevor die Comyn, diese Zauberkristallträger, eintreffen ...*

»Maol, wach auf!«

Die Stimme riß ihn aus seinen Gedanken. Maol blinzelte verlegen. Caelly stand vor ihm, die Hände in die Hüften gestützt, die Stirn gerunzelt.

»Wenn du nicht mitkommen willst, sag es, aber ich muß, wie es im Clan Brauch ist, eine Nacht im Wald verbringen und einen Hirsch erlegen, mit dir oder ohne dich.«

»Was ...« Maol starrte ihn an. Mit Caelly gehen? Das war

Aufgabe des Mannes, der an der Hochzeit als ›Freund des Bräutigams‹ teilnahm, Aufgabe eines Bruders, eines . . . Das Eis in seiner Seele knirschte. Caelly lächelte, zufrieden mit sich selbst, aber Maol erschauerte bei dem Gedanken. Caelly erhob ihn. Caelly wollte ihn in den Augen seines Clans gleichberechtigt machen. Maol schluckte. Raghall Muir-Aonghus würde ihn umbringen, ganz zu schweigen von Caellys neuen angeheirateten Comyn-Verwandten. Für Maol war es besser, allein fortzugehen, nach Süden, wie ein Eremit zu leben . . .

»Maol, schließ den Mund, bevor du sabberst. Sag ja, damit wir es hinter uns haben.«

»Ich werde mitgehen, sicher . . .« Maol plante seine Flucht. Er würde so tun, als gehe das Pony mit ihm durch, herabfallen, sich verstecken und Caelly in dem Glauben lassen, er sei im Fluß ertrunken. Der Betrug schmerzte ihn. Caelly ehrte ihn – entgegen allen übernommenen Bräuchen des Nordens. Maol wollte sich entschuldigen, aber Caelly hatte sich bereits abgewandt und wies den bejahrten Haushofmeister an, ihm Bogen und Pfeile zu bringen. »Sattele ein Pferd für Maol. Nein, sag Onkel nichts davon . . .«

Vor ihnen dunkelte der Wald. Die Bäume ragten hoch in den dunkel werdenden, pflaumenroten Himmel. Die Wolken hingen niedrig, schwer von Regen, der noch vor Einbruch der Nacht zu fallen drohte. Schon am Abend war es trübe geworden, und nichts deutete darauf hin, daß das Wetter sich bessern werde.

»Merkwürdiges Wetter für den Sommer.« Caelly zügelte sein großes braunes Pony. Es stampfte den feuchten Boden und schnaubte ungeduldig.

Maol neben ihm holte krampfhaft Atem und stieß ein Nebelwölkchen aus.

»Kein gutes Omen für den Hochzeitstag eines Mannes.« Caelly drehte sich im Sattel und sah zu Maol hinüber. Er grinste. »Großmutter schwört auf ihren Kristall, wir werden unseren Hirsch erlegen. Und ich bin nicht so dumm, daß ich mich auf einen Streit mit ihr einlasse.«

Maol lächelte und nickte. »Hochzeitstag eines Mannes« hatte Caelly gesagt. Sein fünfzehnter Geburtstag lag noch einen Monat in der Zukunft, zwei Wochen vor Maols eigenem. Aber im Norden wurde ein Junge, wie Maol wußte, mit fünfzehn als Mann betrachtet, und Raghall Muir-Aonghus gab sich große Mühe, ein Bündnis zwischen Finn und einem der nördlichen Clans zustande zu bringen. Daher die Heirat mit einer zur einen Hälfte Clan-, zur anderen Hälfte Comyn-Tochter, Seanon, Caellys Verwandter, hatte während seines letzten Besuchs von den Sitten des nördlichen Landes erzählt. Bei dem Gedanken an Seanon wurde Maol zum ersten Mal an diesem Tag warm ums Herz. Er war in einer der Städte weit oben an der Küste ein Mann von großer Bedeutung, ein Kristallträger, *Bredu* eines der mächtigsten Fürsten, die gegen die gefährliche und geheimnisvolle Arbeit mancher *Laranzu'in* waren.

Maol bekam einen Guß eisigen Regens ins Gesicht. Das Unwetter brach los. Er wechselte einen Blick mit Caelly, grinste über seine so erwachsen klingenden Flüche. Sie trieben ihre Reittiere an und verschwanden im dunklen Wald.

Maol entdeckte den ersten Hirsch, behielt das aber für sich, weil er die Freude dem neben ihm reitenden jungen Lord lassen wollte. Als dieser das Wild nicht bemerkte, entschloß sich Maol, es ihm beim nächsten Mal zu sagen.

»Bald wird es dunkel sein«, beschwerte sich Caelly und schüttelte das feuchte braune Haar aus dem Gesicht. Das dichte Blätterdach hatte sie anfangs abgeschirmt, aber nach mehreren Stunden waren sie beide durchgeweicht.

»Deine Zähne klappern«, bemerkte Maol, nachdem sie eine Weile gelauscht hatten. Er lächelte Caelly zu. Zwillinge konnten sich nicht ähnlicher sein als diese beiden. Warum konnte Maol nicht aus dem Leib der Frau seines Vaters geboren sein, statt aus diesem . . . diesem *Ding* im Norden! »Du willst doch morgen im Bett nicht niesen müssen?«

»Nein«, lachte Caelly. »Suchen wir uns eine trockene Stelle für ein Feuer, und machen wir es uns für die Nacht bequem. Glaubst du, wir werden die wilden Männer zu sehen bekommen? Oder vielleicht Waldgeister? Wir müssen den Hirsch morgen in aller Frühe schießen, sonst kommen wir zu spät zum Fest.«

Maol hatte schon lange den Verdacht, sein Halbbruder sei kurzsichtig. Noch während Caelly sprach, trat wieder ein Hirsch, ein großer, anmutiger mit stattlichem Geweih, aus dem Wald vor ihnen in den aufsteigenden Nebel. Maol räusperte sich. Er räusperte sich noch einmal. Schließlich sagte er:

»Mein Prinz, Caelly, ist das ein Hirsch vor uns?«

»Donner! Aye, tatsächlich«, flüsterte der andere Jüngling und zog einen Pfeil aus dem Köcher. Einen Augenblick später flog der Pfeil von der Sehne und traf den Hirsch an der Schulter. Das Tier schnaubte vor Überraschung und Schmerz und sprang von dem Weg in den Wald hinein. Maol und Caelly folgten seiner Fährte und fluchten, als der Wald zu dicht wurde. Maol bereute es, ihre Beute gesichtet zu haben. Den Waldweg zu verlassen, war so kurz vor dem Dunkelwerden gefährlich.

»Lassen wir die Ponies zurück.« Caelly sprang auf den feuchten Boden. Seine Stiefel rutschten in dem Matsch. »Wir werden zu Fuß weitergehen und ihn aufstöbern. Komm, Maol, beeil dich, wir müssen ihn erwischen, bevor es finster ist.«

Sie verfolgten den Hirsch zu einer kleinen Lichtung, wo er sich bereits keuchend niedergelegt hatte. Blut sprudelte aus der Wunde, die er sich selbst zugefügt hatte, als er mit dem in seiner Schulter steckenden Pfeil im Laufen Bäume streifte. Dabei hatte er sich den feinen, glatten, goldenen Hals aufgerissen. Blasiger roter Schaum tropfte aus den bebenden Nüstern. Das Tier sah den beiden Jägern entgegen.

»Nimm dich in acht vor dem Geweih«, warnte Maol und zog den geliehenen Dolch aus der Scheide. Caelly neben ihm ließ seinen Köcher fallen und bereitete sich darauf vor, dem Hirsch mit seinem juwelenbesetzten *Skean dhu* den Todesstoß zu geben.

Der Hirsch drehte den Kopf nach ihm. Die kräftigen Beine bemühten sich, den Körper zu einem letzten Kampf in die Höhe zu bringen. Der große Kopf senkte sich, die spitzen Enden des Geweihs drohten dem sich nähernden Caelly. Es wäre besser, ihn auf kurze Entfernung mit einem zweiten Pfeil zu töten, dachte Maol, statt nahe an ihn heranzugehen und eine Verletzung zu riskieren. Dieses Geweih konnte einem Mann den Bauch aufschlitzen.

Ein durchdringender Schrei unterbrach die Jagd. Maol blickte auf und sah eine hohe Gestalt am Rand des Waldes stehen, eingehüllt in Nebel. Sie war dünn und falkenartig, grimmiger als alles, was er je gesehen hatte oder wovon er am Kamin erzählen gehört hatte. Das Wesen schrie von neuem und stürzte mit rudernden Armen auf sie zu.

Verängstigt sowohl von Caelly als auch von der heranrasenden Gestalt sprang der Hirsch auf und schwang sein Geweih. Maol kroch da hin, wo Caelly seinen Köcher fallen gelassen hatte, und ergriff den Bogen seines Halbbruders. Ohne viel Zeit zum Überlegen, wie er am besten vorgehen sollte, schoß Maol den ersten Pfeil auf den wütenden Hirsch ab. Den zweiten zielte er auf das Ungeheuer, als es ihm das wilde Schnabelgesicht zukehrte. Er legte einen dritten Pfeil auf die Sehne, aber er konnte sich später nicht erinnern, ob er ihn losgelassen hatte, bevor er den Todesschrei des Hirsches hörte, dann Schreie, die er nicht unterzubringen wußte, dann nichts mehr.

Maol erwachte. Das Sternbild des Tanzenden Kriegers flimmerte auf ihn nieder. Dicht über den Baumwipfeln standen zwei der vier Monde bereits am Himmel.

»Caelly?« fragte er und setzte sich zu schnell auf. Die dunkle Welt wurde abwechselnd scharf und unscharf. »Caelly?« fragte er noch einmal und spähte umher.

Der Hirsch war fort, weggezerrt, wie das niedergedrückte Gras verriet. An der Stelle, wo er gelegen hatte, sah Maol einen ihm bekannten, zerdrückten Kilt. Maol kroch hinüber, wo der junge Prinz, wie er meinte, lag. Dann stockte ihm der Atem. Caelly war nicht da. Er hob Caellys *Skean dhu* auf und bemerkte Blut auf dem Dolch wie auch auf den Überresten des Kilts. In die Höhe taumelnd, suchte er in der Dunkelheit verzweifelt nach einer Spur von ihren Ponies. Als er nichts und niemanden entdeckte, nahm er das Messer in die Hand und stolperte auf der Fährte aus niedergewalzten Pflanzen weiter.

Unterwegs dachte Maol daran, wie Caelly ihn wegen der Ghuls und Gespenster aufgezogen hatte. Wenn es überhaupt welche gab, würden sie diesen nebligen Wald unsicher machen. Der Gedanke war auch nicht gerade ein Trost. Er war noch nicht weit gegangen, als er ein leises Stöhnen hörte. Maol hielt an und drückte sich mit dem Rücken gegen einen Baum. Die Rinde war kalt und feucht und half ihm, wach zu bleiben.

Wieder das Geräusch. Maol schluckte heftig. Der wilde Mann konnte noch in der Nähe sein . . . und nach mehr Fleisch Ausschau halten. Wenn Zandru und der Eiskönig eins waren, dann waren es auch die wilden Männer und die sommerverrückten Ya-Männer.

Das Stöhnen erklang von neuem. Maol trat vor, suchte nach der Quelle. Caelly, dachte er, es konnte Caelly sein, wenn das wahnsinnige Wesen ihm nicht bereits das Fleisch von den Knochen gerissen hatte. Den *Skean dhu* vor sich haltend, folgte Maol dem leisen Ächzen, bis er einen weißen Schimmer vor dem gräulichen Nebel sah.

»Caelly? Caelly!« flüsterte er heiser. Er hatte das zerrissene Leinenhemd erkannt. Fast hätte er in seiner Hast das Messer fallen gelassen. Und dann ließ er es tatsächlich fallen, als er den Pfeil in der Brust seines Freundes sah.

Maol fürchtete sich, die stille Gestalt zu berühren. Er kniete sich hin und starrte die blutige Wunde ungläubig an. Nein . . .

NEIN! Er hatte auf den Hirsch gezielt, dann auf das Ungeheuer. Die Angst brachte ihn wieder auf die Füße. Überzeugt, daß der Tiermensch in der Nähe war, behielt er das Messer in der Hand. Sein Blick irrte in die Richtung zurück, aus der er gekommen war. Er mußte Hilfe holen, bevor Caelly verblutete, und dann . . . und dann was? Lord Raghall würde behaupten, einer seiner Diener, ein nichtmenschliches *Ri'chiyu*, habe seinen Neffen, seines Bruders einzigen Sohn, beinahe getötet!

»Maol . . . Maol, bist du da?«

»Oh, Caelly . . . aye, aye, ich bin da. Caelly, Lord . . . Caelly, ich habe nicht auf dich gezielt, ich habe . . .«

»Schsch. Maol, komm näher. Mir ist kalt.«

»Caelly . . . ich kann nicht bei dir bleiben, ich muß Hilfe holen.« Maol legte seinen Mantel um Caelly und hob ihn dann behutsam hoch. »Tu ich dir weh? Nein? Jetzt bringe ich dich zu einer Stelle zurück, wo ich ein Feuer machen kann, und dann werde ich . . . Caelly? Caelly, sieh mich nicht so an . . . Caelly, du siehst aus, als klopfe der Tod an die Tür.«

Die Lider des jungen Prinzen flatterten, während Maol mit ebensoviel Gewicht kämpfte, wie sein eigener Körper besaß. »Aye, der Tod kommt, Maol. Mir ist so kalt.«

Die Zweige, die Maol fand, waren zu naß für ein anständiges Feuer, und er verfluchte den Rauch. Irgendwer würde am Morgen suchen kommen, sagte er sich. Dann sollte Caellys Hochzeitsschmaus abgehalten werden! Aber heute nacht mußte der Junge zum Mann werden, indem er sich den Gefahren einer dunklen Welt stellte. Von neuem beklagte Caelly sich über die Kälte, und Maol legte sich neben ihn. Ob es Caelly schadete, wenn er den Pfeil herauszog? Das Blut trocknete schon, und die Wunde schien nicht tief zu sein, aber Caellys Gesicht sah aus wie ungefärbtes Wachs, und die Haut war schlüpfrig und klamm.

»Maol? Maol, wo bist du?«

»Hier – oh, Caelly, ich bin hier neben dir. Die Decken sind bei den Ponies.«

»Ist schon gut. Du fühlst dich warm an, Maol.« Seine Augen schlossen sich.

»Caelly!«

Die hellen Augen, Spiegelbilder seiner eigenen, wurden wieder aufgerissen. »Was war das für ein Ding, Maol? Ich hatte mich im Geweih des Hirsches verfangen, und es zerrte mich weg. Ah, Maol, du warst so tapfer, ich habe gesehen, daß du es mit einem Pfeil getroffen hast. Es sollte deine Männlichkeitsprüfung sein, nicht meine.«

Maol drehte es das Herz um. Er hatte zwei Pfeile abgeschossen und einen dritten auf die Sehne gelegt. Er schüttelte den Kopf. »Ich hatte schon von wilden Männern gehört, aber das war der erste, den ich jemals gesehen habe. Caelly? Caelly, ich muß Hilfe für dich holen. Hörst du mich? Ich muß die Ponies finden, bevor dieses Ungeheuer zurückkommt.«

»Nein . . . siehst du?« Caelly lächelte zu dem dunklen Himmel hoch. »Sieh den Tanz des Kriegers über uns. Mit mir ist es aus, Maol.«

»Sag so etwas nicht«, flehte Maol. »Du heiratest morgen, hast du das vergessen? Du bist ein Lord, ein Prinz, der die Clans zusammenhalten will.«

»Meine Vettern werden das nicht fertigbringen. Maol, Maol, Seanon verläßt sich auf mich, und Dorian Hastur-Elhalyn auch. Sie werden zum Fest kommen, Maol.«

Maol strich dem Freund das dunkle Haar aus der feuchten Stirn, suchte den Wald mit seinen Blicken ab, lauschte auf Geräusche in der Dunkelheit, die von den Ponies kommen konnten, und auf das Knirschen von Knochen, wenn der schnabelgesichtige Mann Caellys Hirsch fraß. »Still. Es kommt alles in Ordnung. Ich werde dich den ganzen Weg tragen, wenn es nicht anders geht.«

»Nein! Maol, verstehst du denn nicht? Du kannst es doch nicht, du bist nur ein . . . ein . . .« Der Schmerz, den diese Worte hervorriefen, mußte von der rauchigen Nacht zurückgeworfen worden sein, denn Caelly entschuldigte sich plötzlich. »Nein,

Maol, ich wollte so etwas Schlimmes nicht über meines Vaters Sohn sagen. Es . . . es tut mir leid . . . der Schmerz . . .« Seine Augen schlossen sich wieder. Eine Hand schob sich schwach auf den Pfeil zu, fiel mit frischem rotem Blut an den Fingerspitzen nieder.

»Du hast recht.« Maol ergriff die blutige Hand. »Ich verstehe es nicht. Ich . . .« Es widerstrebte ihn, seinen Freund zu belügen, aber vielleicht war es besser, wenn Caelly ihn für ein Tier in der Gestalt eines Menschen hielt, wie es alle anderen auch taten. Besser, Caelly erfuhr nie von der Bitterkeit, der Liebe und der Eifersucht in seinem Herzen.

»Aber du könntest . . . ich weiß, du könntest es.« Caelly sah Maol gerade ins Gesicht, seine schwache Hand berührte die Wange des anderen Jungen. »Papa sagte einmal zu mir, wir seien wie Zwillinge, und Mama und er könnten uns manchmal nicht auseinanderhalten. Wir machten ein Spiel daraus, als wir Kinder waren, wir . . .«

»Nein. Oh, Caelly, verlange das nicht von mir!« Maol richtete sich auf. Er legte Reisig auf das qualmende Feuer. Die Dunkelheit, die Feuchtigkeit und die Kälte ringsumher ließen ihn erschauern. »Ich bin nicht deiner Mama Baby, ich bin nicht wie du, ich bin . . .«

»Mein Halbbruder? Aye, aye, und besser geeignet, meinen Platz einzunehmen, als sonst jemand aus meiner Verwandtschaft. Ich habe dich ausgewählt, heute nacht mit mir zu kommen, nicht wahr? Bevor Onkel kam, verwendeten wir das Wort aus dem Norden – nicht das, mit dem Raghall dich ruft, sondern das, das Seanon uns lehrte – *Bredu*. Maol, du hast mich doch einmal geliebt, nicht wahr? Du hast nicht Onkels wegen damit aufgehört? Maol?« Die Kraft, mit der Caelly seine Hand drückte, war nicht größer als die eines Kindes. »Ach, Maol, liebst du mich nicht mehr?«

Maol wandte den Blick ab. Die Finger seiner freien Hand gruben sich in seinen Kilt. Wohin war die Liebe verschwunden, die Liebe von Jungen, von kleinen Brüdern? Denn verschwunden war sie nach dem Tod Rabharty Muirs in wenigen Tagen, als der Halbbruder des Lords mit einer flammenhaarigen Comyn-Frau und pausbäckigen, sommersprossigen Söhnen auf das Gut gekommen war. Hatte Caelly sich das nie klargemacht?

»Maol – du hast mich einmal Bruder genannt, wenn es auch im geheimen geschah. Bitte, wenn du es ehrlich gemeint hast, wirst du das für mich tun. Zwinge mich nicht, zu sagen . . . nun gut.« Er ergriff die Hand seines Freundes. Maol fürchtete sich vor der Entschlossenheit, die in Caellys Augen funkelte. »Wenn ich dein Herr bin«, erklärte Caelly fest, und Maol spürte, daß er die Worte haßte, »wirst du tun, was ich sage.«

Maols Herz klopfte bei der plötzlichen Aussicht darauf, alles zu bekommen, was sein Blut verdiente und was ihm immer vorenthalten worden war.

»Wenn ich sterbe, nimm meine Kleider und kehre zurück – sag ihnen, Maol sei ums Leben gekommen, als er mich verteidigte . . . Kehre für mich zurück, Bruder. Schieße einen anderen Hirsch, einen schönen, großen, und kehre zurück. Du bist mein ganzes Leben lang bei mir gewesen. Du kennst mich am besten von allen, Maol, gut genug, um zu tun, was ich als Lord hätte tun wollen. Wenn du mich liebst, Bruder . . .«

»Nenn mich nicht so!« rief Maol und vergrub das Gesicht in den hochgezogenen Knien. Vor seinem geistigen Auge sah er die erleuchtete und mit Blumen und Speisen gefüllte Halle. Er sah Seanon MacDomhnall durch die Halle schreiten, stellte sich vor, wie er selbst hinausstürzte, sich ein Pony nahm, nach Süden davonritt, weit weg, um niemals zurückzublicken. »Tu es nicht! Sie werden es merken!«

Ein kurzes Schweigen folgte.

»Caelly?« Maol blickte hoch. Zwei Ponies trotteten mit geblähten Nüstern auf das Feuer zu. Caellys helle Augen richteten sich auf den schönen *Skean dhu*, den er mit steifen Fingern berührte, und Maol begann von neuem zu schluchzen.

»Da ist er! Da ist er!«

Am Nachmittag wurde Maol von Vettern und Verwandten in die Halle geführt, und die Menge der besorgten Gäste teilte sich für ihn. Die beiden Ponies und seine Vorräte waren draußen geblieben. Sein Onkel, jawohl, *sein* Onkel kam ihm entgegen und lächelte mit verkrampftem Unterkiefer. Die dunklen Augen blickten so erbarmungslos, daß Maol hätte glauben mögen, er habe ihnen den wilden Tiermenschen nachgeschickt, damit er sie beide töte.

»Wir machten uns schon Sorgen, mein Junge, daß dir etwas zugestoßen sein könnte.«

Maol schüttelte den Kopf. Er blickte auf den Fußboden statt in das schwärzliche, dunkelbärtige Gesicht. Lange ließ sich die Farce bestimmt nicht durchführen. Irgendwer würde es merken, irgendwer würde es entdecken und ihn einen Mörder nennen. Dann mußte er fliehen, mußte um sein Leben laufen.

»Caelly? Caelly!«

Maol zwang sich aufzublicken, als er den Namen seines Halbbruders hörte. Seinen Namen jetzt. Seine . . . Mutter . . . Alaine kam und umarmte ihn.

»Raghall, geh nach draußen«, bat sie ihren Verwandten. »Caellys kleiner Freund, der kleine *Ri'chiyu*, den sein Papa ihm schenkte, ist verletzt.«

»Tot«, flüsterte Maol, plötzlich froh darüber, daß sein Gesicht an der weichen Brust der Frau versteckt war. Der leichte Moschusduft ihres Parfüms war süß, und ihr langes, kastanienbraunes Haar hing um ihn und schirmte ihn ab. »Unfall«, stammelte er.

»Aye, Junge, aye. Oh, wie blaß du bist, Caelly.«

Die für die Hochzeit prachtvoll gekleidete Menge teilte sich, und bald saß Maol auf einer niedrigen Bank am Kamin. Der Geruch nach Süßigkeiten und Kuchen drang vom anderen Ende des Raumes zu ihm. Seine Blicke trafen auf die Seanons. Neben diesem hochgewachsenen, bärtigen Clan-Angehörigen stand ein schmächtiger, hellhaariger Mann, der in Blau und Silber gekleidet war. Der Comyn-Lord, erkannte Maol. Sein Herz raste.

»Caelly?«

Dankbar für eine neue Stimme, drehte Maol sich um. Das Mädchen war nicht so groß wie er, ihre Haare hatten die Farbe von Honig, ihre Augen waren tief und blau. Seine Braut. Er hatte sie nie kennengelernt und versuchte verzweifelt, sich an ihren Namen zu erinnern. Die Frau, seine Mutter, ging, ihm einen Becher warmen Apfelwein zu holen.

»Ghleanna«, half sie ihm aus der Verlegenheit. Er erhob sich langsam, betrachtete sie länger, als es höflich war, wie er wohl wußte. Ihr schönes Kleid fegte den Boden, und in ihre Zöpfe waren Blumen geflochten. Sie legte den Kopf zurück und berührte seine Wange. »Du siehst anders aus . . .« Sie lächelte. Ihr Akzent war merkwürdig; es schwang darin die Sprache der Leute ihrer Mutter mit. »Es tut mir leid. Wie rücksichtslos von mir. Es tut mir leid um den . . . Maol, ja? Auch ich hätte deinen *Bredu* geliebt, Caelly, obwohl er . . . nun, du weißt schon.«

Er lächelte. Es war ihr ernst, und die Worte gaben ihm etwas von der Wärme zurück, die ihm früh am Morgen geraubt worden war, als Caelly tot neben ihm lag und er den prächtigen *Skean dhu* an sich nahm.

»Junge, weißt du nicht, daß es schlecht für einen Mann ist, wenn er seine Braut vor der Trauung sieht?« Seanon trat zu ihnen, nahm Ghleannas Hand und legte sie auf den Arm des gutaussehenden grauäugigen Mannes an seiner Seite. »Milord Dori, wollt Ihr Ghleanna zu Domna Chiara und ihren Frauen zurückführen?«

Maol sah ihr nach. Er hatte Angst, daß er nie wieder neben ihr stehen werde. Seine Augen suchten die Seanons und senkten sich dann auf den Anhänger nieder, den der Mann um den Hals trug. Der blaue Stein blinzelte ihm wissend zu.

»Verwandter, du hast an deinem Hochzeitstag einen schweren Verlust erlitten«, sagte Seanon langsam. Maol antwortete nicht, weil er fürchtete, sich zu verraten. Seanon nickte. Aus dem Augenwinkel sah Maol, daß sein . . . Onkel . . . die Halle von neuem betrat. Seanon folgte dem Blick des Jungen, dann legte er Maol den Arm um die Schultern und führte ihn in die andere Richtung. Im Vorbeigehen nahm er einen Becher mit warmem Apfelwein von Alaine entgegen. »Aye, aye, du hast genug mitgemacht, Jungchen. Raghall, Lady, ich werde den Jungen in seine Räume bringen.«

»Die Gäste sind der Hochzeit wegen gekommen.«

»Aye, Mann, nur ein paar Stunden, ja? Biete ihnen Wein an, Raghall.«

Oben an der Treppe wurde Maol langsamer, drehte sich um und blickte in Seanons freundliches, mitfühlendes Gesicht hoch. Er schluckte heftig. Wäre er doch geflohen! Bis man Caelly Muirs Leiche gefunden hätte, wäre Maol weit weg gewesen, um ein neues Leben anzufangen, ein Leben, auf das er ein Recht hatte.

»Ich bin nicht . . .«

». . . ganz auf der Höhe, aye, Junge, ich weiß«, fiel Seanon ein und steuerte Maol den Flur hinunter. Aus dem Augenwinkel sah Maol, daß Raghall ihnen bis an den Fuß der Treppe gefolgt war. Seine Beine begannen zu zittern.

»Seanon . . .«, versuchte Maol es von neuem, sobald sie die Tür von Caellys Räumen hinter sich hatten. Er ließ sich aufs Bett fallen. Die Tränen liefen ihm über die Wangen. Die Steppdecke und die Luft rochen frisch; das Zimmer war für die Hochzeitsnacht hergerichtet.

»Nun, nun. Ich weiß, du trauerst um Caelly, Maol. Weine nur, Junge, weine.«

Maol hob den Kopf und wischte sich die Tränen mit dem schmutzigen Ärmel ab. »Ich habe ihn nicht getötet, Seanon – ich meine, ich habe nicht versucht, ihn zu töten.«

Seanon nickte. »Ich weiß, Jungchen, aber Raghall hat keinen Grund, dir zu glauben. Caelly hat dich gebeten, dies zu tun, nicht wahr? Es wird schwer sein.« Seanon setzte sich neben Maol auf das Bett und drückte seine Schulter. »Du wirst Hilfe brauchen. Am besten wäschst du dich zuerst einmal und ruhst dich aus. Dori und ich werden dafür sorgen, daß nie jemand etwas erfährt, M . . . Caelly.« Er strich Maol das Haar aus der heißen Stirn. »Verstehst du? Niemand, nicht einmal ein anderer *Laranzu* wird jemals etwas erfahren, aber« – er hob Maols Kinn und zwang den Jungen, ihn anzusehen – »du magst vergessen, wer du wirklich bist.«

Du magst vergessen . . ., echote es in Maols Kopf. Er spürte, wie ihm das Blut aus dem Gesicht wich, und er konnte nicht anders antworten als mit weiteren Tränen. Dann stand er auf und taumelte ans Fenster. Die Tränen taten ihm gut, sie schmolzen das Eis, das Raghall ihm ins Herz gelegt hatte. Zu vergessen, daß er etwas anderes als ein Mensch war . . . nein, zu vergessen, daß er jemals etwas anderes genannt worden war. Der Gedanke ließ sein Herz schneller schlagen. Draußen wurden die Hirschponies über den Hof geführt. Ein dunkler Kopf wippte steif an der Flanke des einen Tieres.

»Nein . . . nein, ich – ich möchte nicht vergessen, Seanon. Bitte, nimm mir meine Erinnerungen nicht. Ich – ich muß dies für C . . . – für *ihn* tun. Ich habe es versprochen, und das darf ich nicht vergessen. Bitte.« Maol stieß das Wort hervor, faßte Seanons Hand, die auf seiner Schulter lag. Er sah zu seinem Verwandten hoch. »Bitte.«

Seanon nickte. Lord Dorian Hastur-Elhalyn schlüpfte ins Zimmer, und Seanon ließ Maol am Fenster stehen. Ohne ein Wort nickte der hellhaarige, helläugige Mann, lächelte Maol freundlich zu und verriegelte die Tür. Seanon nahm den Anhänger von seinem Hals und hielt ihn Dori hin.

»Vorsichtig, *Bredu*, im Gegensatz zu dir *brauche* ich einen von diesen. Er kann ihn für den Rest des Tages tragen; dann müssen wir etwas anderes für ihn besorgen. Hmm? Nein, er will nicht vergessen. Das ist auch nur gut und richtig . . .«

Maol starrte aus dem Fenster und hörte die Worte kaum. Sein Hirsch lag unten auf den Pflastersteinen, groß und golden, schöner als der erste, und neben ihm eine dünne, blutige Gestalt, gekleidet in einen einfachen Kilt. Seines Vaters anderer Sohn.

Hausordnung

von Marion Zimmer Bradley

Nichts, was ich über die Freien Amazonen geschrieben habe, hat solche Kontroversen hervorgerufen wie die Vorschrift im Gildenhaus von Thendara, daß die Frauen Söhne über fünf Jahren nicht bei sich behalten dürfen. Ich hatte dafür ein Beispiel, nämlich ein Wohnheim für Frauen in Berkeley, in dem es eine solche Regel gab. (Einige der Bewohnerinnen waren der festen Überzeugung, Frauen sollten nicht zwangsweise mit männlichen Wesen konfrontiert werden, und wenn es Kleinkinder wären.) Das Wohnheim ist inzwischen aufgelöst, aber es war der Anlaß, daß viele Frauen sich mit ihren eigenen – politischen und anderen – Gefühlen über das Aufziehen von Kindern auseinandersetzen mußten. Ich habe sogar ein Buch gelesen, in dem eine Autorin behauptet, diese mythische Angelegenheit, das männliche Establishment (an das ich die Sache der Frauen angeblich verraten habe) verfüge bereits über die Technologie, mit der Frauen Töchter ohne männliche Mitwirkung (wie langweilig) bekommen könnten, und halte das aus böser Absicht vor den Frauen geheim.

Mir kommt das ebenso unwahrscheinlich vor wie die vielen anderen Verschwörungstheorien, von denen ich gehört habe. Ich verstehe ein bißchen von Biologie, und ich weiß, daß die Wissenschaft in diesem Punkt noch bei nichts Komplizierterem Erfolg gehabt hat als bei einem Frosch – oder vielleicht einem Kaninchen. Zweifellos wird das kommen, wie wir es ja an dem Fall der Leihmutterschaft sehen; ist die Flasche einmal geöffnet, kann man den Geist durch keinen Trick wieder hineinbekommen. Manchen Frauen ist aus dem einen oder anderen Grund das ›Recht‹, Kinder außerhalb des männlichen Establishments zu bekommen, furchtbar wichtig, ebenso wie Frauen ohne Kinder anders über Leihmutterschaft denken als die Frauen, die die Kinder austragen und weggeben müssen. Diese wissenschaftliche Errungenschaft würde natürlich vieles wesentlich komplizierter machen, als es die Hausordnung eines Amazonen-Gildenhauses wäre.

Ich hatte gehofft, wenigstens eine Anthologie ohne eine Geschichte über die Freien Amazonen zusammenstellen zu können, nachdem sie eine ganze Anthologie für sich bekommen haben. Aber wie Sie anderswo in diesem Buch lesen werden, erwies sich das Thema als zu populär, um es fallenzulassen. Gezwungen, unter vielen Geschichten zu wählen, habe ich selbst eine geschrieben. (MZB)

»Hier ist mein Buch, Mama«, sagte Loren. »Willst du hören, wie ich lese?«

»Ja, sicher.« Der magere kleine Junge lehnte sich an Loras Knie, und sie fühlte von neuem die Tränen aufsteigen. Noch zwei Monate, und dann mußte sie Loren zu seinem Vater schicken. *Damit er zu einem Mann von der Art erzogen wird, die ich verabscheue, von der Art, die die Amazonen-Gildenhäuser füllt.* Schuld war die Vorschrift des Gildenhauses, daß ein Junge nicht unter Frauen leben darf, und Loren war kein Baby mehr.

Janna stürmte herein; das Haar hing ihr lang und unordentlich um die Schultern. »Mama, was gibt es zum Essen?«

»Darüber habe ich noch nicht nachgedacht, Janni«, antwortete Lora. »Geh doch in die Küche und sieh nach, ob noch Kartoffeln übrig sind. Die brate ich dann in Gänseschmalz.«

»Ich bin die Kartoffeln leid«, sagte Janna. »Wann bekommen wir wieder Fleisch zu essen?«

»Wenn wir es uns leisten können«, erklärte Lora. »Janna, warum trägst du dein Festtagskleid?«

»Weil es das einzige anständige Kleid ist, das ich habe«, maulte Janna. »Soll ich vielleicht die ganze Zeit in Hosen herumlaufen wie du und Marji?«

»Warum nicht? Was ist daran verkehrt? Man kann gut darin arbeiten.« Lora hätte ebensogut in den Wind reden können.

Das ist Caras Werk. Wir hätten sie nie ins Haus nehmen dürfen, sie hat einen sehr schlechten Einfluß auf Janni gehabt, dachte Lora. Sie erkannte ihr nettes, gehorsames Kind in dem mißmutigen Balg kaum wieder. Den ganzen Tag verbrachte Janni damit, sich zu frisieren und sich die Fingernägel anzumalen. Im Stall und im Hühnerhaus arbeiten wollte sie nicht, weil sie es verabscheute, sich die Hände schmutzig zu machen. Und letzte Woche hatte Lora ihre Tochter, die kaum zehn Jahre alt war, dabei erwischt, wie sie am Tor stand, ihre Locken drehte und sich geziert lächelnd mit dem jungen Raul von der Königskopffarm unterhielt. Zehn, und schon machte sie den Jungen schöne Augen! Was haben wir falsch gemacht, Marji und ich? Janna war einer der Gründe, warum ich Darren wenige Tage nach Lorens Geburt fortgelaufen bin . . . Meine Tochter sollte nicht zu einer Holzpuppe in einem hübschen Kleid gemacht werden, zu nichts gut als sich zu putzen, zu äugeln, zu kichern und über Jungen zu reden.

Marji rief von der Hintertür: »Lora? Bist du zu Hause?« Lora schob ihre widerstrebende Tochter in die Küche.

»Pelle die Kartoffeln und schneide sie in Scheiben«, befahl sie, und Janna machte ein mürrisches Gesicht.

»Ich verbringe meine ganze Zeit mit Küchenarbeit. Wenn ich bei Papa lebte, wären da wenigstens Küchenmädchen, die die Arbeit für mich tun würden. Ich bin eine Küchensklavin, das ist alles. Und ich muß eine sein, weil du und Marji . . .«

»Das reicht!« befahl Lora. »Es gibt keine Küchensklavinnen in der Gilde, aber du verstehst dich bis jetzt noch auf nichts anderes. Marji und ich leisten unseren Anteil an der Küchenarbeit, aber ich habe andere Aufgaben. Ich muß das Baby vor dem Abendessen baden, und du bist noch nicht groß genug, um mir das abzunehmen. Und Marji hat diese Woche mit der Heuernte bei Farmer Coll zu tun.«

»Die Frauen sagen, sie hätte Farmer Coll heiraten können«,

muffelte Janna, »dann brauchte sie nicht die ganze Zeit auf dem Feld zu schuften.«

Und wäre das ein gutes Geschäft gewesen? dachte Lora. Coll war neunundvierzig und hatte bereits drei Ehefrauen begraben.

»Ich werde weglaufen wie Cara«, meuterte Janna weiter. »Ich habe sie heute gesehen. Sie sagt, wenn sie und Ruyval verheiratet sind, kann ich bei ihnen leben. Wenigstens ist sie eine Frau, eine natürliche Frau.«

»Nun ist's aber wirklich genug, Janna.« Lora ging zur Hintertür durch, wo Marji n'ha Carisse ihre Stiefel auszog. Sie umarmten sich, und Marji fragte: »Hattest du einen schönen Tag?«

»Nein. Janna hat wieder ihre Touren. Sie hat den ganzen Tag mit ihrem Haar gespielt und am Tor mit diesem Schlingel Raul von der Farm herumpoussiert. Cara hat sie einfach verdorben. Sie denkt an nichts als an Kleider und Jungen.«

»Wir hätten Cara vor einem Jahr wegschicken sollen«, pflichtete Marji ihr bei. »Ich habe mir nicht klargemacht, wie sehr sie Janna geschadet hat. In dem Alter war ich ebenso, dachte an nichts als an Kleider und Jungen. Sie wird darüber hinwegkommen, auch ebenso wie wir.«

»Aber nicht rechtzeitig«, jammerte Lora. »Jetzt will sie weg von hier und bei ihrem Vater leben und droht dauernd damit. Es ist schlimm genug, daß ich ihm Loren schicken muß – ich ertrage es nicht, auch noch auf mein kleines Mädchen zu verzichten!«

»Na, na«, tröstete Marji sie. »Du bist durch den Eid geschützt, und der Richter hat entschieden, daß Janna bei dir leben soll. Aber wenn sie unbedingt gehen will, wird es ihr nicht guttun, hierzubleiben. Droht sie das nächste Mal, zu ihrem Vater zu ziehen, *zwinge* ich sie zu gehen. Sie wird lernen. Was macht mein Baby?«

»Ich habe sie noch nicht gebadet«, gestand Lora kleinlaut. Marji nahm sie in den Arm. »Es wird ihr nicht schaden, einen Abend nicht gebadet zu werden. Du siehst so müde aus, Lori. Es ist hart für dich, daß dir die Kinder aufgehalst sind, während ich den ganzen Tag draußen unter menschlichen Wesen bin. Sobald die Heuernte vorbei ist, bleibe ich eine Weile im Haus, und du kannst dir Arbeit suchen. Es wäre ungerecht, wenn du Callie das ganze Jahr zusätzlich zu deinen beiden versorgen müßtest.«

»Callie macht mir ja keinen Ärger. In dem Alter hat sie keine anderen Wünsche, als daß ich sie trockenhalte und füttere«, meinte Lori. »Da wir gerade von ihr sprechen, ich höre sie . . .«

Sie rannte ins Nebenzimmer und kam einen Augenblick später zurück, eine verschlafene Zweijährige mit verwuscheltem Haar im Arm. Marji küßte ihre Tochter, nahm sie Lora ab und ging in die Küche, wo Janna verdrossen kalte gekochte Kartoffeln pellte. »Gib sie mir, Janni, ich mache eine Sahnesoße dazu, und die Farmersfrau hat mir Speck mitgegeben, den brate ich zum Abendessen.« Sie machte sich an das Zubereiten der Mahlzeit. »Setz dich doch, Lori, du bist ganz erschöpft. Wo ist Lynifred?«

»Es kam ein Bote von Arilinn. Ein Mann dort hat ein krankes Pferd, und sie ist gegangen, um es zu behandeln. Vor morgen wird sie nicht wiederkommen«, antwortete Lora.

»Hast du sie daran erinnert, daß wir Leder für Kinderstiefel brauchen?«

»Ja, sie will welches mitbringen, und dann können auch Janna und Callie Stiefel bekommen, wenn ich die mache, die Loren brauchen wird«, sagte Lora und begann wieder zu weinen. Marji klopfte ihr die Schulter, tischte die Kartoffeln und den gebratenen Speck auf, setzte sich dann mit Callie auf dem Schoß und fütterte ihre Tochter.

Als die kleineren Kinder im Bett waren und Marji und Lora die Küche aufräumten, berichtete Marji: »Ich habe Cara auf dem Markt gesehen. Sie und dieser Junge sind verheiratet worden . . .«

»Die Göttin schütze sie!« rief Lora aus. »Cara ist noch keine sechzehn!«

»Trotzdem war es höchste Zeit«, sagte Marji. »Man sieht es ihr schon an.«

»Nun, sie hatte keinen anderen Ort, an den sie gehen konnte, nachdem wir sie hinausgeworfen hatten. Es ist meine Schuld«, klagte Lora. »Wir hätten mehr Geduld mir ihr haben müssen.«

»Meine Liebe«, entgegnete Marji, »wir konnten ein Mädchen nicht behalten, das uns bestahl. Wir haben ihr ein dutzendmal verziehen, aber sie ist im Geist nie eine echte Entsagende gewesen. Lief herum mit der Jacke bis hierhin« – sie zeigte es – »aufgeschnürt und tat die ganze Zeit nichts anderes, als mit den Jungen herumzukichern, statt im Haus zu bleiben, wie es sich schickt, und dir mit den Kindern zu helfen. Wir hätten sie nach Neskaya oder Arilinn schicken sollen. Dort wäre sie richtig ausgebildet worden – wir haben keine Gildenmeisterin hier, die ihr anständiges Benehmen hätte beibringen können. Und dann sahen wir in ihrer Truhe nach und fanden alle deine Feiertagsröcke für sie umgeändert – und sie hatte geschworen, sie nicht gesehen zu haben . . .«

»Oh, ich weiß, aber trotzdem ist mir, als hätte ich hier versagt. Ich versuchte, sie wie mein eigenes Kind zu behandeln . . .«

»Ich auch und Lynifred auch«, fiel Marji ein. »Geschehen ist geschehen, und sie macht einen glücklichen Eindruck. Ich hoffe nur, Janna wird nicht in ihre Fußstapfen treten.«

»Das ist es ja, was mir Sorgen macht«, seufzte Lora. »Doch vielleicht wird sie, wenn sie ein oder zwei Jahre bei ihrem Vater gelebt hat, das Gildenhaus zu schätzen wissen. Komm, meine Liebe, schließen wir die Türen für die Nacht ab.«

Marji schlief, aber Lora lag schlaflos neben ihrer Freipartnerin und dachte daran, wie sie mit drei Frauen das erste kleine Gildenhaus auf dieser Seite des Flusses gegründet hatten. Sie selbst hatte ihre Tochter Janna, damals fünf, und den Säugling Loren mitgebracht, als sie ihrem Mann entfloh, der sie geschlagen und mißbraucht hatte.

Das Schlimmste war gewesen, daß er ihr verboten hatte zu lesen oder Janna vorzulesen . . . Bücher, sagte er, hielten eine Frau nur davon ab, zu tun, was schicklich für sie sei. Als er die fünfjährige Janna mit dem dreißig Jahre alten Lord des Nachbarguts hatte verloben wollen, hatte Lora rebelliert und war ins Gildenhaus von Neskaya geflohen, um dort den Eid abzulegen.

Dann hatte sie Marji kennengelernt, die neu in die Gilde gekommen war, damals schwanger mit Callie. Als ihr Mann das Gildenhaus ständig belästigte, hatte die Gildenmutter sie beide ausgesandt, zusammen mit Lynifred, einer beinahe fünfzigjährigen Veteranin unter den Entsagenden, hier in diesem kleinen Dorf ein Gildenhaus zu gründen. Länger als ein Jahr hatten die Dorfbewohner sie behandelt wie Ausgestoßene, besonders als sie die von zu Hause fortgelaufene Cara, damals vierzehn, aufnahmen. Doch dann gelang es Lynifred, ein Dutzend Pferde zu retten, die mit Hexengras vergiftet worden waren, und Lora ging ins Dorf hinunter und erbot sich, die Frauen in der besonderen Hebammenkunst zu unterrichten, die sie im Gildenhaus von Arilinn gelernt hatte. Jetzt wurden sie einigermaßen akzeptiert. Frauen, die eine Hebamme brauchten, riefen ebensooft sie wie die schmutzige, schlampige alte Frau, die seit Menschengedenken die Dorfhebamme gewesen war. Lynifred war die hiesige Pferdeärztin und besonders beliebt, weil sie es nicht für unter ihrer Würde hielt, einen Knochen aus dem Schlund einer Katze zu entfernen oder das Bein eines Hundes zu schienen, der in eine Falle geraten war. »Sie sind ebenso Wesen der Göttin«, sagte sie, »auch wenn sie keinen Reichtum wie Pferde oder Vieh darstellen.«

Der Ärger hatte angefangen, dachte Lora, als Cara die Jungen entdeckte und sich, absolut nicht im Amazonengeist, vornahm, mit ihnen zu experimentieren. Janna war entgegen Loras Verbot ihrem Beispiel mit Begeisterung gefolgt.

Cara war anscheinend nur daran interessiert gewesen, sich einen Ehemann einzufangen. Nun hatte sie einen, und Lora hoffte ehrlich, daß sie glücklich mit ihm war.

Marji verdingte sich als Feldarbeiterin, was auch seine Probleme hatte. Denn Farmer Coll wollte sie heiraten und hatte sie beschuldigt, sie versuche, ihn mit Zauberei zu umstricken. Glücklicherweise gab es im Dorf nicht allzuviel Aberglauben. Trotzdem war es eine peinliche Situation, da Coll als guter Fang galt und die hiesigen Frauen, von denen viele gern Farmer Colls Gattin geworden wären, sich ärgerten, daß Marji verschmähte, was sie für so wertvoll hielten. Marji hingegen wünschte nur, Coll würde eine von ihnen heiraten, und die Sache hätte ein Ende.

Lora sagte sich, sie müsse schlafen. Es waren nur noch drei Tage bis Lorens Abreise zu seinem Vater, und sie vermutete, daß Janna sich dazu entschließen werde, mitzugehen. So sehr Lora ihre Tochter liebte, sie wußte, Janna war nicht glücklich. Doch sie glaubte auch nicht, daß Janna im Hause ihres Vaters glücklich sein würde, und ihr grauste vor dem Gedanken, beide Kinder zu verlieren.

Sie meinte, überhaupt noch nicht geschlafen zu haben, als sie Geräusche in der Küche hörte. Sie stand auf, um Feuer zu machen. Lynifred war im Morgengrauen geritten gekommen, und bei ihr war eine zweite Frau, mit Mantel und Stiefeln gegen die Morgenkühle vermummt.

»Das ist Ferrika, Hebamme auf Armida«, stellte Lynifred vor. Die Fremde trug einen Amazonen-Ohrring, aber Röcke, nicht die bei den Entsagenden üblichen Hosen und Lederstiefel.

»Ich muß unter gewöhnlichen Menschen arbeiten«, sagte Ferrika. »Es hat keinen Sinn, sie gegen mich aufzubringen, noch bevor sie mich kennen.«

Lora stellte einen Kessel für den Tee auf und kochte einen großen Topf Haferbrei. Dazu briet sie ein bißchen von dem Speck, den Marji mitgebracht hatte. Die Frauen setzten sich mit den Füßen ans Feuer und ließen ihre vom Schnee steifen Mäntel trocknen. Ferrika fragte, was es Neues gebe.

»Nur daß eine Pflegetochter, die wir wegschicken mußten, geheiratet hat, und jetzt, zehn Tage nach der Hochzeit, sieht man ihr ihre Schwangerschaft schon deutlich an«, berichtete Lora verzagt. »Das wirft kein gutes Licht auf uns, die wir sie in unserer Obhut hatten.«

»Ich bin sicher, die Dorfbewohner wissen ebensogut wie wir, was mit ihr los ist«, begütigte Lynifred. »Sie werden es nicht dir in deiner Eigenschaft als Mutter ankreiden, Lora.«

»Dessen bin ich mir nicht so sicher«, antwortete Lora. »Janna fängt an, sie nachzuahmen – hat nichts im Kopf als Jungen und beschäftigt sich unaufhörlich mit ihren Kleidern.«

»So sind fast alle jungen Mädchen«, sagte Ferrika, »es sei denn, sie haben schon früh eine fürchterliche Lehre darin erhalten, wohin eine Frau, die sich den Bräuchen auf dieser Welt anpaßt, geraten kann. Wenn Janna sieht, daß Cara nichts als ein Arbeitstier für ihren Ehemann ist, wird sie froh sein, zu wissen, wie sie diesem Schicksal entrinnen kann.«

»Ich war nicht so«, stellte Lynifred fest, und Ferrika lachte.

»Ich auch nicht«, sagte Lora. »Trotzdem heiratete ich, als die Zeit da war, und hielt es für besser, mein eigenes Haus, meine eigene Küche zu haben, als in der meiner Mutter zu arbeiten. Und selbst wenn ich einen anständigen Mann geheiratet hätte – obwohl ich meinen Gatten für gut hielt, als wir verheiratet wurden.«

»Und er hätte vielleicht ein guter Mann werden können«, gab Ferrika zu bedenken. »Es ist nicht seine Schuld, daß er tat, wie sein Vater und Großvater vor ihm getan hatten. Erzieh du deinen Sohn besser, damit er weiß, was Frauen brauchen und daß Frauen auch Menschen sind und keine Sklaven.«

»Aber wie kann ich meinen Sohn überhaupt erziehen?« Lora brach endgültig in Tränen aus. »Ich muß ihn doch wegschicken, und er wird bei Aric aufwachsen und sich zu genau der Art von Mann entwickeln, die ich am meisten verabscheue!«

»Wann geht er?« erkundigte sich Ferrika.

»Übermorgen.«

»Warum schickst du ihn weg? Warum behältst du ihn nicht hier?«

»Die Vorschriften verlangen es«, antwortete Lora.

»Wessen Vorschriften? Sag mir, welche Bestimmung des Eides es verlangt!«

»Mir ist von Anfang an gesagt worden, ich müsse mich darauf vorbereiten, Loren im Alter von fünf Jahren seinem Vater zu übergeben . . .«

»Ja«, fiel Ferrika ein, »das haben sie dir in Neskaya gesagt. In den größeren Amazonen-Häusern ist es eine feste Regel. Es wäre in der Tat störend, wenn viele Jungen von fünfzehn und älter mit vielen Frauen unter einem Dach lebten. Aber sag mir, drängen deine beiden Hausgenossinnen dich, ihn wegzuschicken? Manche Entsagenden wünschen, von allen männlichen Wesen frei zu sein, kleine Jungen eingeschlossen.«

Lynifred wandte sich vom Feuer ab. »Nein; ich habe Lora geraten, sich dem Schuft zu widersetzen und den Jungen zu behalten. Marji ist der gleichen Meinung.«

»Was ich mir ehrlich wünsche« – Marji kam mit Callie auf dem Arm in die Küche – »ist, daß wir Loren, den wir alle lieben, behalten und Janna, die dieses Haus auf den Kopf stellt, wegschicken könnten. Tut mir leid, Schatz; du weißt, ich liebe deine Tochter, aber sie treibt uns alle zum Wahnsinn, und wenn sie den gleichen Weg geht wie Cara, ist das kein Ruhm für ein Haus der Entsagenden.«

»Sie hat recht«, schluchzte Lora. »Warum müssen wir ein harmloses Kind wegschicken, nur weil es männlich ist, und ein anderes behalten, nur weil es das Glück gehabt hat, als Mädchen geboren zu werden?«

Ferrika erklärte: »In den meisten Fällen kann man Jungen – vor allem wilde Straßenjungen – nicht in einem Haus mit Frauen unterbringen, ohne daß es Ärger gibt. Ich könnte euch da Geschichten erzählen . . . Im Thendara-Haus hat es eine Zeit gegeben, als wir Jungen behielten, bis sie zehn waren, und das Experiment war ein Mißerfolg. Sogar ihre Mütter waren froh, sie gehen zu sehen. Im Haus war es für die jüngeren Mädchen nicht mehr sicher, und als wir die Jungen über die Pubertät hinaus bleiben ließen, war es die reine Katastrophe. Deshalb wurde bei einer Generalversammlung beschlossen, sie wegzuschicken, bevor sie fünf werden, *bestimmt aber* vor der Pubertät. Doch was das angeht, gibt sich jedes Haus seine eigenen Regeln.« Sie zitierte den Eid der Entsagenden:

»*Ich allein werde bestimmen, wo und wie ein Kind, das ich zur Welt bringe, aufgezogen werden soll.* Wenn es gegen dein Gewissen geht, Lora, ihn zu seinem Vater zu schicken, dann ist es deine Pflicht, einen Pflegevater oder Vormund für ihn zu finden, der ihn nicht – wie du sagst – zu der Art von Mann erzieht, die du am meisten verabscheust.«

»Ich dachte, es sei Gesetz bei den Entsagenden, daß mein Sohn, nachdem er fünf geworden ist, nicht länger bei mir leben dürfe.«

Ferrika lächelte. »Nein. Du bringst das Gesetz, das für alle Entsagenden gilt, und die Hausordnung, die sich jede einzelne Gruppe gibt, durcheinander. In den größeren Häusern gilt der Grundsatz, daß keine Frau gezwungen werden darf, mit Männern oder Jungen zusammenzuleben. Aber hier könnt ihr eigene Regeln absprechen. Ihr dürft sie sogar bekanntmachen, damit Frauen, die erwägen, eins der größeren Häuser zu verlassen, weil sie es nicht ertragen, sich von ihren kleinen Söhnen zu trennen, zu euch kommen können . . .«

»Das ist ein Gedanke«, nickte Lynifred. »Wenn junge Männer von Entsagenden erzogen würden, bekämen sie doch wenigstens eine Vorstellung davon, was Frauen in Wirklichkeit sind und was Männer sein können, wenn sie eines Tages in die Welt außerhalb der Gildenhäuser ziehen.« Sie zog sich die Stiefel an. »Ich werde Loren auf meinen Gängen mitnehmen und ihn zum Pferdedoktor ausbilden. Jetzt ist er ja groß genug, einen Tag fern von seiner Mutter zu verbringen.«

Lynifred ist besser als die meisten Männer imstande, einen Jungen zu erziehen, dachte Lora, und bestimmt besser als sein

Vater. Sie wird aus ihm einen starken, ehrenhaften Menschen machen, der versteht, daß eine Frau das alles auch sein kann.

»Was wird mein Mann dazu sagen?« fragte sie.

Ferrika antwortete freundlich: »Wenn es dich kümmert, was er sagt, Lora, bist du am falschen Ort.«

»Es kümmert mich eigentlich nicht, was er sagt«, wehrte Lora ab. »Ich fürchte mich nur davor, ihm ins Gesicht zu sehen, während er es sagt.«

»Ich glaube, das tun wir alle«, sagte Marji, »aber wir werden dich unterstützen. Es wird wohl kein Richter entscheiden, er sei besser geeignet, den Jungen zu erziehen, als du.«

»Schick Janna zu ihm«, schlug Lynifred vor, »und wenn sie nach einem Jahr als Küchenmagd, Waschfrau und Kinderwärterin für ihre Stiefmutter – und nach einer Behandlung, als habe sie keinen Verstand – nicht zu uns zurückflieht, dann verdient sie es vielleicht, in jener Welt zu bleiben.«

»Aber ich könnte es nicht ertragen, Janna zu dieser . . .«, begann Lora.

Marji schüttelte den Kopf. »Wenn das ihr Wunsch ist, darfst du sie nicht zurückhalten. Das Leben, das wir uns gewählt haben, muß nicht unbedingt das richtige Leben auch für sie sein.«

Lora senkte den Kopf. Sie wußte, Marji hatte recht. Janna mußte sich frei entscheiden können, so wie sie selbst sich frei entschieden hatte.

»Da wir alle hier sind«, sagte Lynifred, »sollten wir dies nicht eine Hausversammlung nennen und die Regel aufstellen, daß ein Junge bis zur Pubertät bleiben darf, wenn alle Bewohnerinnen einverstanden sind, und daß bei uns aufgezogene Mädchen ein Jahr außerhalb des Hauses verbringen müssen, bevor sie den Eid leisten? Mir kommt das wie eine vernünftige Regel vor.«

»Mir auch«, pflichtete Marji ihr bei. Lora trocknete sich die Augen und sagte: »Ich bin noch nicht fähig, zu entscheiden, was mir vernünftig vorkommt. Ich bin nur dankbar, daß ich meinen Sohn nicht verlieren werde.«

»Du wirst auch deine Tochter nicht verlieren«, tröstete Marji sie. »Ein Jahr, in dem sie so behandelt worden wäre wie beispielsweise die Mädchen im Dorf Neskaya, hätte Cara zweifellos zu uns zurückgeführt. Janna wird wiederkommen.«

»Das hoffe ich«, murmelte Lora, aber sicher war sie sich nicht. Trotzdem, wenn Janna sich diese Art von Leben wünschte, durfte man es ihr nicht verweigern. Und wenn andere Frauen mit ihren Söhnen herkamen, konnte es der Anfang für einen Kern von Männern werden, die dazu erzogen wurden, Frauen nicht zu verachten. Das war eine echte Aufgabe, ganz gleich, was später aus ihnen werden würde.

»Ich stimme zu«, erklärte sie lächelnd und begann, Leder zu Stiefeln für Loren zuzuschneiden. Bald würde er auch eine Scheide für sein erstes Schwert brauchen.

Um das Schicksal herauszufordern

von Sandra Morrese

Hier hat eine neue Autorin eine Geschichte über ein Thema geschrieben, das jedes Jahr in den Einsendungen abgehandelt wird, aber selten gut genug für den Druck ist.

Wie anderswo erwähnt, gibt es nur einige wenige grundlegende Handlungen, und die Geschichte einer Frau, die von ihren Eltern verheiratet wird, während sie lieber einen anderen (oder gar keinen) heiraten würde, hat sich von grauer Vorzeit bis – sagen wir – zum Beginn des neunzehnten Jahrhunderts immer wieder abgespielt. Gerade weil es eine wahre Geschichte ist, ist es eine abgedroschene Geschichte. Ein Klischee ist letzten Endes etwas, das oft genug geschehen ist, um sprichwörtlich zu werden. Aber die Tatsache, daß immer wieder Leute darüber schreiben, beweist doch, daß es noch niemanden langweilt, und wenn viele Leute fortfahren, darüber zu schreiben, nehme ich an, daß sie es lesen wollen. (Aus diesem Grund schreibe ich. Sie nicht auch?) Also hier kommt noch einmal dieses Thema. (MZB)

Allira meinte, ihr Kummer sei beinahe zu groß, um ertragen zu werden, und sie verzweifelte an der Aufgabe, ihre Tränen zurückzuhalten. Es kam auch nicht darauf an. Die Kapuze ihres Mantels verbarg ihr Gesicht, und die Armida-Gardisten, die ihre Eskorte bildeten, waren gescheit genug, sie in Frieden zu lassen. Die Gesellschafterin, auf der sie bestanden hatte, erkannte ebenfalls, daß das Mädchen allein sein wollte, und ritt in respektvollem Abstand hinterher. Trotzdem verlangte es Alliras Stolz, daß sie die Schauer, die sie überliefen, möglichst nicht sehen ließ und ihr Leid still trug. Der Turm lag jetzt einen halben Tagesritt hinter ihr, und jeder Schritt ihres Pferdes verstärkte die quälende Leere in ihrem Innern.

Warum konnten sie mich nicht bleiben lassen? Ich war glücklich dort!

In den letzten drei Jahren war der Neskaya-Turm ihr zur Heimat geworden. Wie konnte ihr eigener Vater ihr diese Heimat so grausam rauben? Andererseits – war er ihr jemals ein richtiger Vater gewesen? *Sire* war der passendere Ausdruck als Vater. Also was wunderte es sie? Soviel Allira sich erinnerte, hatte er nur ein paarmal in ihrem Leben mit ihr gesprochen. Ganz anders war er zu Larissa, seinem Lieblingskind. Allira hatte ihre Halbschwester um diese Beziehung beneidet, aber sie ihr nicht mißgönnt. Sie hatten sich nähergestanden als die meisten richtigen Schwestern, und an dem Tag, als Allira nach Neskaya abreiste, hatten sie sich sogar den Eid der *Bredini* geschworen. Und schließlich war Larissa legitim und Allira nur *nedestro*. Sie konnte kaum erwarten, daß Lord Alton sie als gleichberechtigt mit Larissa behandelte.

Wieder stieg eine Flut von Tränen in ihr auf. Die Landschaft ringsumher änderte sich niemals, hohe Harzbäume, die stellenweise so dicht standen, daß man nicht weiter als ein paar Schritte in den Wald hineinsehen konnte. Seltsam, wie ihr das auch beim vorigen Mal aufgefallen war. Auch diese Reise war ihr endlos vorgekommen. Sie war ein verängstigtes, einsames Mädchen von dreizehn gewesen und hatte eben erst die schreckliche Schwellenkrankheit überwunden, die Telepathen beim Erwachen ihres *Larans* ergreift. Aber am Ende dieser Reise hatten der Turm, die Liebe und die Erfahrung des Telepathen-Kreises gewartet.

Ihre Ankunft dort schien nur einen Tag und gleichzeitig ein ganzes Leben zurückzuliegen. Sie hatte schlimmes Heimweh nach ihrer Mutter, aber Caillean Ridenow, die Bewahrerin des Turms, nahm sie unter ihre Fittiche. Mit Sanftmut und Geduld hatte Caillean das Mädchen gelehrt, ihre psychische Gabe zu meistern.

Allira hatte gemeint, sie werde nie mit der Ausbildung fertig werden. (Zuerst kam die Beherrschung ihres eigenen kleinen Matrix-Juwels, dann die Arbeit als Überwacherin und Mechanikerin, schließlich die hochqualifizierte und spezialisierte Arbeit einer Psi-Technikerin.) Tatsächlich waren ihre Begabung und ihre Lernfähigkeit so groß, daß sie am Ende des ersten Jahres zu den besten Matrix-Technikern Neskayas gehörte.

Es machte Allira glücklich, nützliche Arbeit zu leisten. Als Lord Altons *Nedestro*-Tochter war sie in Armida kaum beachtet worden. Aber in Neskaya kannte und liebte man sie um ihrer selbst willen, und was für Allira noch wichtiger war, man *respektierte* sie ihrer Fähigkeiten und ihres Charakters wegen. Nichts war ihr so wertvoll wie diese Erfahrung.

Dann war vor zehn Tagen über die telepathischen Relaisschirme eine Nachricht für sie eingetroffen. Sie solle augenblicklich nach Armida zurückkehren. Für sie war eine Heirat mit Coryn Ardais, dem ältesten Sohn von Lord Felix Ardais, arrangiert worden. Die Verlobung werde in dreimal zehn Tagen stattfinden, die Hochzeit zehn Tage danach.

Allira traf es als Schock. Sie versuchte es mit höflichen Ausreden, erklärte, sie würde gern noch ein paar Jahre im Turm bleiben. Die Antwort darauf kam von ihrem Vater persönlich: *In fünf Tagen ab heute wird eine Eskorte eintreffen – HALTE DICH BEREIT*! Es war, als habe ein physischer Schlag das Leben zermalmt, das sie sich aufgebaut hatte.

Danach waren andere Botschaften gekommen, von ihrer Mutter. Versuche, Allira zu beruhigen und ihr Mut zuzusprechen. Schließlich, wie oft geschah es, daß eine *Nedestro*-Tochter mit dem Erben einer Domäne verheiratet wurde! Sie würde gut versorgt sein. Das wußte Allira alles. Sie wußte, daß jedes andere Mädchen sich glücklich gepriesen hätte. Aber Allira wollte nur weiter im Turm arbeiten. Sie hatte gehofft, daß ihr Vater sie übersehen würde, wenn er begann, Heiraten zu arrangieren. Von Familie war sie doch eigentlich nicht. Sie trug nicht einmal den Namen ihres Vaters, sondern den ihrer Mutter, Syrtis.

Dann erklärte ihre Mutter ihr den Grund, warum sie plötzlich so wichtig geworden war. Vor Jahren waren die beiden Lords übereingekommen, Coryn solle die Alton-Tochter mit dem stärksten *Laran* zur Frau bekommen. Elorie, die jüngste Alton-Tochter, war soeben getestet worden und hatte eine vielversprechende Begabung gezeigt, doch nicht im gleichen Ausmaß wie Allira. Jetzt wollten sie nicht länger warten, denn Dom Felix brannte darauf, daß sein Sohn Erben mit starkem *Laran* zeugte.

Allira fand das gräßlich. Obwohl die alten Zuchtprogramme aus dem Zeitalter des Chaos der Vergangenheit angehörten, fuhren viele Familien fort, Heiraten aufgrund der *Laran*-Kräfte abzusprechen. Vermutlich hatte jeder geglaubt, die Kinder, die aus Lord Altons *di catenas* geschlossener Ehe stammten, würden ein stärkeres *Laran* mitbekommen als die Tochter, die ihm eine der Kammerfrauen seiner Gattin geboren hatte. Jetzt würde sie, weil sie durch den Zufall der Vererbung das stärkste *Laran* besaß, entsprechend verheiratet werden. Man erwartete von ihr, daß sie ihre Pflicht gegenüber Sippe und Clan erfüllte und ihr *Laran* an Kinder für die Domäne ihres Gatten weitergab, ohne zu klagen.

Wie eine Zuchtstute, die zum Hengst geführt wird, dachte sie bitter.

Ihr Pferd blieb stehen. Das brachte Allira in die Gegenwart zurück, und sie hob den Kopf. Sie befanden sich auf einer kleinen Lichtung neben der Straße, und der Anführer der aus sechs Mann bestehenden Eskorte sagte, hier würden sie das Nachtlager aufschlagen. Allira sah zum Himmel auf und war ein bißchen überrascht, daß die blutrote Sonne schon so weit im Westen stand und der erste der vier Monde im Osten sichtbar war.

Die Gesellschafterin, eine ergrauende Frau in den Vierzigern, deren Name Margwenn war, lenkte ihr Pferd neben das Alliras. Das Mädchen wand sich innerlich, denn Margwenn war, ebenso wie die Männer der Eskorte, kopfblind. Nicht der leiseste Hauch von *Laran* fand sich unter ihnen. Das schuf Allira Unbehagen, denn sie war an die intensive mentale Verbundenheit des Turms gewöhnt. Ihr Vater wußte das, und Allira fragte sich, ob es eine Art von Strafe dafür sein sollte, daß sie seine Entscheidung in Frage gestellt hatte. Zumindest war es für jede ausgebildete *Leronis* eine Beleidigung, daß man ihr erstens eine Gefährtin verweigerte, die sie selbst aus dem Turm hätte auswählen können, und sie dann in diese Gruppe von Kopfblinden stieß.

»Entschuldigt, Margwenn«, sagte sie, als ihr bewußt wurde, daß die Frau etwas zu ihr gesagt hatte, »wie meintet Ihr?« Allira fand es schwierig, nur mit den Ohren zu hören.

»Ich sagte, Lady«, begann Margwenn höflich, aber offensichtlich verärgert, daß sie sich wiederholen mußte, »einer der Männer hat schon früher einmal hier gelagert und sagt, etwa zweihundert Schritte diesen Weg hinauf fließe ein seichter Bach.« Sie zeigte zwischen die Bäume hinein. »Wir könnten hingehen und uns erfrischen, während die Zelte aufgestellt werden.«

Allira stimmte zu, stieg ab, nahm Seife aus ihrer Satteltasche und folgte der älteren Frau. Am Wasser angekommen, zogen sie die Mäntel, die Stiefel und die dicken Strümpfe aus und legten sie auf einen großen Felsblock. Margwenn blieb am Rand des Baches und wusch sich diskret. Aber Allira öffnete ihre Unterjacke, schürzte die Röcke und watete in das eisige Wasser hinein. Sie löste auch ihren langen Zopf aus glänzendem, kupferfarbenem Haar, feuchtete es ein bißchen an und kämmte es mit den Fingern. Margwenns Gesichtsausdruck zeigte deutliche Mißbilligung, aber im Turm hatte Allira gelernt, kleinere Unbequemlichkeiten und unnötige Prüderie zu übersehen. Deshalb ignorierte sie die Frau.

Keine von beiden bemerkte die kleinen blauen, sternförmigen Blumen, die, überreif von Pollen, die Köpfe hängen ließen. Sie wuchsen ein Stückchen flußabwärts von der Stelle, wo sie badeten, wild am Ufer.

Obwohl sie von der Reise hätte erschöpft sein müssen, fand Allira keinen Schlaf. Schließlich stand sie auf und verließ leise das Zelt, das sie mit Margwenn teilte. Der Gardist, der Nachtwache hatte, stand mit dem Gesicht zur Straße, so daß sie ungesehen in den Wald schlüpfen konnte.

Vielleicht wird ein Spaziergang meinen Kopf klären und die Spannung lindern, die mich quält.

Es war spät, und alle vier Monde standen hoch am Himmel. Zwei waren nahezu voll und vergossen genug Licht, daß Allira deutlich sehen konnte und nicht stolperte. Sie fand die Stelle, wo sie am Abend gebadet hatten, und schlenderte flußabwärts. So vermied sie auf die einfachste Art, sich in dem unendlichen Wald zu verlaufen. Vor Räubern brauchte sie sich so weit innerhalb des Alton-Landes sicher nicht zu fürchten.

Die vielfarbigen Monde spiegelten sich in Regenbogenmustern im Wasser. Lächelnd wanderte Allira weiter am Bach entlang. Es war ungewöhnlich warm für Anfang Herbst. Die nächtliche Brise folgte ihr, süßer, berauschender Blütenduft hüllte sie ein und vermittelte ihr das Gefühl, sie könne die ganze Nacht laufen, ohne müde zu werden.

Vielleicht gehe ich zu Fuß nach Armida, dachte sie amüsiert. *Dann können die Gardisten sich den Kopf zerbrechen, wo ich bin, und Vater wird sich wundern, wo meine Eskorte abgeblieben ist.*

Von neuem umfächelte sie eine von Pollen trächtige Brise und führte sie weiter und weiter flußabwärts. Die im Mondlicht liegende Umgebung bekam ein nebelhaftes, traumartiges Aussehen. Alliras Seele öffnete sich mit einem schärferen Wahrnehmungsvermögen, als sie es je erlebt hatte. Der Wind war wie Musik, und sie drehte sich und tanzte um die Bäume. Und zum ersten Mal, seit sie nach Armida zurückbefohlen worden war, lachte Allira. Sie lachte und sang und tanzte.

Sie erlaubte ihren Gedanken zu wandern, frei dahinzutreiben, jedes lebende Ding um sie zu berühren. Die Blumen und Bäume, die schlafenden Vögel und die nachts umherstreifenden Tiere, sie berührten sie und umarmten die Essenz ihres Lebens, berührten . . . einen anderen Verstand! Nach der Einsamkeit des Tages in der Gesellschaft ihrer kopfblinden Eskorte wurde Allira überwältigt von der Sensation des herrlichen Rapports. Als ihre Gedanken sich verflochten und mischten, schmolzen die letzten Spuren ihres Kummers in dem liebenden Regen aus Gedanken, der sich bei dieser wundersamen Begegnung durch sie ergoß. Sie fühlte sich wieder ganz, die Leere füllte sich bis zum Überfluß. Später hätte sie nicht genau sagen können, wann ihre Körper sich fanden. Aber es war nur natürlich, daß sich auch das, was sterblich an ihnen war, vereinigte, nachdem sich ihre Gedanken, ihre Seelen bereits vereinigt hatten.

Stunden später erwachte Allira in seinen Armen. Der pollenbeladene Wind hatte sich gelegt, aber ihr tiefer Rapport war geblieben. Sanft berührte sie den Rand seines träumenden Geistes, liebkoste ihn, vorsichtig, um ihn nicht zu wecken. Sie betrachtete sein blasses, schmales Gesicht, strich leicht über sein feines, langes weißes Haar.

Er war ein *Chieri* – gehörte dieser ältesten von allen darkovanischen Rassen an. Äonen vor den Menschen hatten die *Chieri* in der Welt gelebt und sich schon vor langer Zeit in die tieferen Wälder zurückgezogen. Heutzutage waren sie eher Mythos und Legende als Wirklichkeit, so selten kam es vor, daß ein Mensch einen *Chieri* sah. Aber von der Valeron-Ebene bis nach Nevarsin zollten Lieder und Geschichten dem schönen Volk Tribut. Die *Chieri* wurden als weise verehrt, und sie waren die höchstentwickelten Telepathen der ganzen Welt. Es hieß, sie seien es gewesen, die den Menschen die Sternensteine gaben und sie die Grundlagen der Matrix-Technologie lehrten. Die frühe menschliche Geschichte berichtete von einer Koexistenz mit den *Chieri*, und viele darkovanische Familien trugen immer noch die Merkmale von *Chieri*-Blut – farblos graue Augen, sechsfingrige Hände und unglaublich lange Lebensspannen.

Er erwachte und lächelte sie strahlend an. Sie erwiderte sein Lächeln, und gleichzeitig überkam beide die traurige Gewißheit, daß sie sich aller Wahrscheinlichkeit nach niemals mehr wiedersehen würden. Er konnte nicht in ihrer Welt leben, und sie konnte ihm nicht in die seine folgen. Aber ein Teil von ihm würde mit der Erinnerung an diese Nacht immer bei ihr sein.

Plötzlich verschwamm das Bild vor ihren Augen, und das *Laran*, das manchmal ein Fluch war, zeigte ihr ungebeten ein anderes, eine Möglichkeit der Zukunft. Sie sah sich selbst in einem fremden Zimmer auf einem Bett liegen, umgeben von Frauen, einige von ihnen in Hosen (was ihr sehr merkwürdig vorkam, da sie bis dahin noch nie eine Frau in Hosen gesehen hatte). Sie sprachen ihr Mut und Trost zu, denn ihr Körper wurde von qualvollen Geburtswehen geschüttelt. Die Vision verblaßte, und von neuem sah sie in das schöne Gesicht ihres *Chieri*-Liebhabers.

Wird es dir Schwierigkeiten bei deinem Vater machen, daß du ein Kind trägst? Oder bei deinem Verlobten?

Wahrscheinlich, aber ich werde schon damit fertig. Ich werde meine Tochter zu schützen wissen. Sie zog ihre Gedanken ein bißchen zurück und versenkte sich tief in ihr Inneres, um die Zellteilungen, aus denen ihre Tochter entstehen sollte, zu überwachen. Die Geschwindigkeit der Entwicklung erfüllte sie mit Ehrfurcht. Dann wandte sie sich wieder ihm zu.

Du darfst dich nicht zu einer Heirat zwingen lassen, die du nicht wünschst. Unsere Rasse hat vor langer Zeit gelernt, daß jedes Einzelwesen Wert besitzt und daß ihm das Recht zusteht, sein Geschick selbst zu wählen. Irgendwann wird deine Rasse das auch entdecken.

Vielleicht, nur muß ich in der Gegenwart leben. Doch ganz gleich, was geschieht, die Erinnerung an dich wird mir mein ganzes Leben lang Freude spenden. Und wenn sie alt genug ist zu verstehen, werde ich diese Erinnerung mit ihr teilen, und sie wird ihren Vater kennenlernen.

Sanft berührte er ihr Gesicht mit den Fingerspitzen. Das war sein Lebewohl.

Meine Gedanken werden immer innerhalb deiner Reichweite sein.

Sie sah das anmutige Wesen in den dichten Wald gehen und wandte sich zögernd ab, als es ihr aus den Augen verschwand.

Allira kehrte zum Ufer des Baches zurück und folgte seinem Lauf bis zum Lager. Erst jetzt merkte sie, wie weit sie gewandert war. Nichts in der Umgebung kam ihr bekannt vor. Ihre Gedanken voraussehend, entdeckte sie, daß sie mindestens eine Stunde würde laufen müssen. Sie blickte nach oben. Am Nachthimmel stand nur noch die große violette Scheibe Liriels, und im Osten zeigte sich ganz schwach das Licht des Morgens. Sie schaffte es nicht mehr, ins Lager zurückzukehren, bevor Margwenn erwachte und sie vermißte. Nun gut, warum sollte sie sich über das Unvermeidliche schon eine Stunde, bevor es eintrat, Sorgen machen! Sollte das Schicksal seinen Lauf nehmen; sie würde jetzt ihren Morgenspaziergang genießen.

Unterwegs dachte Allira über die letzten paar Tage nach. Wie töricht hatte sie sich doch benommen! Sie hatte zugelassen, daß ihre Emotionen sie überwältigten. Zwar war sie keine Bewahrerin, die ihre Emotionen vollständig unterdrücken mußte, aber sie wäre durchaus zu mehr Selbstbeherrschung fähig gewesen. Es war jämmerlich, sich dem Selbstmitleid hinzugeben, und bei einer *Leronis* war es nicht zu entschuldigen. Ob *nedestro* oder nicht, sie war eine Frau aus Comyn-Blut, im Turm ausgebildet, und es war Zeit, daß sie anfing, sich wie eine solche zu benehmen.

Als sie sich der Stelle näherte, wo sie und Margwenn sich am Tag zuvor gewaschen hatten, bemerkte sie zum ersten Mal die blauen, sternförmigen Wildblumen, und da mußte sie lachen.

Kireseth! Kein Wunder! Das erklärt die Seltsamkeit der vergangenen Nacht und meine weite Wanderung, und es erklärt auch, warum der Chieri nicht widerstehen konnte.

Kireseth ist eine Blume, so alt wie die Welt selbst, ihr Pollen ein

Halluzinogen und Aphrodisiakum, das sogar die stärksten mentalen Barrieren einer Bewahrerin einreißen kann. Der von Pollen trächtige Wind der letzten Nacht war ein Geisterwind gewesen, so genannt, weil Wesen, die von ihm erfaßt werden, alle Hemmungen verlieren. Sollte er nur flußabwärts geweht haben, wie Allira vermutete, hatten ihre Begleiter gar nichts davon gemerkt. Immer noch leise vor sich hin lachend, näherte Allira sich dem Lager.

Sie spürte Panik. Die Gardisten und Margwenn suchten verzweifelt nach ihr. Natürlich waren sie weniger um die Sicherheit ihrer Schutzbefohlenen besorgt als um ihre eigene, wenn sie ohne Allira zu Lord Alton zurückkehrten. Als ein Mann sie entdeckte und es den anderen zurief, war ihnen die Erleichterung deutlich anzumerken.

»Lady Allira!« rief Margwenn aus, kam herbeigerannt und musterte sie scharf. »Was haben wir uns um Euch geängstigt! Wo seid Ihr gewesen?«

Margwenns strenger Ton reizte Allira. Diese Frau wagte es, sie vor anderen zu schelten wie ein ungezogenes Kind!

»Ich habe einen Spaziergang am Bach gemacht«, erwiderte Allira in ihrem kältesten Ton. »Da ich allein zu sein wünschte, sah ich keine Notwendigkeit, Euch aufzuwecken.«

Der eisige Blick, den sie auf Margwenn richtete, tat die gewünschte Wirkung.

Allira ging weiter zu den Zelten und dachte, wie dumm das Ganze sei. Wenn einer von ihnen *Laran* besäße, hätten sie gewußt, daß ihr keine Gefahr drohte. Aber in dem Fall wäre sie wahrscheinlich gar nicht erst weggegangen.

Und dann hätte die letzte Nacht nicht stattgefunden, dachte sie weiter. Sie legte die Hand auf den Bauch und war letzten Endes doch froh, daß ihre Begleiter keine Telepathen waren.

Aber an diesem Abend kam Armida in Sicht, und es wurde Allira bang ums Herz. Sie war in diesem schloßähnlichen Haus der Alton-Domäne aufgewachsen, und trotzdem betrachtete sie es nicht als Heimat. Ihre Heimat lag jetzt zwei Tagesritte hinter ihr. Ihr kam es vor, als tropften die scharlachroten Strahlen der untergehenden Sonne wie Blut über die Steine des massigen Bauwerks. Dort lagerte es wie ein wildes Tier, das das Leben von ihren Träumen reißen, das sie packen und verschlingen wollte . . .

Nein!

Allira schloß nicht nur die geistigen, sondern auch die körperlichen Augen vor der von ihrer Angst heraufbeschworenen Vision und gewann entschlossen die Kontrolle zurück. Dann öffnete sie die Augen wieder und sah nichts als ein großes Herrenhaus, gebadet in den Farben eines darkovanischen Sonnenuntergangs.

Sie seufzte. Wovor fürchtete sie sich? Vor ihrem Vater? Bestimmt würde er über ihre Schwangerschaft nicht erfreut sein. Sie wußte nichts über Coryn Ardais. Ob er eine Frau heiraten wollte, die das Kind eines anderen Mannes trug, auch wenn es ein *Chieri*-Kind war? Und sie konnte nicht so unehrenhaft sein, daß sie Coryn einzureden versuchte, es sei von ihm. Nein, sie würde ihm die Wahrheit sagen, denn die erfuhren sie alle sowieso, falls sie überwacht wurde oder das Neugeborene seinem wirklichen Vater ähnlich sah.

Nun, die Welt geht, wie sie will. Gnädige Avarra, gib mir die Kraft, es zu ertragen, betete sie. Schon ritten sie durch das Haupttor von Armida.

Allira stand auf dem Balkon der Suite, die sie mit ihrer Mutter teilte, und beobachtete die näher kommende große Gruppe von Reitern. Sie trugen die Ardais-Farben, und sie führten das Banner dieser Domäne mit sich. Ein ihr wohlbekannter Krampf befiel ihren Magen, aber sie bezwang ihn schnell – sie würde sich nicht wieder von Panik überwältigen lassen. Den Luxus, darüber zu grübeln, was hätte sein können, konnte sie sich nicht leisten. Mit Träumen und Wünschen ließ sich ihr Schicksal nicht abwenden; sie mußte sich ihm stellen.

Heute abend würde sie bei dem offiziellen Empfang ihren künftigen Gatten kennenlernen, und drei Tage später sollte die Verlobungszeremonie stattfinden. Das blieb ihr an Zeit, um festzustellen, was für ein Mann Coryn Ardais war, bevor sie ihn über ihre Schwangerschaft unterrichtete.

Sie spürte, daß jemand hinter ihr war, und drehte sich um, gerade als ihre Mutter den Balkon erreichte.

Ysabet Syrtis näherte sich ihrem fünfzigsten Jahr, doch sie sah absolut nicht so aus. Sie hatte sich die Figur und den glatten Teint einer halb so alten Frau bewahrt, und nur die Spuren von Grau in ihrem fest geflochtenen, kastanienbraunen Haar straften die Illusion Lügen. Ysabet war eine sanfte Frau von ruhigem Benehmen, und das Wiedersehen mit ihr war die einzige Freude, die die Rückkehr nach Armida für Allira mit sich brachte.

»Mußt du dich so verbarrikadieren, Allira, sogar vor mir? In unseren eigenen Räumen kannst du dich sicher entspannen.«

Ihre Mutter hatte recht, und es strengte sie sehr an, die feste Abschirmung aufrechtzuerhalten, damit niemand von ihrem Kind erfuhr. Allira lockerte einige der Barrieren und zog ihre Mutter in einen leichten Rapport.

»Die Ardais-Gesellschaft trifft gerade ein«, sagte Ysabet mit einem Blick zum Balkon. »Hast du dich entschieden, was du tun willst?«

»Noch nicht ganz. Ich muß es ihnen sagen, aber ich würde gern erst mehr über Coryn herausfinden. Vor allem macht es mir Sorge, wie Vater reagieren wird.«

Ysabet seufzte. »Erfreut wird er nicht sein. Vielleicht rechnet er nicht damit, du könntest noch Jungfrau sein – aber schwanger? Ich kenne Coryn nicht. Zwar habe ich ihn zweimal gesehen, aber nur kurz. Larissa war für zwei Jahre als Pflegetochter in Ardais; vielleicht kann sie dir mehr erzählen.«

Allira drehte sich um und beugte sich über das Balkongeländer. Die Reiter verschwanden innerhalb der Mauern Armidas außer Sicht.

»Ich habe Larissa seit meiner Rückkehr noch nicht gesehen, obwohl ich richtig nach ihr gesucht habe. Merkwürdig, es macht den Eindruck, als gehe sie mir aus dem Weg. Ich hatte erwartet, sie werde nach Neskaya kommen. Warum ist sie nicht hingeschickt worden?«

Ysabet zuckte die Schultern.

»Ich weiß nur, daß sie den grundlegenden Unterricht hier von Domna Valaena bekommen hat. Vielleicht glaubt man, ihr *Laran* rechtfertige es nicht, sie in einen Turm zu schicken. Es war schon schwierig, das für dich durchzusetzen.«

»Warum?« Wie konnte es schwierig sein, jemanden, der mit *Laran* begabt war, in einen Turm zu schicken? Allira hatte immer geglaubt, so sei es der Brauch.

»Mikhail verabscheut die Türme, Allira. Er wollte, daß sie aufgelöst würden, er versuchte sogar, Varzil zu überreden, das zu einem Bestandteil des Vertrages zu machen. Du mußt verstehen, seine erste Frau starb an der Fehlgeburt ihres Sohns, vergiftet von Knochenwasserstaub. Dann, ein Jahr später, erlebte er im Geist mit, wie sein jüngerer Bruder in Hali verbrannte. Ich glaube, darum weigert er sich . . .« Ysabet brach abrupt ab, doch nicht, bevor Allira einen Fetzen davon hatte auffangen können, was ungesagt geblieben war, und erkannte, daß es sie betraf.

»Warum hat er was verboten, Mutter? Was verschweigst du mir?«

Ysabet wandte sich ab. Sie fühlte sich in die Enge gedrängt, aber sie konnte ihre Tochter nicht belügen. Ein Telepath kommt mit so etwas einfach nicht durch. Und vielleicht war es an der Zeit, daß Allira es erfuhr. Bestimmt hatte sie ein Recht darauf. Ysabet drehte sich wieder um und sah Allira offen ins Gesicht.

»Er hat verboten, dich als Bewahrerin für Neskaya auszubilden.«

»Was? Warum hat man mir das nicht gesagt? Caillean hat es doch sicher gewußt!«

»Ja, Domna Caillean wußte es, aber sie konnte es dir nicht

sagen. Bitte, hör mir zu, Allira.« Ysabet spürte das wachsende Mißtrauen ihrer Tochter. »Als Valaena zu Lord Alton mit der Nachricht kam, du solltest als Bewahrerin ausgebildet werden, verbot er es. Sie berichtete es Caillean, und darauf kam Caillean persönlich aus dem Turm her und setzte sich für dich ein. Immer noch wollte er nichts davon hören. Er macht die Türme und alle Bewahrer dafür verantwortlich, was seiner Frau und seinem Bruder zugestoßen ist. Unter diesen Umständen brauchte Caillean schon ihre ganze Überredungskraft – sie hielt ihm vor Augen, du würdest ohne Ausbildung in einem Turm zur Gefahr für dich selbst und alle Menschen deiner Umgebung werden –, damit du diese drei Jahre bewilligt bekamst. Dafür verlangte er ihr Wort, daß sie dir während deines Aufenthalts in Neskaya niemals enthülle, welche Möglichkeiten in dir steckten.«

»Und wo war ich, während das alles entschieden wurde?«

»Dem Tode nahe von der Schwellenkrankheit.«

»Ich hätte nicht wegzugehen brauchen«, flüsterte sie. Ihre Bitterkeit fuhr wie ein Messer durch ihren Rapport, so daß ihre Mutter zusammenzuckte. Allira unterdrückte das Gefühl mit Mühe.

»Du kannst nichts anderes tun, Allira, als die Dinge hinzunehmen, wie sie sind. Er ist dein Lord ebenso wie dein Vater, und das läßt sich nicht ändern.«

»Wenn ich Bewahrerin wäre, brauchte ich mich nur vor meinem eigenen Gewissen zu verantworten«, fuhr sie auf. »Ich hätte keinen Lord über mir!«

Allira wandte sich ab, schloß die Barrieren, trennte schmerzhaft den Rapport mit ihrer Mutter. Sie war zu aufgebracht, zu verletzt. Wer das *Laran* der Alton-Familie besaß, konnte mit einem zornigen Gedanken töten. Eine Barriere war das sicherste, bis sie sich mit Hilfe der von Caillean erlernten Techniken wieder beruhigt hatte. Aber konnte sie jemals wieder ruhig werden mit dem Wissen, daß ihr diese ganze Quälerei hätte erspart bleiben können, mit dem Wissen, daß sie eine *Bewahrerin* hätte werden können?

Die große Halle von Armida war festlich dekoriert für den Empfang der Ardais-Sippe. Allira war gesagt worden, für das Verlobungsbankett werde sie noch üppiger geschmückt werden, doch wenn sie sich jetzt umsah, konnte sie das kaum glauben.

Gabriella, die Lady von Alton, hatte von ihren Näherinnen Kleider für Allira machen lassen. Heute abend trug sie ein eng anliegendes Gewand aus hellblauem Satin mit einer Samtschürze in einem tieferen Blau. Die Ärmelbündchen und der tiefe Ausschnitt waren kunstvoll bestickt und der Saum mit Pelz besetzt. Ihr Haar war geflochten und aufgesteckt. Eine schöne Kupferspange, ein Geschenk, das ihre zukünftige Schwiegermutter geschickt hatte, hielt es im Nacken zusammen. An die losen, bequemen Gewänder des Turms gewöhnt, kam Allira sich vor wie eins der Wandornamente – oder eine Puppe, aufgeputzt und zur Schau gestellt.

Ihre Mutter, ähnlich gekleidet in ihr eigenes bestes Festgewand, trat am Kopf der Treppe zu ihr. Allira seufzte. Sie hatte nach diesem Morgen mehrere Stunden streng kontrollierter Meditation gebraucht, um ihre Feindseligkeit zu dämpfen. Schließlich hatte sie die unausweichliche Situation akzeptiert. Aber sie würde ihren Vater nie wieder auf die gleiche Art ansehen können. Früher hatte sie sich ihm immer unterlegen gefühlt. Frauen stehen auf Darkover in keinem hohen Ansehen, sie haben nur wenige und eng begrenzte Rechte. Die einzigen Frauen, die in Status und Rang gleichberechtigt neben den Lords der Domänen stehen, sind die Bewahrerinnen der Türme, und sie hätte eine von ihnen werden können. Es hatte nur noch ein bißchen mehr Ausbildung gefehlt. Sie selbst wäre Allira Syrtis von Armida geblieben, die *Nedestro*-Tochter von Dom Mikhail. Nur ihr *Laran*-Training hätte sich geändert, wäre rigoroser, intensiver geworden. Sie war diesem Mann, der sie gezeugt hatte, *nicht* unterlegen. Jetzt fühlte sie es in ihrem Inneren, daß sie mit ihm auf einer Stufe stand, auch wenn das Gesetz etwas anderes sagte. Höflichkeit und Brauch mochten verlangen, daß sie sich anders verhielt, aber sie würde es immer wissen. Und irgendwie gab ihr dieses neugefundene Selbstbewußtsein den Mut, dem Leben, das sie nicht für sich gewählt hatte, ins Gesicht zu sehen.

Die Augen schließend, überprüfte Allira sorgfältig die mentalen Barrieren, die die Information über ihr Kind bewachten. Dann sah sie zu ihrer Mutter hinüber, die ermutigend lächelte. Allira gab das Lächeln zurück, und die beiden stiegen Hand in Hand die Treppe hinunter. Unten blieben sie wartend stehen, bis Dom Mikhail und Domna Gabriella sie abholten.

Mikhail Alton wirkte wie ein dunkler, imposanter Mann, obwohl das mehr an seinem Auftreten als an seiner Statur lag. In Wirklichkeit war er schmächtig gebaut und hatte ziemlich helles Haar, aber er war der Lord von Alton, und das zeigte sich in jeder Bewegung, die er machte. Mit Ende Fünfzig betrug er sich auf eine Weise, die die Erfahrung seiner Jahre widerspiegelte und Respekt verlangte.

Lady Gabriella stellte einen solchen Gegensatz zu ihrem Mann dar, daß man sich fragte, wie sie zueinandergefunden haben mochten. Sie war eine kleine Frau mit ruhigen, schüchternen Manieren und mindestens zwanzig Jahre jünger als er. Sie hatte leuchtend grüne Augen und glänzendes rotgoldenes Haar.

Dom Mikhail und Lady Gabriella führten Allira und ihre Mutter da hin, wo die Ardais-Familie stand und den geringeren Adel der Alton-Domäne begrüßte, der zum Bankett eingeladen worden war. Zuerst wurden sie, wie es die Höflichkeit verlangte, dem Lord und der Lady von Ardais, Dom Felix und Domna Deonara, vorgestellt. Allira hielt einen Teil ihres Geistes offen, um diskret soviel wie möglich über ihre zukünftige Familie zu erkunden. Lady Deonara empfing sie mit einem Lächeln und umarmte sie als Verwandte. Allira spürte Freundlichkeit, aber sie spürte auch, daß die äußerliche Freundlichkeit, wenn auch nicht unecht, so doch mehr eine Sache des anerzogenen guten Benehmens als des Herzens war.

Von Lord Felix gewann Allira einen völlig anderen Eindruck.

Seine Umarmung war kräftiger, und er hielt sie ein bißchen fester und länger an sich gedrückt, als Allira es für schicklich hielt. Es gingen Gerüchte, er sei ein geiler alter Bock, den es nach allem gelüstete, was Röcke trug, und seine Oberflächengedanken bestätigten diese Gerüchte. Allira spürte außerdem arrogante Macht, was normal für einen Domänenlord war, und . . . und . . . etwas, das sie nicht ganz unterbringen konnte. Dann küßte er sie leicht auf beide Wangen und gab sie frei, und das Gefühl war fort, als sei es ihr wie Wasser durch die Finger geronnen, verschwunden so rasch wie ein Traum. Sie versuchte immer noch, das letzte Bruchstück festzuhalten und zu verstehen, als sie sich vor Coryn wiederfand.

Er sah gewiß gut aus, der ihr versprochene Mann. Groß nach darkovanischen Begriffen. Hellblaue Augen strahlten aus einem kantigen, lebhaften Gesicht, und dichtes, lockiges rotes Haar krönte eine glatte Stirn. Er war höchstens zehn Jahre älter als sie. Trotz seiner schönen Züge machte Allira sich darauf gefaßt, in Coryn ungefähr das gleiche zu lesen wie in seinem Vater. Zu ihrer Überraschung stellte sie nur den distanzierten, traurig resignierten Wunsch fest, die ihm auferlegte Pflicht zu erfüllen. Es dämmerte Allira, daß Coryn diese Heirat vielleicht ebensowenig wollte wie sie. Deshalb drängte sie in der Hoffnung, den Grund zu erfahren, nach ein bißchen mehr Kontakt. Coryn verschloß sich jedoch der mentalen Berührung, so daß ihre Frage unbeantwortet blieb.

Allira nahm zusammen mit Larissa und der kleinen Elorie, Lord Altons beiden legitimen Töchtern, Ysabet und zwei weiteren älteren Kammerfrauen von Lady Gabriella ihren Platz am Tisch ein.

Von neuem wunderte sie sich, daß Larissa, die vor ihrer Abreise nach Neskaya ihre engste Freundin gewesen war, ihr auswich. Sie war nur ein Jahr jünger als Allira, und die beiden waren zusammen aufgewachsen und unterrichtet worden. Allira dachte, vielleicht werde sie heute abend Erfolg damit haben, ihre

Freundschaft zu erneuern. Sie sah zu Larissa hinüber und lächelte. Es war ein Schock für sie, daß Larissa ihr einen Blick voller Haß zurückgab.

Was kann ich nur getan haben, um sie so zu beleidigen? fragte sich Allira.

Am Haupttisch, wo die Lords mit ihren Ehefrauen und ältesten Söhnen saßen, entdeckte sie Marius Alton. Damals vor siebzehn Sommern, als Lady Gabriella mit ihm schwanger war, hatte der Lord Alliras Mutter in sein Bett geholt.

Er ist Erbe dieser Domäne, dachte Allira, *und man wird ihn wenig besser behandeln als mich. Man wird ihn zum Besten der Domäne verheiraten. Nun ja, er mag bei der Wahl seiner Frau ein Mitspracherecht haben. Das haben Frauen nur selten.*

Nach einem Festschmaus aus gebratenem Chervine und gekochtem Rabbithorn, dazu alle vorstellbaren Arten exotischer Beilagen und Süßigkeiten, wurden die Tische abgeräumt und an die Wände der Halle gerückt. Diener deckten einige von neuem mit kandierten Früchten, dem milden Shallan-Punsch und Kannen mit stärkerem Wein. Allira konnte sich nicht vorstellen, daß irgend jemand noch Platz in seinem Magen oder gar Kraft zum Tanzen habe, denn sie war vollgestopft und war es zufrieden zu sitzen.

Eine Weile würde jetzt erst nach Geschlechtern getrennt getanzt werden. Deshalb faßte Allira den Entschluß, Larissa zu fragen, was los sei mit ihr. Ihre Halbschwester stand allein auf der anderen Seite des Raums, nahe dem Eingang zu einer der langen Galerien. Als Allira sich ihr näherte, machte sich Larissa eifrig mit einer nicht vorhandenen Knitterfalte an ihrem Kleid zu schaffen. Allira schickte ihre Gedanken fragend hinaus und berührte einen kaum abgeschirmten Aufruhr an Gefühlen – Zorn, Traurigkeit, Verzweiflung, wieder Zorn. Schließlich hob das Mädchen den Kopf und maß Allira mit einem wilden Blick.

Warum bist du nicht im Turm geblieben? Warum mußtest du zurückkommen und alles kaputtmachen? Warum?

Dann wich der Zorn dem unermeßlichen Kummer, der seine Quelle war. Larissa wandte sich ab und rannte die Galerie hinunter.

Einen Augenblick blieb Allira wie gelähmt stehen. Sie sah sich um, ob jemand Zeuge des Gedankenaustauschs gewesen war, aber Larissas Ausbruch war nur auf Allira gerichtet gewesen. Sie folgte ihr und fand sie am Fenster ganz hinten in der Galerie. Larissa hatte sich auf eine Bank geworfen und schluchzte hemmungslos. Aus ihren Gedanken fing Allira eine Erinnerung auf:

Der letzte Mitsommerabend, Larissa und Coryn im Garten von Burg Ardais. Larissa war zwei Jahre lang als Pflegetochter von Lady Deonora dort gewesen. Sie und Coryn hatten sich ineinander verliebt. Und an diesem Abend, inmitten der Blumen des Gartens, hatte ihre Liebe die Erfüllung gefunden, und sie hatten sich einander angelobt. Coryn wollte zu Mittwinter, wenn Larissa dem Gesetz nach heiratsfähig wurde, bei Lord Alton um ihre Hand anhalten.

Allira stand bewegungslos da, und die Heftigkeit von Larissas Schmerz hallte in ihrer Seele wider. Sie war zu beschäftigt mit ihren eigenen Problemen gewesen, um zu erkennen, daß diese ungewünschte Heirat nicht nur ihr eigenes Leben betraf. Wie hatte sie so selbstsüchtig sein können?

Das entfachte den Zorn auf ihren Vater von neuem, und er loderte ebenso hoch und heftig auf wie heute morgen. Wie konnte er das seiner eigenen Tochter antun? Seinem Lieblingskind? Sicher wußte er, daß Larissa und Coryn sich liebten. Wäre es ein solches Verbrechen gegen seine Ehre gewesen, seine Vereinbarung mit Dom Felix der neuen Situation anzupassen?

Zandru verdamme ihn zu seiner kältesten Hölle! Wie kann er so beiläufig drei Leben vernichten! Nicht einmal ein Lord dürfte dazu das Recht haben!

Larissa hob den Kopf, ernüchtert von der Heftigkeit des Zorns in Alliras Seele.

»Es tut mir leid«, sagte sie leise. »Ich hätte dir nicht die Schuld geben dürfen, ich weiß, es war nicht deine Wahl. Ich hatte nur gehofft . . . gehofft, es würde dir gelingen, im Turm zu bleiben und dich zu weigern. Als Domna Valaena mich testete und sagte, mein *Laran* mache mich geeignet zur Heilerin, zu mehr aber nicht, dachte ich mir gar nichts dabei. Ich wollte ja gar nicht in einen Turm, deshalb meinte ich, es komme nicht darauf an. Dann lernte ich Coryn kennen« – sie lächelte sehnsüchtig – »und alles andere wurde unwichtig. Wir waren so sicher, wir wußten nichts von . . .« Ihre Stimme erstarb, als sie gegen einen neuen Tränenausbruch ankämpfte. »Als unsere Väter es uns abschlugen, konnten wir es nicht glauben. Mutter versuchte, ihm gut zuzureden, aber er wollte nicht zuhören.«

Alliras Zorn schmolz angesichts Larissas Kummer. Sie umarmte das Mädchen, das wieder zu weinen begann.

»Nicht doch, *Breda*«, beschwichtigte Allira sie. »Wir werden uns etwas einfallen lassen. Du bist meine geschworene Schwester, ich würde es nicht wagen, dir auf den Saum deines Gewandes zu treten. Ich schwöre dir, ich werde dir den Mann, den du liebst, nicht nehmen!«

Am nächsten Morgen arrangierte Allira eine Privataudienz bei ihrem Vater. Auf das Schlimmste gefaßt, bat sie Larissa, vor der Tür von Lord Altons Arbeitszimmer einen telepathischen Dämpfer aufzustellen, sobald sie hineingegangen sei. Sie sagte Larissa, sie wolle die Unterredung geheimhalten, aber Larissa hatte den Verdacht, daß das nur ein Teil der Wahrheit war – der Zorn *eines* Alton war schlimm genug, aber ein Alton gegen einen Alton konnte für jeden Telepathen in Armida gefährlich werden.

Allira hatte aus Neskaya eine ihrer Techniker-Roben mitgenommen, weil sie so bequem war. An diesem Morgen trug sie sie, um ihrem Vater damit klarzumachen, wer sie war – und wer sie hätte sein können.

Vor der Tür des Arbeitszimmers holte Allira tief Atem, um sich zu beruhigen und ihre Nerven zu stählen. Dann klopfte sie und trat auf seine Aufforderung hin ein. Mit Erleichterung stellte sie fest, daß sie tatsächlich allein waren und keiner der Hausdiener sich im Raum zu schaffen machte.

Mikhail blickte von seiner Arbeit hoch. Er reagierte erst überrascht, dann verärgert, als Allira ihn mit geradem Blick ansah, statt die Augen respektvoll zu senken, wie man es Frauen beibrachte. Dann las er den festen Entschluß hinter der unverschämten Geste.

»Was gibt es, Allira?« fragte er, an der Oberfläche ruhig.

»Ich wollte mit dir über die Heirat sprechen, die du für Coryn und mich vereinbart hast.«

»Darüber gibt es nichts zu sprechen.«

»Doch. Ist dir klar, daß Coryn mich gar nicht heiraten will? Er liebt Larissa und sie ihn. Diese beiden sollten heiraten.«

»Was hat Liebe damit zu tun? Dein *Laran* ist stärker. Unser Abkommen . . .«

»Verdammt sei euer Abkommen!« unterbrach sie ihn. »Ihr behandelt uns wie unvernünftige Chervines, die auf Ausdauer oder zartes Fleisch gezüchtet werden. Wir sind keine Tiere, Vater! Du ruinierst drei Leben mit deinem verfluchten Abkommen. Ist dir das völlig gleichgültig?«

Ihre Leidenschaftlichkeit machte Lord Alton sprachlos. Auf einen solchen Ausbruch bei einer Frau, irgendeiner Frau, ganz zu schweigen von seiner sechzehnjährigen *Nedestro*-Tochter, war er nicht vorbereitet gewesen.

Er sah im Zorn seine einzige Verteidigung. »Schweig!« befahl er. Er benutzte dazu die zwingende, vom *Laran* getragene *Kommandostimme* und bekam einen Schock, als sie keine Wirkung auf Allira hatte.

»Nein, Vater«, antwortete sie ruhig. »Du hast mein Leben lange genug kontrolliert. Ich hätte Bewahrerin werden können, doch du hast es mir eines Vorurteils wegen verwehrt. Ich hätte weiter als Technikerin im Turm arbeiten können, dort brauchte man mich, aber auch das hast du mir verwehrt. Jetzt werde ich *dir* etwas verwehren. Ich lasse mich nicht zu dem Werkzeug machen, das das Glück meiner Schwester vernichtet.« Sie benutzte das Wort *Breda*, geschworene Schwester, das eine engere Verbindung als Blutsverwandtschaft bedeutet. »Du wünschst diese Heirat, um starkes *Laran* in unsere Familien hineinzuzüchten, aber ich schwöre dir, und Evanda und Avarra sind meine Zeuginnen, daß ich dem Ardais-Haus keine Kinder gebären werde. Wenn ich dazu meine eigene Fruchtbarkeit zerstören muß, werde ich es tun.«

Mikhail erhob sich drohend von seinem Stuhl. »Du wagst es, mir Bedingungen zu stellen?«

»Welche andere Wahl habe ich? Du hörst nicht auf vernünftige Gründe, deshalb will ich unvernünftig sein.«

Er machte eine Bewegung, als wollte er sie schlagen, traf jedoch von neuem auf ihren festen Blick, der ihm die Entschlußfähigkeit raubte.

Allira ergriff die Gelegenheit, auf ihn zu projizieren, wie sehr Larissa litt und wie tief ihre Liebe zu Coryn war. Dann erinnerte sie ihn an Larissas Kindheit. Das strahlende, glückliche Mädchen, das seine Freude gewesen war, ihre besondere Beziehung, von Allira mit Neid betrachtet. Hatte er vergessen, wie sehr er sie geliebt hatte? Als sie zu ihren Pflegeeltern zog, hatte er sie schmerzlich vermißt, er hatte sich in ihrer Abwesenheit, um sich zu betäuben, in die Angelegenheiten der Domäne gestürzt. Bei ihrer Rückkehr hatte er kaum mit ihr gesprochen.

»Ich bin *nedestro* und unwichtig, aber Larissa ist dein eigen, und du hast sie einmal geliebt. Wie kannst du sie jetzt so verletzen?«

Mikhail setzte sich wieder, erschüttert von diesen Enthüllungen. Er hatte Larissa geliebt, er liebte sie immer noch. Marius war sein Erbe und irgendwie abgesondert, er war immer zur Unabhängigkeit erzogen worden, und Elorie war Gabriellas Baby. Aber Larissa, sie war sein eigen gewesen. Von dem Augenblick an, als sie laufen konnte, war sie ihm überallhin gefolgt, hatte ihn bedingungslos geliebt und bewundert. Sie hatte ihn nie absichtlich verletzt. Jetzt verletzte er sie, fügte ihr eine Wunde zu, die vielleicht niemals mehr heilte. Bestimmt würde sie ihn hassen. Doch welche Wahl hatte er?

»Ich kann mein Dom Felix gegebenes Wort nicht brechen, Allira. Jetzt wünschte ich, es könnte anders sein, aber ich kann nichts machen.«

»Wenn du es könntest, würdest du dann ihre Heirat erlauben?«

»Ich schwöre dir, wenn es einen Weg gäbe, dies alles zu ändern, würde ich ihn gehen, aber es ist zu spät. Es tut mir leid, ehrlich.«

Allira nickte. »Das habe ich mir gedacht.« Damit verließ sie das Arbeitszimmer.

Allira war in ihrem Zimmer und packte zwei kleine Reisetaschen so umsichtig wie möglich. Ihre Mutter sah ihr zu. Sie machte sich Sorgen, war aber nicht fähig, das auszudrücken. Allira verstand das, und sie wußte auch, daß sie nicht anders konnte.

»Du weißt, es ist die einzige Möglichkeit, Mutter. Ich kann nicht hierbleiben. Auf diese Weise wird Vater frei von seinem Versprechen, ohne daß es ihm Unehre macht. Sorge dafür, daß mein Brief morgen früh von einem Diener gefunden wird. Er berichtet ihm von meiner Schwangerschaft und stellt es so hin, als sei ich aus Scham geflohen, weil ich Coryn keine Schande machen möchte. Es ist keine Lüge. Ihn zu heiraten, obwohl er eine andere liebt, wäre eine große Schande. Sag zu Vater: ›Denk an dein Versprechen‹. Er wird Larissa und Coryn erlauben zu heiraten. Ich bin überzeugt, daß auch Coryn es mit Nachdruck als die einzige ehrenhafte Alternative bezeichnen wird.«

»Aber wohin willst du gehen? Eine Frau kann nicht allein reisen, und noch dazu im Dunkel der Nacht!«

Allira lachte leise.

»Ich bin eine *Leronis*, Mutter, mit der Macht einer Bewahrerin. Ich bin besser beschützt, als wenn ich ein Schwert trüge. Aber du hast recht, eine Frau ohne Begleitung ist verdächtig. Deshalb habe ich mir ein paar von Marius' alten Sachen zum Anziehen genommen und werde mein Haar unter einer Mütze verbergen. Ich bin nicht groß; wenn ich einen leichten Zauber um mich werfe, werde ich auf die meisten Leute wirken wie ein Junge, der im Auftrag seines Herrn unterwegs ist. Außerdem habe ich vor, mich an die weniger benutzten Straßen zu halten. Es wird schon alles gutgehen. Ich bin mir noch nicht sicher, wohin ich mich wenden soll, wahrscheinlich nach Süden. Ich könnte unsere Verwandten im Valeron aufsuchen. Oder vielleicht finde ich irgendwo ein Dorf, dessen Bewohner so dankbar dafür sind, eine *Leronis* als Heilerin zu haben, daß sie keine Fragen über meine Vergangenheit oder die Seltsamkeit meines Kindes stellen.«

»Werde ich dich jemals wiedersehen, Tochter? Oder mein Enkelkind?«

Allira spürte das Herz ihrer Mutter mit ihrem eigenen brechen.

»Natürlich!« erklärte sie leidenschaftlich und drückte ihre Mutter fest an sich. »Ich schicke dir Nachricht, sobald ich kann. Bestimmt werden wir irgendwann zurückkehren können.«

Sie hielten sich noch einen Augenblick länger in den Armen. Dann schlüpfte Allira hinaus in den halbdunklen Flur. Eine Stunde später ritt sie von Armida fort.

Der Verschlinger

von Margaret Carter

Jedes Jahr habe ich das Vergnügen, ein paar alte Freunde wiederzusehen. Margaret Carter hatte ihr Debüt in den FREIEN AMAZONEN VON DARKOVER und hat eine völlig andere Geschichte für diese Anthologie folgen lassen, eine Geschichte über einen beinahe einzigartigen Gebrauch von Laran, in der dargestellt wird, daß die Gabe zuweilen kein ungemischter Segen ist. (MZB)

Komm sofort, wenn du deinen Verlobten retten willst. Eine Priesterin Avarras, überlegte Kyria, würde nicht leichtfertig so dramatische Worte gebrauchen, erst recht dann nicht, wenn sie Kells ältere Schwester Damrys war, von der Kyria den Eindruck einer höchst vernünftigen und phantasielosen Frau gewonnen hatte. Trotzdem hatte die vor weniger als zehn Tagen bei Kyria eingetroffene kryptische Nachricht wie ein Stück aus einer blutrünstigen Ballade geklungen, die man am Kamin singt, um die Kinder zu ängstigen: *Ich kam auf Besuch nach Hause und fand meinen Bruder als Hörigen wieder. Niemand kann ihn erreichen, aber vielleicht wird es dir gelingen, sein wahres Ich zu erwecken. Diese Sache ist zu seltsam und kompliziert, als daß ich sie in einem Brief darlegen könnte.* Dann dieser dringende Appell – und mehr nicht.

Kyria zügelte ihr Chervine und hielt an, um zu Kells Burg hinaufzublicken, die wie eine Festung auf dem Berggipfel emporragte. Sie strich eine feuchte Strähne ihres kupferfarbenen Haares aus der Stirn zurück. Trotz des Schnees auf dem Boden schwitzte sie von der Anstrengung des Rittes. Der Diener, der sie als Leibwächter begleitete, fragte zögernd: »Sollen wir weiterreiten, Domna? Die Sonne geht bald unter.«

Kyria blickte zur Seite auf die stämmige, wohlvertraute Gestalt. »In Ordnung, Garris.« Sie lenkte ihr Tier in langsamem Schritt den steinigen Pfad zur Feste hinauf. Kell Aldaran hatte vor ein paar Monaten wegen des Todes seines Vaters den Turm verlassen müssen, um seine Stellung als Lord einzunehmen, und er hatte Kyria sehr gefehlt. Wäre alles reibungslos verlaufen, hätte sie ihn erst in einem Monat wiedergesehen, an dem festgesetzten Tag, an dem sie seine Frau werden sollte. Obwohl ihre spätere Heirat von ihren Eltern abgesprochen worden war, als sie noch Kinder waren, empfand Kyria keinen Abscheu davor. Ihr Vater, ein entfernter Verwandter und kleinerer Vasall des Aldaran-Lords, war ein zu freundlicher Mensch, als daß er seine Tochter einem Mann in die Arme geworfen hätte, den sie erst eine Viertelstunde, bevor man die *Catenas* um ihre Handgelenke schloß, zu sehen bekommen würde. Sobald bei Kell wie auch Kyria keine Gefahr mehr bestand, daß sie an der Schwellenkrankheit sterben könnten – Kell hatte weitaus heftiger zu kämpfen gehabt –, war der Junge Kyrias Vater in Pflege gegeben worden. Zu der Zeit, als beide für die lange Reise zum Neskaya-Turm bereit waren, um ihren Dienst im Kreis abzuleisten, waren sie schon halb und halb ineinander verliebt gewesen. Nicht zu Enthaltsamkeit verpflichtet, erkundeten und vertieften Kell und Kyria im Turm ihre Zuneigung. Dann war die Nachricht von Lord Aldarans Tod gekommen, und die Liebenden hatten sich für kurze Zeit voneinander verabschiedet.

Bei der Erinnerung an Kells zarte, sechsfingrige Hände auf ihrem Körper durchfuhr prickelnde Wärme Kyrias Brust. Welch eine Freude wäre dieser Besuch für sie, hätte sie Lady Damrys' Warnung nicht erhalten! *Wenn er in Gefahr wäre, würde ich es bestimmt spüren.* Nein, das war romantische Torheit. Kyrias *Laran* war für einen Rapport über große Entfernungen nicht stark genug, ganz gleich, welche gewaltigen Kräfte Kell besaß. *Zumindest werde ich es erkennen, wenn ich ihn sehe*, tröstete sie sich.

Am Burgtor kam ein Junge gelaufen und nahm ihnen die Chervines ab. Garris folgte ihm, um ihre Unterbringung im Stall zu überwachen. Kyria trat in die Kühle der großen Halle ein, und die Schweißperlen auf Gesicht und Armen wurden eiskalt. Die hochgewachsene, magere Frau des Coridom, Kyria von früheren Besuchen her wohlbekannt, half ihr aus dem Mantel. »Dem Herrn des Lichts sei Dank, daß Ihr hier seid, *vai domna*. Da wird es Dom Kell bestimmt bald bessergehen.« Sie knickste und senkte den Kopf, einen Handkuß andeutend.

»So schlimm kann es doch gar nicht sein, Elena. Ist er krank?« Dankbar überließ Kyria ihren Mantel den Händen der älteren Frau und ließ sich in einen Sessel vor dem Kamin sinken.

Elena schürte das glosende Feuer an. »Ich kann es nicht beschreiben«, murmelte sie. »Er steht unter einem Fluch, möchte ich es nennen, die ich keine *Leronis* bin.«

»Elena, du vergißt dich!« erklang es scharf von der Bogentür her.

Obwohl klein und schmächtig und in einem einfachen grünen Kleid statt in ihren priesterlichen Gewändern, strahlte Lady Damrys Würde aus. Sie begrüßte Kyria mit einer kurzen Umarmung und einem flüchtigen Kuß auf die Wange. »Der Göttin sei Dank, daß du gut angekommen bist, Schwester. Elena, bring einen Becher warmen Wein.«

»Sehr wohl, *vai domna*.« Elena eilte aus dem Raum.

»Was hat das alles zu bedeuten, Damrys?« fragte Kyria. Sie widerstand dem Impuls, als Schutz vor einer mehr als physischen Kälte die Arme um sich zu schlingen. »Ist Kell krank geworden?«

»So könnte man es nennen. Dein *Laran* ist von der heilenden Art, und mich läßt er nicht zu einer gründlichen Untersuchung in seine Nähe. Vielleicht gelingt es dir – ich erinnere mich, wie hartnäckig du sein kannst, wenn es notwendig ist . . .« Damrys brach ab, als die Frau des Coridoms mit dem Wein zurückkehrte.

Kyria faltete die Hände um den warmen Becher, überdachte das indirekte Kompliment und wartete, daß Damrys fortfahre.

»Aber als erstes mußt du ihn dazu überreden, daß er Edric

wegschickt. Kell hört auf keinen von uns, und da er jetzt der Lord ist . . .«

»Edric Alton?« unterbrach Kyria sie scharf.

»Ich sehe, du vertraust unserem Cousin ebensowenig wie ich«, stellte Damrys fest. »Ja, genau der.«

Edric Alton war mit Kell und Kyria im Turm gewesen, aber aus einem Grund, der nicht bekanntgegeben worden war, vorzeitig gegangen. »Ich weiß nichts Bestimmtes, das man ihm nachsagen könnte, aber wir hörten, er habe einen Streit mit unserer Bewahrerin gehabt.«

»Das drückt es zu freundlich aus«, schnaubte Damrys. »Edric widersetzte sich der Bewahrerin von Neskaya und wurde aus dem Kreis hinausgeworfen, weil er sich weigerte, bei der Verwendung von *Laran* die elementarsten Vorsichtsmaßnahmen zu treffen.«

»Und jetzt ist er hier?«

»Als Kells geschworener *Bredu* und vertrauter Ratgeber. Ich hätte nie geglaubt, daß mein Bruder sich so leicht an der Nase herumführen ließe.« Damrys schüttelte den Kopf. »Ich will gar nicht erst versuchen, dir zu erklären, was Edric dem Jungen angetan hat. Du wirst es erkennen, sobald du ihn siehst.«

Kyria nahm noch ein paar Schlucke von dem warmen Wein und stellte den Becher auf den Kaminsims. »Jetzt.«

»Bist du tatsächlich bereit? Möchtest du dich nicht erst in deinem Zimmer frischmachen?«

»Ich möchte Kell sehen.« Kyria bezwang ihre steigende Verärgerung über Damrys ausweichende Art. Auch wenn sie betonte, Vertrauen zu Kyria zu haben, sah Damrys in ihrem Bruder und seiner Braut offensichtlich immer noch Kinder, die beschützt werden mußten.

Kyria folgte Damrys über kalte Steinflure und eine enge Wendeltreppe zu den Schlafzimmern. »Er hat keinen Schritt vor das Burgtor getan, seit er nach Hause gekommen ist«, erzählte Damrys, »und er verläßt diesen Raum so gut wie nie.«

Damrys klopfte an die Tür von Kells Zimmer. Von innen kam

eine gedämpfte Antwort. Sie öffnete die Tür. Ein staubiger Geruch stieg Kyria in die Nase. Vielleicht ließ Kell die Mädchen ebenso selten ein, wie er sich hinauswagte. Es war dämmrig, die Vorhänge waren zugezogen, so daß Kyria die Fenster nicht von den teppichgeschmückten Wänden unterscheiden konnte. Die Hitze eines lodernden Feuers im Kamin machte die Luft stickig. Die einzige andere Lichtquelle stellte eine Petroleumlampe auf dem Schreibtisch dar. Kell saß an diesem Schreibtisch in einem rostfarbenen Hausmantel.

»Kyria! Ich habe dich nicht erwartet – aber bei den Göttern, ich freue mich.« Er streckte ihr die Hand entgegen.

Während sie durchs Zimmer ging, um ihre Finger in die seinen zu legen, bemühte sich Kyria, ihren Schock unter Kontrolle zu bekommen und ihn nichts davon merken zu lassen. Kell war immer blaß und schmal gewesen, mehr für das Studium als für das Reiten und die Falkenjagd geeignet. Der alte Lord Aldaran, liberaler als viele adlige Väter, hatte seinem Sohn diese Veranlagung nicht als Mangel vorgehalten. Schließlich war Kell nicht auf rohe körperliche Kraft, sondern auf *Laran* gezüchtet worden. Als er heranwuchs, hatte diese Begabung ihre ganze Gewalt enthüllt, und seine Familie wartete seitdem ungeduldig darauf, welche Form sie annehmen werde – sowohl bei Kell selbst als auch bei seinen und Kyrias Kindern.

Kann es sein, daß er Probleme mit seinem Laran hat? Sind irgendwelche Exerzitien, die er und Edric durchführen, daran schuld? Manchmal wünschte ich, wir hätten das Wort Laran nie gehört! Wie es wohl ist, wenn man allein aus Liebe heiratet und Kinder großzieht, ohne sie jeden Augenblick auf Anzeichen zu beobachten, ob sie einmal Macht gewinnen – oder zugrunde gehen werden?

Jetzt war Kells Haut nicht allein blaß, sie spannte sich außerdem fest über die zarten Knochen seines Gesichts. Hatte er auf Nahrung ebenso verzichtet wie auf Licht? Seine Hand, die sich um die Kyrias schloß, fühlte sich kalt an, obwohl ein Feuer brannte. Mit ihrer freien Hand umklammerte Kyria den Sternenstein, der ihr in einem isolierenden Seidenbeutel auf der Brust hing. Sie konzentrierte sich auf die Kraftlinien, die durch Kells Körper liefen. Sie wirkten schwach und ausgelaugt, und sie schwankten unter ihren Augen. Kell ähnelte dem entleerten Umriß eines Menschen.

Er sieht aus wie – hohl.

»Du hast mir gefehlt, Kell.« Sie hoffte, ihre Besorgnis verriet sich nicht in ihrer Stimme. »Deine Briefe waren nicht gerade häufig.« Das klang wie ein Vorwurf, und sie beeilte sich, die Bemerkung zu verbessern. »Klar, du hast dich plötzlich mit der Verantwortung für all das hier wiedergefunden . . .«

Er stand nicht auf, um sie zu küssen, auch kam er nicht auf den Gedanken, ihre Hand loszulassen oder sie aufzufordern, sich zu setzen. »Ja . . . die Abrechnungen . . .«

Er machte eine vage Handbewegung zu dem Buch hin, das offen auf dem Schreibtisch lag. Von Kyrias Gesichtswinkel aus hatten die gedrängten Eintragungen durchaus keine Ähnlichkeit mit Viehzucht und Pachtgebühren. »Wir müssen bald einmal in aller Ausführlichkeit miteinander reden, mein Liebes. Edric wird in wenigen Minuten hier sein, und er und ich haben viel Arbeit zu tun. Er trainiert mich im Gebrauch meines Sternensteins«, erklärte er mit einer unbeendeten Geste, was Kyrias Verdacht erhärtete. »Du erinnerst dich doch an meinen Cousin Edric?«

Sie nickte, verwirrt über den herzlichen Ton, in dem Kell von dem Mann sprach. Im Turm hatte Kell dem Vetter nicht nähergestanden als sie selbst.

»Dürfen wir zusehen?« fragte Damrys. Kyria zuckte zusammen. Sie hatte die Anwesenheit der anderen Frau fast vergessen.

»Ja, natürlich. Kyria, ich weiß, du wirst staunen, was wir erreicht haben.« Aus seinen Augen strahlte eine Begeisterung, die sie bei Kyrias Anblick nicht gezeigt hatten. »Aber im Augenblick muß ich meditieren und mich vorbereiten. Kommt in einer Viertelstunde wieder.«

Damrys führte Kyria den Flur hinunter zu dem Zimmer, das sie auch bei früheren Besuchen bewohnt hatte. Anders als Kells Kammer, war der Gästeraum gelüftet worden. Durch die offenen Vorhänge drang schneidend kalte Luft ein, der das Feuer nur eben die Schärfe nahm. »Abrechnungen, wer's glaubt«, sagte Damrys und prüfte die Wärme des Waschwassers in dem Becken neben dem Bett. »Er überläßt alles dem Coridom und mir. Was er da las, war ein Buch von Edric, eine Sammlung der Ergebnisse fragwürdiger *Laran*-Experimente.«

»Aber um was handelt es sich denn bei ihren Versuchen?« fragte Kyria.

»Laß lieber Edric erklären, welches Ziel er verfolgt«, antwortete Damrys. »Ich möchte dich nicht beeinflussen.« An der Tür blieb sie stehen. Besorgnis ersetzte den ironischen Ton, als sie hinzufügte: »Ich hatte meinem Bruder übrigens gesagt, du kämest heute.«

Allein gelassen, wusch Kyria sich schnell, dann bürstete sie ihr Haar und flocht es neu ein. Allmählich erriet sie, was Damrys mit den Worten, sie habe Kell ›als Hörigen‹ wiedergefunden, gemeint hatte. Die Lady mißbilligte Edrics Einfluß auf ihren Bruder. Kyria, die sich an Edric als an einen arroganten, unnahbaren jungen Mann erinnerte, war geneigt, diese Mißbilligung zu teilen. Doch wie konnte man Edric zur Last legen, welche Entschlüsse Kell faßte? Kell war volljährig und geistig gesund. Er nahm es Damrys vielleicht übel, daß sie ihn wie einen bockigen Jungen behandelte.

Kyria ertappte sich dabei, daß sie ins Feuer starrte und ihren Zopf um die Finger wickelte wie ein Kind, das sich an eine vergessene Lektion erinnern will. *Das ist nichts als Kraftverschwendung – ich werde die Tatsachen in wenigen Minuten erfahren.* Also marschierte sie den Flur hinunter zu Kells Zimmer.

Vor seiner Tür begegnete sie Damrys. Zusammen traten sie ein. Kell saß immer noch an seinem Schreibtisch, der leer war bis auf eine brennende Kerze. Ein paar Schritte entfernt im Dunkeln stand Edric. Er trat vor, und das Licht fiel auf sein mageres Gesicht und das blasse Rotgold seines Haares. Mit einem verkrampften Lächeln verbeugte er sich vor Kyria. »Lady Kyria, es ist mir ein Vergnügen, Euch wiederzusehen, *Damisela*.«

Sie erwiderte die Begrüßung mit einem stummen Nicken. *Er lügt. Es ist ihm alles andere als ein Vergnügen, daß ich hier bin. Nicht etwa, daß er meine Macht fürchtet; er hat dafür nichts als Verachtung. Doch ich könnte Kell ablenken.*

Sie richtete die Augen auf Kell. »Willst du mir nicht erzählen, um was es bei dieser Demonstration geht?«

»Edric kann es viel besser erklären«, wehrte Kell ab. »Ich möchte nur sagen, daß er Tiefen für mich geöffnet hat. Meine Liebe, ich war mir nicht sicher, was mein *Laran* war, bis Edric es mir zeigte.« Er warf Edric einen beinahe verehrenden Blick zu und wartete, daß der Ältere die Gesprächsführung übernahm.

»Meine Dame, was ist die Überwelt?« wandte sich Edric an Kyria.

»Wollt Ihr ein Examen durchführen?« konterte sie. »Ich habe gelernt, sie sei ein Gebilde, das von dem Wirken sämtlicher bewußter Wesen, die dort reisen, geformt wird.«

»So haben wir alle es gelernt. Aber nehmt einmal an, die Überwelt besitze eine unabhängige Realität, ein eigenes Gepräge. Nehmt an, sie enthalte Regionen, die nicht von menschlichen Gedanken erzeugt, niemals von einem menschlichen Reisenden erforscht worden sind.«

»Nun – was dann?« Kyria sah zu Damrys hinüber, die ihr Gesicht ausdruckslos hielt. Nur die Augen der Priesterin verrieten ihre Ungeduld über eine Vorlesung, die sie schon viele Male gehört hatte.

»Dann«, spöttelte Edric, »könnten diese Regionen bewohnt sein.«

»Von was?« fragte Kyria. Ihre unwillkürliche Überraschung entlockte Edric ein zufriedenes Lächeln.

»Eine interessante Frage, nicht wahr?« meinte er. »Als ich das

Tor zu diesen Territorien entdeckte, kam ich gar nicht auf den Gedanken, dort könne es – Einwohner geben. Sooft wir auch schon mit ihnen Kontakt aufgenommen haben, wir haben immer noch keine klare Vorstellung, was sie sind.«

»Ihr behauptet, Ihr hättet – eine Art nichtmenschliche Intelligenz gesehen – mit ihr kommuniziert?«

»Das ist keine bloße Behauptung, es ist wahr«, fiel Kell ein. »Kyria, dies ist das aufregendste . . .«

Sie unterbrach ihn. »Was meint Ihr mit ›Tor‹?« Im stillen betete sie, die Antwort werde ihren Verdacht nicht bestätigen.

»Das zu erfahren, seid Ihr ja hier, oder?« erwiderte Edric geschickt. »Kell, bist du bereit?« Der junge Mann nickte und holte den Sternenstein, der ihm an einer Kette um den Hals hing, aus seiner Hülle. Den Stein in beide Hände nehmend, hob Kell ihn wie eine Opfergabe in den Kreis des Kerzenscheins. Das Herz des Steins reflektierte die Flamme und ließ blaue Funken hochstieben.

Kyria wandte die Augen von dem schwindelerregenden Wirbel ab und sah Kell ins Gesicht. Sie umklammerte ihre eigene Matrix und betete um Kraft. Edric stellte sich hinter den Stuhl und legte die Fingerspitzen auf Kells Schläfen. Sofort ging Kells Atem langsamer und tiefer. Seine Augen blickten glasig, und die sich auf seinem Körper abzeichnenden Energieströme wurden träge, gedämpft. Kyria hatte noch nie gesehen, daß jemand eine so tiefe Trance so rasch erzielte. Sie holte selbst ein paarmal tief Atem und kämpfte darum, sich von ihren Emotionen zu lösen und ihren Liebsten mit den Augen einer Heilerin zu betrachten.

Seine Hände lagen schlaff auf dem Schreibtisch, seine Gesichtsmuskeln waren ebenso schlaff. Er ähnelte einem Schneemann, der in der Sonne schmilzt. Seine Energielinien begannen sich zu verwischen, und von seinem regungslosen Körper stieg ein blauvioletter Nebel auf. Gleichzeitig spürte Kyria ein Erschauern in der Luft, als sei die Atmosphäre wie ein zu stramm gespanntes Seil gerissen. Die Vorhänge und Wandteppiche kräuselten sich, obwohl an der erstickenden Wärme zu erkennen war, daß die Läden immer noch vor den Fenstern lagen. Ein Holzstück polterte von dem Stapel neben dem Kamin und rollte bis in die Mitte des Zimmers. Ein Buch auf einem Brett über dem Kaminsims flog mehrere Fuß weit und fiel nieder. Damrys duckte sich mit methodischer Lässigkeit, als habe sie dieses Phänomen schon viele Male erlebt und sehe darin im Vergleich zu dem, was vor ihnen lag, keine große Bedrohung.

Der Nebel, der von dem in Trance liegenden Kell ausströmte, verdichtete und ballte sich. Es war, als versuche er, Gestalt anzunehmen, wenn auch eine, die sich ständig veränderte. Kyria glaubte, Hände oder vielleicht Klauen zu erkennen, dann die Beine eines Insekts, dann ein viellappiges Auge, dann drei Augen, zum Dreieck angeordnet. Sie riß ihren Blick von der Vision los, um Kell prüfend zu betrachten. Seine Energielinien waren fast zur Durchsichtigkeit verblaßt. Eine Flüssigkeit sickerte aus seinem Körper auf die Kreatur zu – falls es überhaupt eine lebende Kreatur war. Kyria suchte nach Kells Geist und fand nur Leere.

Ja, er ist hohl – und das Ding frißt ihn zur leeren Hülle aus, mit jeder Sekunde mehr.

Sie zwang sich, nach dem Geist des Dings zu greifen, sofern es einen hatte, und berührte einen Mahlstrom heftigen Hungers. Unwillkürlich zog Kyria sich zurück und versank in Schwärze.

Es konnte nur wenige Sekunden später sein, als sie ins Bewußtsein zurückkehrte. Der Nebel lichtete sich und floß in Kelly zurück, einen Geruch hinterlassend, wie ihn die Luft in den Bergen vor einem Gewitter hat. Kyria sah Edric in die eisgrauen Augen. »Wie oft habt Ihr ihm das schon angetan?«

Der Mann zuckte die Schultern. »Das ist noch gar nichts. Eure Anwesenheit stört – Ihr behindert die Materialisierung. Viele Male war die Vision schon deutlicher und blieb länger. Wir wissen noch nicht, wie wir mit ihr sprechen sollen, aber bald . . .«

»Ihr seid ein Narr!« flüsterte Kyria. Sie hätte vor Wut am

liebsten geschrien, doch sie fürchtete, Kell zu erschrecken. Inzwischen war die Luft wieder normal geworden. Zu ihrer Bestürzung starrte Kell weiter ins Leere; sein Unterkiefer hing herab. »Holt ihn da heraus!« befahl sie Edric.

»Das ist nicht möglich«, antwortete er. »Keine Sorge, der Junge gewinnt das Bewußtsein zu gegebener Zeit zurück. Der Prozeß läßt sich nicht beschleunigen.«

Kyria beugte sich vor und wedelte mit der Hand vor Kells Augen. Er blinzelte nicht. Sie hob eine seiner Hände, und sie blieb starr in der Luft hängen, bis sie sie wieder herunterzog. Sie drehte sich zu Damrys um, die mit einem Ausdruck der Besorgnis, aber nicht der Überraschung zusah. »Jedesmal braucht er etwas länger, um zu sich zu kommen«, berichtete sie. »Beim letzten Mal blieb er fast die ganze Nacht in diesem Zustand.«

Edric begegnete Damrys' anklagendem Blick ohne eine Spur von Unsicherheit. »Ihr seid entschlossen, nicht zu verstehen, Domna. Die Bedeutung dieser Entdeckung ist das Risiko durchaus wert. Hat Kell das nicht selbst gesagt?«

»Kell ist ein mißleiteter Junge, der auf ein Wort von Euch in den kältesten Kreis von Zandrus Höllen springen würde. Komm, Kyria, im Augenblick können wir nichts für ihn tun.« Zusammen mit Damrys schritt sie aus der Tür. »Ich werde Kells Leibdiener hinaufschicken«, setzte sie hinzu. »Ich weiß, von Euch kann er keine Fürsorge erwarten, Edric.«

In dem Punkt beurteilte ihre künftige Schwägerin Edric falsch, dachte Kyria. Der Mann sorgte wahrscheinlich ausgezeichnet für seine Werkzeuge. In Damrys' Räumen angekommen, schwindelte es Kyria immer noch. Eine Kanne mit Tee wartete im Wohnzimmer, und Damrys goß ihnen beiden eine Tasse ein, bevor sie Kyria erlaubte zu sprechen. »Jetzt, Schwester, sag mir, was du über diese – Entdeckung denkst.«

Kyria ließ ihre Gedanken zu der Vorführung, die sie gesehen hatte, zurückwandern, durchschnitt das Chaos und unterdrückte ihre Angst um Kell. Sie zwang sich, die Bilder eins nach dem anderen ablaufen zu lassen. »Edric belügt sich selbst ebenso wie uns alle«, erklärte sie schließlich. »Er glaubt im Ernst, dieses – Ding – sei ein intelligenter Besucher aus der Überwelt.«

»Und du glaubst es nicht?« fragte Damrys unbeeindruckt.

»Sieht er denn nicht, daß es Teil von Kell ist?« platzte Kyria heraus. »Ein Stück seines eigenen Geistes – abgespalten – und zweifellos gewinnt es jedesmal, wenn es erscheint, mehr Leben! Und es frißt ihn bei lebendigem Leib auf!«

Damrys nickte. »Etwas in der Art hatte ich vermutet, aber ich habe nicht deine Empfänglichkeit für solche Wahrnehmungen. Was rätst du?«

»Das, was auch du meinst.« Zur Beruhigung nahm Kyria einen Schluck Tee. »Sieh zu, daß du Edric auf der Stelle loswirst.«

Damrys sagte mit freudlosem Auflachen: »Ich habe Kell während dieses letzten Monats immer wieder und wieder gedrängt, ihn wegzuschicken. Vielleicht wird er auf dich hören.« Sie sprach nicht so hoffnungsvoll wie zuvor.

»Ich will es versuchen«, versprach Kyria. »In dem Augenblick, wo es ihm gut genug geht, um zuzuhören.«

Am nächsten Morgen drang sie mit diesem Ziel vor Augen in Kells Schlafzimmer ein. Er lag im Bett, bewacht von seinem Leibdiener, der den Raum vor Edric verschlossen hielt und auch Kyria am liebsten den Eintritt verwehrt hätte. Sie schob sich an ihm vorbei und verließ sich darauf, daß er unfähig sein würde, Gewalt gegen eine Edelfrau anzuwenden. »Du kannst draußen warten, während ich allein mit meinem Verlobten spreche.«

»Das schickt sich eigentlich nicht, *vai domna*«, murmelte der Mann. Ein kalter Blick erinnerte ihn, daß Kyria nicht länger das halberwachsene Mädchen war, das die Burg unter der Aufsicht einer Anstandsdame zu besuchen pflegte. Er ging.

Kyria setzte sich zu Kell auf den Bettrand. »Wie fühlst du dich?« Sie beugte sich über ihn, zog sich aber errötend zurück, als er keine Bewegung machte, sie zu küssen.

»Ich weiß es nicht, im großen und ganzen wie gewöhnlich.« Seine Stimme klang nicht nur schwach, sondern auch tonlos, als habe er kein Interesse an dem Thema.

»Du meinst, wie gewöhnlich nach diesen – Exerzitien?«

»Damrys hat mit dir gesprochen, wie ich sehe«, sagte er. »Sie kann Edric nicht leiden.«

»Ich auch nicht«, erklärte Kyria. »Erkennst du nicht, daß er dich umbringt? Schick ihn weg.«

Kells Gesichtsausdruck verhärtete sich, und das zeigte ihr, daß ihre Heftigkeit ein Fehler gewesen war. »Kyria, fang du nicht auch noch davon an. Ich will nichts gegen Edric hören. Kannst du dir vorstellen, wie es für mich war, als ich heranwuchs und mir sagen mußte, daß ich, abgesehen von meinem *Laran,* zu nicht viel tauge?«

»Kell, das ist Unsinn. Deine Krankheit spricht aus dir.«

»Ich bin nicht krank. Und du weißt so gut wie ich, daß ich für Zauberei und sonst nichts gezüchtet worden bin. Die Jahre vergingen, und alles, was sämtliche *Leroni* meinem Vater sagen konnten, war, ich hätte starkes *Laran*, aber sie wußten nicht, was . . . Nun, Edric hat mir den Sinn meines Lebens enthüllt.«

»Daß du ein Verbindungsglied zu Wesen aus anderen Reichen sein sollst«, stellte Kyria trocken fest.

»Verstehst du nicht, wie faszinierend das ist?«

»Vielleicht könnte ich es verstehen, wenn es tatsächlich so wäre«, sagte sie. »Aber kannst du die Möglichkeit nicht akzeptieren, daß Edric sich irrt? Vielleicht kommt das Ding gar nicht aus der Überwelt.«

»Was soll es dann sein?« fragte er mit echter Neugier. Vielleicht drang sie zu ihm durch.

Kyria holte tief Atem. »Ein Teil von dir. Eine Projektion deines eigenen Geistes, die wild geworden ist, die sich von dir ernährt, um Kraft aufzubauen. Eine Kraft, die kein anderes Ziel als Zerstörung hat.«

Kells Blick wanderte wieder ins Leere. »Du bist genau wie

Damrys. Ein weiterer enger, abgeschlossener Geist. Das hätte ich nicht von dir gedacht, Kyria. Dann kannst du ebensogut gehen.«

Sie hielt die Tränen des Zorns zurück, die ihr in den Augen brannten. Hier würde weibliche Taktik nichts helfen. »Willst du meiner Theorie nicht wenigstens eine Chance geben? Das verlangt schon die Fairneß. Laß mich dein nächstes Experiment überwachen.«

Er nickte gleichgültig. »Du kannst die Tatsachen nicht ändern. Dann heute abend.«

So bald? Nachdem es das letzte Mal so viel von seinem Leben getrunken hat? Kyria unterdrückte ihre Unruhe. Wenn sie ihn überredete, den Versuch zu verschieben, mochte das Edric Gelegenheit geben, Kell dahin zu bringen, daß er ihre Anwesenheit völlig verbot.

An diesem Abend traf Kyria von neuem mit Kell und Edric in Kells Zimmer zusammen. Damrys kam als Zeugin mit. Als sie Kell mit ihrem *Laran* statt mit den Augen ihres Körpers betrachtete, entsetzte Kyria sich darüber, wie durchscheinend er wirkte. Wie konnte Edric diese kriechende Auszehrung ignorieren? Kam er gar nicht auf die Idee, er könne sein Tor bald verlieren? Oder er könne, falls seine Experimente Erfolg hatten, ein chaotisches Wesen, schrecklicher als Sharra, die Inkarnation des Feuers, auf die Welt loslassen? Kyria verschwendete keine Energie darauf, den Mann von seinem Irrtum zu überzeugen. Je eher das Experiment begann, desto eher war sie in der Lage, dem ganzen Prozeß ein Ende zu machen. Wie, das wußte sie noch nicht recht, aber sie hatte in dieser Nacht den Entschluß gefaßt, es sollte das letzte Mal sein, daß Kell sein Leben aufs Spiel setzte.

Bevor Edric eintrat, versuchte sie von neuem, an Kells Vernunft zu appellieren. »Erinnerst du dich, was geschieht, nachdem Edric dich in Trance versenkt hat?«

»Nein«, gestand Kell. »Aber mir wird alles erzählt, was passiert.«

»Von Edric selbst«, betonte Kyria.

»Mit meiner eigenen Schwester als Zeugin«, schoß Kell zurück.

Damrys nickte widerstrebend. »Die *Tatsachen* hat Edric nicht verfälscht.«

»Er legt sie nur auf seine eigene Art aus«, sagte Kyria.

Wieder hatte Kell keine andere Antwort für sie als einen kalten Blick. »Weißt du mehr über solche Dinge als ein Mann, der sie jahrelang studiert hat?«

Kyria gab es auf. Einen Augenblick später kam Edric und nahm seinen üblichen Platz hinter Kell ein, die Hände auf den Kopf des Jüngeren gelegt. Kyria überwand ihre Angst und ihren Zorn und versank in einem Teich aus Ruhe. Diesmal würde sie es nicht zulassen, daß ihre Gefühle in einem sinnlosen Ausbruch mit ihr durchgingen. Innerhalb von Sekunden lag Kell in Trance, und seine Lebenskraft begann auszusickern. Statt den Blick auf ihn zu richten, beobachtete Kyria die sich bildende Wesenheit. Wieder erbebte der Raum. Die Kerzenflamme flackerte, und der Glasschirm der nicht angezündeten Lampe zerbarst zu einem Scherbenhaufen. Ein Geruch nach Blitzen und heißem Metall durchfuhr die Luft.

Kyria ließ sich von all dem nicht ablenken. Sie bemerkte, daß das Ding sich sofort zu einer dichteren Wolke als am vorigen Abend zusammenballte. Statt einer blau-violetten Farbe zeigte es ein purpurnes Rot. Über die anderen Gerüche legte sich ein Gestank nach verbranntem Fleisch und getrocknetem Blut. *Könnte meine Nähe es zu einer kompakteren Materialisierung drängen*? Kyria verwarf den Gedanken. Ihre Aufmerksamkeit verlagerte sich kurz auf Kell selbst. Er wirkte mehr denn je wie eine aus Schnee geformte Gestalt.

Es leert ihn aus – ich muß handeln.

Sie tat den einen Schritt, der die Verbindung zwischen Kell und seiner Emanation mit absoluter Sicherheit trennen mußte, obwohl sie vor den Risiken gewarnt worden war. Sie berührte den nackten Stein, der in seinen Händen funkelte.

Schmerz durchfuhr sie. Sie spürte, daß Kell von den gleichen Qualen geschüttelt wurde und daß das Echo durch Edrics Nerven vibrierte. Ein heftiger Ruck schleuderte sie aus ihrem Körper. Nach unten blickend, sah sie sich selbst bewegungslos daliegen. Ihre Hand ruhte auf der Kells, mit der er den Sternenstein umklammerte. Kells Gesicht war im Krampf versteinert. Hinter ihm stand Edric und hielt immer noch Kontakt. Er glich ebenso einer Statue wie Kell, nur daß seine Augen Bewußtsein zeigten. Damrys betrachtete das Bild von ihrem Platz an der Wand. Sie wagte nicht, sich einzumischen, um den Schaden nicht noch zu verschlimmern.

Außerhalb ihres Körpers schwebend, beobachtete Kyria das Ding, das Gestalt anzunehmen strebte. Es verdichtete sich zu einer vagen menschlichen Form, aufrecht stehend, mit vier Gliedmaßen. Wo der Kopf hätte sein sollen, schimmerte ein Paar Augen. Sie leuchteten ebenso blau wie die Kells.

Es will er werden – es lechzt nach seinem ganzen Leben. Kyria berührte die Gedanken des Wesens und spürte einen bodenlosen Neid auf alles, was in körperlicher Gestalt über die Erde wanderte. Man konnte nicht sagen, es hätte einen Verstand; es war nichts als instinktives Sehnen. Wenn es Kell verschlang, wie es das vorhatte, würde es vielleicht einen Verstand erhalten.

Ein automatisches Tasten an ihrer Brust führte Kyria zu dem Geist – nein, der Seele – ihres Sternensteins. Auf dieser Ebene sprühte er, als brenne in seinem Innern eine Flamme. Sie stellte ihn sich als Waffe vor, die einen tödlichen Strahl auf die gefräßige Kreatur abschoß. In dem Augenblick, als es getroffen wurde, stieß das Ding einen lautlosen Schrei aus. Sie ›hörte‹ ihn innerhalb ihres Gehirns und fürchtete, er werde ihr den Schädel sprengen. Dann erzeugte sie einen weiteren Strahl, der das Wesen voll traf. Sofort schrumpfte es in sich zusammen.

Es ist schwächer als ich. Ich bin ein Ganzes, und es ist nur ein Bruchstück.

Die Auflösung triumphierend beobachtend, sammelte sie ihre

Kräfte zu einem letzten Streich. Aus einem Winkel ihres Geistes stiegen die Worte auf, die Damrys zu ihr gesagt hatte: »Dein *Laran* ist von der heilenden Art.«

Das ist es immer gewesen. Und manchmal bedeutet Heilen, die Krankheit zu töten, um den Patienten zu retten.

Doch dies war keine Krankheit. Es war Teil von Kell. In die Fetzen des Pseudokörpers hineinspähend, erkannte sie, welcher Teil. Es verkörperte all die Gewalt, die in ihm vergraben und nie losgelassen worden war – den Biß in den Arm seiner Kinderfrau, der nicht erfolgt war, den Schlag ins Gesicht, den er einem Spielgefährten nicht gegeben hatte, das Mädchen, das er nicht vergewaltigt hatte, den nicht erziehbaren Hund, den er zum Krüppel hätte schlagen können, die Beleidigung, die er hinuntergeschluckt hatte, statt sie auszuspucken. Kein Wunder, daß das Ding um seine Freiheit kämpfte. Allerdings hatte es ein Recht auf Leben in seiner eigenen Sphäre. So widerwärtig all diese Erinnerungen waren, kein Mensch würde ohne sie ganz sein.

Kyria schwankte, und gleich zog das Wesen seine Bruchteile zusammen und ragte vor ihr auf. Sie konzentrierte sich auf ihren Sternenstein und wandelte die Matrix aus einer Waffe in eine Rolle mit einem sich endlos abspulenden Faden um. Daraus spann sie ein Seil so fein und stark wie Spinnenseide und wickelte es um die quasi-menschliche Gestalt des Dings. Der Gefangene wand sich in seinem glitzernden Kokon, heulte vor Schmerzen, bei denen sich ihr eigener Magen umdrehte. Als sie das Ding unbeweglich gemacht hatte, zog sie es auf Kell zu.

Das Leben erwachte in seinen Augen. Obwohl immer noch gelähmt, war er wach. Er erkannte, was die Kreatur war und welche Pläne Kyria mit ihr verfolgte. Seine stummen Schreie waren Echos auf die Schreie des Dings. Unbarmherzig schob Kyria die beiden zusammen. Gegen seinen Willen öffnete sich Kells Geist, um die gierige Wesenheit zu absorbieren.

In dem Augenblick der Vereinigung kam es zu einem Energieausbruch. Die Flamme der erzwungenen Verschmelzung erfaßte auch Kyria und Edric. Mit einem Ruck kehrte Kyria in ihren Körper zurück. In ihrem Kopf dröhnte es. Edric lag mit dem Gesicht nach unten auf dem Boden. Damrys taumelte vorwärts und fiel neben dem bewußtlosen Mann auf die Knie.

Kyria entdeckte, daß sie Kell nicht länger berührte. Ihre Hand um die seine schließend, wobei sie diesmal sorgfältig darauf achtete, den Sternenstein nicht anzufassen, studierte sie sein Gesicht. Er öffnete die Augen.

»Kyria – du – du bist nicht verletzt worden? Ist es fort?«

»Nicht fort«, flüsterte sie. »Es ist da, wo es immer war.«

»Ihr Götter, du hattest recht. Es war . . .« Sein Gesicht verzog sich. Sie beugte sich über den Schreibtisch zu ihm und legte ihren Kopf an seine Brust. Als er sich eine Minute später losmachte, bemerkte sie, daß seine Haut schon nicht mehr so durchscheinend weiß war. Obwohl immer noch blaß, sah er doch wenigstens so aus, als fließe Blut durch seine Adern.

Kyria sah zu Edric hinüber. Damrys führte ihre Hand dicht an seiner Wirbelsäule entlang, ohne ihn zu berühren. »Er lebt«, verkündete sie, »was mehr ist, als er verdient.«

»Den Göttern sei Dank«, seufzte Kell. »Du hattest recht, *Chiya*, er wußte nicht, was er tat.« Seine Hand faßte die Kyrias fester. »Er hat sich in mir geirrt. Was bin ich jetzt?«

»Du selbst.« Sie zog seine Hand an die Lippen. »Mehr du selbst als je zuvor.«

Sin Catenas

von Elisabeth Waters

Elisabeth Waters hat einen einzigen Vorteil, wenn sie Beiträge für diese Anthologien liefert. Da sie bei mir wohnt, können wir darüber reden, wie voll der Band bereits ist, und dann schreibt sie eine kurze Geschichte oder eine lange – welche gerade gebraucht wird. Lisa hat seit der ersten Anthologie Darkover-Geschichten geschrieben – so die Titelgeschichte in DER PREIS DES BEWAHRERS –, und ich persönlich finde, »Die Alton-Gabe« ist bisher in keinem der Bücher übertroffen worden. Ich bin mir nicht einmal sicher, ob eine meiner eigenen Arbeiten sie übertrifft.

Wie die meisten von uns hat Lisa einen Roman geschrieben; wir warten noch auf einen Verleger. Es ist ein gutes Jugendbuch, und ich vermute, daß es wie die meisten Jugendbücher länger leben wird als sein Autor – oder ich.

Wenn Lisa einen Vorteil hat, so hat sie auch einen Nachteil. Ich bin in ihrer unmittelbaren Nähe, und so kann ich beim Schreiben hinter ihr stehen und ihr sagen, was ich umgeschrieben haben möchte – und das tue ich auch. (MZB)

Veradis Castamir wählte ihren Ehemann, als sie neun Jahre alt war. Es war natürlich eine ernste Entscheidung. Sie war die einzige Tochter von Lady Crystal Castamir und deren Gatten Dom Ruyven von Castamir und deshalb Erbin des gesamten Grundbesitzes von Lady Crystal – oder zumindest von dem Teil, der Dom Ruyvens Verschwendungssucht überleben würde. Manche Männer, das wußte Veradis, bejagten Wälder, bis sie sich in Wüsten verwandelt hatten, manche verspielten jede Münze und jedes Schmuckstück, das sie in die Finger bekommen konnten, manche tranken, bis sie nichts anderes mehr waren als zitterige leere Hüllen. Dom Ruyven hatte ein anderes Hobby. Er zeugte Bastarde.

Solange Veradis sich erinnern konnte, hatte ihr Vater das eine oder andere Mädchen bei ihnen wohnen gehabt, jedes jünger und dümmer als das letzte. Mit jeder dauerte es etwa ein Jahr, dann wurde sie an irgendeinen kleinen Bauern oder Handwerker verheiratet und bekam eine Mitgift als Unterhalt für den Bastard, mit dem sie schwanger war. Dom Ruyven aber besorgte sich ein neues Mädchen und fing von vorne an. Lady Crystal mochte das nicht gefallen, es gab jedoch nicht viel, was sie dagegen hätte tun können. Er war nun einmal ihr Gatte – und sie war zu sehr Dame, als daß sie nicht gute Miene zum bösen Spiel gemacht hätte. Veradis war nicht so langmütig, und das war der Grund, warum sie sich augenblicklich im Wald versteckte.

Obwohl ihr Leben voll war von unerfreulichen Vorkommnissen, war der heutige Tag besonders unerfreulich gewesen. Veradis hatte Asharra, die neueste Barragana ihres Vater, seit dem Tag, als sie vor drei Jahren eintraf, nicht leiden mögen. Was er in der Frau sah, konnte Veradis sich nicht vorstellen, aber aus irgendeinem Grund hatte er sie behalten, auch nachdem sie ihm eine Tochter geboren hatte. Lady Crystal zog das Balg auf und erklärte tapfer, es sei doch hübsch, ein Baby im Hause zu haben. In Veradis' Augen war es schon schlimm genug, nachts aufstehen zu müssen, um das eigene schreiende Kind zu beruhigen, hingegen unerträglich, wenn man gezwungen ist, das für eine Frau zu tun, die währenddessen mit dem Ehemann der Pflegerin im Bett liegt. Und heute war Asharra zu Veradis gekommen und hatte ihr mit einem wahrhaft idiotischen Grinsen angekündigt, Veradis werde eine weitere Schwester bekommen. Veradis hatte ihr gerade ins Auge gesehen, ohne sich zu bemühen, ihren Abscheu zu verbergen, und gesagt: »Du irrst dich; ich bin ein Einzelkind.«

Unglücklicherweise war gerade da ihr Vater ins Zimmer getreten. Er hatte es gehört und ihr wegen »Unhöflichkeit gegenüber

Respektspersonen« eine kräftige Tracht Prügel verpaßt. Und ihre Mutter hatte über sie geweint und gesagt, es sei das Los einer Frau, hinzunehmen, was immer ihr Gatte tue.

Veradis, die Schmerzen hatte und sich nicht mehr beherrschen konnte, hatte zurückgefaucht: »Das macht es um so wichtiger, einen Mann aus anderen Gründen als seinem guten Aussehen zu wählen!« Ihre Mutter löste sich in Tränenfluten auf, und Veradis entfloh in den Wald, um selbst in anständiger Zurückgezogenheit zu weinen.

Jetzt lag sie vorsichtig auf einer Seite am Rand eines Baches – hinsetzen würde sie sich für mindestens mehrere Tage nicht –, wusch ihr Gesicht und schluchzte: »So kann ich einfach nicht leben!«

»Im Wald?« fragte eine Stimme hinter ihr leichthin. »Das finde ich auch; es wird nachts zu kalt.«

Vor Schreck rollte sich Veradis unvorsichtig herum, ächzte vor Schmerz und erhob sich hastig auf die Knie. Vor sich sah sie einen Jungen etwa in ihrem Alter. Er trug Sachen, die zwar einfach waren, aber doch so aussahen, als seien sie sauber und ordentlich gewesen, bevor er den größten Teil des Tages im Wald verbracht hatte.

»Bist du verletzt?« Er war offensichtlich besorgt.

»Eigentlich nicht«, gestand Veradis. »Ich habe nur Prügel bekommen, nicht zum ersten Mal, und ich fürchte sehr, auch nicht zum letzten Mal.«

»Warum sollte irgend jemand *dich* schlagen wollen?« fragte er ungläubig.

»Meinem Vater gefiel es nicht, wie ich zu seiner Barragana gesprochen habe.«

»Oh. Dann bist du Lady Crystals Tochter.«

»Mein Vater muß in der Tat berüchtigt sein«, seufzte Veradis. »Ich habe dich noch nie gesehen, und du weißt sofort, wer ich bin, wenn ich nur sage, mein Vater habe mich geschlagen, weil ich frech zu seiner Barragana war.«

»Nun, deinen Namen weiß ich nicht«, meinte er, »aber meine Tante hat in der Tat deine Mutter als ein Beispiel für – äh – damenhaftes Erdulden genannt.«

»Idiotische Dummheit!«

»Ich habe versucht, das Wort zu vermeiden. Ich heiße Cullen, und ich lebe jetzt bei meiner Tante, die mit dem Gerber verheiratet ist.«

»Ich heiße Veradis, und ich freue mich, dich kennengelernt zu haben. Was ist mit deinen Eltern geschehen?«

Cullen biß sich auf die Lippe. »Mein Vater ist tot, und meine Mutter ist eine Entsagende. Deshalb kann ich nicht bei ihr wohnen.«

»Warum denn nicht? Und was ist eine Entsagende?«

»Entsagende sind Frauen, die geschworen haben, niemals zu heiraten oder sich von einem Mann unterstützen zu lassen. Deshalb leben sie zusammen in Häusern, die sie Gildenhäuser nennen, und Jungen dürfen dort nicht bleiben, wenn sie fünf Jahre alt geworden sind.«

»Das ist ja schrecklich! Also, ich kann verstehen, daß man von Männern wegkommen will, aber wenn man sein Kind weggeben muß . . .«

»Ja.« Cullen blickte zu Boden. »Ich wünschte, meine Mutter wäre deiner Meinung. Kinder sollten nicht so leben müssen.«

»Nein«, pflichtete Veradis ihm bei. »Angeblich sind Kinder kostbare Geschenke der Göttin, aber wie sich manche Eltern benehmen, könnte man glauben, wir wären weniger wert als ein Rabbithorn!« Zu ihrer eigenen Überraschung fing sie wieder an zu weinen. »Ich hasse sie!« schluchzte sie. »Ich hasse meine Eltern, und ich will niemals so werden wie sie, aber ich fürchte, ich werde doch so, weil ich nicht weiß, wie ich anders werden soll, und ich will sie nicht hassen. Sie sind doch die einzigen Eltern, die ich habe – aber mein Vater ist ein eingebildeter Wüstling, und meine Mutter ist ein Nichts, das sich – und mich! – von ihm treten läßt. Ich meine, wenn sie für seine Bastarde sorgen will, ist das ihre Sache, aber was ist mit mir? Wenn ihr an mir überhaupt etwas gelegen wäre, würde sie mich wenigstens anderswo in Pflege geben, aber als die *Leronis*, die mich im letzten Frühjahr testete, es vorschlug, sagte Mutter, sie könne unmöglich auf mich verzichten! Und ich habe nicht einmal genug *Laran*, um in einen Turm zu gehen. Wenn Mutter schon einen Mann heiraten mußte, der sie schlecht behandelt, konnte sie sich dann nicht wenigstens einen mit *Laran* aussuchen?«

Cullen kniete sich neben sie, zog sie an seine Brust und klopfte ihr sehr vorsichtig die Schulter. »Dein Vater ist ein Dummkopf. Er sollte stolz sein, eine so schöne Tochter wie dich zu haben.«

»Und deine Mutter sollte stolz sein, einen so netten Sohn wie dich zu haben.« Veradis hob den Kopf und wischte sich die Augen mit dem Saum ihres Schals.

Cullen lachte. »Wenigstens stimmen wir in den wichtigen Dingen überein. Sollen wir heiraten, wenn wir erwachsen sind?«

Veradis sah ihn erstaunt an. Eine ältere Version legte sich über das Jungengesicht vor ihr. Plötzlich *wußte* sie, daß es ihre Bestimmung war, zu heiraten und Kinder zu bekommen und zusammen alt zu werden. »Ja«, antwortete sie feierlich, »wenn wir erwachsen sind.«

Er nickte bedächtig, und sie fragte sich, ob er sah, was sie sah. Ein Schaudern brachte ihr zu Bewußtsein, daß es dunkel wurde. »Ich gehe besser nach Hause, bevor man mich vermißt«, sagte sie.

»Gut. Wir wollen ja nicht, daß eine Suchmannschaft diesen Ort findet, denn den werden wir wieder brauchen.«

Veradis stand auf und wickelte sich eng in ihren Schal. »Nur eine Frage, Cullen.« Sie lächelte schelmisch. »Du hast doch nicht den Wunsch, ein Vater des Landes zu werden, oder?«

Cullen lachte. »Nein, Veradis«, sagte er, »die einzigen Kinder, deren Vater ich werden möchte, sind die deinen. Die werden mir reichlich genügen.«

Jetzt war ihr Entschluß gefaßt, und sie hatte einen Ort, an den sie fliehen, und jemanden, mit dem sie reden konnte. So fand Veradis das Leben zu Hause etwas erträglicher. Es war eine große Hilfe, ein Ziel zu haben. Sie hielt den Mund und konzentrierte sich darauf, soviel sie konnte über die Führung eines Haushalts zu lernen. Das mußte sie alles wissen, wenn sie Cullen heiratete. Natürlich würde ihr nach dem Tod ihrer Mutter der ganze Castamir-Besitz gehören, aber wahrscheinlich mußten Cullen und sie vorher jahrelang anderswo leben, ohne von ihren Eltern irgendeine Unterstützung zu bekommen. Sie machte sich keine Illusionen, was ihre Eltern von dieser Heirat halten würden, aber das konnte kaum weniger sein als das, was sie von ihrer Heirat hielt!

Sie lernte auch, wie man Kinder großzieht; Dom Ruyven und Asharra sorgten dafür, daß sie eine Menge Praxis bekam. Während der nächsten fünf Jahre wuchs die Zahl ihrer Bastarde von einem auf fünf. Glücklicherweise entdeckte Veradis, daß sie Babys mochte und gut mit kleinen Kindern umgehen konnte, obwohl sie gewiß ihre eigenen vorgezogen hätte. Immerhin, ihre unglückliche Abstammung war nicht die Schuld der Kinder, und sie würden schon genug Schwierigkeiten im Leben haben, ohne daß Veradis dazu beitrug.

Sie und Cullen trafen sich weiter heimlich im Wald. Sahen sie einander in der Stadt, wenn Veradis auf Botengängen hinkam, taten sie, als kennten sie sich nicht. Cullen war Lehrling bei dem Gerber geworden, hatte schwer gearbeitet und das Handwerk gut gelernt. Als beide vierzehn wurden, war Cullen fähig, seinen Lebensunterhalt zu verdienen, und Veradis konnte einen Haushalt führen.

»Wann wollen wir heiraten?« fragte Veradis eines Herbsttags, als sie im Wald saßen und sich unterhielten.

»Sobald wir beide fünfzehn sind«, antwortete Cullen. »Ich habe meine Mutter bei ihrem letzten Besuch gefragt, was das Gesetz zu Freipartnerehen sagt – deine Eltern werden vermutlich ihre Einwilligung zu einer Heirat *di catenas* nicht geben.«

»Davon können wir ausgehen«, stimmte Veradis ihm zu. »Darum habe ich sorgfältig darauf geachtet, sie nicht wissen zu lassen, daß wir uns auch nur kennen. Sie sollen doch nicht zu dir kommen, wenn ich verschwinde.«

»Einverstanden«, sagte Cullen. »Ich werde vor aller Augen meinen Lebensunterhalt verdienen, während du dich versteckst. Es ist leichter, einen Gerber zu finden als jemanden, der nicht an einen Beruf gebunden ist.«

»Meinst du, ›Ehefrau‹ sei kein Beruf?«

»Natürlich ist es das, aber ein so alltäglicher, daß es schwerer ist, eine bestimmte Frau zu finden.« Er schnitt eine Grimasse. »Du weißt genau, was ich meine. Sei nicht so schwierig!«

»Entschuldigung.« Veradis grinste. »Es ist eine so reizende Abwechslung, eine demütige und gehorsame Tochter zu sein.«

»Das brauchst du nicht mehr lange zu bleiben. Ich werde im nächsten Monat fünfzehn, du wirst es im Frühling.«

»Unser einziges Problem ist«, gab Veradis zu bedenken, »wie bald mein Vater versuchen wird, mich zu verheiraten. Seine Bastarde zu ernähren, wird teuer, und solange ich Erbin von Castamir bin, stelle ich eine fette Beute für jeden seiner Freunde dar, der bereit ist, für das Privileg zu bezahlen.«

Cullen nickte. »In dem Fall mußt du versuchen, Zeit zu gewinnen. Wenn wir heiraten, bevor du fünfzehn bist, ist es nicht legal.«

Veradis seufzte. »Wenn ich Glück habe, hat er vergessen, wie alt ich bin. Nur gut, daß ich klein bin für mein Alter. In welcher Form findet eine Freipartnerheirat statt? Brauchen wir Zeugen?«

»Nicht unbedingt. Die einfachste Form ist, daß wir eine Mahlzeit, ein Bett und ein Feuer teilen. Eine Freipartnerehe ist erst gültig, wenn sie vollzogen worden ist, und je eher wir ein Kind haben, desto besser.«

»Ja, daraus ließe sich der Vollzug der Ehe schließen.«

»Und sobald wir ein Kind haben, kann der Comyn-Rat die Ehe nicht mehr auflösen.«

»Oh.« Veradis dachte darüber nach. »Das würde er sicher auch so nicht tun. Die Castamirs sind nur ein unwichtiger Zweig der Hasturs – aber das Risiko will ich auf keinen Fall eingehen. Wie schön, daß wir beide sowieso Kinder haben wollen. Also werden wir an meinem fünfzehnten Geburtstag durchbrennen und unser erstes Kind haben, sobald es möglich ist. Weißt du schon, wohin wir gehen sollen?«

»Ich habe darüber nachgedacht«, antwortete Cullen langsam. »Die Idee wird dir wahrscheinlich nicht gefallen, aber ich meine, ich sollte fortziehen, sobald ich fünfzehn geworden bin, mich irgendwo im Süden von hier niederlassen und dich im Frühling holen kommen. Auf diese Weise verschwinden wir nicht beide gleichzeitig. Ich habe zu meiner Tante und meinem Onkel von meinem Wunsch gesprochen, ›meinen eigenen Weg in der Welt zu finden‹, so daß sie mein Weggehen nicht mit dir in Zusammenhang bringen werden.«

»Du hast recht«, sagte Veradis. »Du wirst mir schrecklich fehlen, aber es ist ein guter Plan. Bleibe dabei. Wenn ich dann fort bin, wird niemand auch nur ahnen, daß du dagewesen bist. Verpasse nur ja den richtigen Tag nicht.«

»Keine Bange«, beruhigte Cullen sie. »Ich habe deinen Geburtstag nie vergessen, seit wir uns kennen, und ich habe gewiß einen zusätzlichen Grund, mich dieses Jahr an ihn zu erinnern.«

»Das ist wahr.« Veradis lächelte tapfer. »Ich werde an meinem Geburtstag hier bei Sonnenaufgang auf dich warten.« Sie umarmte ihn fest.

Doch am Vorabend ihres fünfzehnten Geburtstags rief Dom Ruyven sie in sein Arbeitszimmer und teilte ihr mit, er habe einen Gatten für sie gewählt. Veradis hielt sich vor Augen, daß offene Widersetzlichkeit zu nichts führen werde, und versuchte, Zeit zu gewinnen.

»Aber *vai dom*, ich kann hier doch unmöglich weg. Meine Lady

Mutter braucht mich zur Führung des Haushalts.« Das war wenigstens teilweise wahr; Lady Crystal verließ ihr Bett jetzt kaum noch.

»Unsinn«, entgegnete er kurz. »Das kann Asharra tun.«

Veradis starrte ihn verblüfft an. *Was benutzt er anstelle eines Gehirns? Abgesehen von der groben Unschicklichkeit, seine Mätresse als Dame des Hauses zu installieren, gibt es schwerwiegende praktische Probleme*. Laut sagte sie einfach: »Aber Asharra hat überhaupt kein Geschick, ein Hauswesen zu leiten.«

»Wieviel Geschick braucht sie denn?« fuhr er sie an. »Ist dafür nicht eine Haushälterin da?«

»So einfach ist es nicht, *vai dom*«, wandte Veradis ruhig ein. Sie bemühte sich, den Anschein töchterlichen Gehorsams aufrechtzuerhalten.

»Dann müssen wir es ihr beibringen«, brummte er. »Du kannst, wenn notwendig, nach der Hochzeit eine Weile hierbleiben. Dein Mann ist ein Vetter Asharras; ihm wird es nichts ausmachen – schließlich bleibt alles in der Familie.«

Das war zuviel. Ob es klug war oder nicht, es gab eine Grenze für das, was Veradis ertragen konnte. Sie hob den Kopf, sah ihm gerade ins Auge und erklärte fest: »Asharra ist *kein* Mitglied dieser Familie!«

»O doch, das ist sie«, gab er zurück, »und sie wird es um so mehr sein, sobald du mit ihrem Vetter verheiratet bist.«

»Ich werde ihn nicht heiraten.«

»Unsinn, natürlich wirst du. Jedes Mädchen träumt von der Heirat – und sicher willst du doch Kinder haben.«

»Ja, das will ich.« Sie preßte die Lippen fest zusammen. »Meine Kinder, nicht die alljährlichen Bastarde meines Gatten!«

Sein Gesicht verfinsterte sich unheilverkündend, doch sie fuhr fort: »Ich habe mein ganzes Leben lang zugesehen, wie meine Mutter deine Mätressen beherbergt und füttert und für deine Bastarde sorgt – auf ihrem eigenen Besitz! Du hast dir deine Frau gut ausgesucht, aber ich bin nicht aus dem gleichen Holz geschnitzt. Ich werde Asharras Vetter *nicht* heiraten – und auch sonst keinen Mann, den du ausgewählt hast!«

Er sprang knurrend von seinem Sessel hoch und schlug ihr hart ins Gesicht. »Wie kannst du es wagen, so mit mir zu reden? Das ist keine Art, sich gegen seinen Vater zu benehmen!«

»Und dein Benehmen kann mich bestimmt nicht dazu bringen, einen Mann deiner Wahl zu heiraten!« schrie sie mit voller Lungenkraft. »Für meine Kinder will ich einen Vater, der nicht glaubt, seine Aufgabe sei im Augenblick der Empfängnis erfüllt!«

Er packte sie bei den Schultern, schüttelte sie wie eine Stoffpuppe und brüllte vor Wut. Veradis machte sich auf Schläge gefaßt und hoffte nur, er werde nicht soviel Schaden anrichten, daß sie nicht reisen könne. *Wann, oh, wann*, dachte sie voller Reue, *werde ich lernen, mich zu beherrschen und den Mund zu halten*?

Dann merkte sie, daß das trommelnde Geräusch, das sie hörte, nicht das Blut in ihrem Kopf war, sondern daß jemand an die Tür des Arbeitszimmers klopfte. Dom Ruyven ließ sie fallen, glücklicherweise in den Sessel, in dem er gesessen hatte, und schrie den Haushofmeister an: »Ich will hoffen, du hast einen guten Grund, uns zu unterbrechen!«

»Den habe ich«, erklärte der Mann kurz und maß ihn mit einem mißbilligenden Blick. Er ging zu Veradis hinüber und verbeugte sich vor ihr. »Es tut mir leid, Euch mitteilen zu müssen, *vai domna*, daß Eure Mutter tot ist.«

Veradis fiel nicht in Ohnmacht, aber es wurde ihr für kurze Zeit schwarz vor den Augen. Dann kehrte ihre Umwelt in gedämpften Farben zurück, und ihr war sehr kalt. Jetzt waren mehr Leute im Zimmer. Die Haushälterin streichelte ihr die Hände und sagte: »Sie hat nicht gelitten, *Chiya*, sie ist still im Schlaf gestorben.«

»Ja«, sagte Veradis schwach, »still ist sie immer gewesen.«

Der Haushofmeister kam mit einem Glas Brandy und hielt es ihr an die Lippen. Veradis nahm einen Schluck, würgte ein bißchen und war sich ihrer Umgebung wieder voll bewußt.

Ihr Vater, der angemessen gramgebeugt dreinblickte, versuchte, ihr den Arm um die Schultern zu legen. Sie schüttelte ihn ab. »Mein liebes Kind«, sagte er, »mach dir vorerst keine Gedanken wegen deiner Heirat. Dazu ist noch viel Zeit, wenn wir über das Schlimmste unseres Leides hinweg sind.«

Veradis stand auf und sah ihn verächtlich an. »Du mußt mich für schwachsinnig halten. Ich habe im Lauf der Jahre reichliche Beweise für deine Gefühle mir gegenüber erhalten, und ich glaube, was ich für dich empfinde, habe ich dir heute abend klargemacht. Du – und Asharra, sofern sie jetzt, wo du nicht mehr Lord des Besitzes bist, bei dir bleiben möchte – könnt im Windmühlen-Cottage wohnen. Der Pächter ist letzten Herbst gestorben, so daß ein paar Reparaturen nötig sein werden; aber ich glaube, es kann hergerichtet werden, bis die Beerdigung vorbei ist.«

Sie sah dabei den Haushofmeister an, der sagte: »Mit Vergnügen, *vai domna*.«

»Gut.« Sie nickte ihm zu. Dann richtete sie das Wort wieder an ihren Vater. »Das Cottage ist ein bißchen klein für all die Kinder. Deshalb werde ich, wenn es dir recht ist, die behalten, die bereits hier leben. Solltest du jedoch weitere zeugen, sind sie *dein* Problem. Jetzt entschuldige mich bitte, ich habe zu tun.«

Den Rest der Nacht arbeitete sie emsig. Zuerst mußte der Leichnam ihrer Mutter gewaschen, in ihr bestes Festgewand gekleidet und in der Hauskapelle aufgebahrt werden. Nachdem sie sich ein paar Minuten gestohlen hatte, um Trauerkleidung anzulegen, übernahm Veradis das Arbeitszimmer und begann, allen Verwandten zu schreiben, die von dem Todesfall benachrichtigt und zur Beerdigung eingeladen werden mußten. Der Himmel wurde schon hell, als sie endlich die Feder hinlegte, aufstand und sich streckte. Sie nahm ihren Mantel, sagte dem Haushofmeister, sie wolle einen Spaziergang machen, und ging zu ihrer Verabredung mit Cullen.

Er war vor ihr da und lief nervös hin und her. Sie rief seinen Namen und rannte in seine Arme.

»Veradis, was ist los?« Er hielt ihren zitternden Körper fest. »Du hast kein Gepäck dabei – ist etwas passiert?« Er schob sie von sich weg, um in ihr Gesicht zu sehen, und bemerkte ihre Kleidung. »Wer?«

»Meine Mutter.« Zu ihrer Überraschung begann Veradis zu weinen. »Letzte Nacht.«

»Gnädige Avarra!« Cullen setzte sich auf einen Baumstamm und zog sie an sich.

»Ich weiß nicht, warum ich weine«, schluchzte Veradis. »Sie war keine sehr gute Mutter. Sie interessierte sich für nichts als für meinen Vater, und er interessierte sich nicht für sie, und es ist alles so traurig . . .«

»Da wir von deinem Vater sprechen . . .«

»Ich habe ihm gesagt, er und seine Barragana könnten im Windmühlen-Cottage wohnen.«

Cullen lachte. »Gut für dich. Mit all diesen Kindern?«

»Nein. Ich behalte die Kinder. Sie haben das nicht verdient.« Sie drehte den Kopf und sah ihn an. »Macht es dir etwas aus, wenn sie mit uns leben?«

»Nein, natürlich nicht. Die armen Kleinen, welche Chance hätten sie bei ihm? Bei seinem Charakter, eingeschlossen in einem kleinen Haus – wahrscheinlich würde er ein paar von ihnen umbringen.« Cullen und Veradis erschauerten. Sie waren sehr gut imstande, sich das vorzustellen. »Aber – ›mit uns‹? Willst du mich immer noch heiraten, jetzt, wo du es nicht mehr brauchst? Ich bin sicher, deine Hastur-Verwandten würden mit Freuden eine Heirat für dich arrangieren, und es sind ja auch nicht alle Comyn-Männer wie dein Vater.«

Veradis streichelte lächelnd seine Wange. »Ja, Cullen, ich will dich immer noch heiraten. Das will ich seit sechs Jahren, und ich habe meine Meinung nicht über Nacht geändert. Meine Mutter traf ihre Wahl, mein Vater traf die seine und ich die meine, und die ist bei weitem die beste von allen dreien.«

Kreise

von G.R Sixbury

Das Computer-Zeitalter ist wirklich wundervoll. Glenn Sixbury (von dem ich bis dahin nie etwas gehört hatte) ist Kunde einer Computer-Service-Firma namens CompuServe, und dank den Wundern des Computer-Zeitalters fand ich folgendes eines Morgens in meinem Computer. (Natürlich wußte ich nicht, bis ich ihn gefragt hatte, daß G.R. für Glenn Robert steht statt, zum Beispiel, für Gertrude Rose.)

Vielleicht wird ein Tag kommen, an dem wir alle Computer haben und nicht länger darauf angewiesen sind, daß die Post den Herausgebern Manuskripte zustellt. Man stelle sich das vor: Keine Briefmarken, keine Verzögerungen auf dem Postweg, nichts als elektronische Impulse vom einen Computer zum anderen.

Bis dahin wird es wahrscheinlich gar keine gedruckten Bücher mehr geben – nur einen Service, und wenn man ein Buch lesen will, fordert man über den eigenen Computer einen Ausdruck an. Aber ich weiß nicht – vielleicht ist dann keiner von uns mehr fähig zu lesen (oder zu schreiben).

Vermutlich bin ich altmodisch. Ich betrachte all die »Segnungen« des Computer-Zeitalters mit sehr gemischten Gefühlen. (Andererseits habe ich auch gegenüber dem Telefon eine komische Einstellung; mich stört der Gedanke, daß mich jedermann jederzeit überall unterbrechen kann.) Ich besitze ein Telefon, und trotz meiner vielen Vorbehalte, was die Textbearbeitung angeht, habe ich bisher meinen Computer (und ich kenne niemanden, der das getan hat) zugunsten der alten Remington-Schreibmaschine auf einen Schrotthaufen geworfen.

Denn die eigentliche Textverarbeitung, sage ich mir ständig, findet immer noch im Gehirn statt. Alles andere – von einem Bleistift bis zu einem Zweitausend-Dollar-Computer - ist nur ein Werkzeug. Und Werkzeuge verändern sich fortlaufend. Auch die Schreibmaschine hätte in den Tagen der Gänsefeder eine neue Erfindung dargestellt.

Wichtig ist nur, daß man Worten, sobald sie einmal auf dem Papier stehen, nicht ansieht, ob sie vom Bleistift oder vom Computer stammen. Deshalb kann man immer noch mit einem Notizblock zu schreiben beginnen. Einige meiner dümmeren Kollegen behaupten, niemand solle ohne Computer und Textverarbeitungsprogramm schreiben. Sie weisen darauf hin, ein Arzt oder ein Rechtsanwalt müsse beträchtliche Summen in seinen erwählten Beruf investieren, und das Schreiben sollte auf diese Weise beschränkt werden. Aber ich finde, es wäre sehr schade, wenn das Schreiben auf solche beschränkt würde, die es sich leisten können, für sechstausend Dollar Hardware zu kaufen.

Der neueste Glühbirnenwitz: Wie viele Programmierer braucht man, um eine Glühbirne auszuwechseln? Antwort: Keinen, das ist ein Hardware-Problem.

Und wir alle arbeiten mit der Software – der wertvollsten Software im bekannten Universum, dem menschlichen Gehirn. (MZB)

Ich bin jetzt Lord Aldaran.

Der Gedanke hämmerte in Mikhaels Gehirn. Durch jahrelange Schulung eingebrannt, war er automatisch bei seines Vaters Tod aufgetaucht. Er konnte ihn nicht vertreiben, aber er weigerte sich, ihn willkommen zu heißen.

Mikhaels Vater war ein harter Mann gewesen, ein ausgezeichneter Schwertkämpfer, zäh wie ein alter Banshee-Vogel. Aber die Gabe, die man *Laran* nennt, hatte er nicht besessen. Heute hatte ihn das getötet.

Mikhaels Großvater hatte das Geschenk der *Chieri*, die Macht des *Laran*, geerbt gehabt. Manche sagten, diese besondere Fähigkeit habe ihm geholfen zu überleben, wo andere keine Chance gehabt hätten, sie habe ihm geholfen, sich in diesem Teil der gefrorenen Bergregion Darkovers anzusiedeln, die mit Recht die Hellers, die Höllenberge, genannt wurden.

In diesem ersten Sommer war es gewesen, daß sein Großvater mit vieler Mühe das Bauholz nach oben auf die windgefegte Klippe gebracht und die kleine Burg gebaut hatte, in der Mikhael jetzt stand. Umgeben von einem soliden Bollwerk, war diese erste Feste von Aldaran uneinnehmbar gewesen. Länger als vierzig Jahre hatte sie Angriffe von Ya-Männern und Räubern überstanden.

Heute war die Feste von Aldaran gefallen, und Mikhael fragte sich, was die Leute wohl dachten, die alten, die ersten Gefolgsleute seines Großvaters. Als die Winter immer strenger und die Ya-Männer immer wilder wurden, hatten sie sich um Hilfe an den Mann gewandt, den sie sich entschlossen, »Lord« zu nennen. Es waren die Leute, die diesem Land den Namen Aldaran gegeben hatten.

Als der alte Mann starb – es war erst Wochen her –, hatte Mikhaels Vater seinen Platz eingenommen. Er hatte Aldaran befehligt, bis Mikhael, noch keine fünfzehn, vor ein paar Stunden erbte, was übrig war.

Mikhael trat an das offene Fenster und sah hinaus. Nachdenklich legte er die Finger ans Gesicht. Sein Kinn ruhte in der einen Hand, der eine Ellenbogen in der anderen. Von hier konnte er die fernen, ewig schneebedeckten Berge stolz vor dem nördlichen Horizont emporragen sehen.

Er war immer der Meinung gewesen, am schönsten seien sie im Frühsommer, wenn ihre weißen Gipfel mit Violett umrandet waren, doch heute boten sie ihm keinen Frieden. Unten stapelten Männer die Toten in den offenen Wagen, die sie wegkarren sollten. *Und einer der Toten ist mein Vater*. Neben dem Wagen gähnte ein Loch in der vorderen Mauer. Seine geschwärzten Ränder rauchten immer noch in der steifen Nachmittagsbrise. *Es muß vor dem ersten Winterschnee repariert werden*. Ein bitteres

Lächeln umspielte Mikhaels dünne Lippen. *Es ist nicht die rechte Zeit, an die Reparatur der Burg zu denken, wenn man in ihr eingesperrt ist.*

Jetzt stampfte ein großer, stämmiger Mann über den kleinen Hof. Sein sonnenrotes Haar und sein karminrotes Cape flatterten hinter ihm her. Hier und da blieb er stehen, um einen Befehl zu erteilen oder stolz den Schaden zu besichtigen, den er angerichtet hatte. Er war kein häßlicher Mann – dem Äußeren nach, und obwohl Mikhael ihn nie gemocht hatte, gehörte Beltran zu seiner Sippe. Die Verwandtschaft war etwas entfernt und leitete sich über Heiraten und Generationen her, aber sie war trotzdem offensichtlich. Mikhaels Großvater hatte sich äußerlich von dem Mann, der jetzt unten herumlief, nicht sehr unterschieden. Der Junge fuhr sich durch sein eigenes kupferfarbenes Haar. Er verstand einfach nicht, was Beltran veranlaßt hatte, so zu handeln.

Der Angriff war wenig mehr als ein verschwommener Fleck in Mikhaels Gedächtnis. Er war plötzlich gekommen, am Nachmittag. Beltrans Reiter wurden früh bemerkt; sie waren ohne Deckung, als sie den engen Weg zur Vorderseite der Feste hinaufritten. Die Männer von Aldaran hatten reichlich Zeit gehabt, das große Tor zu schließen und ihre Posten auf der Mauer zu beziehen. Alles wurde bereitgemacht, und dann ging die Welt in Stücke. Mikhaels Erinnerungen waren bloße Fragmente, Visionen von Männern, die vor unsichtbaren Dämonen flohen, Echos von gebrüllten Warnungen über Drachen in der Luft, Schmerzensschreie treuer Männer, von Flammen verbrannt, die gar nicht da waren, Tränen auf dem Gesicht seines Vaters, der tot war, aber keine Wunde trug.

Als Mikhael wieder zu sich kam, waren Beltrans Männer innerhalb der Festungsmauern und hatten sich über den Hof verteilt. Niemand tat ihm etwas zuleide, doch man schloß ihn in seinem Schlafzimmer ein, wo er aus dem Weg war.

Mikhael wandte sich vom Fenster ab und betrachtete die einzigen Menschen, die von seiner Familie übriggeblieben waren.

Elholyn und Judith, die Zwillinge, saßen an der Tür und trösteten sich gegenseitig mit leisen Stimmen. Drei Sommer älter als Mikhael, hatten sie beide ihre Männer im Kampf verloren. Beim Anblick ihrer müden, abgespannten Gesichter drehte sich Mikhael das Herz um.

Wäre ich doch tot.

Sein Vater und die meisten der Männer waren ums Leben gekommen. Die anderen hatte man eingeschlossen oder von der Feste verbannt. Seine Familie wurde gefangengehalten.

Ich verdiene es nicht, Lord Aldaran zu sein.

Mikhael lief nervös im Zimmer hin und her. Er wünschte sich den Tod. Dann sah er Lori, seine kleine Schwester, die zusammengerollt auf seinem Bett schlief. Ihr langes blondes Haar lag auf ihren Schultern hingebreitet. Mikhaels Mutter war gestorben, als sie Lori zur Welt brachte. Sie war jetzt eher sein Kind als seine jüngere Schwester. Ein schmächtiges Mädchen, das sein zwölftes Mittsommerfest gefeiert hatte und bald sein dreizehntes erleben würde. Aber sie war über ihr Alter hinaus gereift. Das Leben in den Hellers und das Aufwachsen ohne Mutter gaben ihr für gewöhnlich das Aussehen einer Erwachsenen. Schlafend wirkte sie jedoch ganz wie das Kind, das sie war.

Mikhael ging zum Bett, setzte sich neben sie, streichelte ihr langes Haar und lächelte, ohne es zu wissen. Lori spürte seine Gegenwart. Leise wimmernd bewegte sie den Kopf auf sein Knie zu. Der Alptraum des Tages war ihr in den Schlaf gefolgt.

Der Laut war für ihn eine Qual. Mikhael krampfte die Hand um ein Stück der Daunendecke, biß die Zähne zusammen, atmete schwer. Er kam sich vor wie ein in die Enge getriebenes Tier. Es war Zeit zu kämpfen.

Er sprang vom Bett, ging zur Tür, die in den Flur führte, und riß sie auf. Sofort zogen zwei Männer Beltrans ihre Schwerter und versperrten ihm damit den Weg. Mikhael spannte die Muskeln an, hob die Faust. Seine Augen blitzten wie die eines frischgefangenen Verrin-Falken. Aber bevor er Zeit zum Zuschlagen fand, tauchten Elholyn und Judith neben ihm auf, zogen ihn ins Zimmer zurück und schlossen die Tür.

Zu zornig, um zu sprechen, schüttelte Mikhael sie ab und warf sich in eine Ecke. Er mußte nachdenken. *Aus jedem Käfig gibt es einen Ausweg*, sagte er zu sich selbst. Doch im Augenblick konnte er nur abwarten.

Zwei Stunden später, als die ersten Sterne am Nachthimmel draußen vor dem Fenster funkelten, erhob Mikhael sich. Seine Augen blickten ruhig, sein Kopf war klar. Mit fester Stimme erklärte er seinen Schwestern seinen Plan.

»Beltran wird heute abend seinen Sieg feiern, wahrscheinlich in der großen Halle. Alle werden dort sein, betrunken, laut, sorglos. Es wird ebenso leicht sein, uns aus der Burg zu schleichen, wie zu Mittwinter Schnee zu finden. Und sobald wir die Treppe hinter uns haben, die Vater letzten Sommer in die Klippe hat schlagen lassen, kann uns Beltran in diesen Bergen nicht einmal mit Pferden und mit Hilfe seines *Larans* auf der Spur bleiben.«

»Was ist mit den Wachtposten?« fragte Judith.

»Sie sind ein Problem, aber wenn Elholyn mir helfen wird . . .«

»Den Trick habe ich nicht mehr ausprobiert, seit ich ein Kind war«, sagte sie, seine Gedanken lesend. Nervös strich sie über den Stein, der ihr am Hals hing. »Ich kann das nicht, und schon gar nicht bei zweien.«

»Ich werde helfen.« Mikhael tippte sich mit dem Finger auf die Brust. »Du nimmst den einen, ich den anderen.«

Er sprach zuversichtlich, aber insgeheim machte er sich schwere Sorgen. Er und Elholyn hatten als Kinder oft Spiele mit ihren Sternensteinen gemacht und ihre geistigen Gaben zu ihrem Vorteil ausgenutzt. Sie hatten ihre ererbten Fähigkeiten nie einsetzen müssen, um am Leben zu bleiben, wohl aber hatte Mikhaels Großvater es getan. Heute hatte Mikhael nun mit eigenen Augen gesehen, was von Sternensteinen verstärktes *Laran* bewirken kann. Möglich war es, aber würden *sie* es schaffen?

Elholyn fing an. Sie sah tief in den großen, schönen blauen Stein. Alle Emotionen verrannen, während sie sich darauf konzentrierte, ihre Gedanken in den Kristall zu schicken. Der alte Lord Aldaran hatte bei seinen ersten Erkundungen des Landes viele dieser Steine im Wald gefunden, und Elholyn als die Älteste hatte den größten seiner Sammlung bekommen.

Dem Beispiel seiner Schwester folgend, nahm Mikhael seinen eigenen Stein in die Hand und blickte unverwandt auf die blauen Flammen, die darin tanzten. Die Welt um ihn wurde still, verblaßte allmählich, bis Mikhael nichts anderes mehr wahrnahm als das Leben innerhalb des Steins. Seine Sinne stumpften sich ab und wurden gleichzeitig schärfer: Gesicht, Gehör, Geruch verschwanden im Hintergrund, während er die Dinge um so stärker *fühlte*. Plötzlich war Mikhael Teil des Gewebes der Welt, das sich über seinen Körper hinaus, über das Zimmer hinaus in den Flur erstreckte.

Er konnte die Wachen jetzt tatsächlich sehen. Sie lümmelten auf dem Fußboden, Krüge mit Met in der Hand. Beltran hatte ihnen erlaubt zu trinken, vielleicht als Ausgleich dafür, daß sie an den Festlichkeiten nicht teilnehmen konnten. Es war ein gutes Zeichen, bedeutete es doch, daß er einem Jungen und drei Frauen eine Flucht nicht zutraute.

Mikhael fühlte seine Schwester neben sich, nahm den Umriß ihrer Gestalt wahr. Sie näherte sich dem ersten Wächter und machte sich an die Arbeit. Seine eigene Aufmerksamkeit auf den anderen Mann richtend, projizierte er seine Gedanken in das Gehirn des Fremden. Mikhael erzeugte angenehme Empfindungen, entspannende Energiewellen flossen von ihm in den Raum um den Wachtposten und umwoben ihn mit der schützenden Hülle des Schlafs. Mikhael hörte nicht auf, bis der Kopf des Mannes zu wackeln begann und seine Augenlider langsam flatterten. Kurz darauf sank ihm das Kinn auf die Brust, und er atmete tief. Mikhael drehte sich um und sah, daß der andere Posten in festem Schlaf lag.

Wieder in seinem Körper und bei Bewußtsein, stieß Mikhael einen Seufzer der Erleichterung aus und stellte sich mit großer Mühe auf die Füße. Der Einsatz seines *Larans* hatte ihn viel Kraft gekostet. Er und Elholyn brauchten Essen und Ruhe, aber in dieser Nacht würde es diesen Luxus für sie beide nicht geben. Bis zum Morgen mußten sie viele Meilen fort sein, wenn sie Beltrans unvermeidlicher Suche entgehen wollten. Sie nahmen Decken als Schutz gegen die frostige Nachtluft an sich und schlüpften leise aus dem Zimmer.

Mikhael blieb stehen, zog vorsichtig einem der schlafenden Posten das Schwert weg und überließ ihn seinen Träumen. Sie gingen schnell zu einer Hintertreppe, krochen geräuschlos zwei Absätze hinunter und schlichen sich zur rückwärtigen Front der Feste. Mikhael streckte die Hand aus, um die Tür nach draußen zu öffnen, und ließ sie wieder sinken. Judith setzte zu einer Frage an, doch er hieß sie mit einer scharfen Geste zu schweigen.

Er hatte diese Route gewählt, weil sie am weitesten von der großen Halle und Beltrans Männern entfernt war. Es hatte auch gut geklappt; sie hatten niemanden gesehen oder gehört. Doch es war zu still gewesen – gerade als sei niemand außer ihnen im Haus. Mikhael hatte ein ungutes Gefühl dabei, und plötzlich überkam ihn der Wunsch, sich umzudrehen und in die andere Richtung zu rennen.

»Auf was warten wir?« flüsterte Judith. »Was ist los?«

Mikhael wollte sprechen und brach wieder ab. Es gab nichts zu sagen. Wie konnte er erklären, daß *er* sich fürchtete, während er *sie* aufforderte, tapfer zu sein? Achselzuckend öffnete er die Tür und spähte in die Dunkelheit hinaus.

In sanftem grünem Schimmer schmiegte sich Idriel an den Horizont. Mormaller stand höher und warf silbrige Schatten quer über den kleinen Hof an die Rückwand. Die anderen beiden Monde waren heute nicht am Himmel, und auf den größeren der beiden verzichteten sie nur zu gern. Darkovers drei kleinere Monde verblaßten gegen den hellen Schein Liriels.

Wachtposten waren keine zu sehen. Mikhael sah seine Schwestern an und legte den Finger an die Lippen. Vorsichtig krochen die vier Gestalten in den Hof hinaus. In der Nähe des hinteren Tores beschleunigten sie ihre Schritte und erreichten es, ohne entdeckt worden zu sein. Mikhael faßte die Messingklinke und zog die dicke Tür auf.

Lautes Gelächter durchschnitt die frostige Nachtluft, helles Laternenlicht leuchtete ringsumher und enthüllte einen Hof voller Menschen. Zwei Männer blockierten das Tor, und als Mikhael sich umdrehte, löste sich Beltran aus dem Schatten. Instinktiv stellte Mikhael sich schützend vor seine Schwestern und schwang sein Schwert. Aber weitere Männer quollen aus der Dunkelheit hervor und umringten die kleine Gruppe. In Mikhael stritten sich Zorn und Vernunft. Dann senkte er widerstrebend die Klinge.

Beltran schritt arrogant über den Hof. »Wohin seid ihr in einer so kalten Nacht unterwegs? Ihr könntet euch zu Tode erkälten!« Er lachte laut, seine Zähne schimmerten, und dann war das Lächeln von seinen Lippen wie weggewischt. Auf eine befehlende Handbewegung hin wurden Mikhaels Schwestern weggeführt. »Steckt sie in den Keller, und bewacht sie gut. Ich werde mich in Kürze um sie kümmern.«

Er pflanzte sich vor Mikhael auf. »Was nun dich angeht, so wirst du mich zum Festmahl begleiten. Wir haben einiges zu besprechen.« Beltran kehrte Mikhael hocherhobenen Hauptes den Rücken.

Demütig folgte Mikhael dem Sieger in die große Halle und zu dem Festmahl, das auf sie wartete. Beltrans Männern, die mit dem Feiern nicht hatten beginnen dürfen, solange sie ungeduldig in der bitteren Kälte auf der Lauer lagen, stand es jetzt frei, sich zu amüsieren, wie sie wollten. Rauhes Gelächter schlug an Mikhaels Ohren. Ihm fiel auf, daß Beltran seinen Sieg mit nicht mehr als einer Handvoll Männer errungen hatte. Das hatte er seinem *Laran* zu verdanken.

Nachdem er sich vergewissert hatte, daß die Männer *seine* neue

Halle nicht zerstörten, machte Beltran es sich auf dem Platz oben am Tisch bequem und wandte Mikhael seine Aufmerksamkeit zu.

»Und jetzt, Verwandter . . .«

Mikhael unterbrach ihn höhnisch. Die Stirn des Älteren legte sich in zornige Falten. »Du wirst Respekt lernen, *Junge*, und zwar *jetzt*. Ich bin dein Verwandter. Ich will als solcher behandelt werden.« Beltran ließ die finstere Maske von seinem Gesicht gleiten und zeigte die Zähne. »Komm her. Begrüße deinen lange verloren geglaubten Onkel, wie es sich gehört.«

»Ich soll dich begrüßen? Wo du den Tod verdienst? Du bist nichts anderes als ein Tiefland . . .« Die letzten Worte blieben Mikhael in der Kehle stecken; würgend und keuchend rang er nach Luft. Vor ihm saß Beltran ruhig in seinem Sessel, den funkelnden Sternenstein in der Hand, die Mundwinkel auf eine Weise hochgezogen, die ein Lächeln sein mochte.

»Komm.« Seine Zähne schimmerten über den Tisch hinüber. »Gib deinem Onkel einen Kuß.«

Mikhael kämpfte heftig gegen den Zug an, der ihn plötzlich zu Beltran hinüberzwang. In seinem tiefsten Innern suchte er nach der Willenskraft, von der er wußte, daß er sie besaß. Es gelang ihm; er riß sich los. In der Erwartung, die Bitterkeit der Niederlage in Beltrans Gesicht zu sehen, hob Mikhael den Kopf. Doch der Mann grinste selbstgefällig. *Wie eine Katze, die mit einer Maus spielt*! Mikhael wurden die Knie weich. *Er ist zu stark*. Der Gedanke verflog schnell, aber er hatte seine Wirkung getan. Mikhael kapitulierte und überließ Beltran die vollständige Kontrolle.

Beltran zog ihn um den Tisch und zwang ihn, sich tief zu bücken und seine Lippen der Wange des Älteren zu nähern. »Na, nicht zuviel!« Beltrans Augen sprühten. »Ich möchte nicht, daß meine Leute glauben, mein neuer Neffe sei ein Liebhaber von Männern.«

Mikhael schloß die Augen. Er fühlte sich blamiert bis auf die Knochen, als habe Beltran ihn ausgezogen und lache über das, was er sah. Nicht länger fähig zu kämpfen, beugte der Junge sich vor und berührte Beltrans rauhe Wange mit seinen Lippen. Sein ganzer Körper schmerzte. Er hatte gerade den Mann, der seinen Vater getötet hatte, mit einem Willkommenskuß als Verwandten begrüßt, und er spürte, wie Beltran ihn festhielt und den Augenblick genoß.

Als Beltran ihn endlich freiließ, war Mikhael nicht darauf vorbereitet. Er stolperte und wäre beinahe rückwärts umgefallen. Langsam kletterte er wieder auf seinen Stuhl und warf einen müden Blick über den Tisch. Beltran lächelte immer noch breit, ganz der strahlende Sieger. »Du siehst, du kannst dich mir nicht widersetzen.«

Dann widmete Beltran sich seinem Teller. Er schob ein fettiges Stück gebratenes Fleisch in den Mund und nahm einen langen Zug aus der nächsten Weinflasche. Als ihm der Bratensaft das Kinn hinunterfloß, fuhr er sich mit dem Handrücken über die Lippen.

»*Laran* ist anstrengend, mein Freund«, sagte er mit vollem Mund. »Du mußt am Verhungern sein. Iß. Trink. Erhalte deine Kräfte.«

Mikhael wollte nicht, doch als Beltran die Hand an den Hals hob, begann er zu essen. Er meinte, die Speisen müßten schlecht schmecken, müßten ihm in der Kehle steckenbleiben, doch sobald er angefangen hatte, überwältigte ihn der Hunger. Er aß gierig und versuchte Beltran, der von neuem das Wort ergriff, zu ignorieren.

»Verwandter, ich habe nichts gegen dich. Tatsächlich glaube ich, daß wir eines Tages so etwas wie Freunde werden könnten.«

»Niemals«, murmelte Mikhael.

»Es kommt aber nicht darauf an. So oder so, du wirst für den Rest deines Lebens hierbleiben, *so lange es dauern mag.*« Bei dieser Bemerkung hob Mikhael den Kopf, sagte jedoch nichts. Beltran fuhr fort: »Ist dir nicht klar, daß ich nicht um der Zerstörung willen zerstöre? Hast du dich nicht gefragt, warum ich bereit war, für eine ärmliche Burg auf einem Steinhaufen mein Leben zu riskieren? Natürlich hast du dich gefragt.« Er hatte Spaß am Klang seiner eigenen Stimme.

»Dein Großvater war ein kluger Mann; er wählte den am leichtesten zu verteidigenden Platz in den Hellers, um diese Feste zu bauen.« Mikhael entdeckte in diesen Worten ehrliche Anerkennung. »Aber ich kann sie absolut uneinnehmbar machen. Mit hohen Steinmauern, von *Laran* geschützt, wird diese Burg von niemandem mehr erobert werden können.« Beltran hielt kurz inne, bevor er hinzusetzte: »An dieser Stelle kommst du ins Spiel.«

Mikhael war fertig mit dem Essen, und jetzt betrachtete er Beltran über den Tisch hinweg finster. »Du verstehst nicht, mein junger Verwandter«, meinte Beltran. »Du hast nicht gesehen, was ich gesehen habe. Im Tiefland haben Männer entdeckt, wie man unsere ererbten Kräfte zu Dingen benutzen kann, die du nicht für möglich halten würdest. Man nennt diese Männer *Laranzu'in*, und von ihnen habe ich gelernt, wie ich die Feste hier mühelos einnehmen konnte. Es steckt unglaubliche Macht im *Laran*, und alles, was man braucht, mein junger Verwandter, ist das Talent, es zum eigenen Vorteil auszunützen.

Zur Zeit suchen die *Laranzu'in* im Tiefland nach Methoden, neues und besseres *Laran* in die Kinder hineinzuzüchten. Kannst du dir vorstellen, welche Macht ein Mann besitzt, wenn das *ultimate Laran* entwickelt ist?« Sich an diesem Gedanken berauschend, holte Beltran tief Atem.

»Du und deine Schwestern habt sowohl Aldaran- als auch Ridenow-Blut. Verstehst du das nicht? Ich habe kein Interesse an euch persönlich, aber an eurem Erbgut.« Grinsend fügte er hinzu: »Ich will die Kinder, die du zeugen wirst und die deine Schwestern gebären werden.«

Ein Ausdruck des Entsetzens zog über Mikhaels Gesicht, was Beltran vorsätzlich ignorierte. »Mit einer großen Burg, erbaut an dem Ort, wo diese Feste jetzt steht, bewacht von *Laranzu'in*, die mir durch direkte Abstammung treu sind, werde ich dieses Land beherrschen. Ich weiß es!«

Beltrans Blick wanderte in die Ferne. »Ich habe die Gabe des Gesichts, mein Freund. Ich wußte, auf welche Weise du versuchen würdest zu fliehen, bevor du es wußtest. Ebenso weiß ich, was aus diesem Land werden wird. Eines Tages« – er richtete die Augen wieder auf Mikhael und spreizte die Hände über dem Tisch – »wird dieses ganze Land von den Ebenen im Süden bis zu den großen Bergen des Nordens von Menschen besiedelt sein, und alle werden dem Mann huldigen, der auf Burg Aldaran sitzt. Ich will dieser Mann sein – oder doch wenigstens der Vater dieses Mannes. Und ich werde es sein.«

Nun erschien einer von Beltrans Männern und führte Lori am Arm zum Tisch. Beltran faßte ihr Handgelenk, zog sie an sich und musterte sie mit gierigen Augen, bevor er ihr mit seiner fettigen Hand unter den Rock fuhr.

Lori wehrte sich und rief nach Mikhael. Ihr älterer Bruder stand bereits auf den Füßen, aber als seine Hände nach Beltrans Kehle griffen, packten ihn zwei Männer von hinten. Hilflos um sich schlagend, konnte er nur zusehen, wie Beltrans Hände den Körper seiner kleinen Schwester betatschten. »Ja«, sagte Beltran und lächelte breit, »die hier ist noch jung und knackig. Sie wird ein Vergnügen im Bett sein.« Lori versuchte, sich mit vor Entsetzen verzerrtem Gesicht loszureißen. Aber Beltran preßte sie nur noch dichter an sich. Er genoß ihr Zappeln und Mikhaels Schmerz und Verzweiflung.

Endlich ließ Beltran sie frei, übergab sie einem seiner Männer und befahl ihm, sie in sein Zimmer zu bringen *und vorzubereiten.* »Dafür bringe ich dich um!« knurrte Mikhael, der sich immer noch im Griff der beiden Männer wand.

Beltran grinste nur. »Ich glaube nicht.« Damit stand er vom Tisch auf.

Er ging voran, und ihm nach zerrten seine Männer Mikhael aus der Halle und über eine steile, enge Treppe in den Keller. Sie öffneten eine alte eichene Falltür zum Vorratsraum und warfen den Jungen hinunter. Er schlug schwer auf, so daß ihm die Luft wegblieb. Nach Atem ringend, rollte er sich zur Seite und entdeckte Elholyn und Judith. Sie drückten sich an die Wand, wo die Lebensmittelvorräte gestapelt waren und die von Spinnweben überzogenen Reserve-Weinfässer standen.

Oben kicherte Beltran. »Diesmal wird es keine Flucht geben. Es hat mich interessiert, wie stark euer *Laran* wirklich ist, aber jetzt, wo ich es weiß, will ich von dergleichen Dummheiten nicht wieder belästigt werden. Ich werde persönlich dafür sorgen, daß ihr diesen Ort nicht verlaßt, bevor ich es wünsche.«

Damit schlug er die große Falltür zu und schloß damit das Licht aus. Mikhael sah, daß durch die Ritzen rund um die Tür ein blauer Schein sickerte. Oben verklang Beltrans schallendes Gelächter in der Ferne.

Als er fort war, zog Judith ihren Bruder auf die Füße. Sie war in heller Aufregung. »Wo ist sie? Es waren Männer da, die sie weggebracht haben. Hast du sie gesehen? Was hat er mit ihr gemacht?«

Mikhael stieß einen schweren Seufzer aus und wandte sich ab. »Es ist eine lange Geschichte«, begann er. »Es geht dabei um ein Zuchtprogramm, das er offenbar mit Lori zu beginnen plant. Sie ist bereits in seinem Schlafzimmer.«

»Aber sie ist noch so jung! Er wird sie doch sicher nicht . . .«

»Doch, er wird«, schnitt Mikhael ihr das Wort ab. »Wie er sagte, will er sogar mich für sein Zuchtprogramm verwenden, obwohl ich nicht weiß, wie.« Mikhael fuhr sich nachdenklich mit dem Unterarm über die Lippen und änderte seine Meinung. »Ich weiß es zwar, doch es spielt keine Rolle. Beltran wird nicht mehr lange genug leben, um das nächste Morgenrot zu sehen.«

Mikhael tastete sich die alte hölzerne Leiter hinauf und drückte mit aller Kraft gegen die Falltür. Sie rührte sich nicht. »Wir könnten ebensogut versuchen, einen Berg zu verrücken«, rief er zurück und stieg wieder hinunter. »Er muß einen Zauber darüber gesprochen haben, und ich bin zu müde, um viel zu bewerkstelligen.«

Von dem mentalen Duell, das er mit Beltran ausgefochten hatte, war er mitgenommener, als er dachte. Plötzlich hellte sich Mikhaels Gesicht auf. *Es muß Beltran auch mitgenommen haben.* »Elholyn, sieh zu, ob du gegen Beltrans Magie angehen kannst.«

Elholyn zog ihren Sternenstein aus dem Ausschnitt, und langsam breitete sich ein blaues Licht in dem Keller aus. Sie versenkte sich tief in den Stein und suchte nach dem mentalen Block, mit dem Beltran ihre Flucht verhindern wollte. Als ihr Geistkörper auf die Decke zuschwebte, fühlte sie einen Schlag auf die Stelle, wo ihr Kopf gewesen wäre. Hochblickend entdeckte sie eine riesige blaugetönte Platte, die die Tür versiegelte und sie unten einschloß. In diesem Zustand war Elholyn sonst fähig, durch jeden festen Gegenstand der realen Welt zu gehen. Aber die Platte oben war auch in dieser Welt fest. Elholyn ließ sich erschöpft in ihren Körper zurückfallen. »Es klappt nicht. Der Zauber ist zu stark für mich. Du bist an der Reihe, Judith.«

»Aber ich bin in diesen Dingen nie so gut gewesen wie du und Elholyn.« Judith fühlte mehr, als daß sie es sah, wie Mikhael sie durch die Dunkelheit beschwörend ansah. Nach einer Weile gab sie nach. »Ich werde mein Bestes tun.«

Judith brauchte länger als Elholyn, aber das Ergebnis war das gleiche. Die Situation war hoffnungslos. Mikhael machte sich Vorwürfe. Hätte er sich auf sein Gefühl verlassen, hätte er seinem *Laran* vertraut, sie wären aus dem Vordertor der Feste und die Hauptstraße hinunterspaziert und hätten Beltran und seine Männer in der Nachtluft frieren lassen.

Vor sich hin murmelnd, rollte er sich auf dem Fußboden zusammen und gab auf. Es war einfach zuviel. Beltran war tatsächlich stärker – es gab nichts, was sie tun konnten.

Der geistige Kampf, den er beim Essen verloren hatte, verfolgte ihn immer noch. Das war die vollständige Niederlage. Ihn quälte der Gedanke, daß Beltran ihn kontrollieren konnte.

Und Lori auch.

Das Gesicht seiner kleinen Schwester schwamm vor ihm. Er sah den Schmerz in ihren Augen, als Beltran sie mißhandelt hatte, er spürte seine eigene Hilflosigkeit. *Und Beltran hatte sie jetzt in seiner Gewalt*!

Mikhael sprang auf.

Er kletterte die Leiter hoch, stemmte sich gegen das Gewicht der Tür, schlug mit den Fäusten dagegen. Es kümmerte ihn nicht mehr, welche Anstrengung es kostete, er würde hinauskommen!

Seine Gedanken rasten. »Elholyn, Judith«, rief er hinunter, »helft mir. Vielleicht können wir die Tür aufdrücken.« Die beiden Schwestern stiegen zu ihrem Bruder hoch. Alle drei reckten sich nach oben, bis das laute Krachen von splitterndem Holz ertönte. Die Leiter war zusammengebrochen, und sie lagen auf dem Fußboden.

Sie wanden sich in einem Haufen durcheinander, rangen nach Atem, sagten nichts mehr. *Wie bringt Beltran das fertig*? fragte Mikhael sich selbst. *Er ist doch nur einer*!

Plötzlich verstand er.

Er befreite sich und stand auf. »Ich habe es.«

»Was?«

»Wenn wir es alle zusammen versuchen, müßte es klappen.«

»Das haben wir doch eben getan«, jammerte Judith und rieb sich den Arm, auf den sie gefallen war.

»Nein, ich meine, wir könnten zusammen versuchen, seinen Zauber zu brechen – indem wir unsere Sternensteine benutzen.«

»Wie denn?«

Mikhael zuckte die Schultern. »Ich weiß es nicht, aber wir müssen einen Weg finden. Uns bleibt keine andere Wahl.«

Sie versammelten sich alle drei in der Mitte des Raumes, berührten sich kurz, um ihre Positionen festzustellen, und setzten sich dann mit untergeschlagenen Beinen in einem Kreis nieder.

Mikhael begann als erster, seine Gedanken in den Kristall zu bannen, der ihm um den Hals hing. Als Elholyn sich ihm anschloß, rief das eine Störung hervor, einen Konflikt seines und ihres Willens, die zusammengezwungen wurden und sich zu trennen versuchten. Langsam fügte sich Judiths schwächerer Einfluß dem Wirbel hinzu, und es wurde schnell unmöglich, die drei miteinander zu verflechten. Mikhael übernahm den Befehl und zwang sie, sich zu verbinden. Doch dabei brach der heikle Prozeß zusammen. Die Reaktion warf sie alle flach auf den Rücken.

Sofort befahl Mikhael: »Noch einmal.«

»Aber das wird nie funktionieren! Jedesmal, wenn ich versuche, mich anzuschließen, wehrst du dich gegen mich.«

»Das sind nicht wir«, widersprach Elholyn. »Das sind die Steine. Anscheinend sind sie . . .« Sie kämpfte um Worte. »Sie passen nicht zueinander. Vielleicht liegt es am Größenunterschied; der eine überwältigt den anderen.«

»Sie hat recht. Es wird nicht funktionieren, Mikhael«, wiederholte Judith.

»Das habe ich nicht gesagt«, berichtigte Elholyn sie. »Ich meinte nur, es kann nicht funktionieren, wenn wir alle drei Steine benutzen. Wenn wir nur einen nehmen – zum Beispiel meinen . . .«

»Einen Versuch ist es wert«, pflichtete Mikhael ihr bei. »Elholyn, leg deinen Stein so hin, daß wir ihn alle erreichen können.«

Sie gehorchte, zog die Kette mit dem baumelnden Anhänger über ihren Kopf und legte den Stein zwischen Judith und Mikhael. Ihre eigenen Finger berührten ihn leicht an einer Kante. Dann berührte auch Judith ihn. Sofort veränderte sich die Luft im Raum, lud sich auf, als sei sie lebendig. *So könnte es gehen*, dachte Mikhael und streckte ebenfalls die Hand aus. Elholyn schrie leise auf und riß ihm den Stein weg. Die Energie im Raum erstarb mit einem Schlag.

»Was war los? Was habe ich gemacht? Habe ich dir weh getan?«

»Ja. Nein. Ich bin mir nicht sicher«, stotterte sie. Ihre Stimme bebte. »Weh getan hat es eigentlich nicht. Es war mehr so ein

Gefühl, als grüben sich deine Finger in mein Herz. Aber es geht schon wieder. Versuchen wir es noch einmal, ohne daß ihr den Stein anfaßt.«

Mikhael stimmte zu, und von neuem spürte er die feste Kraft von Elholyns Gedanken um sich, dann Judiths zitterigen Beitritt. Die Energie bewegte sich ebenso durch ihn, wie sie sich im Raum ausbreitete. Vorsichtig streckte er seine Finger aus und näherte sie dem Stein, ohne ihn zu berühren. Schon aus einiger Entfernung merkte er, daß er den Energiefluß störte. Da faßte Elholyn mit ihren Gedanken zu und half ihnen allen, miteinander zu verschmelzen.

Plötzlich tanzten elektrische Fünkchen vor ihren Augen, und Mikhael nahm mehr als Energie von seinen Schwestern wahr. Er spürte ihre Anwesenheit, ihre Gedanken, Elholyns grimmige Konzentration, ihre angestrengten Bemühungen, die Ströme, die sie erzeugt hatten, zu kontrollieren, Judiths Unterstützung. Er konnte die vereinigten Kräfte *sehen,* die sich langsam im Kreis herumbewegten, sich zu seidigen Geweben ausbreiteten, sie alle drei einschlossen, durch sie hindurchliefen.

Mikhael schwindelte es, als falle er mit dem Kopf nach unten aus großer Höhe. Und dann war Elholyn da, hielt ihn, lenkte seine Bewegungen. Er *hörte* Elholyns Stimme – oder waren es ihre Gedanken, die in der Luft um ihn schwebten?

Ich glaube, wir haben es, Mikhael. Ich fühle soviel Macht; ich hätte mir nie träumen lassen, daß das möglich ist.

Die Tür. Sprengt die Tür.

Alle drei bewegten sich wie eine Person. Ihre Gedanken faßten die mentale Tür, die Beltran gebaut hatte, um sie einzuschließen, zermalmten sie zu Energiefetzen, sahen zu, wie die brennenden Stücke davonflogen, als stöben Funken unter dem Hammer eines Schmieds auf.

Wir haben es geschafft.

Mikhael war sich nicht sicher, ob das Elholyns Gedanke oder Judiths oder sein eigener war.

Jetzt müssen wir Lori suchen . . .

Lori.

Plötzlich war Mikhael bei ihr, war in ihrem Körper gefangen, wie sie in Beltrans Kammer gefangen war. Beltran war da, sein Körper lag auf dem ihren. Mikhael erlebte den Schmerz, das Entsetzen, den Abscheu. Beltrans Gewicht erdrückte ihn oder sie, das konnte er nicht mehr auseinanderhalten. Er öffnete den Mund zum Schreien und fand sich im Keller bei seinen beiden älteren Schwestern wieder.

Ich muß zu Lori. Helft mir.

Ich werde dich hinschicken . . .

Mikhael sollte sich nie klar darüber werden, was als nächstes geschah. Das Schwindelgefühl wurde schlimmer, die Wellen der Macht schlugen auf ihn ein, die Energienetze brachen zusammen und wickelten ihn in einen Kokon aus Licht. Dann war er in Beltrans Zimmer, saß auf dem Fußboden, wie er im Keller gesessen hatte, sich immer noch nicht sicher, ob er in Wirklichkeit anwesend war oder ob sich das nur in seinem Geist abspielte.

Beltran hatte sich an die Bettkante gewälzt. Was er sah, ließ ihm erst einmal den Mund offenstehen. Im nächsten Augenblick war es Mikhael, als werde ihm der Kopf abgerissen. Trotz seiner Schmerzen war er sich vage bewußt, daß Beltran vor ihm stand, den schimmernden Kristall hob und ihm den Schädel einschlagen wollte.

Zu spät schlug Mikhael zurück. Er versuchte verzweifelt, seinen Geist gegen Beltrans Angriff zu verbarrikadieren. Aber die Anstrengung, aus dem Keller zu entkommen, war zu groß gewesen. Er tastete mit seinen Gedanken nach Elholyn und Judith, sie um Beistand zu bitten. Allein er spürte ihre Gegenwart nicht mehr. Er war allein, verwirrt und hilflos.

Beltran verstärkte den Druck, konzentrierte sich mit aller Kraft auf die glühende Matrix in seiner Hand. Mikhael wälzte sich über den Fußboden, den Kopf in den Händen. Ihm war klar, daß er sterben mußte. Doch gerade als er glaubte, die Augen würden ihm aus den Höhlen springen, begann Beltran zu taumeln und ließ ihn frei.

»Du wirst dafür bezahlen!« Beltran stolperte zu Mikhael hin. Schwer atmend packte er den Jungen beim Haar, riß ihm den Kopf zurück und zwang ihn, ihm direkt in die flammenden Augen zu sehen.

»Ich habe es dir gesagt, *ich* bin der Stärkere.« Aber der Ausdruck der Zuversicht war verschwunden; Beltran war offensichtlich erschüttert. Er faßte Mikhael beim Kragen und zog ihn mit einiger Mühe auf die Füße.

Beltrans Atem wehte Mikhael heiß ins Gesicht, und als er versuchte, sein Kinn zu heben, wurden seine Augen in die Flammen von Beltrans Sternenstein gezogen, so daß ihm von neuem schwindelte. Die in dem Stein tanzenden Lichter verspotteten ihn.

Beltran grollte: »Das war ein sehr eindrucksvoller Trick. Ich will herausfinden, wie du das gemacht hast – und dann wirst du sterben.« Er drehte sich zum Bett um. »Sag deinem älteren Bruder Lebewohl, meine neue Frau. Du wirst ihn nicht wiedersehen.«

Mikhael hörte die Worte, aber sie hatten keine Bedeutung für ihn. Er sah nur den Stein, der weich auf Beltrans Brust schimmerte.

»Habe ich dir weh getan?«

»Es war mehr so ein Gefühl, als grüben sich deine Finger in mein Herz.«

Mikhaels Hand schoß vor und schloß sich fest um den leuchtenden blauen Kristall. Er drückte ihn so fest er konnte, und mit der gleichen Bewegung riß er ihn Beltran vom Hals.

Beltran ließ den Jungen los, stolperte einen Schritt zurück und fuhr sich mit den Händen wild an die Brust. Seine Augen rollten nach oben, sein Gesicht wurde blaß, er brach zusammen und blieb unbeweglich auf dem Hartholzboden liegen.

Mit einem Seufzer der Erleichterung blickte Mikhael auf den

Kristall nieder, der in seiner Hand brannte. Vor seinen Augen wurden die tanzenden Flämmchen trübe, flackerten und gingen aus. Zurück blieb nur ein geschwärzter, lebloser Brocken. Er warf das nutzlose Ding weg.

Seine Schwester sprang mit zerrissenem, blutigem Nachtgewand vom Bett, stürzte sich auf Beltran, schluchzte, schrie, sie wolle ihn töten, schlug seinen noch warmen Leichnam mit den kleinen Fäusten.

Mikhael schlang die Arme um sie, zog sie weg und barg sie an seiner Brust. »Er ist tot, Baby«, flüsterte er. »Er ist schon tot.«

Weiche Schneeflocken umtanzten sie und bedeckten den Boden gerade so weit, daß die Steine schlüpfrig waren und ihre Stiefel bei ihrem Gang an der Mauer entlang knirschten.

Mikhael blieb plötzlich stehen und bewunderte von neuem die Burg, die er gebaut hatte.

»Es hat über zehn Jahre gedauert, Domenic, aber jetzt, wo es geschafft ist« – Mikhael hielt inne, um tief die frische Luft einzuatmen – »jetzt habe ich ein Gefühl von Sicherheit, wie ich es seit dem Tod meines Vaters nicht mehr gekannt habe.« Er bückte sich, fuhr seinem kleinen Neffen durch die Haare und setzte hinzu: »Ich bin überzeugt, diese Burg wird niemals mehr in die Hände unserer Feinde fallen.«

Domenic hob den Blick nicht, sondern sah über die Täler und Gipfel hin, die die Burg umgaben. Sein Kopf war leicht zur Seite geneigt, sein Ausdruck gedankenverloren. Langsam sagte er mit einer Stimme, die zu tief für seine Jahre war: »Sie wird viele Male fallen, durch Feuer von außen und Blitze von innen.«

Mikhael fuhr bei dieser ernsthaften Erklärung zusammen. Ein unheimliches Kribbeln lief ihm über die Haut. Als der Junge zu ihm aufblickte, sah Mikhael nur die Augen von Domenics totem Vater.

Es ging schnell vorbei, und dann war da niemand anders mehr als Domenic, einfach ein Junge von neun Jahren, das Kind seiner jüngsten Schwester, der einzige Erbe von Aldaran. Der Sturm wurde heftiger. Sie machten kehrt und gingen hinein. Draußen fiel der Schnee auf die neuen Steine nieder und füllte schnell die Spuren, die sie hinterlassen hatten.

Festnacht

von Dorothy J. Heydt

Dorothy Heydt stellte sich uns erstmals in der zweiten Darkover-Anthologie SCHWERT DES CHAOS mit der exzellenten Geschichte ›Durch Feuer und Frost‹ vor. Danach schrieb sie für SWORD AND SORCERESS mehrere sehr gut aufgenommene Geschichten über die Zauberin Cynthia, die im alten Griechenland spielen – oder vielleicht im Griechenland einer Alternativwelt. Wir freuen uns, daß sie mitten in der Arbeit an einem Roman immer noch Zeit für andere schriftstellerische Projekte findet. Zu dieser letzten Anthologie trägt sie mit der wunderschönen Geschichte über die Bewahrerin Marguerida und den Terraner Donald bei.

Dorothy Heydt wohnt in Berkeley und hat ein Haus voll von Computern, Katzen und Kindern, was alles für eine Schriftstellerin als lebensnotwendig bezeichnet werden kann. (MZB)

Der Südwind war nur im Vergleich zu dem eisigen Atem der Hellers warm zu nennen, aber Marguerida sog ihn begierig in die Lungen und warf ihren Schleier zurück, um ihn auf dem Gesicht zu fühlen. »Riecht Ihr das?« fragte sie. »Der Wind bringt den Geruch nach Golddorn mit und nach Rosen. Es ist Frühling, Donald, ist Euch das klar? Wir haben Frühling – und eine Konjunktion.« Sie legte den Kopf in den Nacken und sah zu den Monden hinauf. Drei segelten dicht beieinander über den Himmel, und der verspätete vierte beeilte sich, zu ihnen aufzuschließen. *Cozid'Evanda dia vivais: sovrei dovan al deyn' anvada*!« Sie hob die Arme und grüßte sie, tat einen Schritt, stolperte und setzte sich plötzlich hin. »Verdammt«, sagte sie: das erste terranische Wort, das sie gelernt hatte.

»Habt Ihr Euch weh getan?« Donald kam in aller Hast unter der Tragfläche des beschädigten Flugzeugs hervor.

»Nein, nein.« Sie setzte sich hoch und stopfte den schmutzigen Saum ihrer offiziellen Bewahrerinnenrobe um ihre Füße. »Ich bin nur müde.«

»Ich auch«, gestand er. »Ruht Euch aus. Unter Umständen haben wir einen langen Marsch vor uns . . . o ja, das hat es zerrissen.« Er trat von dem Flügel weg in den Mondschein.

Man hätte zweimal hinsehen müssen, um ihn als Terraner zu erkennen. Das gemischte Licht der Monde ergoß sich wie Silber über sein schwarzes Haar. Er besaß die kräftigen Knochen eines Bergbewohners. Aber er hatte zwanzig Welten kennengelernt, und in seinen blauen Augen schimmerte ein seltsames Licht.

»Ich habe recht gehabt«, sagte er. »Das Querruderkabel ist gerissen; das Metall hat sich aus Ermüdung kristallisiert. Selbst wenn ich das Flugzeug wieder hochbekommen würde, könnte ich es nicht steuern. Wir werden laufen müssen. Da drüben muß irgendeine Behausung liegen; ich kann Lampenlicht sehen. Eine Meile oder zwei, mehr nicht. Schafft Ihr das?«

»Schafft Ihr es?« Vor zehn Tagen waren sie in den Bergen notgelandet, und der Kampf gegen eine Blutvergiftung und eine Krankheit, die so nahe bei einer Lungenentzündung lag, daß man keinen Unterschied mehr feststellen konnte, hatte Donald schlimmer zugesetzt, als es ein paar Stunden Matrix-Arbeit bei Marguerida tun konnten. *Aus Ermüdung kristallisiert*, dachte sie. *Das sind wir.*

»Wer seid denn Ihr?« erklang eine fremde Stimme.

Marguerida hob den Kopf und spähte in die Dunkelheit hinein. Auf einem Karren, beladen mit Schachteln und gezogen von einem mutlos wirkenden Hirschpony, saß ein Mann. »Und warum seid Ihr nicht in der Halle?«

»Wir sind nur bis hierher gekommen.« Marguerida stand auf. Sie schüttelte den steifen roten Rock der Robe aus und zog sich den Schleier wieder über das Gesicht. »Ich bin Marguerida Elhalyn, ehemalige Bewahrerin des Alba-Turms, und das ist mein Diener Donald.« (»Tut mir leid, Donald«, murmelte sie mit einer Stimme, die nicht weiter als zwei Fuß trug. »Ich werde es später erklären.«)

»Na, dann steigt in den Karren«, sagte der Mann nach einer Pause, »und ich bringe Euch zur Halle. Dom Jeral wird Euch sprechen wollen.«

»Wir danken Dom Jeral für die angebotene Gastfreundschaft«, erklärte Marguerida liebenswürdig. »Nur einen Augenblick, bis ich ein paar Dinge zusammengepackt habe.« Sie stieg wieder in das Flugzeug, und Donald folgte ihr.

»Donald, ich entschuldige mich, daß ich Euch nicht Eurem Rang entsprechend vorgestellt habe.« Sie wickelte schnell die langen Streifen des Matrix-Antriebs auf, der das Flugzeug hergebracht hatte. »Ich halte es für das beste, wenn niemand erfährt, daß Ihr Terraner seid, solange wir Thendara noch nicht erreicht haben. Es hat da einiges böses Blut gegeben.«

»*Domna*, ich habe keinen Rang, und ich bewundere Eure Zurückhaltung, mit der Ihr einen planetenweiten Aufstand als ›böses Blut‹ bezeichnet. Ich will gern alles sein, was Ihr mich nennt. Vielleicht wäre es überhaupt besser, wenn ich nicht mitkommen würde.«

»Warum denn das?« Marguerida sah ihn erstaunt an. Sie war als Telepathin nicht so gut wie ihre weiblichen Vorfahren, aber die Gefühle des Mannes waren so greifbar wie Erbsenbrei. Zweifel, Erschöpfung, ein doppeltes Maß an Verlegenheit und das deutliche Gedankenbruchstück: *Wenn uns die Leute zusammen sehen, werden sie denken* . . . Sie wandte sich von dem Rest ab.

»Sorgt Ihr Euch um meinen Ruf? Ich vergaß, daß Ihr erst ein Jahr auf Darkover seid. Niemand beschuldigt eine Bewahrerin, sie habe sich ungebührlich benommen, zumindest nicht ohne Wagenladungen von Beweisen. Es gibt ein sehr altes Sprichwort: ›Wer auf den König schießt, tut gut daran, ihn zu töten.‹ Ich werde Euch als meinen Friedensmann bezeichnen, der geschworen hat, mich zu beschützen, falls Ihr Euch wegen Eures eigenen guten Namens Gedanken macht. Ist hier irgend etwas, das ihr mitnehmen möchtet?«

»Die Erste-Hilfe-Ausrüstung, was noch davon übrig ist. Das Verbandmaterial und die Antibiotika habe ich verbraucht, aber es könnte noch etwas Nützliches dabei sein.« Er steckte den flachen Kasten aus terranischem Metall in seine lose sitzende Jacke, und sie verließen das Flugzeug zusammen. Donald hob Marguerida auf einen Sitz neben dem Kutscher und kletterte hinten hinein zu den Schachteln.

Aus der Nähe gesehen war die Quelle des Lampenlichts weder ein Bauernhof noch ein Dorf, sondern ein großes Gebäude in einem Mischstil: Mauern aus hiesigem Stein, terranische Wellplastik für das Dach. Es war eine Art Lagerhaus gewesen, ein Depot für den Handel, der in den letzten Jahren der Mitgliedschaft im Imperium allmählich zugenommen hatte. In diesem Seuchenjahr war er wieder zu einem Rinnsal versiegt. Das Gebäude war leer von Waren, aber voll von Menschen. Man konnte draußen in der stillen kalten Luft ihre Stimmen hören.

Ein untersetzter Mann stand wie ein Wachtposten in der halboffenen Tür, die Daumen in den Gürtel gehakt. Ein kegelförmiger Helm, eine verbeulte Antiquität, beschattete seine Augen, ein Schwert hing ihm an der Seite. »Rein mit euch, ihr beiden«, brummte er Donald und Marguerida an. Aber als Marguerida in den Streifen Lampenlicht vor der Tür trat, fuhr der Mann zusammen und murmelte: »Zandru! Noch eine!« Dann lächelte er und zeigte dabei abgebrochene Zähne. »Willkommen, *vai domna*. Ihr erweist uns Gnade. Bitte, geht hinein. Das Abendessen ist fast fertig.«

Die Härchen entlang Donalds Rückgrat richteten sich auf, als er die Stimme des Mannes hörte. Aber Marguerida neigte nur ihren verschleierten Kopf und ging an dem grinsenden Posten vorbei, als sei er ein Baum. Donald folgte ihr ohne ein Wort.

Der größte Teil des Gebäudes bestand aus einem einzigen

großen Innenraum. Schwere Holzbalken stützten eine Galerie, die sich um die Vorderwand und die Seitenwände zog. Die hintere Wand besaß eine einzige Tür, die in den Raum führen mochte, der ursprünglich das Büro des Lagerhauses gewesen war. Vor der hinteren Tür war eine einfache Plattform errichtet worden. Darauf stand ein Tisch, der Platz für vielleicht ein Dutzend Leute bot. Etwas hing vom Dach herab. Donald mußte ein paarmal blinzeln, bis er es als Flaschenzug erkannte, der zur Decke hochgezogen worden war, um aus dem Weg zu sein. Das Zugseil, das ihn hob und senkte, hing auf die Galerie über seinem Kopf herunter. Sicher war es an einem Balken oder so etwas festgebunden.

In der Mitte des Fußbodens war eine Stelle freigelassen, aber der ganze Raum unter der Galerie war voll von Menschen. Es waren halb verhungerte, müde Menschen, deren Gesichter das Mal der Furcht trugen, Flüchtlinge vor Bränden, vor Seuchen, vor den ökologischen Katastrophen, die wie der Fünfte Reiter über Darkover zogen – und vor dem bösartigen Winter, der erst jetzt allmählich ein Ende fand. Ihr Atem war in der kalten Luft schwach sichtbar, aber es war drinnen wärmer als draußen. Jede Familie hatte sich ein Eckchen abgeteilt und dort Decken ausgebreitet. Ausgemergelte Frauen hielten Kinder mit Schatten in den Augen auf dem Schoß. Ihre Männer lehnten an der Außenwand und blickten in den Raum hinein, als sei er der Wald draußen. Ein Kind begann zu schreien. Seine Mutter brachte es schnell zum Schweigen, wobei sie von einer Seite zur anderen blickte.

Eine primitive Küche mit Feuerstellen und einem gemauerten Backofen war neben der Tür eingerichtet worden. Frauen beugten sich über große Kessel, wie sie die Landbewohner Darkovers benutzen, und darunter glühten die Oberflächen terranischer Energiepacks in einem stumpfen Rot. Die Frau, die Marguerida am nächsten war, erschrak, als sie die zerlumpte Bewahrerinnenrobe sah, wischte die Hände an der Schürze ab und eilte zu ihr.

»*Vai domna*, wie seid Ihr hergekommen? Oh, aber das sollte

ich nicht fragen; Ihr erweist uns Gnade, da bin ich sicher. Seid Ihr eben erst eingetroffen, Ihr und der Mann da? Oh, Ihr werdet halb verhungert sein. Hier, fangt damit schon einmal an, das Abendessen ist bald fertig. Dom Jeral sorgt äußerst großzügig für uns«, setzte sie mit lauterer Stimme, das Auge auf die Tür gerichtet, hinzu.

»Oh, und Domna – seid Ihr eine Heilerin? Da oben auf der Galerie liegt eine arme Frau in den Wehen, und die Hebamme sagt, sie kennt sich bei ihr nicht aus. Könntet Ihr hinaufsteigen und sie Euch ansehen?«

»Ich werde sehen, was ich tun kann.« Marguerida ergriff den Korb, den die Frau ihr reichte, und stieg als erste die Leiter zur Galerie hinauf.

»Ich habe diesen Dom Jeral noch gar nicht kennengelernt, und doch kann ich ihn jetzt schon nicht leiden«, bemerkte Donald.

»Ich auch nicht«, pflichtete Marguerida ihm bei, »aber ich würde es hier nicht erwähnen.«

Der Boden der Galerie unmittelbar über der Küche war freigeräumt worden und diente als Krankenstation. Es war der wärmste Platz im Gebäude – falls der geheimnisvolle Dom Jeral nicht einen terranischen Raumheizer in seinem Kämmerchen hinter der Plattform hatte. Der Rest der Galerie stand voller Kisten, Heuballen und alten, ausrangierten terranischen Maschinen. Donald bemerkte mit einiger Belustigung, daß das Zugseil des Flaschenzugs an einem Amboß gesichert war, dessen Konstruktion sich in drei Jahrtausenden nicht verändert hatte.

Auf der Krankenstation befanden sich vier Personen. Zwei davon litten offensichtlich an Magenkrämpfen. Sie krümmten sich leise stöhnend auf ihren Decken. Neben ihnen standen Wasserbecher und sauer riechende Schüsseln. Die dritte Person, eine Frau, hielt, flach auf einem Strohlager liegend, die geballten Fäuste über dem Kopf. Als vierte kam die Hebamme hinzu, die neben ihr kniete. Marguerida schlug ihren Schleier zurück und sprach sie an.

Die Hebamme war eine Frau aus den Bergen und ihr Akzent so weit von dem Thendara-Dialekt entfernt, daß Donald kein Wort verstand. Er nahm sich seinen Anteil aus dem Korb – Trockenobst und mit Nußpaste bestrichene Brotscheiben – und setzte sich mit dem Rücken an einen Pfosten.

Nach einer Woche ständigen Hungerns hätte er das Hirschpony des Fuhrmanns samt Hörnern, Hufen und sonstigem Zubehör verschlingen können, aber er zwang sich, Früchte und Brot langsam zu essen, damit ihm nicht alles wieder hochkam. Außerdem erforderte das lederige Trockenobst gründliches Kauen. Er legte eine goldene Traube neben eine tiefrote Kirsche auf eine Scheibe terranischer Ananas und bewunderte die Wirkung: wie ungeschliffene Edelsteine. Nach dem zweiten Bissen Nußpaste begann er zu lächeln.

Die in den Wehen liegende Frau biß die Zähne zusammen. Ihr Gesicht war grau vor Erschöpfung. Marguerida hielt ihre Matrix zwischen den Fingerspitzen ihrer Rechten und ließ ihre Linke langsam über den Körper der Frau gleiten. Die Hebamme hockte daneben, die Hände nachdenklich unter dem Kinn gefaltet.

»Das Kind liegt quer«, stellte Marguerida mit leiser Stimme fest. »Doch das wißt ihr vielleicht schon.«

»Ich habe es vermutet«, antwortete die Hebamme. »Lebt es noch?«

»Ja. Das Herz schlägt kräftig, und alle Zeichen sind gut.«

»Avarra sei uns allen gnädig«, seufzte die Hebamme. »Jetzt muß ich entscheiden, wer von beiden gerettet wird. Ich hätte Klempnerin werden sollen wie meine Mutter.

Wenn sie nur eher gekommen wäre! Aber sie traf gestern am späten Abend zusammen mit den anderen ein, den armen Seelen, und heute morgen begannen die Wehen.« Sie warf Marguerida einen Seitenblick zu, der nicht ohne Humor war. Ihr graugesprenkeltes Haar war kurzgeschnitten. Durch ihr Ohrläppchen zog sich anstelle des Ohrrings, den sie hatte verkaufen müssen, ein Leinenfaden, aber ihr Mut war ungebrochen. »Wenn eine Frau im letzten Monat der Schwangerschaft in Gefahr oder auf der Flucht ist und ein schützendes Obdach erreicht, kommen die Wehen im Lauf des nächsten Tages. Ich kann das Kind nicht mehr umdrehen, weil ihr Leib sich fest darum krampft. Es sei denn« – wieder sah sie zu Marguerida hinüber – »Ihr könnt dafür sorgen, daß die Wehen für ein paar Minuten aussetzen.«

»Vielleicht«, sagte Marguerida. »Donald, kommt bitte her. Ihr habt diesen Medizinkasten; was ist darin?«

Er zog den Kasten aus seiner Jacke und öffnete ihn. »Antibiotika sind keine mehr da. Das hier, hmm« – er las das Etikett auf einer Flasche –, »beschleunigt die Blutgerinnung bei einer Wunde. Ich habe die Hälfte davon nach dem Absturz verbraucht, aber die andere Hälfte muß noch gut sein. Sonnenschutzlotion. Ein Mittel gegen Heuschnupfen. Praktisch alles, was auf Darkover nützlich sein könnte, ist uns ausgegangen. Eine Schere. Eine Fertig-Eispackung für Quetschungen und Zerrungen.«

»Das können wir später verwenden«, sagte Marguerida, »wenn wir soweit kommen. Ist nichts dabei, was verkrampfte Muskeln entspannt?«

»Nichts von der Sorte. Wartet mal, das hier« – er nahm die letzte Flasche heraus – »mein Gott, das ist ein Mickey Finn. Um Knochen einzurenken, nehme ich an. Es müssen zehn oder fünfzehn Dosen sein.«

»Mikhail wer?«

»Michael Finn war ein legendärer terranischer Gastwirt, der ungebärdigen Gästen ein Schlafmittel ins Glas schüttete. Vermutlich hat er Chloralhydrat benutzt, und dies ist Edrin, aber das Prinzip ist das gleiche. Ich würde es jedoch Eurer Patientin nicht geben. Sie würde für Stunden das Bewußtsein verlieren, und das kann für das Kind doch nicht gut sein.«

»Nein. Ich danke Euch, Donald.« Er kehrte zu dem Pfosten, sie zu der Hebamme zurück.

»Ihr sagtet, Ihr könntet das Kind drehen, *Mestra*? Ich wußte nicht, daß so etwas möglich ist.«

Die Hebamme grinste. »Manche sagen, es sei möglich, und manche sagen, es sei nicht möglich.« Sie streckte die Finger und bewegte sie, um sie aufzuwärmen. »Was mich betrifft, so habe ich es bereits gemacht.«

Marguerida lächelte zurück. »Versuchen wir es.« Wieder hielt sie die Hand über den Unterleib der Frau, und ihre Wahrnehmung glitt zwischen den Fingern durch, hinunter auf die Nervenzentren, die die glatten Muskelfasern kontrollieren. *Knoten, löst euch. Ströme, fließt. Türen, öffnet euch.*

Die Frau atmete tief ein und wieder aus. »Ah!« Die Hebamme legte die Fingerspitzen auf den geschwollenen Unterleib. Sie drückte gegen den harten Klumpen, der den Kopf des Kindes markierte, fest, aber ohne Hast. Der Klumpen verlagerte sich ein bißchen. Ein Druck auf der anderen Seite, wo die Beine sich flach gegen den Rumpf legten. Wieder ein Druck gegen den Kopf und eine weitere merkliche Verlagerung von Südost nach Ostsüdost. Die Patientin stöhnte, und die Hebamme riet ihr, ohne aufzublicken: »Schreie, soviel zu willst, aber verspanne dich nicht!« Sie drückte von neuem.

Donald, der sein Brot und Trockenobst aufgegessen hatte, schlief schon fast, als der Gong ertönte: Eine Stange aus irgendwo geborgenem terranischem Eisen schlug gegen eine zweite, die an einem Strick hing. Die innere Tür öffnete sich. Zwei Männer traten heraus. Wie der Wachtposten, der sie eingelassen hatte, trugen sie Teile von Rüstungen: Beide hatten Helme auf dem Kopf, dazu schmückte sich der eine mit einem alten Kettenpanzer und der andere mit einer terranischen Aufruhrschutzjacke. (Wie man es auch betrachtete, es befand sich eine große Menge terranischen Materials in diesem Raum. In Donald stieg ein Verdacht auf, wo es hergekommen sein mochte.) Speere in der Hand, bezogen sie zu beiden Seiten der Tür wie eine Ehrengarde Posten.

Der Mann, der zwischen ihnen erschien, war ebenfalls in eine Mischung aus terranischen und darkovanischen Sachen gekleidet, aber in beinahe unglaublich übertriebener Weise. Er erinnerte

Donald an einen Mann, der einmal zu einem Kostümfest als ›Explosion in der Zeitmaschine‹ gekommen war. Eine Brokatjacke hing über einer terranischen Uniformhose, ein weißer Pelzmantel lag um seine Schultern, ein goldener Gürtel hielt ein antikes Langschwert an seiner Seite. Eine mit Granatsteinen besetzte goldene Krone, die einmal einem richtigen König gehört haben mußte, thronte auf einem terranischen Polizistenhelm, von dem die Sichtplatte abmontiert worden war. Sein Gesicht war käsig weiß, blasser noch als das der meisten Darkovaner nach dem langen Winter, und glatt und faltenlos wie das eines Babys. Seine Augen waren klein, von einem hellen Eisblau und ausdruckslos, aber sein Mund lächelte.

Es raschelte im Raum, als die Leute aufstanden und sich verbeugten. Vier weitere Männer in buntscheckiger Rüstung folgten ihrem Anführer aus der Tür und die rauhen Stufen zu dem Tisch auf der Plattform hinauf.

Marguerida trat zu Donald, doch nicht so dicht an den Rand der Galerie, daß sie hätte hinunterfallen – oder vom Licht der Fackeln unten getroffen werden können. Sie aß das letzte Stück von ihrem Brot und leckte sich Nußpaste von den Fingern.

»Wißt Ihr, was das ist?« fragte Donald. »Terranische Erdnußbutter.«

»Ja, die meisten Lebensmittel hier sind terranisch. Getrocknete und konservierte und – wie heißt es gleich? – gefriergetrocknete Notrationen, und wie ich hörte, gibt es in Thendara ganze Zimmer voll davon. Ich möchte doch wissen, wo das alles war, als meine Leute in den Hellers verhungerten.«

»Da, wo es jetzt auch ist«, antwortete Donald. »Man hat die Flüchtlinge gespeist, die es bis Thendara geschafft hatten. Aber es gibt nicht genug Lufttransportmittel, um Waren aufs Land hinauszubringen, und euer Bodentransport beschränkt sich auf Packtiere und schmale Bergpfade. Es tut mir leid.«

Der Mann mit der Krone schritt zum Mittelpunkt der Plattform und drehte sich mit weit ausgebreiteten Armen dem Raum zu.

»Mein Volk«, sagte er, »ich heiße euch zu unserer Festnacht willkommen. Der Frühling ist da, und in diesem Frühling werden wir auf Eroberung ausziehen. Die Domänen werden sich erheben, um uns zu helfen, wenn wir auf unserem Weg alle Gegner hinwegfegen, bis wir das Nest des Usurpators, Hastur von Hastur, ausgebrannt haben!«

»Er ist wahnsinnig«, bemerkte Donald.

»Ich weiß«, antwortete Marguerida. »Er bildet sich ein, im Zeitalter des Chaos zu leben.«

»Hastur versammelt *Leroni* in der Comyn-Burg, um ihre Zauberkräfte gegen mich zu lenken. Aber er ist zum Scheitern verurteilt. Wir werden sehen, was *Laran* gegen Laserwaffen ausrichtet! Doch heute abend ist es Zeit zum Feiern. Eßt und trinkt – ich glaube, unsere Köchinnen haben etwas ganz Besonderes für uns – und tanzt und seid fröhlich. Denkt daran« – das käsige Gesicht verzog sich zu einem schurkischen Grinsen –, »was unter den vier Monden geschieht, kann niemandem vorgehalten werden. Laßt das Fest beginnen!«

Die Anwesenden jubelten ihm pflichtschuldigst zu. Dom Jeral setzte sich an die erhöhte Tafel, und seine Männer nahmen die Plätze um ihn ein. Die beiden Wachtposten schlossen die innere Tür ab und bauten sich zu beiden Seiten des Tisches auf. Die Leute stellten sich mit ihren hölzernen Tellern und Schüsseln an, um sie sich aus den Töpfen füllen zu lassen. Ein nervös dreinblickender Mann servierte an der erhöhten Tafel etwas, das nach einem Paar Rabbithorns aussah, gebraten, mit Eigelb vergoldet und von Kräutern umgeben. Der rattengesichtige Mann zu Dom Jerals Rechter stand auf, um sie zu zerlegen.

»Ich möchte nicht gesehen werden, wenn es sich irgend vermeiden läßt«, sagte Marguerida. »Donald, könntet Ihr hinuntergehen und unsere Portion holen? Da drüben bei dem Wassergefäß stehen Schüsseln.«

»Natürlich.« Er stand auf und verbeugte sich. »Z'par servu.« Er nahm sich drei Schüsseln und stieg die Leiter hinunter. Niemand beachtete ihn außer dem Türsteher, der jedoch sah ihn argwöhnisch an, als versuche er, zwei und zwei zusammenzuzählen und bringe dreieinhalb heraus.

Es gab einen Eintopf mit viel Fleisch und Zwiebeln, Brotlaibe, Grün von Gemüse und kleine Kuchen, mit Obst gefüllt, das man eingeweicht hatte, bis es weich geworden war. Donald brachte alles auf die Galerie hinauf und bediente Marguerida und die Hebamme, bevor er sich hinsetzte, um seine eigene Portion zu essen. Mehrere Minuten lang war auf der Galerie nichts anderes zu hören als das Stöhnen der Gebärenden und das leise Zureden der Hebamme.

Der Eintopf war dunkel und gut, und das weiche, schwere Brot eignete sich wundervoll zum Auftunken. Die Kuchen waren außen knusprig, innen weich und saftig, voll von getrockneten Früchten, die gestorben und in einen Himmel voller Honig und Gewürze eingegangen waren. »Woher stammt das alles?« fragte Donald, als nichts mehr übrig war als die Wärme der Schüssel.

»Auch das sind terranische Notrationen«, sagte Marguerida. »Meistens gibt es hier Fertigsuppen aus großen Schachteln, denen man nur Wasser hinzuzufügen braucht. Sie essen es praktisch Tag für Tag. Aber für das Festmahl von heute abend hat man die Kinder zwei Tage lang darangesetzt, das Zeug auszusortieren und das Fleisch von den Gemüsen zu trennen. Menschen sind zu zusätzlichen Anstrengungen bereit, um ein Fest zu feiern, auch in mageren Zeit wie diesen.

Donald, ich denke mit Angst daran, was dieser Wahnsinnige vorhaben mag. Er ist natürlich kein Comyn-Lord und nicht einmal ein kleiner Adliger aus den Bergen. Niemand weiß, wo er hergekommen ist, aber vor etwa fünfzig Tagen tauchte er mit dieser Bande von Halsabschneidern und einer Wagenladung terranischer Lebensmittel auf. Man vermutet, daß er sie gestohlen hat. Wie auch immer, das sicherte ihm einen guten Empfang bei den Leuten, und er übernahm dieses Gebäude und nahm Flüchtlinge darin auf. Ja, er speist sie, er sorgt für sie. Er hat zwei seiner

Männer, denen einstudiert wurde, eine glaubwürdige Lüge zu erzählen, den weiten Weg nach Thendara geschickt, um die Hebamme zu holen. Er glaubt tatsächlich, diese Leute seien sein Volk und er sei ihr Lord.

Aber er hält sich außerdem für den rechtmäßigen König der Domänen, und er beabsichtigt, eine Armee gegen Lord Regis Hastur zu führen, sobald es ein bißchen wärmer ist. Ich weiß nicht, ob die Männer marschieren werden oder nicht. In dem einen Fall werden sie von der Garde, in dem anderen von Jerals Leuten abgeschlachtet werden.«

»Es ist schlimmer, als Ihr glaubt«, flüsterte Donald. »Habt Ihr nicht gehört, was er über Laserwaffen gesagt hat? Ich weiß nicht, woher er seine terranischen Lebensmittel bekommt, aber wenn er als Dieb nur halb so schlau ist, wie es scheint, mag er ebenso Zugang zur Waffenkammer eines Raumhafens haben.«

»Dann helfe uns Aldones!« entsetzte sich Marguerida. »Und er läßt nicht zu, daß einer von ihnen das Gebäude verläßt. Nicht einmal, um einem Ruf der Natur zu folgen. Es sind Aborte da hinten in der Ecke, aber sie reichen nicht für so viele Menschen. Schon breiten sich Krankheiten aus, wie Ihr seht.« Sie wies auf die beiden Darmkatarrh-Patienten hinter ihnen. »Wir müssen etwas unternehmen.«

»Wir? Ihr und ich?«

»Seht Ihr sonst noch einen? Wir müssen uns einfach etwas einfallen lassen.«

»Auf meinem Planeten«, sagte Donald, »gibt es ein altes Stück Folklore, ein Bild, das Hunderte von Malen nachgezeichnet worden ist. Es zeigt ein Verlies, in dem zwei arme Teufel mit Hand und Fuß an die Wand gekettet sind. Der eine sagt zu dem anderen: Paß auf, ich habe folgenden Plan . . .«

Marguerida lächelte. »Wir finden bestimmt etwas. Wir müssen etwas finden.«

Mitten während der Mahlzeit wurde die Wache sozusagen abgelöst. Drei Männer standen vom Tisch auf und tauschten die

Plätze mit dem Türsteher und der Ehrengarde. Der Türsteher kniete vor Jeral nieder und sagte etwas zu ihm, worauf der Anführer ruckartig den Kopf hob. Seine kleinen Augen spähten zur Galerie empor, ohne etwas zu entdecken. Er stand auf.

»Ich bin soeben informiert worden, daß wir heute abend einen edlen Gast haben«, verkündete er. »Eine mächtige *Leronis* aus den Bergen ist gekommen, um mit *Laran*-Kräften an meiner Seite zu kämpfen. Ein Geschenk der Götter für unsere gerechte Sache, eine Antwort auf Hastur mit seiner Bande von Verrätern in der Burg! Sie möge sofort vortreten.«

»Rührt Euch nicht«, flüsterte Donald. »Ihr müßt die Haltung einnehmen, daß Ihr im Rang über ihm steht. Ich gehe.«

Er eilte die Leiter hinunter und ging bis zur Mitte des freien Raums. Dort verbeugte er sich tief vor dem ihn mißtrauisch anblickenden Jeral. »*Vai dom*, ich diene der edlen Dame Marguerida Elhalyn, Bewahrerin des Alba-Turms«, erklärte er. »Was ist Euer Begehr?«

»Sie soll herkommen, verdammt noch mal!« polterte der Anführer. »Ich verschwende meine Zeit nicht mit Untergebenen; ich will die *Leronis* zur Hand haben!«

»Ich werde es ihr ausrichten.« Wieder verbeugte Donald sich und kehrte auf die Galerie zurück.

Er fand Marguerida von neuem verschleiert vor. Sie hatte die Hände in die Ärmel gesteckt und hielt den Kopf hoch. »Ihr bleibt hier«, sagte sie. »Laßt mich das erledigen.«

Donald schwieg. Mit seinen Blicken suchte er die Galerie ab, als könne plötzlich irgend etwas unter einem Heuballen oder einem Abfallhaufen hervorkriechen und einen besseren Plan vorschlagen. Sein verbeulter Erste-Hilfe-Kasten lag offen da, wo die *Leronis* gesessen hatte. Er sah ein zweites Mal hin. »Marguerida, wo ist der Mickey Finn?« fragte er.

Unter ihrem Schleier hob Marguerida den Blick. »Mikhail?« fragte sie unschuldig. »Er mußte gehen. Er sagte, ich solle Euch von ihm grüßen.«

Kopfschüttelnd setzte sich Donald wieder an den Rand der Galerie. Er mußte davon ausgehen, daß sie wußte, was sie tat; es war, weiß Gott, genug in dieser Flasche, um ein Dutzend Männer bewußtlos zu machen. Falls sie es ihnen allen gleichzeitig eingeben konnte . . . Verstohlen klopfte er dreimal auf Holz.

Marguerida ging durch den großen Raum auf die erhöhte Tafel zu. Mit einem würdevollen Nicken deutete sie dem Anführer an, daß sie im Rang ein wenig über ihm stand. »Dom Jeral, ich grüße Euch und danke Euch für Eure Gastfreundschaft. Die Götter mögen auf Eure Bestrebungen herabsehen und Euch den Lohn geben, den Ihr verdient.« (*Autsch*, dachte Donald, aber der Hohn schien über den Kopf des Anführers hinwegzugehen.)

»Ich heiße Euch willkommen, Lady«, erwiderte Jeral. »Kommt und setzt Euch an meine Seite. Wir wollen zusammen trinken« – er wies auf die terranische Flasche, die der am Tisch servierende Mann hingestellt hatte – »und unseren Schlachtplan besprechen. Könnt Ihr Haftfeuer herstellen?«

»Nein, Milord. Das kann niemand; das Geheimnis ist verlorengegangen.« *Den Göttern sei Dank dafür*, sagte ihr Ton, wenn auch nicht ihre Worte. Sie setzte sich auf den Stuhl, den ihr der rattengesichtige Gefolgsmann zurechtrückte, die Hände immer noch keusch in den Ärmeln verborgen, und beugte sich vor, um die Flasche auf dem Tisch zu betrachten. Donald konnte von da, wo er saß, das Etikett nicht erkennen, aber die Form ließ auf Whisky schließen.

»Leider kann ich nicht mit Euch trinken, *vai dom*«, sagte Marguerida, »weil das meine Kräfte durcheinanderbringen würde. Aber ich will Euch und Eure Männer bedienen.«

Sie ergriff die Flasche, wobei nur ihre Fingerspitzen sichtbar wurden, ging am Tisch hin und her und goß jedem Mann ein. Sie ließ sogar dem Türsteher und den beiden Wachtposten auf dem Podium Whisky bringen. »Auf den Sieg!« rief sie, hob die Flasche hoch und stellte sie wieder hin. »Sieg!« brüllten die Männer und leerten ihre Becher.

Marguerida stand da und wartete. Ein Atemzug, zwei . . . Jeral und seine Männer sackten auf ihren Stühlen zusammen und legten die Köpfe auf den Tisch. Die Posten fielen mit rasselnder Rüstung zu Boden. Die Zuschauer hielten die Luft an. Ein hoffnungsvolles Gemurmel stieg auf. Und ein unartikulierter Wutschrei hallte durch das Gebäude. Ein weiterer in eine Rüstung gekleideter Mann sprang auf die Plattform, einen Speer in der Hand.

Vielleicht war er auf dem Abort gewesen oder hatte eine Frau unter den Flüchtlingen belästigt. Jetzt eilte er auf Marguerida zu und setzte ihr die Speerspitze an die Kehle.

»Das ist dein Werk, Hexe!« rief er. »Was hast du getan? Mach es wieder gut, oder du wirst sterben.«

Marguerida hob die Hand. »Ich warne dich«, begann sie.

»Ich weiß.« Der Mann zeigte mit einem häßlichen Lächeln seine verfaulten Zähne. »Wenn ich dich berühre, sterbe ich. Deshalb werde ich nicht Hand an dich legen, nur das hier.« Er hob die Speerspitze um die Breite eines Fingers.

Für einen langen Augenblick war Donald unfähig, sich zu bewegen. Endlich streckte er den Arm aus und berührte das kalte Eisen des Ambosses neben ihm, an dem das Zugseil des Flaschenzugs festgebunden war. Von da, wo Donald saß, wurde das häßliche Gesicht des Mannes von dem Seil in zwei Hälften geschnitten.

Aber Marguerida stand vor ihm, halb von seiner Schulter verdeckt. Wenn er das Ding losließ, traf es sie ebenso. Vielleicht trat sie zur Seite. Würde er sie zur Seite treten lassen? Donald stand geräuschlos auf.

Das Gesicht des Wachtposten war verzerrt, und öliger Schweiß lief ihm über die Haut. Marguerida stand schweigend und unbeweglich da. Dann drehte sie plötzlich die Handflächen nach oben und brach wie tot auf dem Fußboden zusammen. Der Posten umklammerte ratlos seinen Speer, und in diesem Augenblick hob Donald den Amboß hoch und ließ ihn fallen.

Das Seil zog sich unter der plötzlichen Belastung quietschend in die Länge, aber es hielt, und der Amboß schwang in einer Kurve durch den Raum. Das Atemholen der Leute klang, als rausche Gras im Wind. Ein Dummkopf schrie auf, und der Wachtposten hob den Kopf, gerade als der Amboß über den Tisch segelte, ihn ins Gesicht traf und gegen die Wand schleuderte. Der Flug des Ambosses endete, als er den Balken erreichte, der das Dach trug. Ein deutliches Knacken war zu hören. Der Amboß schwang hin und her, hin und her und verlor langsam an Momentum, während die Leute zu rufen und zu singen begannen und Marguerida sich aufrappelte und von der Plattform stieg, bevor sich der Saum ihres Gewandes mit Blut vollsaugen konnte.

Donald hörte hinter seinem Rücken einen dünnen Laut wie das Miauen einer Katze, der in dem Lärm unten beinahe unterging. Er drehte sich um und sah, daß die Hebamme das Neugeborene an die Brust seiner Mutter legte. Die Frau atmete schwer und war kaum fähig, die Arme zu heben, um das Kind zu halten, aber ihr Gesicht strahlte. »Ich gratuliere«, sagte Donald. »Wißt Ihr, wenn wir jetzt Winter statt Frühling hätten, wäre das eine großartige Weihnachtsgeschichte.«

»Eine was?«

»Laßt nur.« Er zeigte der Hebamme, wie man die Eispackung benutzte, und stieg die Leiter hinunter, damit sie sie ungestört da, wo es notwendig war, anbringen konnte. Bis er den Fußboden erreichte, waren seine Knie von der Reaktion weich, und er mußte sich an dem Stützbalken festhalten, um auf den Füßen zu bleiben. Schwindel packte ihn und verflog. Als er wieder sehen konnte, stand Marguerida vor ihm.

»Habe ich nicht gesagt, uns würde etwas einfallen?« triumphierte sie. »Gehen wir an die frische Luft.«

Sie nahm seinen Arm und führte ihn nach draußen. Die Luft war bitterkalt, aber viele Leute waren bereits aus dem Gebäude gerannt, um zu singen und im Kreis zu tanzen. Am Himmel lagen die vier Monde so dicht beieinander wie Knöpfe in einer Handfläche.

»Sobald wir nach Thendara kommen«, sagte Marguerida, »müssen wir Euch auf *Laran* testen lassen.«

»Warum denn das?«

»Ihr habt vorhergesehen, wo der Amboß treffen würde, genau wie ich vorhersah, wann ich mich hinfallen lassen mußte, um ihm aus dem Weg zu gehen. Die Vorausschau ist eine der alten Gaben.«

»Nichts da«, wehrte Donald ab. »Von da, wo ich stand, ging das Zugseil mitten durch sein Gesicht. Ein Pendel wird immer unter seinem Aufhängungspunkt vorbeischwingen und eine gerade Linie verfolgen. Das ist einfache Physik.«

»Physik? Was ist das?«

»Ich werde es Euch später erklären. Meint Ihr, wir könnten uns hinsetzen?«

»Natürlich.« Sie zogen sich zwei leere Container heran, auf denen FLEISCH- UND GEMÜSEEINTOPF/WASSER HINZUFÜGEN/ERGIBT FÜNFZIG GALLONEN stand, und setzten sich. Einer der Flüchtlinge, ein drahtiger Mann mit knotigen Muskeln an den dünnen Armen, kam mit einem Arm voller Eisenwaren zu ihnen.

»Wir haben sie unschädlich gemacht, *vai domna*«, berichtete er. »Das sind ihre Waffen.« Er legte sie ihr zu Füßen: Speere, Schwerter, Dolche. Marguerida sah sie sich an. Sie wählte einen brauchbar aussehenden Dolch und ein Kurzschwert aus, das die Länge von Donalds Unterarm hatte.

»Könntet Ihr Euch für einen Augenblick hinknien, Donald?«

Er zuckte die Achseln. »Warum nicht? Das ist einfacher als sitzen.« Er ließ sich vor ihr auf die Knie nieder.

Sie schlug den Schleier wieder zurück. »Nun tut für eine Minute so, als gehöre der Dolch euch und das Schwert mir.« Sie reichte ihm den Dolch und nahm ihn zurück. Dann legte sie die beiden Waffen mit dem Griff zur Klinge nebeneinander.

»Donald Stewart, sei von diesem Tag an mein Friedensmann und Schildarm. Möge diese Klinge mich treffen, wenn ich dir nicht Schutz und Schirm und eine gerechte Herrin sein werde. Die Götter sind Zeugen und die heiligen Dinge zu Hali.«

Sie gab ihm das Schwert in die Hände, und plötzlich fiel ihr ein, was sie noch tun mußte. *Was wird er denken? Ich weiß doch nichts über die Terraner*! Aber das Ritual erforderte es. Sie beugte sich vor und gab ihm den Bruderkuß auf die kalte Wange.

Nach einem Augenblick erwiderte er den Kuß und beugte den Kopf. Schweigend saßen sie unter den vier Monden, und all die vielen Menschen tanzten um sie herum.

Etwas zum Lachen

von Rachel Walker

Worüber ich mich am häufigsten bei diesen Anthologien beklage, ist, daß ich zu selten etwas mit einer Spur von Humor bekomme.

Sicher, Darkover ist ein ziemlich ernster Ort, und mit der üblichen Slapstick-Geschichte klappt es dort nicht recht (abgesehen davon, daß solche Geschichten in Mengen eintreffen). Wenn ich nun eine brauchbare Geschichte erhalte, bin ich restlos begeistert. Man hat mir oft gesagt, ich hätte nicht genug Sinn für Humor, weil ich keine Freundin von Situationskomik, Beinchenstellen und Streichen bin. Über andere Dinge kann ich jedoch lachen, und deshalb habe ich diese Geschichte ausgewählt. (MZB)

Caitlin MacAran wollte niemanden sehen. Auf ihr, der neuen Bewahrerin von Neskaya, lastete in dieser seltsamen Zeit auch ohne die ständigen Probleme der Turmarbeiter schon genug an Pflichten. Doch die wütende Ungeduld, die sie auf der anderen Seite des Türvorhangs spürte, war zu heftig, um ignoriert zu werden. »Komm herein«, rief sie resigniert.

Belloma, eine der Handvoll von Technikern in Neskaya, stürmte herein wie ein Sturm der Hellers. »Ich kann das nicht länger ertragen, *vai leronis*«, erklärte sie kategorisch.

Caitlin seufzte. »Was hat Cassalina diesmal angestellt?«

»Sie hat meine Bettdecke an der Matratze festgenäht!« Belloma gelang es, das sie umgebende psychische Knistern zu unterbinden, nur aus ihren Augen sprühte immer noch der Zorn. »*Vai leronis*, ich weiß, sie ist jung, aber sie ist seit zwei Jahren hier, und immer noch mangelt es ihr an Disziplin! Wenn Ihr keine Möglichkeit der Kontrolle über – über . . .«

»Ihren Sinn für Humor?« schlug Caitlin milde vor.

Belloma lehnte diesen Ausdruck naserümpfend ab. »Sagen wir, der Kontrolle über ihre jugendliche Ausgelassenheit findet, *vai leronis*. Wie Ihr diese Eigenschaft auch nennen wollt, falls Ihr Cassalina nicht überreden könnt, sie zu zügeln, sehe ich mich gezwungen, mit Regis Hastur persönlich zu sprechen!«

»Du wirst nichts dergleichen tun, Belloma«, erklärte Caitlin scharf. Diesen stählernen Ton in ihrer Stimme hörte man selten. »Ich bin hier immer noch Bewahrerin, und ich kenne Cassalinas Neigung zu – nun, zu Streichen, die sich für einen Turm nicht schicken. Das werde ich auf meine eigene Art regeln. Regis Hastur ist viel zu beschäftigt, um sich mit solchen Dingen befassen zu können. Habe ich mich klar ausgedrückt?«

Belloma blickte rebellisch drein, doch sie neigte demütig den Kopf. *»A ves ordres, vai leronis«*, murmelte sie.

Caitlin runzelte ein bißchen die Stirn, dann winkte sie lässig ab. »Du kannst gehen«, sagte sie kurz und richtete den Blick wieder auf die Papiere, die auf ihrem Schreibtisch umherlagen. *So verwirrend unser Zeitalter des Chaos war, ich wette, damals brauchte sich kein Bewahrer mit Papierkram zu befassen*! dachte sie verdrießlich. Die junge Bewahrerin verstand, daß der Telepathen-Rat Informationen brauchte, und war vollkommen damit einverstanden, daß die Türme die Zahl ihrer Mitarbeiter wieder erhöhten. Sie hielt es auch für richtig, daß der Rat Berichte von allen Türmen sammelte, um zu sehen, wo Hilfe am notwendigsten war. In der Theorie stimmte sie all dem zu. Erst wenn sie sich den leeren Formularen gegenübersah, stiegen in ihr Gedanken ans Durchbrennen auf.

Ein tiefes Lachen war von der anderen Seite des Vorhangs zu hören. Verärgert über diese neue Störung, blickte Caitlin auf. »Entweder du kommst herein, oder du gehst und lachst an einem anderen Ort«, sagte sie gereizt.

Alessandro, ihr Stellvertreter, zeigte sich mit einem schiefen Grinsen auf dem Gesicht. »Entschuldigt mein Lachen, *vai leronis*, aber Ihr habt Euch so lebhaft vorgestellt, wie Ihr aus dem Turm fortlauft, daß ich mir das Lachen nicht verkneifen konnte.« Wie es seine Art war, lümmelte er sich in einen Sessel. »Was also wollt Ihr wegen Cassalina unternehmen?«

Caitlin stützte den Kopf in die Hände. »Wenn ich könnte, würde ich sie zu ihrer Familie zurückschicken . . .«

»Das ist ein Ding der Unmöglichkeit«, stellte Alessandro fest.

Die Bewahrerin nickte. Die Familie des Mädchens brachte für Cassalinas *Laran* nicht mehr Toleranz auf als Belloma für ihre Streiche. »Und schickte ich sie in einen anderen Turm, hieße das nur, die Last den Schultern einer anderen Bewahrerin aufzubürden«, fuhr Caitlin fort. »Und wir sind hier so knapp an Leuten!«

»Sogar Belloma muß zugeben, daß das Mädchen Begabung zur Überwacherin hat«, nickte Alessandro. »Ihre Empathie ist ganz außergewöhnlich, und doch kann sie sich davon genügend distanzieren, um im Kreis mitzuhelfen.« Er beugte sich vor, stützte den Kopf auf die rechte Hand. »Aber all das ist nur eine Handvoll Sand in den Trockenstädten wert, wenn es Euch nicht gelingt, Cassalina Disziplin beizubringen. Was werdet Ihr tun?«

Caitlin schürzte nachdenklich die Lippen. Dann erhellte sich ihr Gesicht. »Meinst du, du kannst Cassalina finden? Schnell?«

»Natürlich.«

»Dann richte ihr aus, daß ich sofort mit ihr sprechen will.«

Alessandro stand sofort auf, drehte sich jedoch noch einmal zu ihr um, bevor er den Türvorhang zur Seite zog. »Ihr wollt mir Euren Einfall wohl nicht mitteilen?«

»Geduld«, ermahnte Caitlin ihn. »Du wirst es noch rechtzeitig erfahren.«

Cassalina lugte um den Rand des Vorhangs, und ihr Gesicht verriet Caitlin, daß die junge Überwacherin Angst hatte, für ihre Torheit bestraft zu werden. »Oh, komm herein und setz dich hin«, befahl die Bewahrerin und deutete auf einen Stuhl. »Avarras Gnade, Kind, ich werde dich nicht fressen!«

Cassalina lachte fröhlich. Dann bemühte sie sich um einen gesetzteren Ausdruck. »Verzeihung, Lady.« Sie nahm Platz, faltete die Hände und schlug die Augen nieder, ein Bild der Schicklichkeit bietend.

Alessandro schlüpfte lautlos herein und blieb auf der rechten Seite hinter Cassalina stehen. »Da ist sie, wie ich es versprochen habe«, verkündete er unnötigerweise.

»Danke, Alessandro«, antwortete Caitlin ernst. Sie richtete die Augen wieder auf Cassalina. »Hast du tatsächlich Bellomas Bettdecke an der Matratze festgenäht?« fragte sie neugierig.

Cassalina errötete. »Ja, *vai leronis*.«

»Warum?«

»Weil sie ein solcher Trauerkloß ist! Ich konnte einfach nicht widerstehen.«

Caitlin seufzte verwirrt. »Cassalina, ich kann nicht verstehen, wie du einerseits die Disziplin aufgebracht hast, die du brauchtest, um Überwacherin zu werden, während du andererseits nicht von deinen dummen Streichen lassen kannst.«

Das Mädchen wand sich. »Ich – ich bin mir nicht sicher«, gestand sie. »Als meine Familie mir sagte, ich käme nach Neskaya, fand ich es wundervoll, am Wiederaufbau der Türme teilhaben zu dürfen, und ich arbeitete schwer. Aber ich kann mit dem Schabernack einfach nicht aufhören.« Cassalina hob stolz das Kinn. »Ich habe nie etwas angestellt, wenn wir im Kreis waren, *vai leronis*.«

»Das stimmt, aber du hast oft jemandem einen Streich gespielt, der gerade von anstrengender Arbeit zurückgekehrt war. Ich hoffte, du würdest lernen, dich zu beherrschen, und manchmal, wenn mehrere Monate vergingen, ohne daß du Unfug getrieben hattest, glaubte ich, du hättest es gelernt.« Caitlin beugte sich vor, ihre Augen blickten ernst. »Heute bin ich gezwungen, dir zu sagen, daß du nicht länger hier in Neskaya bleiben kannst.«

Cassalina keuchte entsetzt auf. »Nein! Bitte – gebt mir nur noch eine Chance . . .«

Caitlin hob die Hand, und Cassalina verstummte. »Du kannst nicht länger hier in Neskaya bleiben«, wiederholte Caitlin. »Aber ich gebe dir eine Gelegenheit, zu beweisen, daß du würdig bist zurückzukommen, wenn du sie ergreifen willst.«

Die Überwacherin blickte verzweifelt drein. »Ja! Ja!« stimmte sie eifrig zu.

Wieder hob Caitlin streng die Hand. »Du willst etwas akzeptieren, ohne daß du weißt, um was es dabei geht?« fragte sie in sanftem Vorwurf. »Hör mich an: Hier in der Nähe liegt ein kleines Dorf, Gaelan heißt es. Die dortige Heilerin wird alt, hat jedoch noch keine Nachfolgerin. Ich biete dir an, nach Gaelan zu gehen und dort als Heilerin zu arbeiten, und wenn du nach einem Jahr Selbstbeherrschung und Disziplin gelernt hast, darfst du nach Neskaya zurückkehren. Nimmst du an?«

Cassalina zögerte nur eine Sekunde lang. »Ja«, erklärte sie fest.

Caitlin stieß vor Erleichterung einen kleinen Seufzer aus. »Dann geh packen. Du wirst morgen abreisen.«

»Ich schwöre, ich werde Euch nicht enttäuschen«, gelobte Cassalina leidenschaftlich und hätte in ihrer Hast beinahe den Stuhl umgeworfen. »Ich danke Euch, *vai leronis*, ich werde dem Ruf Neskayas nicht schaden und keine Schande über Euch bringen. Ich schwöre, ich werde mich Eures Vertrauens würdig erweisen!«

»Meint Ihr, das wird klappen?« fragte Alessandro, sobald das Mädchen gegangen war.

Caitlin drehte sich in ihrem Sessel um und sah aus dem Fenster. »Das hoffe ich sehr. Ich kann es mir nicht leisten, ein Talent wie das ihre zu verschwenden, aber Uneinigkeit im Turm kann ich auch nicht dulden. Vielleicht ist das, was Cassalina braucht, eine gewisse Verantwortung.« Sie wandte sich wieder Alessandro zu. »Ich wünschte nur, ich wäre sicher, die richtige Entscheidung getroffen zu haben.«

Cassalina zügelte ihr Pferd und spitzte neugierig die Ohren. Lauschen war sehr schlechtes Benehmen, aber in den drei Monaten, die sie in Gaelan war, hatte sie kein Mensch besucht, und sie sehnte sich nach Unterhaltung.

». . . er wird noch weitere zehn Tage im Bett liegen müssen, aber die Heilerin sagt, mit seinen Füßen wird es nicht mehr schlimmer, wenn die Haut erst einmal nachgewachsen ist.«

»Wir hätten versuchen können, ihn zu dem Neskaya-Mädchen zu bringen«, meinte eine zweite männliche Stimme.

»Zu der?« wehrte die erste Stimme ab. »Sie mag ja im Turm ausgebildet sein, aber sie ist zu flatterhaft. Hast du sie kichern gehört, als sie ankam? Bestimmt hat Neskaya sie allein aus dem Grund hergeschickt, da sie für richtige Turmarbeit zu schwach ist.«

»Oder zu wirrköpfig«, stimmte sein Freund zu. »Morag mag alt sein, aber ihr Verstand ist immer noch scharf.«

Cassalina blieb nicht, um mehr zu hören. Wütend klatschte sie mit den Zügeln und ritt zu ihrem Häuschen zurück. Flatterhaft! Wirrköpfig! Sie? Diese unwissenden, undankbaren Bauern . . .

»Nein«, sagte sie laut. »Sie haben recht. Ich bin wirrköpfig.« Sie setzte sich ans Fenster und schlang die Arme um die Knie. »Nun gut«, erklärte sie dem stillen Zimmer. »Wenn sie mich nicht respektieren, werde ich sie dazu bringen!«

In den nächsten zehn Tagen hätte niemand erraten, daß das ernste, ruhige Mädchen, das höflich seinen Geschäften nachging, die kichernde Cassalina der vorhergegangenen drei Monde war. Allmählich kamen Leute zu ihr, zuerst mit kleineren Verletzungen, dann mit schlimmeren. Die Dorfbewohner hörten auf, von ihr als dem ›wirrköpfigen Mädchen aus Neskaya‹ zu sprechen. Jetzt war sie ›unsere junge *Leronis* aus Neskaya‹. Morag besuchte sie von Zeit zu Zeit und teilte ihr von einem in siebzig Jahren aufgehäuften Wissen in der Heilkunde mit. Cassalina besaß die Achtung des Dorfes.

»Und das habe ich doch gewollt, oder?« fragte sie ihr Spiegelbild. »Ich bin ein Beispiel für das gewesen, was in den Domänen als schicklich gilt.« Sie legte die Haarbürste hin. »Ich habe den Menschen geholfen, zu denen ich als Heilerin geschickt wurde. Ich brauche nur bis zum Ende des Jahres so weiterzumachen, dann kann ich nach Neskaya zurückkehren.« Cassalina seufzte bei dem Gedanken, niemals mehr zu lachen, denn sie wußte, wenn sie wieder im Turm war, durfte sie nicht von neuem mit dem Benehmen anfangen, das sie nach Gaelan geführt hatte.

Es klopfte an der Tür. Cassalina stand auf und bereitete sich darauf vor, wieder einmal ihre Rolle zu spielen. »Bitte, kommt herein!« sagte sie ruhig. »Kann ich Euch irgendwie dienen?«

»Ich danke Euch, meine Dame«, sagte der Bauer verlegen. »Ich bin Derik, ich habe einen Hof am Nordhang des Berges.«

»Ja.« Cassalina nickte ihm ermutigend zu. »Habt Ihr oder hat ein Mitglied Eurer Familie einen Unfall gehabt?«

Derik blickte verwirrt drein. »Das nicht, meine Dame. Es geht um meine Tochter.« Hinter dem Mann kam ein kleines Mädchen zum Vorschein, nicht älter als zehn oder elf Jahre. »Ihr müßt wissen, meine Dame, daß sie, seit sie ganz klein war, nie gesprochen hat.«

»Stummheit kann ich nicht heilen . . .«, begann Cassalina.

»Sie ist nicht stumm, meine Dame, sie hat ja gesprochen – Babysprache natürlich, aber jetzt spricht sie überhaupt nicht mehr.« Er schluckte. »Morag konnte ihr nicht helfen – sagte, es sei keine ihr bekannte Krankheit, und ich habe gehofft, Ihr könntet etwas tun, da Ihr doch im Turm ausgebildet seid.«

Cassalina kniete sich vor dem kleinen Mädchen auf den Boden und legte ihm eine Hand auf die Stirn. »Wie heißt sie denn?«

»Graciela – wir nennen sie Shaya, meine Dame.« Auf dem einfachen Gesicht des Mannes kämpfte der Wunsch, seinen stoischen Gleichmut zu bewahren, mit dem Verlangen, sich dem Kummer zu überlassen, der ihn erfüllte, weil er seiner Tochter nicht helfen konnte. »Bitte, meine Dame, wenn Ihr imstande seid, irgend etwas zu tun . . .«

»Ich bin mir nicht sicher«, antwortete Cassalina langsam. »Wäre es Euch recht, sie ein paar Tage in meiner Obhut zu lassen?«

In seinem Gesicht schimmerten Dankbarkeit und schwache Hoffnung auf. »Ja, meine Dame, wenn Ihr sicher seid, daß sie Euch nicht im Weg sein wird – und das wird sie nicht«, setzte er hastig hinzu. »Sie macht niemals Ärger – sitzt nur den ganzen Tag da, sieht ihre Finger an und dreht sie umeinander. Oder sie steht am Fenster, als sehe sie hinaus, aber man erkennt an ihren Augen, daß sie das nicht tut . . .«

»Sie wird mir keine Mühe machen«, versicherte Cassalina ihm. »Wenn es mir nicht gelingt, zu entdecken, was ihr fehlt, müßtet Ihr in Erwägung ziehen, sie in den Turm zu schicken.«

Derik geriet in Verlegenheit. »Ich weiß nicht, meine Dame . . . Ich kann die Leute dort doch nicht für ein kleines Ding wie sie belästigen . . .«

»Es wäre keine Belästigung, Derik«, berichtigte sie ihn. »Die Türme sind dazu da, den Leuten auf Darkover zu helfen. Ich werde mein Bestes für Eure Tochter tun.«

»Ich danke Euch, meine Dame.« Er sprang schnell aus der Tür, und dann streckte er die Arme über die Schwelle und umarmte seine Tochter fest. Graciela reagierte überhaupt nicht auf die Geste ihres Vaters. Sie stand still da, schwankte nur ein bißchen unter seinem Ungestüm. Ihr Vater wischte sich hastig die Augen und ging die Straße hinunter.

»Shaya«, sagte Cassalina freundlich, »mein Name ist Cassalina. Du wirst ein paar Tage bei mir bleiben, und ich werde sehen, ob ich entdecken kann, was mit dir nicht stimmt.«

Das kleine Mädchen verriet durch nichts, daß es ihre Worte gehört hatte. Die Überwacherin seufzte. »Shaya, ich bin sicher, daß du mich hörst. Ich verstehe nicht, warum du nicht sprechen kannst – oder willst, aber ich werde einfach weiter mit dir reden, auch wenn du nicht antwortest.«

Das interessierte Shaya anscheinend nicht. Die ganzen zehn

Tage lang sprach Cassalina mit ihr, versuchte, das kleine Mädchen aus sich herauszulocken. Aber Shaya saß nur da und betrachtete ihre Finger oder starrte aus dem Fenster. Nicht einmal der Versuch, einen telepathischen Kontakt herzustellen, brachte irgendein Ergebnis. Cassalina konnte nur feststellen, daß kein körperlicher Schaden Shaya am Sprechen hinderte. Sie hielt Tag für Tag einen ständigen Strom von einseitiger Unterhaltung aufrecht, weil sie hoffte, Graciela werde reagieren. Aber das Mädchen blieb in seine eigene private Wolke eingehüllt.

Die zehn Tage näherten sich ihrem Ende. Cassalina saß da und stopfte ihre Socken, und sie verzweifelte daran, Shaya jemals zu erreichen. Doch während die Überwacherin auf den Strumpf in ihrer Hand niedersah, stieg eine Erinnerung aus ihrer Kinderzeit in ihr auf. In ihrem Heimatdorf hatte sie die Vorstellung eines Marionettentheaters gesehen.

Augenblicklich fuhr sie mit der Hand in den gestrickten Schlauch und formte die Fußspitze zu einem Mund. »Graciela!« rief sie munter und zwang ihre Stimme zu einer höheren Tonlage. »Weißt du, was der Terraner sagte, als er ein Pferd sah?«

Shaya starrte sie an.

»Er sagte: ›Wo ist das Lenkrad?‹«

Eine Weile blieb Graciela stumm, dann kam von ihr ein kleines Lachen. »Cassie dumm«, sagte sie.

Mit einem kleinen Aufschrei umarmte Cassalina sie. »Du hast gesprochen, *Chiya*«, schluchzte sie. »Du hast gesprochen! Und so komisch war die Geschichte nicht einmal!« Zwei kleine Hände berührten ihren Rücken. Sie schob Shaya von sich und sah ihr in die Augen. »Und nun wollen wir herausfinden, was dich in all diesen Jahren davon abgehalten hat zu sprechen!«

»*Laran*?« fragte Derik ungläubig. »Meine Dame, ihr Haar ist nicht . . .«

»Man braucht dazu keine roten Haare«, versicherte Cassalina ihm. »Und ich will auch nicht damit sagen, sie sei das Kind einer

Festnacht. Aber auf irgendeine Weise hat sie die Ridenow-Gabe bekommen – und sie besaß sie schon in so frühem Alter, daß sie ihr Angst machte. Wahrscheinlich nahm sie an, jeder könne ihre Gefühle so deutlich lesen, wie sie die der anderen las.«

»Meine Dame, ich habe sie niemals schlecht behandelt, und auch ihre Mutter hat das nicht getan . . .«

»Doch Ihr seid zornig gewesen, habe ich recht? Ich weiß, Ihr wart nicht zornig auf sie, aber sie spürte nur den Zorn, und um sich zu schützen, blieb sie in ihrer eigenen privaten Welt.« Zärtlich sah Cassalina zu dem blumenpflückenden Mädchen hinüber. »Mein Häuschen ist durch telepathische Dämpfer isoliert, und die einzige Emotion, die ich hatte, war Sorge um sie. Sie spürte niemals Zorn bei mir, und als ich es mit diesem dummen Trick bei ihr versuchte, muß sie gewußt haben, daß sie mir vertrauen konnte. Und das hat sie geöffnet, Derik, nicht irgendeine Technik aus dem Turm.« Sie sah den Bauern ernst an. »Ich kann sie jedoch nicht darin unterrichten, ihre Gabe zu benutzen, und verschwendet darf sie nicht werden. Deshalb meine ich, Ihr solltet sie nach Neskaya zur Ausbildung schicken.«

Er zögerte. »Ich weiß nicht, meine Dame – der Turm . . .«

» . . . wird sie aufnehmen«, vollendete Cassalina freundlich. »Sogar mit Freuden. Mit der Zeit wird sie lernen, ihre Gabe zu kontrollieren, und dann wird sie ein sehr glückliches kleines Mädchen sein.«

»Könnt Ihr sie nicht unterrichten?« fragte Derik flehend.

Cassalina schüttelte den Kopf. »Nein, dazu habe ich weder das Geschick noch die Ausbildung. Sie muß nach Neskaya. Andernfalls fürchte ich, daß sie sich von neuem in sich zurückziehen wird.«

Derik senkte den Kopf. Dann sah auch er zu seiner Tochter hin. »Wenn Ihr es sagt, meine Dame.« Er richtete den Blick wieder auf Cassalina. »Werdet Ihr sie hinbringen – Euch vergewissern, daß es ihr dort gutgeht?«

Cassalina lächelte beruhigend. »Natürlich, es wird mir eine

Ehre sein.« Sie hatte Caitlin noch etwas anderes mitzuteilen, nämlich daß sie sich entschieden hatte, länger als das eine Jahr hier in Gaelan zu bleiben – um den Menschen zu helfen, die sie lieben gelernt hatte. Vielleicht würde sie eines Tages nach Neskaya zurückkehren, aber vorerst noch eine ganze Weile nicht.

Sie ging zu Shaya. »Du mußt deine Sachen packen, Shaya. Wir reisen nach Neskaya.«

»Cassie auch kommen?« fragte das Mädchen sie.

Cassalina lachte. »Ja«, antwortete sie. »Cassie auch kommen.«

Trauer

von Audrey Fulton

Ich erhalte im allgemeinen nur wenige Geschichten über darkovanische Kinder – obwohl, wenn ich es recht bedenke, es mit STURMKÖNIGIN als Beispiel eigentlich mehr sein müßten. Die einzige, die mir auf Anhieb einfällt, ist ›Spielgefährte‹ von Elisabeth Waters, die in der Anthologie vom letzten Jahr erschien. Hier folgt nun eine ganz andere Geschichte über Kinder, aber eine Geschichte für Kinder ist sie nicht. Das ist ein Unterschied.

Wie so viele von uns arbeitet auch Audrey an einem Roman. (MZB)

Ranwyn Hastur war tot. Entsetzt, ungläubig starrte Wellana Hastur die verschrumpelte Leiche ihrer kleinen Tochter an. Noch vor wenigen Stunden war Ranwyn eine gesunde, glückliche Neunjährige gewesen. Jetzt war sie tot.

»Wann wird es enden?« Die Frage hallte in Wellanas Gehirn wider. Ihr Mann, König Regis III., berührte sanft die Schulter seiner Frau. In seinen Augen schimmerte nicht nur sein Mitgefühl für Wellana, sondern auch sein eigenes Leid. Ranwyn war so voller Leben und Freude gewesen. Jetzt war da nur Leere.

Wenigstens, trösteten Regis und Wellana sich gegenseitig, hatten sie immer noch ihren Sohn, den zwölfjährigen Regis-Ranyl. Er hatte unter den Nebenwirkungen des Angriffs, der so brutal das Leben seiner Schwester gefordert hatte, gelitten, aber er würde überleben.

»Es muß etwas geschehen, um dem ein Ende zu machen«, sagte Wellana laut. »Es darf kein Krieg mehr mit *Laran* geführt werden.«

Regis seufzte. Während er persönlich die Praxis verabscheute und meinte, die Türme könnten etwas Besseres als die Entwicklung immer zerstörerischer Waffen zu tun finden, wußte er andererseits, daß es eine Frage des Überlebens war. Er war auch gegen den Schrecken nicht immun; sein eigenes *Laran* erhöhte seine Wahrnehmungsfähigkeit, aber er hatte sich gezwungen, das zu akzeptieren. Jetzt war wegen dieser *Laran*-Waffen seine einzige Tochter tot. »Suchst du Rache?« fragte er grimmig.

»Damit noch mehr Unschuldige sterben?« gab Wellana in ihrer Verstörtheit bitter zurück. »Wissen wir wirklich, was sie empfinden? Was Ranwyn empfunden hat? Ich habe sie schreien gehört, Regis. In meinem Herzen hörte ich ihr Entsetzen und fühlte ihren Schmerz. Ich fühlte ihren Tod. Spielt es eine Rolle, ob er von einem unserer Feinde kam oder von einer unserer eigenen *Leroni*? Ranwyn ist gleichermaßen tot. *Laran* hat sie getötet, aber es kann sie nicht zurückbringen.«

Der König spürte die Qual seiner Frau. Die beiden standen in engem Rapport miteinander und mit dem Geist ihres toten Kindes. Keine von einem Menschen erfundene Waffe konnte so grausam sein wie das Wissen, daß ein Kind, das hätte leben sollen, jetzt tot war.

»Rache?« Wellana sprach mit tödlicher Ruhe. »In einer Weise könnte man es Rache nennen. Ich will, daß diesem Mißbrauch von *Laran* ein Ende bereitet wird, Regis. Die Götter haben uns diese Gaben bestimmt nicht geschenkt, damit wir versuchen, einander so brutal wie möglich umzubringen, ganz zu schweigen von dem Schaden, den wir unserer Welt zufügen. Wir haben beide gesehen, was Haftfeuer anrichten kann, und das ist noch nichts im Vergleich zu anderen Waffen, die erfunden und benutzt werden. Wo soll das enden, Regis? Müssen wir alle sterben, wie Ranwyn gestorben ist? Du darfst nicht zulassen, daß ihr Tod vergeblich war. Das darfst du nicht.«

Regis verstand die Gefühle seiner Frau. Auch vor seinem geistigen Auge tauchten immer wieder die Menschen auf, die in der

Schlacht gefallen waren, und die anderen, die unter den schrecklichen Nachwirkungen hatten leiden müssen. Haftfeuer, tödliche Chemikalien, unsichtbare Schrecken, die den Geist der Opfer quälten. Das Land lag brach, und die Überlebenden wünschten sich, unter den Toten zu sein.

Und nun flehte Wellana ihn an, dem Massenmord Einhalt zu tun. Wieder seufzte er. Diesen Streit hatte er viele Male mit sich selbst geführt, als er noch nicht so alt war wie sein Sohn jetzt. »Was du von mir verlangst, ist unmöglich, Wellana. Zur Zeit unserer Väter und deren Väter hat es Kriege gegeben, in denen der Gebrauch von *Laran* den Unterschied zwischen Sieg und Niederlage bedeutete. Das gefiel ihnen nicht besser als uns, aber es ist immer die einzige Möglichkeit gewesen, den Frieden zu sichern.«

»Den Frieden?« fuhr Wellana auf. »Wenn ein neunjähriges Kind in einem Krieg stirbt, für den es nichts kann, nennst du das Frieden? Regis, es muß einen anderen Weg geben.«

»Was soll ich deiner Meinung nach tun?« fragte Regis traurig. »Zu unseren Feinden gehen und jeden einzelnen von ihnen zum Duell fordern? Ich könnte dabei fallen, Wellana. Möchtest du das riskieren?«

Wellana erschauerte. Der Verlust ihrer Tochter hinterließ eine schrecklich leere Stelle in ihrem Leben, aber der Verlust des Mannes, den sie vor mehr als fünfzehn Jahren geheiratet hatte, den sie liebte und wertschätzte, auch wenn sie nicht immer mit ihm übereinstimmte . . . Wenn sie jetzt daran dachte, ihn zu verlieren . . . Sie schob den Gedanken weit von sich. »Darauf kann ich nicht antworten«, murmelte sie fast unhörbar.

»Ich mache mir Sorgen um Regis-Ranyl«, vertraute Wellana fast zehn Tage später ihrem Mann an. »Die *Leronis* Mharyelle sagt, er habe sich von dem Angriff auf Ranwyn wieder erholt, aber er ist viel zu still und hält sich mehr für sich, als gut ist.«

Der ältere Regis pflichtete ihr bei. Ihm gefiel die Veränderung an seinem Sohn nicht, aber jeder Versuch zu einer Kommunikation hatte das Ergebnis, daß der Junge noch mürrischer und eigenbrötlerischer wurde. »Ich weiß, er trauert immer noch um Ranwyn, das tun wir alle.« Er begegnete dem Blick seiner Frau. »Es ist doch nicht möglich, daß er sich auch vor uns fürchtet . . .« Er sah, daß sie den unausgesprochenen Gedanken teilte.

Dazu kam, wie Regis und Wellana klar war, daß das *Laran* ihres Sohnes langsam erwachte. Regis-Ranyl wußte nur zu gut, daß *Laran* töten kann. Hatte er Angst, was seine eigenen unerprobten Kräfte anrichten konnten? Seinen Eltern blieb nichts übrig, als Vermutungen anzustellen.

»Ich werde mit ihm reden«, tröstete Regis seine Frau. »Die Kämpfe haben nachgelassen, und ich weiß, daß er darauf brennt, wieder auszureiten. Hier verfolgt ihn immer noch Ranwyns Tod. Vielleicht könnten wir für ein paar Tage in die alte Jagdhütte ziehen. Das gäbe ihm Zeit, seinen Kummer zu überwinden und mir zu erzählen, was ihn beunruhigt.«

Wellana nickte. Aus ihren Augen strahlte die Liebe zu ihrem Mann. Er war immer so freundlich und verständnisvoll zu beiden Kindern gewesen, hatte immer genau gewußt, wie er sie trösten konnte, und sich die Zeit genommen, selbst die kleinsten Dinge in ihrem Leben mit ihnen zu teilen. Und die Jagdhütte war ein guter Ort. Wellana dachte gern an die wenigen Male zurück, die sie und Regis dagewesen waren. Dort herrschten Frieden und Zufriedenheit.

Am nächsten Morgen sagte Wellana ihrem Mann und ihrem Sohn Lebewohl. Schon blickten die Augen des Jungen weniger ängstlich, als er seine Mutter umarmte und dann seinem Vater zu den Ställen folgte. Wellana sah die beiden ihre Pferde besteigen und blieb stehen, bis sie im Wald verschwunden waren. Natürlich hätte sie ihnen im Geist folgen können, aber sie brauchte diese Zeit mit sich allein. Vater und Sohn. Ihre eigenen Pflichten und die des Haushalts würden sie bis zu ihrer Rückkehr beschäftigt halten.

Sie nahm sich eine Stickerei vor, und es erinnerte sie traurig an Ranwyn. Das Kind hatte Wellanas Talent für die *Ryl* besessen und oft leise Melodien gespielt, während Wellana und die anderen Frauen nähten. Die Arbeit in ihrem Schoß vergessend, verlor Wellana sich in Gedanken an ihre Tochter. »Oh, Ranwyn«, seufzte sie.

Plötzlich gellte in Wellanas Gedanken ein grausiger Schrei auf. Es schoß ihr durch den Kopf, ob sie von neuem den Tod ihrer Tochter durchleide, und gleichzeitig empfing sie Schrecken und heftigen Schmerz. »Regis!« rief sie, für beide geliebte Menschen fürchtend. Die Stickerei fiel zu Boden. Wellana sprang auf und rannte zu den Ställen.

»Sattele mein Pferd!« befahl sie dem Reitknecht.

Er beeilte sich, der Königin zu gehorchen, und half ihr beim Aufsteigen. In diesem Augenblick wünschte Wellana sich, zum Reiten eine Hose statt der schweren Röcke tragen zu können. Dann wandte sie ihre Aufmerksamkeit ihrem Mann und ihrem Sohn zu. »Regis, wo bist du?« riefen ihre Gedanken. Ohne die Leibgardisten, die ihr folgten, zu beachten, galoppierte sie den Weg entlang, den die beiden genommen hatten. Wieder und wieder rief sie sie im Geist, und jedesmal kam nur hohles Schweigen zurück.

Der Weg führte in bewaldete Hügel. In der Ferne rauschte ein Wasserfall. Wie oft war eine viel jüngere Wellana mit ihrem Regis auf diesem Pfad durch die Wälder geritten! Hier hatten sie einen tiefen und dauernden Frieden gefunden und daran gedacht, daß immer noch ein paar der Alten tief im Wald lebten. Verfolgt von ihren Erinnerungen und einem nicht faßbaren Entsetzen, eilte sie weiter.

Allmählich begann der Pfad zu steigen. Die Stute mußte sich einen Weg durch Steinblöcke suchen. Wellanas Unbehagen machte sie nervös. Der Königin fiel erst jetzt auf, daß ihr Gardisten gefolgt waren, und sie schickte sie nicht weg. Wenn ihr Mann und ihr Sohn in Gefahr waren, und dessen war sie ganz sicher, mochte sie die Männer brauchen. Der Weg kam ihr endlos vor, er wand sich durch dichten Wald zu einer Wiese hinauf, an die Wellana sich gut erinnerte. Sie und Regis hatten viele kurze Sommertage dort verbracht. »Regis, wo bist du?« rief sie im Geist von neuem. Ihr antwortete das Schweigen des Waldes und ihre eigene steigende Furcht, Mann und Sohn seien tot. »NEIN!« schrie sie in Gedanken und trieb das Pferd zu schnellerem Lauf an.

Schließlich erkannte Wellana die nackten Felsen, die die Wiese säumten. Sie erweiterte ihre Wahrnehmung und spürte keine Gefahr, nur die feste Gewißheit eines Verlusts. Vorsichtig, beinahe ängstlich zwang sie sich weiterzureiten. Die Gardisten hielten einen kurzen und doch achtungsvollen Abstand zu ihrer Königin.

Der König und sein Sohn lagen beide bewegungslos auf der Wiese. Mit einer einzigen schnellen Bewegung stieg Wellana ab und eilte zu den stillen Gestalten. Sie brauchte ihren Sternenstein nicht, um zu erkennen, daß ihr Mann tot war. Der Schrei war nicht allein von ihrem Sohn gekommen, es hatten darin auch der unerträgliche Schmerz und der plötzliche Tod ihres Mannes gelegen. Ihr Sohn war am Leben, aber wie lange noch, konnte Wellana nicht sagen. »Gnädige Avarra«, betete Wellana und wünschte sich verzweifelt Kenntnisse in der Heilkunst.

Doch sie hatte keine Zeit zu trauern. Obwohl ihr erster Gedanke dem Wohlergehen ihres Sohnes galt, mußte sie den Gardisten auch Anweisungen für die Rückführung der Leiche des Königs in die Burg geben.

Langsam folgte die Prozession dem steilen Pfad nach unten. Der Ritt wurde um so schwieriger durch die Angst der Pferde vor dem Tod und die aufgewühlten Gefühle ihrer Reiter.

Wellana wußte später selbst nicht mehr, wie sie die nächsten paar Stunden überstanden hatte. Als sie die Burg erreichten, war sie gleichzeitig erleichtert und besorgt. Der schreckliche Ritt lag hinter ihnen, ihr Sohn bekam die Ruhe, die er brauchte, und dankbar dachte Wellana an Mharyelles Fähigkeiten als Heilerin. Die eigenen Diener des Königs würden den Leichnam für die Beerdigung vorbereiten, während Wellana die übrigen Mitglieder des Haushalts tröstete und ihre Beileidsbekundungen entgegennahm. Die Gedanken eines jeden waren beherrscht von der Angst vor Unsicherheit und ihnen bevorstehenden bösen Zeiten. Als Königin mußte Wellana den anderen Mut zusprechen, doch innerlich stellte sie sich viele der gleichen Fragen. Befürchtungen und Hoffnung zu gleichen Teilen galten dem bewußtlosen Prinzen.

Dann ging Wellana zu ihrem Sohn, bei dem die *Leronis* weilte. Mharyelles Gesicht war blaß und ernst. »Wie er das überlebt hat, begreife ich nicht«, sagte sie. »Er muß gespürt haben, was mit seinem Vater geschah, und hat als Abschirmung gewirkt. Ein Wunder, daß sein Verstand nicht vollständig zerstört wurde.«

In die Ängste der *Leronis* mischten sich jene des jungen Regis-Ranyl. Was der Junge gesehen und wie er gelitten hatte . . . Wellana brauchte Mharyelle nur anzusehen, um zu wissen, daß er die Tortur noch viele Jahre lang in Alpträumen von neuem erleiden würde.

»Du hast getan, was du konntest, Mharyelle, und ich fürchte, wir alle werden unsere Kraft in den kommenden Tagen brauchen«, sagte Wellana freundlich. »Sieh zu, daß du etwas Schlaf bekommst. Ich werde bei ihm bleiben.«

Mharyelle begegnete dem Blick der Königin. Die *Leronis* dachte – und wußte, daß Wellana den Gedanken las –, die Königin tue gut daran, ihrem eigenen Rat zu folgen. Die Frauen tauschten ein grimmiges Lächeln des gegenseitigen Verstehens, bevor Mharyelle den Raum verließ.

Mit ihrem Sohn allein, zwang sich Wellana, ruhig zu bleiben. Sie sah in ihren Sternenstein und konzentrierte ihr ganzes Bewußtsein auf den Jungen. Schaudernd wich sie vor dem heftigen Grauen und der vollständigen Hoffnungslosigkeit zurück, die sie in seinem Geist spürte. Im Augenblick konnte sie nichts anderes für ihn tun, als ihm tröstliche Gedanken und Visionen des Friedens zuzusenden.

Die ersten matten Sonnenstrahlen drangen ins Zimmer, als Regis mit einem Schrei erwachte. Lange Zeit schrie er wie ein wildes Tier, und sein Körper wurde vom Leid geschüttelt.

»Ich habe versucht, tapfer zu sein«, schluchzte er endlich. »Ich habe versucht, ihn zu retten, aber . . .« Wieder packte das Entsetzen ihn, und Wellana spürte ihn unter ihrer behutsamen gedanklichen Berührung zusammenzucken. »NEIN!« schrie er. Gegen die lebhaften Bilder vom schmerzhaften Tod seines Vaters ankämpfend, rief Regis: »Zwinge mich nicht, mich zu erinnern! Bitte, Mama, zwinge mich nicht . . .«

Gepeinigt von seinem Flehen und den Bildern in ihrem eigenen Geist, schirmte Wellana den Gedanken vor ihm ab, daß sie letzten Endes würde erfahren müssen, was geschehen war. Wieder galt ihre erste Sorge ihrem Sohn, und sie versuchte nur, ihn zu trösten. Beinahe hätte sie vor Qual laut aufgeschrien, als er plötzlich seinen Geist vor ihr verschloß und den engen mentalen Kontakt zwischen ihnen zerbrach.

»Ich hasse *Laran*!« erklärte Regis zornig. »Und ich verstehe nicht, wie du es nach dem, was es Vater und Ranwyn angetan hat, benutzen kannst.« Bevor Wellana antworten konnte, fuhr der Junge fort: »Das soll aus mir werden, wenn ich lerne, mein *Laran* zu benutzen? Ein Ungeheuer, das seine Opfer absichtlich foltert und ermordet?«

Wellana schüttelte den Kopf. Traurig erinnerte sie sich an das letzte Gespräch, das sie und ihr Mann über das Thema geführt hatten. »Zur Zeit unserer Väter und deren Väter hat es Kriege gegeben«, hatte Regis gesagt. Und in der ganzen langen Geschichte dieser Kriege waren durch *Laran* geschaffene Waffen benutzt worden. Kein Wunder, daß Regis-Ranyl sich davor fürchtete, seine eigenen Fähigkeiten zu entwickeln. Wellana sah ihrem Sohn in die Augen. Es standen Tränen darin, und Fragen.

»Ich glaube, die Türme waren ursprünglich als Orte zum Lernen gedacht«, erklärte Wellana sanft. »Orte, an denen telepathisch begabte Menschen mit anderen ihrer Art zusammen sein und lernen konnten, ihre Kräfte zu benutzen. Ich glaube nicht, daß die Götter uns diese Kräfte gegeben haben, damit wir uns gegenseitig umbringen. Auch dein Vater hat das nicht geglaubt. Er meinte, *Laran* dürfe nur verwendet werden, um zu helfen, nicht, um zu zerstören.«

Regis' Angst hatte sich gelegt. Er sah seine Mutter nachdenklich an. Nie hatte er erlebt, daß seine Eltern ihr *Laran* mißbrauchten, und doch kannte er die zerstörerischen Kräfte nur zu gut.

»Das kann nicht richtig sein«, sagte er endlich. »Den Türmen darf nicht erlaubt werden, uns in Ungeheuer zu verwandeln, die sich gegenseitig verschlingen. Gibt es nichts, was wir tun könnten, um dem ein Ende zu bereiten?«

Wellana spürte die Entschlossenheit hinter den Worten ihres Sohnes. Er war jung für die Verantwortung, die ihm aufgezwungen wurde, aber sie zweifelte nicht daran, daß er sie akzeptieren würde. »Als Ranwyn starb, haben dein Vater und ich genau darüber gesprochen, Regis. Er war der Meinung, niemand dürfe einen anderen töten, ohne sich selbst in die Gefahr zu begeben, getötet zu werden. Du siehst, welches Risiko damit verbunden wäre.«

Regis blieb in seine eigenen Gedanken versunken. »Aber wenigstens wäre Vater dann noch am Leben, und Ranwyn auch. Glaubst du, es würde funktionieren, Mutter?«

»Es kann nicht schaden, einen Versuch zu machen, aber leicht wird es nicht sein. Zu viele Generationen haben *Laran* benutzt, um immer tödlichere Waffen zu erzeugen. Unsere Feinde werden der Änderung nicht ohne weiteres zustimmen.«

»Aber versuchen können wir es?«

»Unbedingt, Regis.«

Seine Augen leuchteten vor Eifer, sein Geist füllte sich mit Visionen eines Darkover, das frei vom Schrecken der *Laran*-Waffen war. »Du wirst mir helfen?«

Wellana nickte. »Ich werde für dich dasein. Deine Visionen gleichen denen deines Vaters, und meine gleichen den deinen. Regis, wenn irgend jemand diesen Plan durchsetzen kann, wirst du es sein.«

Regis wußte, daß bei seiner Mutter in Abständen die Gabe der Vorausschau aufblitzte. Er fragte ernst: »Versprichst du es?«

Wellana lächelte. »Ich verspreche es.«

Der Tod des Kadetten Brendon Ensolare

von Deborah Wheeler

Irgendwer hat einmal gesagt, es gebe insgesamt nur ein halbes Dutzend Handlungen, die endlos umgebaut würden. Ich weiß nicht, ob das stimmt, obwohl ich in meinem Schriftsteller-Kurs gern sage, es gebe im Grunde nur drei: Mensch gegen Natur, Mensch gegen Mensch (was natürlich Mann gegen Frau einschließt) und Mensch gegen sich selbst.

Eins der ältesten Sujets ist das, dessen berühmteste Inkarnation ›Leutnant Kije‹ darstellt – eine alte russische Geschichte, die davon handelt, daß in einem bürokratischen Verzeichnis eine imaginäre Person geschaffen wird – die man dann irgendwie wieder loswerden muß. Wie der Zauberlehrling entdeckt der Schöpfer für gewöhnlich, daß solche Wesen leichter zu erschaffen als zu eliminieren sind.

In der Science Fiction ist wahrscheinlich am bekanntesten auf diesem Gebiet die mit dem ›Hugo‹ ausgezeichnete Geschichte ›Alamagoosa‹ von Eric Frank Russell. Und jetzt, wo ich den Trick verraten habe, hinein in die hier folgende Story.

Wann immer Feministinnen behaupten, Mutterschaft und Schreiben lasse sich nicht miteinander vereinen, erwähne ich nicht nur meinen eigenen Fall, sondern auch den Deborah Wheelers, die (abgesehen davon, daß sie Chiropraktikerin ist) zwei kleine Töchter hat.

Sie ist eine Schriftstellerin, die an jede einzelne dieser Anthologien eine Geschichte verkauft hat, sie ist außerdem Expertin für asiatische Kampfsportarten und deshalb bestens qualifiziert, die Geschichte des Kadetten zu erzählen. (MZB)

»He, Raimon! Ich freue mich, dich wiederzusehen, du alter *Cralmac*!«

»Ich freue mich auch, Edric.« Mit einem Grinsen, das weiße Zähne in einem dunklen, hübschen Gesicht zeigte, schlug Raimon Valdizar seinem Freund auf die Schulter. Mit sechzehn war er einer der jüngsten Kadetten im dritten Jahr, die ein Stück entfernt von den erwachsenen Gardisten standen und auf die Zeremonie warteten, mit der die Sitzungen des Comyn-Rates beginnen sollten. »Hat irgendwer Bredan schon gesehen?«

»War er während der Ferien nicht mit dir bei deiner Familie?« fragte Felix Macrae, ein schlanker Junge, dessen blondes Haar einen rötlichen Glanz hatte.

»Ja, und er war verdammt nahe daran, meine Eltern zu überreden, meine älteste Schwester mit ihm zu verloben«, lachte Raimon. »Aber sie machte sich nichts aus seinen Sommersprossen.« In Wirklichkeit mochte Lanna den Kadetten Bredan sehr gern, war aber zu eigenwillig, um ihrem älteren Bruder irgend etwas zu Gefallen zu tun, ohne erst Widerstand zu leisten. Sie wußte, nichts würde Raimon so erfreuen, als wenn der *Bredu* seines Herzens sein Schwager würde.

»Wer ist in diesem Semester Kadettenmeister?« wollte jemand wissen.

»Di Asturien ist es nicht wieder – ich hörte einen der Offiziere sagen, er sei vorläufiger Kommandeur«, berichtete Edric.

»Sie sollten den alten Mann den Dienst quittieren lassen. Er muß beinahe neunzig sein. Nicht einmal die Comyn können erwarten . . .«

»Bredan, schnell! Du kommst gerade noch rechtzeitig. Es geht gleich los!« Raimon faßte Bredan beim Arm und zog ihn ins Glied. Bredan Escobar, drahtig und gutaussehend, stellte einen goldenen Schatten zu Raimons Dunkelheit dar.

Der alte Mann schritt mit majestätischer Würde in die Halle, und die ganze Versammlung nahm Haltung an. Die Kadetten des ersten Jahres, frech und unsicher, standen in einer dichten

Gruppe da, wo das Licht von den großen, fächerförmigen Fenstern auf ihre vielfarbige Zivilkleidung fiel.

Raimon hörte ihre gemurmelten Bemerkungen und sandte ihnen einen finsteren Blick zu. *Sie halten ihn für einen tatterigen alten Trottel. Sie wissen ihr Glück gar nicht zu schätzen, daß wir ihn bekommen haben, jetzt, wo Lord Alton mit seinem Sohn den Planeten verlassen hat – es hätte Dyan Ardais oder jemand noch Schlimmeres sein können! Di Asturien mag nicht mehr der Jüngste sein, aber wenigstens ist er ein Mann von Ehre.*

Domenic di Asturien war mit seinen einleitenden Bemerkungen zu Ende und begann mit der Prozedur, die Namen aufzurufen. Er hielt sich so stolz wie nur je ein Offizier in der vollen Kraft seiner Jugend, während ein Gardist nach dem anderen vortrat und das altehrwürdige Ritual des Treueids wiederholte. Es dauerte lange, bis er mit der Liste durch war, und gegen Ende wurden die Pausen länger, die Stimme des alten Soldaten unsicherer.

Als nächstes mußten die Kadetten in der Reihenfolge des Dienstalters vortreten.

»Valentin-Felix, Kadett Macrae .«

»Hier, Sir!« antwortete Felix mit mehr Begeisterung als notwendig.

Der alte Mann blickte auf. Seine Augen waren von der Anstrengung, so viel bei dem ungünstigen vielfarbigen Licht lesen zu müssen, gerötet. Er schien unsicher zu sein. Oder wurde er, fragte sich Raimon, an einen anderen Kadetten erinnert, der einmal in dieser Halle vor ihm gestanden hatte und nun längst Vater eigener Söhne war?

Der Namensaufruf ging weiter, bis di Asturien von neuem stockte. Er stolperte über einen Namen, der nicht gut zu lesen war. »Bre-Brendon, Kadett Ensolare.«

Bredan räusperte sich. »Ich glaube . . .«, begann er, und offenbar wollte er sagen: »Ich glaube, hier liegt ein Fehler vor.« Aber er brachte es nicht über sich, dem alten Mann die Illusion der Kompetenz zu rauben.

»Hier«, schloß er lahm.

Im gleichen Augenblick platzte Edric MacAnndra heraus: »Das ist Bredan, Kadett Escobar, Sir.«

»Bredan, Kadett Escobar?«

»Hier, Sir«, sagte Bredan konfus.

Der alte Mann blickte auf das Pergament in seiner Hand. »Wo ist dann Kadett Ensolare? Sein Name ist auf der Liste vergessen worden. Sorgt für die Berichtigung, Kadettenmeister.« Gabriel Lanart-Hastur, der neben di Asturien stand, nickte ernst.

Nach der Zeremonie kehrten die Kadetten des dritten Jahres in die Unterkünfte zurück, um ihre Sachen auszupacken, die sie während der Ferien mit nach Hause genommen hatten, und sich auf den Stubenappell vorzubereiten.

»He, Bredan, einer von dir ist nicht genug für uns, was? Du mußtest dich gleich zweimal für die Garde verpflichten!« lachte Edric.

»Du!« fuhr Bredan auf den größeren Jungen los. »Du hättest deinen dummen Mund halten sollen, und alles wäre wieder in Ordnung gekommen! Jetzt haben wir einen imaginären dreizehnten Kadetten am Hals! Was sollen wir machen, wenn Brendon, Kadett Ensolare nicht zu seiner festgesetzten Fechtstunde antritt?«

»Ich – ich habe doch nur versucht zu helfen!«

Raimon meinte gelassen: »Es ist ja kein Schaden geschehen, Dan. Di Asturien hat zwar Befehl erteilt, der Liste den Namen Ensolare hinzuzufügen, aber die anderen Offiziere wissen, daß er gar nicht existiert. Sie werden die Sache stillschweigend bereinigen, und wir werden nie wieder von ihm hören.«

Am nächsten Morgen wurden die Zeiten für die Fechtstunden angeschlagen. Raimon drängte sich mit den Ellenbogen vor, um sich die Liste anzusehen.

»Oh, mein schmerzender Hintern, ich habe Padraik für den Schwertkampf erwischt, und das kurz vor dem Dinner«, stöhnte er. »Ich werde nie rechtzeitig wegkommen, um noch eine anständige Mahlzeit zu erwischen. Ihr Banshees habt bestimmt alles weggeputzt, bis er mit mir fertig ist – vorausgesetzt, daß von mir dann noch etwas übrig ist, das ein Dinner haben möchte.« Er bemerkte Bredans Gesichtsausdruck. »Was ist los? Wen hast du?«

»Rai, sieh mal!« Bredan zeigte auf etwa die Mitte der Liste, wo Brendon, Kadett Ensolare für eine Unterrichtsstunde bei Timas Wellsmith, einem neuen Instrukteur, eingeteilt war. »Du hast gesagt, sie würden den Fehler bereinigen, und wir würden ihn nie mehr wiedersehen. Das waren genau deine Worte!«

Raimon grinste gewinnend und zuckte die Schultern.

»Ich fühle mich verantwortlich für dieses ganze Durcheinander«, sagte Bredan. »Ich sollte hingehen und es richtigstellen.«

»Du willst di Asturien sagen, er habe einen Fehler gemacht? Du willst es ihm mitten ins Gesicht sagen?«

»Er hat recht, weißt du«, bemerkte Mikhail Castamir, ein ernster Junge aus den Kilghardbergen. »Wir können nicht zulassen, daß der Kommandeur auf diese Weise gedemütigt wird, nicht einmal dann, wenn du es ihm unter vier Augen sagen würdest. Und gedemütigt wäre er, wenn er erführe, daß ihm ein solcher Fehler unterlaufen ist.«

»Es kann doch nicht so weitergehen!« protestierte Bredan.

»Hör mal.« Raimon faßte ihn bei den Schultern. Seine Stimme klang beruhigend und überredend. »Es war nichts als ein Irrtum, niemand hat Schuld, und du schon gar nicht. Gehen wir, bevor vom Frühstück nichts mehr übrig ist als kalter Nußbrei ohne Honig. Außerdem«, setzte er hinzu, als sie zum Refektorium hinunterstiegen, »habe ich eine Idee, wie aus dieser Situation doch noch etwas Gutes herauskommen könnte.«

Später an diesem Nachmittag meldete sich Raimon in alten Sachen und mit einem verbeulten Schwert zur Fechtstunde. Timas Wellsmith, hatte er gehört, war ein früherer Gardist, der sich in der Zucht von *Chervines* versucht hatte. Doch wie sich herausstellte, war er allergisch gegen sie und deshalb gezwungen, zu der einzigen Tätigkeit zurückzukehren, auf die er sich verstand.

»Kadett Ensolare?«

»Eigentlich nicht.« Raimon ließ sein gewinnendstes Grinsen aufblitzen. »Er mußte wegen – äh – einer persönlichen Angelegenheit dringend weg, und da er Euch den Verdruß nicht machen wollte, zu spät zu kommen, bat er mich, die Stunde mit ihm zu tauschen.«

Timas blickte zweifelnd drein. Vielleicht, dachte Raimon, war so etwas zu seiner Zeit nicht üblich gewesen – man erschien zur festgesetzten Stunde, auch wenn man blind, lahm und bis obenhin voll von *Kireseth* war. Tatsache war, daß das Tauschen von Stunden gelegentlich vorkam und inoffiziell toleriert wurde, aber ein Tausch der Instrukteure war entschieden nicht erlaubt, und das wußte Raimon. Er versuchte, ernst dreinzublicken, und sagte: »Ich werde Euch bestimmt nicht enttäuschen, Sir. Seit wir hörten, daß Ihr von neuem in die Garde eingetreten seid, habe ich mich auf die Gelegenheit gefreut, mit Euch zu trainieren.«

Schließlich nickte Timas, und sein Gesicht wurde etwas milder. »Na gut, Junge, sehen wir einmal, welche Maßstäbe heute bei den Kadetten gelten.«

Raimon absolvierte eine gründliche, wenn auch phantasielose Übungsstunde bei Timas und meldete sich dann vergnügt bei seinem eigenen Instrukteur. Padraik, der ihn von den vergangenen Jahren her kannte, mochte seine Zweifel haben, aber der Staub und die Kratzer, die Raimon so stolz vorzeigte, bewiesen, daß er seine Lektion tatsächlich bereits hinter sich hatte.

Beim Dinner an diesem Abend setzte sich Raimon auf seinen üblichen Platz zwischen Bredan und Felix. Er blickte ganz so drein wie die sprichwörtliche Katze, die man mit der Aufsicht über die Milchkammer betraut hat.

»Ich dachte, du hättest die letzte Stunde bei Padraik«, bemerkte Bredan. »Und ich kann mir nicht vorstellen, daß er dich deines leeren Magens wegen hat vorzeitig gehen lassen. Wie hast du das geschafft – du hast das Training doch nicht geschwänzt? Das wäre eine ernsthafte Verfehlung gewesen, selbst für einen Kadetten mit Raimons Ruf.«

»Oh«, erwiderte Raimon von oben herab und stippte seinen Eintopf mit einem Stück Brot auf, »ich habe die Stunde mit unserem alten Freund Brendon Ensolare getauscht.«

Sein geschworener Bruder starrte ihn mit großen Augen an, und Raimon fürchtete schon, sogar nach Bredans Meinung gegen den Anstand verstoßen zu haben. Aber Bredan tat nur sein Äußerstes, einen Begeisterungsschrei zu unterdrücken. »Das hast du nicht getan!«

»O doch, bei Aldones. Ich habe das Gefühl, das ist erst der Anfang – für uns alle . . .«

Bredan protestierte lachend. »Das letzte Mal, als du einen von deinen Einfällen hattest, endeten wir alle mit einem Monat Latrinendienst.«

»Das weiß ich noch sehr genau«, brummte Mikhail von der anderen Tischseite herüber. »Ich begreife immer noch nicht, wie du es fertiggebracht hast, mich zum Mitmachen zu überreden, von Felix ganz zu schweigen.«

Raimon nahm den Köder nicht an. »Aber der Spaß war es wert, nicht wahr, am nächsten Morgen die Gesichter der Kadetten vom ersten Jahr zu sehen? Sogar du hast es genossen, dich in die Terranische Zone zu schleichen, um den Recorder zu kaufen.«

»Haha!« lachte Bredan in der Erinnerung an den bemerkenswertesten Streich seines *Bredu.* »Du hattest das Ding so eingestellt, daß es um Mitternacht losging. *»Hütet euch, in dieser Stube spukt es! Hütet euch vor dem Geist, der auf diesen Fluren umherschleicht*!« Komplett mit rasselnden Ketten und der künstlerischen Darbietung eines Banshee-Schreis. Sie machten Gesichter, als hätten sie den Geist tatsächlich gesehen!«

Felix, der auf Raimons anderer Seite saß, fragte schüchtern: »Wie kommst du nur auf solche Sachen, Rai?«

»Ich liege die ganze Nacht wach und denke sie mir aus. Jetzt habe ich gedacht . . .«

»Ich habe das Gefühl, es wird uns noch sehr, sehr leid tun, dir jemals zugehört zu haben«, sagte Bredan.

Raimon ließ sich nicht abschrecken. »Letztes Mal hatten wir das Problem, daß einer von uns den Recorder kaufen mußte, und dazu mußte er seinen Namen angeben.«

»Eigentlich hätten wir das Gerät gar nicht aus der Zone entfernen dürfen«, warf Mikhail ein. »Seit dem Sharra-Aufstand von Caer Donn sind die *Terranan* geradezu fanatisch bestrebt, den Vertrag einzuhalten.«

Raimon erklärte mit ungewohnter Ernsthaftigkeit: »Wenn ich glaubte, ein einfacher Recorder könnte als Waffe benutzt werden, würde ich ihn in Zandrus kälteste Hölle schicken, bevor ich das Drecksding anfaßte.«

Bredan legte ihm die Hand auf die Schulter, und Raimon entspannte sich unter dem Strom stetiger Liebe und Unterstützung, der durch den kurzen Kontakt auf ihn überfloß.

Das Gespräch ging dann auf den letzten Skandal um den ›Goldenen Käfig‹ über, Thendaras berüchtigtstes Bordell. Zumindest im darkovanischen Sektor, sagte Raimon. Er hatte gehört, in der Terranischen Zone gebe es ein Lokal, das ihm Konkurrenz machen könnte.

»Die griechische Tänzerin.«

»Was bedeutet ›griechisch‹?« fragte Felix.

Mikhail klärte ihn auf: »Das ist irgendein alter *Terranan*-Brauch. Wen interessiert das bei solchen Tänzerinnen?«

»Wie kommt es, daß du soviel darüber weißt? Der Mann steckt voller Überraschungen!« Raimon stieß Mikhail den Ellenbogen in die Rippen. »Da wir einen gelernten Fremdenführer unter uns haben, finde ich, wir sollten uns dieses *Terranan*-Wunder einmal ansehen.«

Die blutrote Sonne versank gerade hinter den Dachfirsten des darkovanischen Sektors, als sich die vier Kadetten dem Tor zur Terranischen Zone näherten. Ein schwarzgekleideter Wachtposten trat vor und sprach sie auf *Cahuenga*, aber mit barbarischem Akzent, an.

»Ihr könnt diese Waffen nicht in die Zone mitnehmen. Entweder bringt ihr eure Schwerter wieder nach Hause, oder ihr gebt sie hier ab. Und übrigens, ihr Jungs seid nach terranischem Gesetz minderjährig und müßt euch an die Sperrstunde halten. Seid eine Stunde nach Sonnenuntergang wieder hier, oder ihr werdet gemeldet.«

Nachdem sie ihre Waffen abgegeben hatten, schlenderten die vier Freunde durch den Tumult des abendlichen Geschäftsbetriebs. Im Vergleich mit der natürlichen Beleuchtung der Altstadt warfen die Neonröhren unheimliche Schatten. Sie blieben stehen, um sich Verkaufsschlager anzusehen, die auf offenen Tischen auslagen.

»Billige Handelsware.« Raimon rümpfte die Nase.

Felix kaufte sich einen Stock mit synthetischer Zuckerwatte. »Das schmeckt nicht schlecht.«

»Iß genug von dem Zeug, und du wirst so fett wie Alban der Müller – und ebenso wenig Zähne haben!« lachte Bredan.

»Ich glaube, zu dem, was wir suchen, geht es da entlang.« Raimon legte Bredan einen Arm um die Schultern und bog in eine noch greller beleuchtete Gasse ein. Die mißbilligenden Blicke der terranischen Kaufleute ignorierte er.

Die ›Griechische Tänzerin‹ war trotz der Masse von Gebäuden in mehr oder minder gutem Geschmack nicht schwer zu finden. Eine Frau lehnte von einem Balkon und rief den Vorübergehenden lüsterne Vorschläge zu. Die Terraner auf der Straße blickten hinauf und brüllten ebenso obszöne Antworten, aber die darkovanischen Jungen wandten die Augen ab. Felix errötete heftig, als die Blonde, deren Brüste von Gaze und Flittern kaum bedeckt waren, sich erbot, ihn von seiner Jungfräulichkeit zu befreien.

»Stell dich nicht an, Felix, es ist doch nicht so, als wärest du noch nie in einem Bordell gewesen.« Raimon dämpfte seine Stimme, damit die Frau ihn nicht hören konnte. Die Vorsichtsmaßnahme war unnötig, weil sie ihre Aufmerksamkeit bereits einer aussichtsreicheren Beute zugewandt hatte. »Ich habe dich zur Feier deines fünfzehnten Geburtstags selbst hineingezerrt.«

»Diese *Terranan* haben kein Gefühl für Anstand«, meinte Mikhail düster.

»Bei Aldones, nein!« stimmte Raimon aus vollem Herzen zu. »Deshalb hat man ja soviel Spaß mit ihnen!«

Sie bahnten sich einen Weg in den matt beleuchteten zentralen Raum und blieben für einen Augenblick mit offenem Mund vor den Dekorationen stehen, besonders vor den glitzernden Wandbespannungen aus Stoff. Für die Darkovaner, die in luftigen, offenen Gebäuden aus durchscheinendem Stein aufgewachsen waren, hatte der wogende, abgeschlossene Raum anfangs etwas Beunruhigendes. Dann hatten sich Raimons Augen dem Halbdunkel angepaßt, und er erspähte einen leeren Tisch dicht an einer Plattform, die nur eine Bühne sein konnte.

Eine Kellnerin kam, kaum daß sie sich in den Formsesseln aus Plastik niedergelassen hatten. Raimon drehte den Kopf und sah einen nackten Oberschenkel, über dem eine kurze Jacke aus metallischem Stoff hing. Dunkle Augen glitzerten hinter einer Federmaske, und die rotgeschminkten Lippen bogen sich zu einem einladenden Lächeln.

»Was ist, hat die Katze deine Zunge gestohlen, Süßer?« Eine Hüfte streifte in unmißverständlicher Aufforderung seine Wange.

Raimon glotzte nur, denn die melodische, honigsüße Stimme war ebenso wie das sich vorwölbende Geschlechtsteil unverkennbar männlich. Raimon war weder Jungfrau noch prüde, auch schuf ihm der körperliche Ausdruck der Liebe zu seinem *Bredu* kein Unbehagen. Aber daß ein Mann von so zweifelhafter Moral ihn in einem öffentlichen Lokal ansprach, machte ihn zunächst einmal sprachlos.

Sich sichtlich um ein ernstes Gesicht bemühend, sagte Bredan zu dem Kellner: »Die Zunge meines Freundes ist anscheinend gelähmt. Ich glaube, gewürzter Wein für alle würde helfen.«

»Etwas so Zahmes haben wir nicht, aber ich kann ihm einen Damen-Cocktail bringen, wenn ihr Jungs gern etwas Stärkeres hättet.«

Raimon fand seine Stimme wieder. *Einen Damen-Cocktail, also wirklich*! Er kramte in seinem Gedächtnis nach dem einzigen terranischen Getränk, von dem er wußte, daß es für erwachsene Männer paßte. »Vergiß es«, erklärte er kurz. »Wir fangen mit einem Callahan Spezial an. Für alle.«

Der Kellner glitt durch die dichter werdende Menge zur Bar zurück. Seine Hüften schaukelten in erstaunlichem Maß hin und her. Bredan sagte: »Vielleicht gibt es bei den verrückten *Terranan* etwas Ähnliches wie die illegalen *Emmasca*-Operationen, nur umgekehrt – statt zum Neutrum zu werden, wird man beides.«

Die Getränke liefen wie gefrorenes Feuer die Speiseröhre hinunter und hinterließen einen Nachgeschmack hinten in der Kehle. Raimon nahm gerade einen Schluck, als die erste Nummer begann. Eine dünne Frau, die in seinen Augen von Anfang an praktisch nackt war, vollführte einen kunstvollen Striptease mit zwei Federfächern. Er bemerkte, daß Felix heftig errötete und die Augen niederschlug. Schließlich endete der Tanz. Mikhail beugte sich vor und sagte: »Das war erst der Anfang. Es kommt noch besser . . .«

»Mikie, Honigmund! Wo bist du so lange gewesen?« Vor Entzücken quietschend, warf eine unbestreitbar weibliche Kellnerin Mikhail die Arme um den Hals und schwang ihre Beine auf seinen Schoß. Seine Freunde sahen erstaunt zu, als sie ihn auf die Lippen küßte. »Wollt ihr Jungs euch amüsieren? Ich heiße Kitten, und ich bin richtig lieb!«

»Mikhail, du alter . . .«, begann Raimon.

»Hör mal, Baby, du hast doch die Show schon gesehen, darauf brauchst du doch keine Zeit mehr zu verschwenden. Das letzte

Mal, als du hier warst, habe ich dir etwas ganz Besonderes versprochen, viel besser als die Show heute abend. Was meinst du?«

Nach einigem überschwenglichen Zureden von Kitten und nicht viel Widerstand seitens der Jungen folgten sie ihr an wallenden Wandbehängen vorbei und einen engen Gang hinunter in einen kleinen, aber üppig eingerichteten Privatraum. Raimon setzte sich neben Bredan auf die niedrige Couch, die offensichtlich nicht nur zum Sitzen gedacht war.

»Ihr Jungs wartet jetzt einen Augenblick; ich bin gleich wieder da. Ich habe mir diese kleine Überraschung für Mikies nächsten Besuch aufgehoben.«

Sie ging »Was ist diese ›kleine Überraschung‹?« fragte Raimon.

»Das weiß ich nicht. Sie sagte, sie habe etwas, das würde mich ›auflockern‹, was immer das bedeuten mag.«

Kitten kehrte kurz darauf mit einem schwarzen Kästchen zurück. »Stygische Blutwurzel, das echte Zeug. So etwas habt ihr noch nie erlebt, das garantiere ich euch. Es gibt keine kostenlose Probe, aber ihr werdet es nie bereuen.« Sie nannte einen Preis, bei dem die Jungen aufgestöhnt hätten, wären sie nicht so entschlossen gewesen, sie mit ihrer Weltgewandtheit zu beeindrucken.

In dem Kästchen lag ein Haufen dünner grauer Fäden. Kitten löste einen heraus. »Man legt das unter die Zunge«, erklärte sie. »Nicht kauen, sonst müssen wir euch von der Decke kratzen. Haltet es da fest, und in ein paar Minuten – ruckizucki!«

Vorsichtig nahm Raimon ein Stück. Er hatte noch nie von Stygia gehört, ganz zu schweigen von einer dort wachsenden Blutwurzel, und er hatte keine Ahnung, was er zu erwarten hatte. Aber was das Zeug auch bewirken mochte, ganz bestimmt würden sie in der Unterkunft eine großartige Geschichte zu erzählen haben.

Mehrere Dinge passierten gleichzeitig. Raimons Ohren fühlten sich an, als wären sie in einen Topf mit kochendem Wasser getaucht worden, er wurde von einem starken Verlangen zu kichern geplagt, und vom Flur her kam ein metallenes Hupen.

Kitten kletterte auf die Füße. »Oh, Scheiße, das ist eine Razzia!«

»Eine *Razzia*?« Raimon sah sie blinzelnd an, und dann kicherte er. In dem Zimmer war ein seltsames Echo, das sein Gelächter verstärkte.

»Ja, du Idiot! Das sind die Rauschgiftfahnder!« Sie knallte den Deckel des Kästchens zu. »Habt ihr eine Ahnung, wie illegal dieses Zeug ist? Ich weiß nicht, was sie mit euch machen werden, aber mich werden sie für lange Zeit an einen sehr langweiligen Ort schicken.«

Sie riß die Tür auf und verschwand.

»Das ist mir vielleicht eine Freundschaft«, murmelte Bredan. Seine Sprache war seltsam verzerrt; er blubberte beinahe. »Läßt uns im Stich, damit wir die Prügel bekommen.«

Raimon versuchte zu denken, aber vor seinen Augen begannen winzige rosa Schmetterlinge zu tanzen. »Wir machen besser, daß wir hier wegkommen.«

Im Flur draußen wimmelte es von Menschen in verschiedenen Stadien der Entkleidung, und offensichtlich versuchte jeder, in eine andere Richtung zu rennen. Raimon, der als erster aus der Tür kam, blieb stehen. Jemand faßte seinen Arm, fest, aber nicht unfreundlich. Er erkannte den als Frau verkleideten Kellner, der mit ihm geflirtet hatte.

»Los, das ist kein Ort für euch Kinder!« Der Kellner zog ihn den Flur hinunter in den Hauptraum. Instinktiv griff Raimon nach Bredans Hand, einer Insel der Sicherheit in einer bizarr gewordenen Welt. Der Kellner schob sie auf die Rückseite der Bühne zu. »Wir haben einen Geheimausgang . . . Was ist los mit euch?«

Mikhail stammelte schwer atmend: »K-Kitten . . .«

»Diese Schlampe! Hat sie versucht, euch Spinnen-Crack als Blutwurzel anzudrehen!«

Raimon nickte. Eine plötzliche Welle von Übelkeit verknotete seinen Magen.

»Ihr armen Unschuldigen. Die Hälfte vom Spaß und das Doppelte vom Schmerz, aber es wird euch nicht umbringen. Hier durch . . .«

Felix und Mikhail tauchten hinter den mattschwarzen Vorhang. Bredan zögerte einen Augenblick, um sich zu vergewissern, daß Raimon ihm folgte.

»Stehenbleiben! Terranische Sittenpolizei!«

Plötzlich drängte der Kellner sich an ihm vorbei, und Raimon fiel würgend auf die Knie. Zwei mit Muskeln bepackte terranische Polizisten stellten ihn wieder auf die Füße.

Die nächste Stunde waren sein Magen und sein Gleichgewichtssinn, wie es der Kellner vorausgesagt hatte, in wildem Aufruhr, aber es gelang ihm, sich nicht durch Erbrechen zu blamieren. Mit Handschellen aus Leichtmetall gefesselt, saß er da und wartete darauf, offiziell angeklagt zu werden. Bis er Fragen beantworten mußte, waren die schlimmsten Folgen abgeklungen, obwohl ihm in unregelmäßigen Abständen immer noch schlecht wurde. Raimon brauchte seinen ganzen Einfallsreichtum, damit seine Bewa cher nicht entdeckten, wie krank er war, und ihn nach den Notfallbestimmungen des Staatsvertrags medizinisch behandelten.

»Name?« schnauzte der grimmig dreinblickende Polizist am Schreibtisch.

Raimon straffte die Schultern. Er war der letzte aus der kleinen Gruppe darkovanischer Gäste, der vernommen wurde, und seine Magensymptome wichen allmählich einem unkontrollierbaren Muskelzittern. Das letzte, was er sich wünschte, war, daß er vor diesem bürokratischen Rabbithorn von einem *Terranan* den Eindruck machte, als habe er Angst.

»Brendon, Kadett Ensolare . . . Sir.«

»Kadett, Sie sind einer Verletzung des terranischen Antiverbrechensgesetzes angeklagt. Umgang mit Prostituierten an einem Ort, wo illegale Halluzinogene« – Raimon zuckte nicht mit der

Wimper – »sichergestellt wurden, Anwesenheit in einem Lokal, das Alkohol an Minderjährige ausschenkt – und ich bezweifle nicht, daß Sie selbst Alkohol konsumiert haben. Das sind schwerwiegende Anklagen, und sie würden genügen, Sie in die Jugendrehabilitation zu schicken, wenn Sie unserer Rechtsprechung unterständen. Aber die darkovanischen Behörden bestehen darauf, daß wir Sie ihnen überstellen. Die offizielle Anklage wird morgen gegen Sie erhoben werden. Solange diese Anklage nicht von Ihren eigenen Vorgesetzten entkräftet ist oder sie uns informieren, daß Sie die über Sie verhängte Strafe verbüßt haben, ist Ihnen verboten, in die Terranische Zone zurückzukehren. Ist das klar?«

»Vollkommen, Sir.«

Irgendwie schaffte es Raimon, von Polizisten begleitet, bis zur Grenze der Terranischen Zone und von da, ohne begleitet und ohne entdeckt zu werden, bis in die Unterkunft. Bredan war noch wach und wartete auf ihn. Raimon wußte, ohne daß er eine Kerze hätte anzünden müssen, daß sich sein *Bredu* nicht besser fühlte als er und sich dazu noch um seinen Freund sorgte.

»Was in Zandrus siebter Hölle ist mit dir passiert?« zischte Bredan durch die Dunkelheit. »Du warst direkt hinter uns, aber als wir in die Gasse hinauskamen, warst du nicht mehr da. Übrigens auch dieser dreimal verdammte *Bre'suin* nicht . . .«

»Er hat uns allen einen Gefallen getan, als wir durch eigene Schuld in der Patsche saßen. Aber es ist kein Schaden angerichtet. Ich wurde als einziger gefangen, und morgen – hör gut zu, Dan – morgen werden die terranischen Behörden offiziell Anklage erheben – gegen Brendon Ensolare!«

Raimon spürte Bredans Staunen und Vergnügen wie eine warme Welle, und er fragte sich zum hundertsten Mal, ob der eine oder der andere von ihnen eine Spur von *Laran* haben könne – nicht genug, um aufzufallen, aber genug, um die erstaunliche Sympathie zwischen ihnen zu erklären.

Bredan flüsterte: »Was wird di Asturien deiner Meinung nach mit ihm machen?«

Raimon zog seine Kleider aus, stopfte sie in die enge Holztruhe am Fußende seines Bettes und schlüpfte unter die Decke. »Beten wir, daß es etwas ist, für das Brendon Ensolare sich nicht in Person zeigen muß.«

Am nächsten Morgen steckte der Adjutant des Kadettenmeisters den Kopf in die Unterkunft der Kadetten vom dritten Jahr, gerade als sie fertig zum Frühstück angezogen waren. »Kadett Ensolare!« Er sah lauter verwirrte Gesichter und rümpfte die Nase. »Niemand hat ihn gesehen, wie? Nun, ihr könnt dem Übeltäter ausrichten, daß er im nächsten Monat doppelten Latrinendienst hat. Befehl des Kommandeurs.« Damit zog er sich zurück.

»Man kann nicht sagen, di Asturien mangele es gänzlich an einem Sinn für Humor«, bemerkte Raimon. »Offenbar meint er, denjenigen, die freiwillig in den – äh, Schmutz hinabsteigen, sollen ihre Wünsche erfüllt werden.«

Die vier Freunde teilten sich in den zusätzlichen Latrinendienst, so daß die Abwesenheit des Kadetten Ensolare von den inspizierenden Vorgesetzten nicht bemerkt wurde. Wochen vergingen, und die letzten Rückstände der ›Stygischen Blutwurzel‹ verblaßten zu einer lustigen Erinnerung. Raimon gewann sein altes Selbstvertrauen allmählich zurück.

»Die Sitzungsperiode des Comyn-Rates ist beinahe zu Ende . . .«, begann Felix schüchtern. Er stand zusammen mit Raimon und Bredan außerhalb des Übungsgeländes und wartete darauf, daß Mikhail mit dem Training fertig wurde. Mikhail war in den Kilghardbergen aufgewachsen und hatte, wie es dort üblich ist, gelernt, mit zwei Messern zu kämpfen. Jetzt fand er die stilisierte Schwertarbeit der Kadetten frustrierend. Wurde er überrascht, griff er automatisch nach seiner zweiten Klinge, die sich unerklärlicherweise immer irgendwo an seinem Körper befand. Der Waffenmeister unternahm konzertierte Aktionen, um ihm eine anständige Tiefland-Technik beizubringen.

»Zu schade, dann haben wir keinen Dienst als Ehrenwache

mehr«, meinte Raimon leichthin und beobachtete Mikhail, der noch einmal eine Bewegungsfolge übte. »Es wäre doch schön gewesen, die Comyn wenigstens einmal in ihrer ganzen Pracht zu sehen – noch eine Geschichte, die wir später den Enkeln erzählen könnten, stimmt's, Bredan?«

Felix holte tief Atem und platzte heraus: »Ich habe eine Einladung für den Schlußball morgen abend, und ich kann einen Gast mitbringen, und da habe ich mich gefragt, ob du gern mitkommen würdest, Raimon . . . das heißt, wenn es Bredan nichts ausmacht.«

Raimon und Bredan starrten ihn an. Es war bestimmt die erstaunlichste und längste Ansprache, die sie je von Felix gehört hatten. Bredan fragte: »Wie bist du denn an die Einladung gekommen? Ich hätte nicht gedacht, daß man bei solchen Sachen Kadetten zuziehen würde.«

Felix errötete, aber nicht so heftig wie sonst. »Ihr habt bei meinem Haar sicher schon erraten, daß Comyn-Blut in meiner Familie ist. Meine Großmutter war eine *Nedestro*-Elhalyn, obwohl sich für gewöhnlich niemand daran erinnert. Ich erkundigte mich bei Lady Callina, ob ich im Turm ausgebildet werden könne, wenn ich mit diesem Jahr fertig bin, und sie sagte, ich würde eingeladen werden.«

»Du gehst in einen Turm?« riefen Bredan und Raimon einstimmig aus. »Wie kommt denn das zustande? Los, Felix, erzähle!«

Der Junge blickte auf seine staubigen Stiefel nieder. »Ich hatte die Schwellenkrankheit viel schlimmer als mein älterer Bruder, aber alle sagten, das komme daher, daß ich als Kind so schwächlich war. Dann wurde ich vierzehn, und meine Mutter wollte, daß ich von einer *Leronis* getestet würde, aber mein Vater sagte, es sei wichtiger, einen Mann aus mir zu machen. Deshalb schickte er mich zur Garde. Das war nicht weiter schlimm – ich meine, ich habe euch beide und Mikhail kennengelernt. Aber ich spüre diese Dinge – als sei ich eine Flaumfeder, die von den Emotionen anderer Leute umhergeblasen wird. Deshalb glaube ich, es wäre besser, ich lernte, mit der Gabe umzugehen, auch wenn sie sich als wertlos herausstellt.«

»Aldones!« schnaufte Raimon. Kein Wunder, daß Felix ständig errötete!

Nach einer langen Pause fragte Felix: »Was meint ihr?«

»Bredan?«

Bredan grinste und boxte Raimon leicht gegen die Schulter. »Geh ruhig auf den Ball, amüsiere dich. Ich habe morgen abend sowieso Stadtpatrouille.«

Felix und Raimon waren auf dem Rückweg, zu drei Vierteln betrunken und sehr mit sich selbst zufrieden. Raimon sang leise vor sich hin. Der Ball mit all den Comyn-Lords und –Ladies, den Offizieren und sogar einer rotgewandeten Bewahrerin war ihnen wie ein Traum vorgekommen. Raimon hatte genug Mut zusammengekratzt, um mit mehreren der adligen jungen Damen zu tanzen, doch hatte ihn das Erlebnis zu sehr überwältigt, als daß er sich die Einzelheiten ihrer Kleidung gemerkt hätte, über die Lanna ihn bestimmt ausfragen würde. Der alte Danvan Hastur persönlich war anwesend gewesen, zusammen mit seinem jungen Erben. Kommandeur di Asturien hatte den beiden Jungen ernste Höflichkeit gezeigt, und sie hatten Dyan Ardais in dem berühmten Schwerttanz gesehen. Alles in allem hatten sie eine Nacht hinter sich, von der man seinen Enkeln erzählen konnte.

Felix gelang es, die Tür der Unterkunft zu öffnen, und sie gingen hinein. Mikhail, Edric und ein paar der anderen hockten um eine abgeschirmte Kerze. Mikhail hob den Kopf und schluchzte auf.

»Raimon, Aldones sei Dank, daß du da bist.«

Etwas in seiner Stimme traf Raimon wie Eiswasser und fegte die letzten Spuren des Weinpunsches hinweg. »Was ist?«

Mikhail verbarg das Gesicht in den Händen, und so war es Edric, der antwortete. »Ich wollte, ich wäre nicht derjenige, der es dir sagen muß, aber Bredan . . .«

Mit einem einzigen Satz schoß Raimon durch das Zimmer und packte Edric mit solcher Kraft bei den Schultern, daß er den größeren Jungen vom Boden hochhob. »Verdammt sollst du sein! Was ist mit Bredan passiert?«

»Er ist verwundet – schwer. Vielleicht muß er sterben – wir wissen es noch nicht«, sagte Mikhail.

»Unten am ›Goldenen Käfig‹ ist es zu einem Kampf gekommen«, keuchte Edric. »Eine Horde verdammter Narren hatte sich mit einem Stoff betrunken, den sie illegal in der Terranischen Zone gekauft hatten. Bredan war allein. Er versuchte, zwei von ihnen zu trennen. Einer stach ihn mit dem Messer – unter die Rippen, glaube ich. Man hat nach einer Heilerin geschickt, die versuchen soll, ihn zu retten. Rai, es tut mir so leid.«

Raimon öffnete die Hände. Er merkte kaum, daß Edric zusammensackte und sich wieder aufrappelte. Bilder tanzten ihm vor den Augen, Bilder von Dunkelheit und Blutvergießen. Bredan auf der Straße niedergestochen, er blutete, er rief nach ihm, er lag in einer Lache seines eigenen Blutes.

Bredan starb . . .

»Warum – wie kam es, daß er allein war? Die Stadtpatrouille geht immer zu zweit.«

Mikhail legte ihm die Hand auf die Schulter und sagte mit leiser Stimme: »Als zweiter Mann war . . . Brendon Ensolare eingeteilt.«

Der Schock fuhr Raimon in die Glieder. Es war kein Brendon Ensolare dagewesen, um an Bredans Seite zu kämpfen als Unterschied zwischen Leben und Tod, und kein Raimon Valdizar, um das auszugleichen, denn der amüsierte sich auf dem Comyn-Ball. Bredan hatte sich immer für Ensolare persönlich verantwortlich gefühlt, weil es über seinen Namen zu der Verwirrung gekommen war, und so hatte er nicht um Hilfe gebeten.

Wenn Dan stirbt, wird es meine Schuld sein. Ich habe ihn daran gehindert, den Fehler richtigzustellen, und ich war nicht da, als er mich brauchte.

»Er ist auf der Krankenstation«, sagte Mikhail leise.

Raimon stürmte im Laufschritt aus der Tür. Der Krankenwärter kannte ihn und ließ ihn ohne Fragen ein. Er führte ihn in einen kleinen, gut beleuchteten Raum. Eine junge Frau in einer losen weißen Robe, der kupferfarbenes Haar über die Schultern floß, kniete neben dem Bett, auf dem eine wachsbleiche Gestalt lag. Das Bild verschwamm vor Raimons Augen.

»Kann ich zu ihm gehen?« flüsterte er.

Der Krankenwärter schüttelte den Kopf, aber die Frau sagte, ohne die Augen zu öffnen: »Ja. Du kannst deinen Lebenswillen dem seinen hinzufügen.«

Raimon setzte sich auf den niedrigen Schemel am Kopfende des Bettes und sah auf Bredans Gesicht nieder, so weiß und still, als sei das Flämmchen seines Lebens bereits erloschen. Nur das langsame, beinahe zögernde Steigen und Fallen seiner bandagierten Brust sagte Raimon, daß er nicht zu spät gekommen war.

Die *Leronis* veränderte ihre Stellung. Ihre dünnen, sechsfingrigen Hände hielt sie über Bredans Körper ausgestreckt. »Nimm seine Hände«, sagte sie. »Laß ihn wissen, daß du ihn liebst.«

Bredans Finger waren kalt, fast steif. Raimon versuchte, sie mit seiner Willenskraft zu wärmen, mit Leben zu füllen, seinem eigenen Leben.

Bredan, mein Bruder, mein Herz, verlaß mich nicht. Ich weiß nicht, was ich tun werde, wenn ich dich verliere, weil ich ein so verdammter Angeber war . . .

Die Tränen liefen ihm jetzt in Strömen die Wangen hinunter, ergossen sich über ihre vereinigten Hände, aber falls die *Leronis* es sah, ließ sie es sich nicht anmerken.

Ich hielt diesen ganzen Ensolare-Streich für ein Spiel, den größten Witz meiner Laufbahn. Aber es war nie meine Absicht, jemandem Schaden zuzufügen, ich habe nie gewollt, daß so etwas daraus entsteht. Wenn ein Preis für meine Dummheit zu bezahlen ist, laß ihn mich bezahlen – o Avarra, dunkle Dame, laß es mich und nicht Bredan sein!

»Raimon.« Die Stimme war leise, weiblich, und sie nahm der Leidenschaft seiner Qual und seiner Schuld die Spitze. »Raimon, geh in dein Zimmer und schlafe. Hier kannst du heute nacht nichts mehr tun, und dein *Bredu* wird morgen deine ganze Kraft brauchen.«

»Er wird am Leben bleiben?«

Die *Leronis* lächelte.

Ein bedrückter Raimon Valdizar stand vor Kommandeur di Asturien in dessen Privatbüro. Sein Gesicht war immer noch gezeichnet von den qualvollen Wochen, die hinter ihm lagen.

»Wie Ihr wißt, Sir, hat sich Kadett Escobar immer noch nicht so weit erholt, daß er den Dienst wiederaufnehmen könnte. Der Pfleger schlug vor, er solle für den Rest des Semesters nach Hause zurückkehren. Ich hätte gern die Erlaubnis, ihn zu begleiten und bei ihm zu bleiben, bis er wieder gesund ist.«

»Du hast doch einmal den Wunsch gehabt, als Offizier in der Garde zu bleiben. Wenn du jetzt gehst, wirst du das ganze Jahr wiederholen müssen.«

»Das – das weiß ich, Sir. Ich bin bereit, den Preis zu zahlen.«

»Dann ist es gut, solange du begreifst, welche Konsequenzen es hat.«

»Das tue ich, Sir.« *Möglicherweise zum ersten Mal in meinem Leben.* »Und, Sir?«

»Ja . . .«

»Kadett Ensolare bittet, ebenfalls mitkommen zu dürfen.«

»Kadett Ensolare . . . ach ja. Dieser etwas ungestüme junge Mann, der einmal in Konflikt mit der terranischen Sittenpolizei kam. Ich hatte sowieso vor, einmal mit dir über ihn zu sprechen, Kadett Valdizar. Du bist sein Freund, vielleicht kannst du ihn zur Vernunft bringen. Meinst du, es besteht noch Hoffnung, ihn zurechtzubiegen?«

Raimon antwortete mit vollkommen ehrlichem Gesicht: »Ich glaube, er hat seine Lektion gelernt, Sir.«

»Eine Lektion zu lernen und sie in die Tat umzusetzen, sind zwei völlig verschiedene Dinge. Wie dem auch sei, ich gebe euch beiden die Erlaubnis, Kadett Escobar zu begleiten. *Adelandeyo*, geht in Frieden.«

Obwohl sie in langsamem Schritt ritten, war Bredan fast am Ende seiner Kräfte, als das kleine Gut seiner Familie in Sicht kam. »Ich muß mich ausruhen, bevor wir das letzte Stück hinunterreiten«, sagte er. An seinen Händen, mit denen er sich am Sattel festhielt, traten die Knöchel weiß hervor.

»Wir hätten uns eine Tragbahre besorgen sollen«, sagte Raimon und schickte den für die Reise gemieteten Diener voraus, ihre Ankunft zu melden.

Bredan schüttelte den Kopf und lächelte mit einer Spur seines alten Temperaments. »Bei einem solchen Anblick hätte meine Mutter vor Angst bestimmt den Verstand verloren. Sie wird so schon um mich ein Theater veranstalten, als sei ich Aldones persönlich. Glaub mir, es ist besser, ich treffe im Sattel sitzend ein.«

Sie hielten ihre Pferde in dem kleinen gepflasterten Hof zwischen dem Haus und den niedrigen Werkstätten und Ställen an, und Raimon half seinem Freund beim Absteigen. Bredans Mutter, eine kleine Frau mit eisengrauem Haar, kam angerannt.

»Endlich bist du da – ich habe mir solche Sorgen gemacht – sieh dich an, du bist weiß wie ein Laken – Raimon, du nimmst seinen anderen Arm – er muß sich unbedingt hinlegen, vielleicht etwas warmen Wein trinken – das fördert die Bildung von neuem Blut – wie schade, daß Pietro nicht hier ist und helfen kann, aber er ist mit deinem Vater zum Grauberg hinauf und sucht nach verlaufenem Milchvieh, und die anderen Männer sind in Armida und helfen bei der Heuernte – ich kann mir nicht vorstellen, was dein Vater sagen wird, wenn er nach Hause kommt und dich schon vorfindet, und er war nicht da, um dich willkommen zu heißen – Vorsicht, Stufe«, sagte sie in einem einzigen Atemzug.

Bredan blickte zu Raimon hoch. *Du siehst, was ich meine.*

Ich muß etwas wegen Brendon Ensolare unternehmen, dachte Raimon, während er zusah, wie Bredans Mutter sich eifrig im Solarium zu schaffen machte, Bredan in Decken hüllte und ihn ermahnte, den warmen Wein zu trinken. *Jeden Augenblick, den ich Bredan in diesem Zustand sehe, werde ich daran erinnert, wie es passiert ist. Ich kann es mir nicht verzeihen, bis die Sache ein endgültiges Ende gefunden hat.*

Später am Tag, als die Schatten, die über den Hof fielen, länger wurden und Bredan in ruhigem Schlaf lag, gab es Lärm am Tor, so daß Raimon, der auch eingenickt war, mit einem Ruck hochfuhr. Er lief zum Eingang, wo ein erschöpfter Pietro wild gestikulierend auf Lady Escobar einredete.

»Ich habe das arme Tier halb zuschanden geritten, um schnell herzukommen, aber der Lord kann nicht mehr lange aushalten, nicht gegen diese Teufel.«

»Um was geht es? Kann ich helfen?« Aus der Nähe sah Raimon durch die Risse in dem dicken Hemd des Mannes tiefe, entzündete Kratzer.

Lady Escobar berichtete: »Angriff der Katzenmänner. Seit der Schlacht von Corresanti sind sie weiter nach Süden gekommen, aber für gewöhnlich in Richtung des Alton-Landes, so daß wir uns für sicher gehalten haben. Mein Mann ist in einer der Grauberg-Höhlen eingeschlossen. Wir können nur noch Frauen und einen einzigen alten Mann schicken, da Pietro verwundet ist.« Verschwunden war die hektische Betriebsamkeit. Ein ruhiger Fatalismus nahm ihre Stelle ein.

»Ich werde gehen. Bredan hat mir gezeigt, wo es ist, als ich das letzte Mal hier zu Besuch war.«

Sie sah ihn an, schätzte ihn ab. »Du schuldest es uns nicht.«

»Euer Sohn und ich sind *Bredin*«, antwortete Raimon, die Form des Wortes gebrauchend, die ›geschworene Brüder‹ bedeutet.

Minuten später galoppierte Raimon den Weg hinauf, das

Schwert auf dem Rücken. Es war schon beinahe dunkel, als er sein schäumendes Pferd anhielt und den zerklüfteten Granit des Grauberges mit den Blicken absuchte. Die Höhlen lagen an der Ostseite entlang den Serpentinen, die die rissige Wand durchquerten. Er sah hoch oben den Schimmer einer Fackel und spornte sein keuchendes Pferd von neuem an.

Zwei Katzenmänner, bewaffnet mit krummen Trockenst[illegible]t-Klingen, hielten das schräge, mit Kieseln bestreute Stück vor der Höhlenmündung besetzt. Sie fuhren herum, wach und kampfbereit, noch bevor Raimon mit dem Schwert in der Hand aus dem Sattel sprang. Das Pferd raste unter wütendem Schnauben den Pfad wieder hinunter.

Der eine Katzenmann stieß unverständliche Flüche aus und warf sich durch die Luft auf Raimon. Dieser parierte seine Klinge, aber der Katzenmann warf das Schwert weg und schlug ihm die ausgestreckten Klauen in die Schulter.

Raimon taumelte unter dem plötzlichen Aufprall und drehte sich zur Seite, so daß die tödlichen Klauen der Hinterfüße durch die leere Luft statt in seinen Bauch fuhren. Er fiel auf ein Knie. Das Katzenwesen zog sich mit unmenschlicher Behendigkeit zurück, um seinen Angriff zu erneuern. Plötzlich verwandelte sich sein Schlachtruf in ein von panischer Angst erfülltes Geschrei, und es versuchte verzweifelt, sich an den rutschenden Steinen festzuhalten.

Das Vorfeld aus Kieseln und rissigem Fels löste sich in einer Miniatur-Steinlawine. Das Katzenwesen fiel mit ihr, zappelnd und heulend, aber nicht fähig, auf dem heimtückischen Hang wieder Halt zu gewinnen. Es verschwand außer Sicht, seine Stimme erstarb, und von unten kamen keine Lebenszeichen mehr.

Der Stein unter Raimons Knie begann mit übelkeiterregendem Knirschen nachzugeben. Der Kadett sprang auf die Füße und stand nun auf dem, was von dem schmalen Pfad noch übrig war, hustend von dem beißenden Staub. Das zweite Katzenwesen hockte vor ihm; die erhobene Klinge schimmerte im letzten Tageslicht. Es nahm Kampfhaltung an und blockierte den Eingang mit deutlicher Bosheit. Dicht hinter der Höhlenmündung lag ein Haufen dunkler, bewegungsloser Körper, Beweise dafür, wie wacker Escobar sich verteidigt hatte.

»Lord Escobar! Ist bei Euch alles in Ordnung?«

»Ja, für den Augenblick, aber ich habe mir das Bein gebrochen.«

»Es lebt nur noch eins von den Katzenwesen . . .«

Mit mörderischem Knurren schoß der Katzenmann vorwärts, aber er zielte seinen Sprung nicht auf Raimon, sondern auf den Überrest des Weges zu seinen Füßen. Ein schneller Aufwärtshieb zwang Raimon zurückzuspringen. Der Katzenmann bohrte sein Schwert in das Geröll und zog es nach außen. Ein Hagel von Steinen polterte den Hang hinunter.

Mit den Füßen tastend, schob Raimon sich zollweise vorwärts. Wenn er nur nahe genug herankommen könnte, um das verfluchte Ding zu erwischen, bevor es so viel von dem Weg losriß, daß er entweder das gleiche Schicksal erlitt wie das erste Katzenwesen oder vollständig von der Höhle abgeschnitten wurde! Der Katzenmann sah, was er vorhatte, und setzte zum direkten Angriff an.

Sofort stellte Raimon sich dem Gegner. Seine Muskeln flossen in die Muster, die ihm Timas Wellsmith eingedrillt hatte. Ohne zu denken, parierte er, befreite die Klinge und durchstieß die Deckung des Katzenmanns. Ein Schrei und das plötzliche Schwanken der krummen Klinge sagten Raimon, daß sein eigenes Schwert ins Ziel getroffen hatte. Er mußte sich jetzt mehr auf seinen Instinkt und sein Gefühl verlassen als auf seine Augen, denn er konnte seinen Gegner in der zunehmenden Dunkelheit kaum noch sehen. Ein Teil von ihm wollte diesen unmöglichen Kampf abbrechen und sich mit einem schnellen Lauf den Pfad hinunter in Sicherheit bringen. Jeden Augenblick konnte er abstürzen und sich den Hals brechen oder einen der blitzartigen

Stöße des Katzenmanns verfehlen und in einer Lache seines eigenen Blutes sterben. *So wie Bredan beinahe gestorben wäre . . .*

Mit einem Ruck kehrte Raimon in die Gegenwart zurück und stellte fest, daß der Katzenmann plötzlich verschwunden war. Er trat vor, einen neuen Angriff erwartend. Der Fackelschein aus der Höhle leitete ihn; er erhellte kurz den ganzen Bogen des Eingangs. Dann entdeckte Raimon die Silhouette des Katzenwesens, das sich an die obere Wand klammerte. Es benutzte sein Schwert als Hebel und hatte die Spitze tief in eine Ritze gestoßen.

In dem Augenblick, als Raimons Klinge nach oben auf den ungeschützten Bauch zuflog, drehte das Katzenwesen sich und verlor den Halt. Ein Schauer von Granitsplittern ging nieder. Raimon duckte sich, hob die freie Hand, um die Augen zu schützen. Die Hinterbeine des Katzenwesens kratzten wie wahnsinnig über die Steinwand, während der Körper gegen das Schwert fiel.

Wieder schlug Raimon nach oben. Diesmal traf seine Klinge lebendes Fleisch. Er fühlte sie vom Knochen abprallen. Beinahe wäre sie ihm aus der Hand geprellt worden.

Ein plötzliches Krachen sandte einen weiteren Hagel frisch abgebrochener Steine herab, als der Katzenmann das Schwert losließ und sprang. Ein großer Block aus dem Überhang flog nach außen, erwischte den Katzenmann auf halbem Weg zum Eingang und verschwand mit ihm in der Tiefe.

Entsetzt sah Raimon, daß die ganze Steinwand draußen aufzubrechen begann. Ohne zu denken, ließ er das Schwert fallen, drehte sich um und hechtete in die Höhle. Lord Escobar hatte sich hochgezogen und stand auf einem Bein, das Gesicht grimmig entschlossen im letzten sterbenden Fackellicht. Er hinkte vorwärts. Raimon lief ihm entgegen und hakte den Arm unter die Schulter des alten Mannes. »Gehen wir!« rief der Kadett.

In den paar Sekunden, die sie brauchten, um den Eingang zu erreichen, fielen weitere Steine und blockierten beinahe den Weg. Lord Escobar zögerte angesichts des Regens aus Staub und Schutt. »Es hat keinen Zweck, Junge.«

»Das ist unsere einzige Chance!« rief Raimon. Er konnte nicht aufgeben, wenn es von ihm abhing, ob Bredans Vater gerettet wurde, und sollte er bei dem Versuch sterben. Deshalb faßte er den alten Mann und schob ihn durch die rasend schnell verschwindende Öffnung.

Lose Steine trafen sie. Raimon duckte sich und versuchte, den alten Mann abzuschirmen. Ein Granitbrocken traf Escobar mit einem gräßlichen Klatschen an der Schläfe, und er sackte in Raimons Armen zusammen.

Raimon spürte die Steine nicht, die auf seinen Körper niederhagelten, auch nicht den Schmerz in seinen Armen, als er Escobars schlaffen Körper auf die letzte heile Strecke des Weges zog. Ihm blieb nur ein Augenblick, um sich den alten Mann über die Schulter zu legen, bevor auch dieses Stück unter seinen Füßen zu rutschen begann. Halb laufend, halb kletternd brachte er den alptraumhaften Weg hinter sich und erreichte ebenen Boden.

Behutsam legte Raimon den alten Mann auf einen grasigen Fleck. Escobar atmete flach und regelmäßig, aber er wachte nicht auf, als Raimon, Stoffstreifen benutzend, die er von seinem eigenen Unterhemd abgeschnitten hatte, das gebrochene Bein mit zwei Stücken Fallholz schiente. Dann mußte er eine schwierigere Entscheidung treffen, denn obwohl jede weitere Bewegung Escobars Kopfverletzung verschlimmern mochte, konnte Raimon ihn doch nicht hierlassen, denn schon kroch die Nachtkälte in die Knochen, und vielleicht durchstreiften noch mehr Katzenwesen die Dunkelheit.

Sein Gedächtnis nach Einzelheiten aus Gabriel Lanart-Hasturs Geschichten über Rettungen aus Bergnot durchforschend, benutzte Raimon die Reste seines Hemdes, um Escobar so festzubinden, daß er ihn besser tragen konnte. Wie er es schaffte, bei Nacht, den einen Hang hinauf- und den anderen wieder hinuntertaumelnd, wußte er später nicht zu sagen. Er hörte auf, die Pausen zu zählen, die er einlegen mußte, wenn er seine Beine einfach zu keinem weiteren Schritt mehr zwingen konnte.

Ein paar Stunden nach Sonnenaufgang fand Raimons Tortur ein Ende. Pietro kam ihm mit einem gesattelten Reservepferd auf dem Pfad entgegen. Die Rückkehr von Raimons reiterlosem Pferd hätte beinahe Panik hervorgerufen, und er war ausgesandt worden, um zu sehen, ob irgend etwas getan werden konnte, bevor man nach Armida um Hilfe schickte.

Bredan und seine Mutter stürzten herbei, um sie zu begrüßen, bevor sie den Hof betraten. Natürlich hatten beide die ganze Nacht nicht geschlafen. Dann war der verletzte Lord ins Bett gebracht, seine Fraktur gerichtet und seine anderen Wunden versorgt worden. Raimon saß schweigend am Feuer, umfaßte Bredans Hände mit seiner einen Hand und hielt einen Becher mit warmem Wein in der anderen. Er hatte gegessen und gebadet, die Kratzer auf seinen Schultern waren verbunden, aber schlafen konnte er beim besten Willen nicht.

»Raimon, ich kann dir nicht genug danken. Du – du hast ihm das Leben gerettet, weißt du.« Lady Escobar stand im Eingang, das Gesicht von Sorgen gezeichnet, und doch strahlte sie. »Du hast dich als echter Held erwiesen . . .«

»Wird er wieder gesund werden?« fragte Raimon und ignorierte die Dankbarkeit in ihren Augen.

»Wenn Evanda es will, wird er uns alle überleben. Sein Schädel ist nicht gebrochen, er hatte nur das Bewußtsein verloren. Jetzt ist er wach und möchte dir persönlich danken.«

»Das war tapfer gehandelt, Junge«, sagte Bredans Vater. Seine dunklen Augen funkelten unter der verbundenen Stirn, doch anscheinend brachte er das, was mit ihm geschehen war, ein bißchen durcheinander.

»Nein, war es nicht«, antwortete Raimon mit leiser Stimme. »Ich meine, *ich* war es nicht.«

Er holte tief Atem und begann von neuem. »Nicht ich war es, der Euch gerettet hat. Das war Brendon Ensolare, auch ein Kadett, ein Freund von Bredan und mir. Er wurde unterwegs aufgehalten, aber er folgte mir zum Grauberg. Er kämpfte an meiner Seite gegen die Katzenmänner und trug Euch hinaus, als ich an dem Höhleneingang nicht durchkommen konnte. Aber er wurde von dem Erdrutsch erfaßt und unter Steinen begraben. Er starb, indem er uns beide rettete.«

Einen flüchtigen Augenblick blickte Bredan verwirrt drein, und dann sagte er: »Das ist ganz Ensolare, aufzutauchen, wenn man ihn am wenigsten erwartet. Aber dir sieht es nicht ähnlich, Raimon, den Ruhm zu verschenken, wenn du als Held gefeiert werden könntest. Du hast immer gern im Mittelpunkt der Aufmerksamkeit gestanden.«

»Ich – ich kann nicht in Anspruch nehmen, was ich nicht verdiene«, stammelte Raimon. »Wichtig ist nur, daß dein Vater am Leben und auf dem Weg der Besserung ist.«

»Es freut mich, daß mein Sohn und sein *Bredu* einen solchen Freund hatten. Wir müssen seine Familie benachrichtigen«, sagte Lord Escobar.

»Ich glaube nicht, daß er außerhalb der Garde eine Familie hat, Vater«, bemerkte Bredan.

»Traurig, aber er wird nicht vergessen werden«, erklärte der alte Mann und schlief wieder ein.

Valdizar stand in der großen Halle der Burg und wartete auf die offiziellen Zeremonien, die die Sitzungen des kommenden Jahres eröffnen sollten. Für einen Kadetten des dritten Jahres war er jetzt alt, und er konnte den jüngeren Kadetten vom Gesicht ablesen, daß sie ihn langweilig fanden. Das kümmerte ihn nicht, denn neben ihm stand Bredan Escobar, gesund und munter.

Domenic di Asturien trat vor, um mit der Zeremonie zu beginnen, genau wie er es an dem schicksalhaften Tag vor einem Jahr getan hatte. Aber diesmal würde kein Brendon Ensolare auf der Liste stehen.

Nach Thendara zurückgekehrt, hatte Raimon den alten Kommandeur aufgesucht, um ihm von dem heldenhaften Tod des Kadetten Ensolare zu berichten.

»Er ist tapfer gestorben, ein Ruhm für die Garde. Lord Escobar gab mir dieses Anerkennungsschreiben mit.«

Der alte Soldat nahm den Brief. »Wir werden den Jungen vermissen, aber vielleicht ist es am besten so.«

Und dann, plötzlich: »Ißt du gern Nüsse, Kadett Valdizar?«

»Sir!«

»Nüsse – Bernsteinnüsse, Haselnüsse, Pitchoos.«

»J-ja, Sir.«

»Das Eigentümliche bei den Nüssen ist, daß jede eine andere Technik erfordert, Valdizar. Pitchoos zum Beispiel haben eine so zarte Haut, daß schon ein Fingernagel die Frucht im Innern beschädigen kann. Borkennüsse sind süß, und man kann ihnen unschwer mit einem gewöhnlichen Nußknacker zu Leibe rücken. Aber bei Bernsteinnüssen ist es etwas anderes. Um an den Kern zu kommen, muß man sie ins Feuer werfen. Nichts Geringeres durchbricht diese harte Schale. Ist es jedoch geschafft, schmecken sie am besten von allen. Verstehst du mich?«

»Ich glaube, Sir.« *Aldones, er muß es die ganze Zeit gewußt haben . . .*

»Dann lauf jetzt. Ich sehe dich und deinen Freund beim Namensaufruf. Und, Kadett Valdizar . . . daß mir diesmal keiner von euch seinen Namen vergißt!«

Eine Art von Chaos

von Millea Kenin

Immer wenn ich ein Manuskript von Millea Kenin bekomme, lauere ich beim Lesen auf das Wortspiel. Ich weiß nicht, wie Millea es schafft; sie ist eine hiesige Autorin und ein Ein-Mann-Verlag, und wie viele von uns hat sie zwei Kinder im Teenageralter. Ich lege es zwar nicht auf einen Streit mit Leuten an, die glauben, das Schreiben lasse sich mit einer Tätigkeit als Hausfrau und Mutter nicht vereinen (empfehlen tue ich es gewiß nicht!), aber diese Anthologie enthält doch reichliche Beweise dafür, daß es vorkommt. (Es ist so ungefähr alles, was man tun kann, wenn man vom Schreibfloh gebissen worden ist und die Kinder da sind. Vielleicht sollten wir über diese Dinge zuerst nachdenken.) Millea gibt Marktlisten und viele andere Dinge heraus, darunter auch die kleine Zeitschrift »Owlflight.« (MZB)

Bitte, verbannt mich nicht für immer aus allen Türmen. Schließlich ist Lisandra nicht richtig verletzt worden – sie hat die Rückwirkung auf mich zurückgelenkt –, und ich war imstande, mich recht gut zu schützen. Noch einen Tag oder zwei, und es wird mir wieder ausgezeichnet gehen. Also kommt mir nicht mit dem Blödsinn, es geschehe zu meinem eigenen Schutz.

Der springende Punkt ist, daß es nicht wieder vorkommen wird, solange Lisandra und ich uns niemals mehr im gleichen Raum aufhalten. Wir haben jahrelang durch die Relais ohne irgendein Problem kommuniziert, wie jeder Telepath in den Türmen Darkovers bestätigen kann. Ihr alle in Dalereuth könnt außerdem bestätigen, daß ich mich hier zehn Jahre lang als vollkommen zuverlässiger Matrix-Techniker erwiesen habe, daß ich nie zuvor außer Kontrolle geraten bin und daß man gut mit mir auskommen kann. Über die Relais erfuhr ich, daß die Leute in Neskaya sich darauf freuten, mit mir zusammenzuarbeiten. Also laßt mich nach Neskaya reisen, wie es ursprünglich geplant war, und nichts wird schiefgehen.

Es ist nie etwas zwischen mir und irgendwem außer Lisandra schiefgegangen. Und es wäre auch hier gar nichts Schlimmes passiert, wenn sie nicht mit diesem gemeinen *Cristofero*-Zitat dahergekommen wäre, gerade als ich meine Sachen packte, um abzureisen . . .

Lisandra und ich hassen uns nicht, wir haben uns nie gehaßt, wenn die Leute das auch kaum glauben wollen. Ich habe nichts gegen sie, selbst jetzt noch nicht, und ich bin überzeugt, ihre Gefühle mir gegenüber haben sich nicht verändert. Was wir beide immer gehaßt haben, ist, was passiert, wenn wir zusammen sind. Keiner von uns hat es jemals mit Absicht getan, und keiner von uns war jemals fähig, es zu kontrollieren.

Wir sind Zwillinge, die Jüngsten in einer Familie, die nicht allzu weit zurückliegende Comyn-Verbindungen hat – vor allem zu Ardais. Da wir rote Haare haben, rechnete jedermann ziemlich fest damit, daß wir *Laran* entwickeln würden, aber es geschah lange Zeit, bevor irgendwem ein Licht aufging, was es war. Wenn wir zusammen waren, fielen Dinge auf uns herab, ohne daß einer von uns sie berührte, Steine rollten uns in den Weg, um uns stolpern zu lassen, Becher glitten uns aus den Händen und zerschellten auf dem Fußboden. Als kleine Kinder waren wir beinahe immer zusammen, und so dauerte es Jahre, bis wir merkten, daß wir getrennt überhaupt nicht unbeholfen waren, und noch später merkten wir, daß das, was passierte, wenn wir zusammen waren, keine Unbeholfenheit war, sondern etwas Schlimmeres.

Ich erinnere mich noch gut an den Tag, als ich es merkte. Ich saß neben Lisandra beim Frühstück und sah mit fasziniertem Entsetzen zu, wie sich ihr Zopf vor meinen Augen von selbst aufflocht. Irgendwie wußte ich, daß ich es veranlaßte. Ich versuchte verzweifelt, es aufhören zu lassen. Ich starrte auf ihr Haar, ich befahl ihm in Gedanken, sich nicht weiter zu lösen, aber das half nichts. Ich blickte weg, weil ich dachte, vielleicht erzeuge mein Starren das Problem, aber als ich von neuem hinsah, war es zu spät. Die offene Mähne drehte sich und tauchte sich in Lisandras Breischüssel. Ohne nachzudenken, riß ich an ihren Haaren, um sie hinauszubekommen.

»Du hast mich am Haar gezogen!« kreischte sie, was uns beiden einen vorwurfsvollen Blick von unserer Kinderfrau eintrug.

»Ich habe nur versucht, ihr Haar daran zu hindern, daß es sich in den Brei taucht«, erklärte ich mit leiser Stimme.

»Du tust mir das an!«

»Das wollte ich aber nicht. Ich habe versucht, es aufzuhalten. Ich weiß nicht wie.«

Sie wandte sich von mir ab und begann mit finsterem Gesicht, die Schweinerei zu beseitigen. Offenbar glaubte sie immer noch, ich hätte es mit Absicht getan. Doch dann standen wir vom Tisch auf, und ich fiel über einen aufgegangenen Schnürsenkel.

»Du tust es mir auch an«, sagte ich.

Selbst dann dauerte es noch lange Zeit, bis die Erwachsenen uns glaubten. Als wir uns der Pubertät näherten und Telepathie entwickelten, erkannten wir mit immer größerer Gewißheit, daß jeder von uns für den anderen telekinetische Mißgeschicke hervorrief, ohne das irgendwie kontrollieren zu können, obwohl wir beide verzweifelt nach irgendeiner Kontrollmöglichkeit suchten.

Schließlich gingen eines Tages vor den Augen unserer Eltern die Spitzen von Lisandras Zöpfen in Flammen auf. Wir erstickten das Feuer, und es entstand kein wirklicher Schaden, aber nun war jedem klar, daß es für uns an der Zeit war, Türme aufzusuchen. Getrennte Türme.

Das schien die perfekte Lösung zu sein. Lisandra wurde stellvertretende Bewahrerin in Neskaya. Ich lernte hier in Dalereuth, mein *Laran* zu kontrollieren und zu entwickeln, und da Männer heutzutage keine Bewahrer mehr werden können, fing ich als

Überwacher an und wurde schließlich ein kompetenter Matrix-Techniker. Zehn Jahre lang ging alles gut.

Als es zur Katastrophe kam, traf es nicht zuerst meine Schwester und mich auch nicht, abgesehen davon, daß es immer eine Katastrophe ist, wenn man seine Bewahrerin verliert. Inessa, unsere Bewahrerin, starb plötzlich und unerwartet, als ihre junge Nachfolgerin erst halb ausgebildet war. In sämtlichen Türmen war die einzige Person, die die Kenntnisse und die Kraft hatte, als Alleinbewahrerin zu arbeiten, und die trotzdem an ihrem augenblicklichen Posten entbehrt werden konnte, Lisandra. Das erwies sich dann als die wirkliche Katastrophe.

Ich freute mich darauf, meine Schwester wiederzusehen, und ich war überzeugt, die Jahre der Ausbildung und des Reifens hätten uns beide von den Poltergeist-Phänomenen befreit, die unsere Kinderzeit vergiftet hatten. Wir versammelten uns zu ihrem Empfang in unserem Gemeinschaftsraum, und sie trat auf uns zu, um uns zu begrüßen: eine hochgewachsene, anmutige Frau mit Haaren wie gesponnenes Kupfer, die ging wie eine Tänzerin – bis sie, als sie sich umdrehte, um mit mir zu sprechen, über ihre rote Robe stolperte und der Länge nach hinschlug. Ich machte eine instinktive Bewegung, um ihr aufzuhelfen, erinnerte mich, daß ich sie nicht berühren durfte, und blieb abrupt stehen. Ein Tischchen schlitterte über den Fußboden – der aus Stein besteht, nicht aus gebohnertem Holz –, traf mich genau an den Schienbeinen und legte mich flach aufs Gesicht neben sie.

»Nein«, sagten wir beide. »O nein. Nicht von neuem!«

So ging es weiter, und wir waren so machtlos, es zu stoppen, als seien wir immer noch unausgebildete Kinder. Es war klar, daß wir nicht zusammenbleiben durften. Und es war ebenso klar, daß ich derjenige war, der gehen mußte. Natürlich war ich traurig und böse, daß ich die besten Freunde und die für einen Telepathen wie mich behaglichste Umgebung, die ich je gekannt hatte, verlassen sollte. Aber ich wußte, auf mich warteten ein ähnliches Leben und eine ähnliche Arbeit mit anderen sympathischen Leuten; auf mich wartete nichts anderes als das, was Lisandra eben hinter sich gebracht hatte. Das war es nicht, was irgend etwas Schreckliches in meinem Unterbewußtsein auslöste und diese Flut zerstörerischer psychischer Energie losließ.

Es war das, was Lisandra sagte, als ich gehen wollte: »Ich bin nicht meines Bruders Hüterin.«

Barbara Cartland, 1991 Foto: Ullstein Camera Press Ltd.

»Königin der Romantik«

Barbara Cartland ist die nach Agatha Christie am häufigsten übersetzte Autorin der Welt. Übertroffen wird sie nur von der Bibel und von Lenin. 370 ihrer Bücher sind in einer Auflage von mehr als 400 Millionen Exemplaren weltweit verbreitet.

MOEWIG BEI Ullstein